OS
ESPECTADORES

Jennifer duBois

OS ESPECTADORES

Tradução de
Ryta Vinagre

Título original
THE SPECTATORS

Este livro é uma obra de ficção. Nomes, personagens,
lugares e incidentes são produtos da imaginação da
autora. Qualquer semelhança a acontecimento real, local ou
pessoas, vivas ou não, é mera coincidência.

Copyright © 2019 *by* Jennifer duBois
Todos os direitos reservados.

Edição brasileira publicada mediante acordo com
a Random House, um selo da Random House,
Publishing Group, uma divisão da Random House LLC.

Direitos para a língua portuguesa reservados
com exclusividade para o Brasil à
EDITORA ROCCO LTDA.
Rua Evaristo da Veiga, 65 – 11º andar
Passeio Corporate – Torre 1
20031-040 – Rio de Janeiro – RJ
Tel.: (21) 3525-2000 – Fax: (21) 3525-2001
rocco@rocco.com.br
www.rocco.com.br

Printed in Brazil/Impresso no Brasil

CIP-Brasil. Catalogação na publicação.
Sindicato Nacional dos Editores de Livros, RJ.

D879e
duBois, Jennifer
  Os espectadores / Jennifer duBois; tradução Ryta Vinagre. –
1ª ed. – Rio de Janeiro: Rocco, 2022.

  Tradução de: The spectators
  ISBN 978-65-5532-012-1
  ISBN 978-65-5595-012-0 (e-book)

  1. Romance americano. I. Vinagre, Ryta. II. Título.

20-64499
CDD: 813
CDU: 82-31(73)

Meri Gleice Rodrigues de Souza – Bibliotecária CRB-7/6439

O texto deste livro obedece às normas do
Acordo Ortográfico da Língua Portuguesa.

Para as mulheres da minha família, especialmente Carolyn, Beverly, Marjory e Kate – Agradeço por sua capacidade de adaptação e comemoro seus recomeços

Atenção, meu corpo e minha alma, cuidado acima de tudo para não cruzar os braços e assumir a mesma postura estéril do espectador, pois a vida não é um espetáculo, um mar de sofrimento não é um proscênio e um homem que gane não é um urso dançarino.

— Aimé Césaire, *Notebook of a Return to the Native Land*

No mundo de hoje, um adulto não pode se chocar com mais nada.

— Jerry Springer

PRÓLOGO
semi

1969

Passamos anos lembrando desse jeito do homem que seria Mattie M: andando em Greenwich Village, mãos nos bolsos, deixando um rastro de energia em seu caminho. Na época ele era Matthew Miller, advogado M. Miller, doutor nos tribunais; Mattias Milgrom para seus avós. Matthew para poucos, bem poucos. Dizem que tinha o carisma de um Kennedy, e não deixam de ter razão — mesmo sem ter a cara de um, o que ainda é o caso; o fato de parecer manso, de não se chocar com nada e de ser incapaz de reagir com fúria era só aparência. Tinha um jeito de andar deselegante, parecia um gambá, coisa que mais tarde desaprendeu para as câmeras. Mas também irradiava uma eletricidade sutil — alguma coisa discreta e não identificável que movimentava o ar em volta dele — e era fácil confundir isso, naquela época, com o dinamismo específico da compaixão. Porque compaixão dava trabalho, ele sempre dizia, e qualquer pessoa que dissesse o contrário não estava realmente se esforçando para ser bom nisso.

Essa característica, o que quer que fosse, não podia ser detectada de maneira nenhuma na televisão.

Se os homens podem mudar até desaparecerem, não devia nos surpreender que os mundos possam mudar também. Mas não importa o que digam, não existe limite para a nossa capacidade de nos surpreender.

Duzentos anos atrás, o Washington Square Park era uma vala comum e, antes disso, um pântano. Hoje, a Christopher Street é artéria única e decadente que vai das drag queens do Bronx ao hospital de pacientes terminais sob o viaduto West Side Highway. Há trinta anos, ainda prendiam ali quem estivesse espiando uma vitrine perto demais de outro homem. Há cinquenta, Matthew Miller nasceu em um apartamento sem aquecimento no Cotrona Park, e há vinte morava em um apartamento na West Fourth com vista para um muro de tijolos aparentes. E agora ele ganha cerca de três milhões de dólares por ano, segundo a revista *Variety*, e ninguém sabe onde mora.

Se alguém no Village disser se lembrar de Matthew Miller, vale perguntar: qual deles?

Começamos a frequentar a boate Stonewall um tempo depois do comércio na rua fechar. Digam o que quiserem sobre a família Genovese, mas eles eram nada além de democráticos: em se tratando de lavagem de dinheiro, os dólares de qualquer um prestavam. Noite após noite nos serviam bebidas aguadas com rótulos falsificados, e noite após noite nós pagávamos e não reclamávamos.

Nossas noites se emendavam: eram incontáveis, cada uma um possível turbilhão de possibilidades. Hoje, aquelas noites viraram uma bola caleidoscópica de discoteca, com luzes que se apagam quando encaramos qualquer pessoa perto demais. Basta recuar um passo que o rodopio recomeça e traz os pixels da imagem de volta para o presente.

Estamos no parque da Christopher Street em uma de muitas noites. Os garotos de rua ficam por perto, tentando furtar cigarros: são uma matilha com lealdades inabaláveis que parecem se dissolver e recompor como os cardumes mudam de direção. Do outro lado da rua, travestis de vestidos roubados fazem pose para o homem que espia pelo olho mágico. No parque, Brookie cobre com o corpo a estátua do general Sheridan e começa a tomar liberdades com seu colete.

— Ora, ora, ora — diz ele —, não está abotoado como parece, não é? Brookie se vira para nós e sussurra alto como se estivesse num palco.

— É um *ferro* aí embaixo, meninas.

Stephen observa que a estátua é de bronze e atravessamos a rua.

Lá dentro, piscamos para nos acostumar com a escuridão e contamos os quase desconhecidos: reconhecemos os rostos, mas não sabemos os nomes. Um advogado porcino e uma drag queen baranga dançam ao som das Supremes a uma luz baixa e viscosa. Um homem de casaco de pelo de camelo olha fixo para o chapéu que tem nas mãos fingindo ter parado ali acidentalmente. Tudo em volta cheira a bebida fraca com gosto de formol; e a mijo — especialmente, mas não só, perto do banheiro; e o perfume Ambush paira sobre o cheiro de suor que é, precisamos dizer, inegavelmente masculino.

— Deus sabe que não viemos aqui pelo ambiente — comenta alguém, provavelmente Paulie, em uma de muitas noites.

No salão da frente, todos, de todos os tipos, captam boas vibrações; no salão dos fundos, a solidão não nos deixa em paz. A porta do banheiro feminino se abre e revela sua realeza: as drags recentemente exiladas da Goldbug ou da One-Two-Three. Todos ali vêm de outro lugar: do Milano e do Omega; de Westchester e West Virginia; os que vieram para um segundo teste de elenco off-Broadway ou para a bolsa de valores de Nova York. Nosso grupo vem dos ricos matriarcados do Meio-Oeste e dos pobres católicos de Howard Beach, da academia preparatória de St. Paul e da ala psiquiátrica do St. Vincent, da Marinha dos Estados Unidos e da Tisch School of Arts. Brookie voltou há pouco tempo de uma temporada em São Francisco e jamais ficaremos livres dessa história. Mas de qualquer canto que tenhamos vindo, aqui estamos.

Dançamos, bebemos, nos perdemos uns dos outros. Bebemos em copos manchados de sujeira e, mais tarde descobrimos, hepatite. Encaramos meninos de calças muito justas e cabelo despenteado; olhamos para meninos com maquiagem de palco que não trabalham necessariamente no teatro.

Um homem que conhecemos desde sempre tira os óculos e o encaramos também. Talvez ele nos pegue — se deixarmos — e por um momento a noite dionisíaca congela em um único rosto apolíneo: mesmo com efebos e catamitas concupiscentes e barulhentos dançando à nossa volta no escuro.

Não há nada de novo sob o sol, um de nós sempre dizia a respeito de tudo: e não, talvez nem mesmo isso.

Paramos no poço dos desejos que às vezes está cheio de gelo, mas em geral com algo menos tocante: caixas vazias, caixotes de cerveja. Não importa: não viemos para ser exigentes. Brindamos ao desejo que todos temos — que é sempre o mesmo, e que quase sempre se realiza. Então jogamos moedas, às vezes elas quicam de volta para nós, e de um jeito ou de outro Brookie declara que está sentindo que essa será sua noite de sorte.

De certa forma, todas eram.

Anos mais tarde, seria tentador imaginar que Matthew Miller estava entre nós, mesmo naquela época. Talvez fosse uma daquelas figuras furtivas de terno, quase invisíveis nos borrões das lâmpadas de vapor de sódio, perambulando pelo cais até a polícia chegar com seus cassetetes.

Podia ser uma das sombras se esgueirando pela Ramble, aliança no bolso, dizendo a si mesmo não saber quem poderia encontrar ali.

Ou talvez uma forma encolhida de chapéu chegando atrasada para um espetáculo no Jewel ou no Metropolitan.

Talvez tivéssemos até estendido a mão — naquela escuridão extraterrestre, aniquiladora — e encostado nele: esse homem que sempre achamos que seria um desconhecido.

Aquela podia ser a última vez que acertamos sobre Matthew Miller ou qualquer outra coisa.

Antes de sair, precisamos nos preparar.

Ficamos bebendo e ouvindo discos; tentamos convencer Paulie a não cantar. Dizemos para Stephen que ele é bonito, se acharmos que ele merece naquela semana — parece injusto que aquela beleza da Invasão Britânica possa abrigar tal depressão continental. Brookie pergunta a Stephen se ele algum dia pensou em não se vestir como um agente da Narcóticos. Stephen pergunta a Brookie se ele algum dia pensou em não se vestir como um cafetão. Então Stephen diz para Brookie que a busca incessante por novidades é um sinal clássico de distúrbio narcisista de personalidade, e Brookie pergunta que distúrbio é diagnosticar todo mundo com algum distúrbio, e Stephen diz que o diagnóstico não é *dele*, é de Freud, e nós gememos e dizemos ah, pelo amor de Deus, de novo não.

Lá fora pode ser verão. A noite reduziu o cheiro azedo de Nova York no calor. Paulie sai na nossa frente, sempre foi o melhor para andar em paralelepípedos de salto alto. Brookie e Stephen estão agora de braços dados, em reconciliação repentina. Passamos pelo Washington Square Park, seu arco brilha dourado no escuro. Lá no alto talvez haja uma lua cheia. Que tremula como um dente imenso iluminado por trás, e paramos um pouco para admirar. Depois flutuamos pela Sétima Avenida contando piadas tão engraçadas que sabemos que nos lembraremos delas para sempre.

Em Paris, os estudantes estão arrancando os ponteiros dos relógios — ah, se nós tivéssemos tido *essa* ideia.

Claro que tínhamos momentos ruins também.

Havia aquelas tardes que Stephen passava no chão ouvindo Billie Holiday e perguntando a quem pudesse ouvir se estavam a fim de cometer suicídio.

— Não mais do que o normal — dizia Brookie.

Nós ríamos — ou, se não, deixávamos passar um segundo respeitoso sem respirar no lugar do riso. Teria nos afetado de modo diferente se soubéssemos quantas vezes Stephen ia tentar, e tentar, e tentar, até acertar em 1988 (o que não foi, todos nós concordamos, de forma alguma cedo demais).

Havia noites em que reabríamos feridas fechadas, resolvíamos pendências. Havia noites em que nos tornávamos os bêbados inconvenientes.

Havia aquelas noites inquietas e puritanas em que não íamos a lugar nenhum — mas estas, pelo menos, nós esquecemos. Houve uma noite em que uma traveca acusou Brookie de roubar o cinzeiro Cinzano que ela guardava na bolsa. Havia noites em que luzes brancas cobriam a pista de dança e corríamos para encontrar parceiras femininas adequadas. Stephen uma vez agarrou uma sapata espantada que pensamos que ia rejeitá-lo e que no fim das contas acabou sendo uma ótima dançarina. Essa foi uma história bem engraçada que contei tempos depois. Houve uma noite em que a polícia invadiu o banheiro feminino e abaixou as calcinhas de todo mundo. Essa história nunca foi engraçada e nunca contamos.

Eis uma história que é engraçada de outro jeito: Matthew Miller, antes defensor dos abandonados e depravados, é agora Mattie M do programa de TV *Mattie M Show* — zênite de audiência, nadir cultural. Dá para vê-lo qualquer dia da semana à tarde ministrando para uma procissão de infelizes diante de uma plateia vampiresca — além de seis milhões de espectadores em casa curtindo as emoções do Coliseu no conforto de suas salas de estar.

Mas chega disso. Basta. Não há nada mais a dizer. Matthew Miller esteve aqui e agora não está mais. E se ainda não acreditamos na permanência do desaparecimento, então não existe nada nessa vida capaz de nos convencer.

Embora fôssemos clientes semi-habituais da Stonewall, conseguimos perder as manifestações. Aquela não foi a noite em que fomos presos e conhecemos Matthew Miller. Isso aconteceu uma semana antes, numa blitz que ninguém mais lembra.

Depois fomos levados para The Tombs, a cadeia municipal, e fichados por um guarda de lábios grossos. Nossa cela cheirava a blocos de concreto e a merda. Levamos umas porradas na briga e Paulie tinha um hematoma no rosto que parecia desabrochar diante dos nossos olhos (tem algo estranho que parece a aurora numa hemorragia, como acabaríamos todos sabendo mais tarde). Mas foi Stephen quem realmente nos assustou: tinha batido a cabeça de um jeito esquisito e agora não estávamos gostando de ver seus olhos opacos e apagados.

Do outro lado do corredor, o guarda de lábios grossos sorriu com malícia.

Depois de um tempo, ouvimos uma batida metálica e uma silhueta apareceu na porta — um homem de estatura mediana e chapéu inclinado de lado. Concluímos que era o advogado. Todos tínhamos ouvido histórias sobre o tipo de advogados que a polícia chamava para gente como nós.

— Meu nome é Matthew Miller — disse o homem. Pronunciava as vogais um pouco como associamos aos nova-iorquinos da época da Depressão. — Sou seu defensor público.

Ele se adiantou para uma faixa menos escura do recinto. Parecia ficar mais sólido com o movimento — crispado com energia potencial, feito um buldogue ou um pugilista.

— Tem alguém ferido aqui?

Apontamos para Stephen, cujos olhos ainda oscilavam por suas fases lunares. Ele estava inquieto e tinha vomitado duas vezes num canto.

— Deixe-me ver — disse o advogado. Ele fez soar como se pedisse permissão. Tirou uma pequena lanterna do bolso e a mexeu diante dos olhos de Stephen.

— Bom, acho que não é dessa vez que você vai bater as botas. — O advogado se endireitou e passou a fazer umas anotações num bloco. Na mão esquerda cintilava uma aliança com certo brilho falso. — Mas precisamos levá-lo para um hospital. Qual é seu nome?

Stephen não respondeu, então o advogado se virou para nós. Uma nuvem se deslocou no céu lá fora, e na luz fraca nós o vimos com mais detalhes, só por um segundo: uma linha branca de cálcio na unha do polegar, certa aspereza na testa. Seu olhar assombrado, de um verde alucinógeno. No rosto, uma expressão que, ao olhar destreinado, podia não ser nada — mais tarde, porém, seria o reconhecimento das complexidades do mundo, sem surpresa, e uma aversão essencial a julgá-las.

O advogado tamborilou os dedos nas folhas do bloco. Notamos que as unhas dele estavam roídas até o sabugo. Fizemos uma careta ao imaginar as fisgadas nervosas que devia sentir.

— Qual é o nome dele? — perguntou de novo.

E esperamos, sem saber quem queria saber.

PARTE UM

UM
cel

1993

Cel está no camarim fazendo a pré-entrevista do menino-diabo quando chegam as primeiras informações sobre o tiroteio.

O nome do menino-diabo é Ezra Rosenzweig, mas disseram para Cel só chamá-lo de Damian. Ele tem uma tatuagem preta de odalisca no pescoço e implantes de chifres subcutâneos do tamanho de um polegar. Cel sempre acha que os chifres vão se mexer com expressividade, como as orelhas de um cachorro pequeno. Mas os chifres do menino-diabo não se movem, e, ao lado das sobrancelhas raspadas, ajudam a formar uma expressão de total apatia, de modo que Cel não nota direito o tamanho da surpresa dele ao parar de falar de rituais satânicos de batismo e dizer:

— Ah, merda.

Cel segue o olhar dele para a televisão sintonizada numa CNN eternamente muda. Na tela, uma âncora de telejornal de blazer vermelho e olhar melancólico. Embaixo dela, a legenda eletrônica declara que um atirador, possivelmente dois, abriu fogo numa escola do ensino médio nos arredores de Cleveland. Cel aumenta o volume.

"... *a escola tem mais de mil e quinhentos alunos matriculados*", diz a âncora. Embaixo dela, rola um texto registrando várias mortes. A âncora usa uma expressão de preocupação perfeitamente coreografada — Cel jamais notaria a sugestão de alívio por trás se não trabalhasse na televisão.

"Nada ainda sobre a identidade do atirador, ou atiradores, mas alguns relatos iniciais sugeriram que os próprios alunos poderiam estar envolvidos..."

— Horrível — diz Cel, e percebe que esta não é a palavra certa.

Luke aparece na porta segurando uma prancheta. Anda sempre com aquela prancheta, precisando ou não prender folhas de papel.

— Vocês viram — diz ele, olhando a televisão.

— Vimos — diz Cel. — Você lembra do Luke, não é, Ezra? Quero dizer, Damian. — Na tela, uma tomada de helicóptero dá uma panorâmica da escola: tijolinhos vermelhos, ladeada por um emaranhado de quadras de esporte. — Luke é um produtor aqui no programa.

Luke odeia o uso de artigos indefinidos quando se referem ao seu trabalho.

— Sim — diz o menino-diabo, com inesperado nervosismo.

— Oi — diz Luke virando a cabeça na direção do menino-diabo.

Luke tem o dom de interagir com os convidados como se não estivessem bem ali; o modo como fala com eles sugere que responder não seria só impertinência, e sim impossível, como se ele fosse o homem da previsão do tempo e as pessoas um furacão em *chroma key*.

Na tela, a imagem se expandiu para exibir uma frota de veículos de emergência: caminhões dos bombeiros, ambulâncias, carros da polícia, municipais e estaduais. Para além da linha de carros, Cel só consegue ver algumas figuras de colete verde-lima. Imaginou que devia ser a equipe médica de emergência, mas não estavam fazendo nada, só esperando. Cel fica de boca seca ao pensar no que estariam aguardando.

— Então — Luke bufa baixinho.

— Horrível — Cel repete, estupidamente.

O menino-diabo não olha a televisão, e sim Luke, com expressão de curiosidade respeitosa, quase servil. Cel torce sinceramente para que Luke não veja, mas suspeita que, apesar de nunca aparentar, ele realmente vê tudo.

Luke se vira para ela e seu olhar arranha o ar.

— Vou pegar Cel emprestada um minuto, está bem, amigo? — Luke não espera a resposta do menino-diabo. — Sara fica aqui esperando com você.

Sara Ramos, a coordenadora de audiência, materializou-se na porta. Cel a olha com interesse — por menos que goste da sua nova função, mal consegue imaginar os horrores do trabalho de Sara — e então segue Luke e a prancheta dele para o corredor. Lá fora, Luke diz que Mattie quer cancelar a gravação daquele dia.

— Em respeito às vítimas — ele acrescenta depois de um segundo.

Pelo tom de voz, Cel não sabe se ele concorda com essa decisão ou se está apenas cansado de brigar com Mattie. De qualquer modo, sabe que ele deve estar apoplético com o momento escolhido.

— Claro. — Cel indica a porta com um movimento da cabeça, onde o menino-diabo espera sem saber de nada. — Então vamos contar para ele... que será amanhã?

A careta de Luke se intensifica por trás da careta habitual.

— Quer dizer, isso vai ser só hoje, ou...?

— Eu não sei.

— Então... segunda-feira?

— Você não precisa dizer nada a ele. Meu Deus. — Luke passa no cabelo a mão que não segura a prancheta. — Diga que entraremos em contato.

— Mattie está em *greve* agora, ou o quê?

— Só temos de prestar muita atenção à ótica. — Luke usa o que Cel considera sua voz de boletim para a imprensa.

— Depois de Paixão Secreta — diz Cel.

— *Pare* de falar nisso. Mas é.

Cel só comenta isso com Luke — nem ela é tão burra assim. "Paixão Secreta" tecnicamente se refere a toda uma categoria de programas — a fórmula é exatamente o que diz o título, e Mattie já fez dezenas deles —, mas tem sido usada em alusão a um único episódio. Nesse programa, tanto o sujeito quanto o objeto da Paixão Secreta eram homens — colegas de trabalho há muito tempo, é claro — e, apesar de não ser a primeira vez que acontecia, foi a primeira vez que alguém envolvido ficou realmente surpreso. O objeto da paixão saiu furioso do palco e mais tarde deu uma baita surra no admirador no estacionamento. Cel ouviu dizer que ele sofreu danos cerebrais permanentes, mas também que a coisa toda foi encenação, um golpe de publicidade tão malfeito que era melhor mesmo o mundo pensar que tinha sido um crime de ódio de verdade. A antecessora de Cel pediu demissão e/ou foi demitida e/ou, segundo alguns relatos, foi hospitalizada: o programa teve de substituí-la tão depressa que chegaram às raias da loucura, e foi assim que acabaram com Cel.

— Acho que faz sentido — diz Cel. E faz mesmo para relações públicas que, como ela, tem de ficar repetindo o tempo todo: é sua função, é sua função, de alguma forma é sua função. Mas o que realmente faz sentido é que por trás do motivo dado por Mattie para cancelar a gravação existe outro, e esse motivo é cínico e egoísta. Uma das muitas áreas em que Mattie é genial é na capacidade de seguir perfeitamente a linha da abissal autoestima de Cel.

— É, Cel — diz Luke —, acho que faz sentido sim.

Ele usa sua voz de paciência-furiosa, mas, pelo menos naquele momento, Cel não o condena. Ezra Rosenzweig, vulgo Damian, também conhecido como menino-diabo, representava a única e modesta vitória de Luke numa batalha sangrenta de seis meses sobre rituais de satanismo porque, mesmo com interesse imenso do público e cobertura completa e conjunta da concorrência, Mattie se recusava a tocar no assunto. Mattie não acompanhava muito as tendências — tinha tratado superficialmente o julgamento McMartin Preschool —, mas também não costumava ser *tão* cabeça dura. Luke passou meses tentando "convencer Mattie" a "participar do debate nacional" — e por meses o "debate", ou o que quer que fosse, aconteceu sem eles: onipresente e ensandecido, cheio de metástases e, ao que tudo indicava, infinitamente lucrativo. Todos os programas que competiam com *Mattie M* — e muitos que nunca admitiram tentar — tiveram pelo menos um episódio sobre satanismo. A maioria produziu muitos: examinando cada ângulo, real e hipotético; convidando comentaristas de áreas cada vez mais tangenciais em suas especialidades; e finalmente recorrendo a episódios que eram, essencialmente, ideias experimentais: "Aliança Profana: Pode haver satanistas à espreita na sua igreja?"; "Dr. Diabo: Satanismo e pediatras"; "Pentagrama no Pentágono: Para onde vão *realmente* seus impostos?" Apesar da saturação excessiva, a audiência se manteve altíssima. O simples ato de saciar o apetite dos espectadores parecia aumentá-la, fenômeno televisivo que não se via em todas as décadas.

— Não é nem mesmo um recurso finito! — Luke tinha berrado antes, naquele mês. — Simplesmente continua se recriando! Cel, é assim que a bolsa de valores *deve* funcionar!

— Sinto muito, Luke — diz Cel agora. — O momento é péssimo.

— É, Cel. — Luke cerra os maxilares. — É *mesmo* péssimo.

Mas isso parece maldade só por hábito — ele nem está se divertindo —, por isso Cel sente certa pena dele.

— Não entre em pânico — Cel se pega dizendo.

— *Ninguém* está entrando em pânico.

— O público não vai a lugar nenhum. Você sabe que nosso amiguinho Ezra não vai a lugar nenhum.

— Só vai voltar para Coney Island — diz Luke desanimado, balançando a cabeça e tamborilando triste na prancheta. — O que me lembra que precisamos pedir um carro para ele.

O menino-diabo tenta reagir bravamente à notícia.

— Sinto muito por isso — diz Cel, apontando para a TV. A tomada do helicóptero exibe mais uma fila de carros, estes estacionados em local proibido, de portas abertas. Cel procura não pensar de quem são aqueles veículos e qual o destino dos que os abandonaram. — Sei que você estava muito animado para contar sua história para nós.

Os implantes empinados do menino-diabo agora parecem deslocados com sua expressão infeliz. Os convidados nunca são exatamente o que pensamos que vão ser — Cel aprendeu isso no primeiro dia, quando se deparou com uma mulher obesa usando um pente brilhando de cuspe para domar o cabelo lambido do filho ilegítimo contra quem disparou insultos quando estavam no ar.

O menino-diabo meneia a cabeça distraído e os chifres balançam.

— Nós certamente estávamos muito ansiosos para *ouvir* sua história — diz Cel; afirmação vazia e outro eufemismo épico. Naquelas últimas semanas, o boicote de Mattie ao satanismo assumira ares apocalípticos; Luke alternava compará-lo ao ritual de seppuku, aos suicídios de Jonestown e uma vez ao Nakba.

— Você está de brincadeira? — sibilou Joel, o diretor de produção, depois desta última. — Não dou a mínima para o seu posicionamento político ou seu senso de humor sociopata, mas *nunca mais* quero ouvir qualquer piada com o Oriente Médio por aqui. Está pensando que precisamos dessa merda agora?

— Mas não disse nada sobre o seppuku — sussurrou Cel depois de Joel sair furioso.

— Ele ainda pensa que sou japonês — disse Luke. — Acha que estou sendo *literal* nessa! E Cel, sabe de uma coisa? Tem dias que me sinto tentado.

Luke fez mímica de evisceração.

Mas até Joel concordou que a posição de Mattie era insustentável e que teria de haver alguma solução de consenso. Esta solução veio na pessoa de Ezra Rosenzweig — para quem Satã era um passatempo autêntico, cuja vida, apesar de não ter qualquer histórico criminal, era (na opinião de Luke) talvez ainda *mais* assustadora se levássemos em conta seu potencial puro e sinistro. E agora já estavam pedindo um carro para ele. Era mais do que uma decepção — Cel sabia disso — e o menino-diabo também não parecia estar gostando nada daquilo.

— Não se preocupe. — Cel dá um tapinha no braço do menino-diabo perto de uma tatuagem minúscula de um tridente que ela não havia notado antes. A pele do menino-diabo é seca e tem psoríase, e Cel sente o impulso de oferecer a ele um hidratante que tem na bolsa. Ela não costuma ser dada a gestos de ternura maternais, e entende que isso não parte dela, mas da televisão, que agora exibe um telhado sob o qual muitos adolescentes supostamente estão morrendo.

— Ah, espere! — diz Cel, e o menino-diabo parece chocado. — Eu já ia me esquecendo!

Ela corre para sua sala e volta triunfante com uma sacola de brindes.

— Para você! — diz ela com a voz de outra pessoa, talvez da vida de outra pessoa. O menino-diabo se anima, mas não devia. Não há nada de bom na sacola, só uma caneta, uma caneca térmica para cerveja e uma camiseta *Mattie M*, sempre GG. Cel não consegue imaginar quem queira aquilo, ainda que consiga imaginar muitas coisas após seis meses trabalhando no programa.

— Obrigado — diz o menino-diabo. De acordo com a bio, ele é dos subúrbios de Connecticut.

— De nada — responde Cel. — Bom, Sara vai chegar num minuto e...

— É horrível.

— O que disse?

— É horrível.

O menino-diabo continua olhando para a sacola e Cel não sabe se ele fala da caneca térmica — ou talvez se dirija ao objeto —, mas então ele vira para ela com um brilho nos olhos.

— É uma *tragédia*.

Não é a sacola de brindes.

— É, sim — diz Cel.

— Eu não entendo. — Ele diz isso em tom de desafio, como se esperasse que alguém dissesse o contrário.

— Ninguém entende.

O menino-diabo olha fixo para ela, obviamente insatisfeito.

— Talvez seja uma dessas coisas que ninguém *consegue* entender — isso soa correto, ou quase correto, mas Cel suspeita, na hora que fala, que não é. — Talvez seja uma dessas coisas que ninguém devia tentar entender.

O menino-diabo continua olhando fixo e Cel procura lembrar a idade dele. Será possível que tenha só vinte anos? Os olhos brilhantes e a expressão perdida ampliam o efeito filhote criado pelos pequenos chifres, e por um momento Cel o imagina como criatura de algum mito — um fauno ou quimera, ou outro híbrido, condenado a percorrer os reinos terrestre e celestial sem pertencer a nenhum, solitário nos dois.

— Pode ser — diz o menino-diabo sem se convencer, num tom vazio, e abaixa a cabeça para espiar a sacola de brindes outra vez. — Pode ser que algumas coisas sejam assim.

Chove lá fora, como se o clima resolvesse adotar uma roupagem mais sombria diante do que estava acontecendo. Cel teve a impressão momentânea de que as pessoas em volta se moviam de um jeito diferente, que estavam mais introspectivas, mais protegidas do mundo, mas então ela lembra que a maioria ainda não viu o noticiário e que as pessoas estão sempre assim em Nova York.

Ela anda um quarteirão inteiro e para embaixo de um outdoor da Newport. A chuva cai em diagonal, rebatendo em tudo. O concreto perto dela está todo borrado de cocô de pombo ao estilo Pollock. Cel pega o maço de Camel e acende um. Uma mulher fumando Camel embaixo de um outdoor da Newport, ha ha. Esse é o tipo de visual que chamaria sua atenção quando chegou de mudança em Nova York, no tempo em que tudo chamava sua atenção. Naquela época, andava de olhos bem abertos, cabeça levantada, de cara lavada (agora entende) com a vulnerabilidade idiota de uma pessoa disponível para o diálogo. Quando as pessoas davam folhetos na rua, ela realmente lia! Naquele tempo ela lia tudo: outdoors (McDonald's entrega em casa!) e advertências aqui e ali (Rádio ou Gravadores Ligados sem Fones de Ouvido era mais ou menos Proibido) e cartazes de manifestações (parecia que tinha havido um genocídio na Armênia, do qual Cel jamais ouviu falar) e placas de protestos (havia um grupo de judeus que pareciam muito religiosos e se opunham ao estado de Israel, e Cel nunca ouviu falar deles também). Tudo aquilo, tudo mesmo, era novidade para ela. Ela estudava a cidade como uma vez tinha estudado a mata, o delicado ilhó na asa de uma borboleta. É torturante pensar nisso agora: que alguém a observasse e visse que ela estava deslumbrada com a visão de um porco-espinho numa coleira, e preocupada com aqueles meninos que se penduravam na traseira dos ônibus, e surpresa, sempre, cada vez que os sem-teto surgiam de formas que achava que eram sombras ou objetos. O truque com os sem-teto era procurar vê-los como alucinações. Cel conseguiu fazer isso por uma semana, até quase pisar em um deles — uma mulher deitada na calçada com o rosto branco feito um lençol à luz do dia. Cel achou que ela era uma pilha de cobertores. Ao olhar para baixo, os olhos da mulher faiscaram com uma espécie de ferocidade maligna que fez estremecer a membrana que as separava. Cel não pretendia olhar nos olhos dela — foi onde seus olhos caíram —, mas já que tinha feito e a mulher a viu fazendo, Cel se sentiu mais do que vista. Passou correndo às cegas pela mulher fingindo procurar moedas nos bolsos.

Uma vez Cel viu um peru morrer na mata. Foi no inverno. Ela se assustou ao vê-lo. Ele estava numa árvore logo acima dela, o tamanho e a proximidade chocantes. O peru tentou voar para longe, mas caiu e se enroscou em um galho no chão. Estava coberto de alguma coisa que parecia um musgo cinza. Ficou lá se debatendo um longo tempo. Cel não tinha nada para matá-lo e ficou aliviada por não ter de decidir se tentava ou não — mas isso pareceu indecente. Também pareceu indecente ficar ali parada, assistindo, assim como também seria indecente ir embora, por isso Cel ficou lá paralisada até o pássaro finalmente aquietar, com o enorme olho amarelo ainda aberto.

O olhar da sem-teto fez Cel se lembrar obscuramente disso. E depois ela sentiu uma espécie de tampa dentro dela se fechando. De certa forma, Cel pensa na mulher como a última coisa que realmente viu em Nova York.

Cel joga o cigarro no chão e o apaga com o pé. Volta para a agitação de gente e se torna, mais uma vez, invisível.

* * *

Nikki já está no bar, cercada pelo grupo habitual. A maioria tipos de Wall Street, de terno, que emanam vibrações em vários graus de inquietação, sexo, cocaína, ou descaradamente homicidas.

— Cancelaram a gravação — diz Cel, saindo do abraço com perfume de coco de Nikki. — Por causa daquele ataque na escola, sabe?

— Ah, *tá* — diz Nikki. — Fiquei com medo de você ter sido mandada embora.

— Ainda não — diz Cel com melancolia.

Nikki vira para os caras e fala.

— Meninos, essa é minha companheira de apartamento, Cel. Cel, esses são Alec e Scott.

Cel assente. Alec e Scott são o de sempre: irradiam segurança e usam gravata. Vão voltar para o trabalho mais tarde — estão sempre voltando para o trabalho mais tarde esses homens, e talvez seja por isso que Cel os considere perigosamente focados em objetivos. Paqueram com a urgência de marinheiros desembarcados em licença, ou de animais com períodos muito curtos de acasalamento.

— Cel pode parecer meiga — diz Nikki —, mas não se enganem.

Pelo jeito de Nikki falar, Cel sabe que esses homens já gostam dela. Os homens sempre gostam de Nikki, da voz rouca, da pele morena — duas coisas que parecem falsas e que na realidade não são.

— Cel tem um segredo — anuncia Nikki.

— Ah, é? — diz um dos homens.

Nikki faz que sim com a cabeça e Cel vê a pálpebra dela enrugar na menor fração de uma piscadela.

— Cel trabalha para os vilões — declara Nikki.

Os homens olham para Cel com interesse levemente renovado. Um deles tem cabelo demais — dá para chamar de estilo Teen Wolf, se quiser ser cruel, mas ela não vai mais ser assim. Deve haver um monte desses homens no centro, mas Cel nunca vê quando não sai com Nikki; Cel suspeita um pouco que Nikki os invoca, pode ser até que os crie — que eles se materializem no éter só para pagar bebidas para ela. Ou talvez seja Cel, ao testemunhar esse processo, que os cria: um cenário do gato de Schrödinger, mas com financistas universitários.

— Os vilões, é? — diz o Teen Wolf.

Cel faz que sim com a cabeça e torce para o gesto ser ameaçador. Nikki concluiu recentemente que o problema de Cel com os homens é sua personalidade em geral. Depois de seis meses em Nova York, Cel se dispõe a ceder e aceitar que isso pode ser verdade. Os homens tendem a não notar suas piadas ou, se notam, acham espantosas, como se vissem um pombo usando um caixa eletrônico. Uma vez ela disse isso para um deles e ele ficou ainda mais espantado. Esses homens parecem ficar a cada dia mais burros e literais com as mulheres: aderem a diálogos de apresentação e dão guinadas loucas para falsas conclusões. Depois de alguns meses assim, Cel passou a se aventurar em algumas falácias dela mesma, fazendo Nikki representar a intervenção e impor um conjunto completamente novo de protocolos.

— *Que* vilões? — diz o menos lupino dos dois.

Nikki balança a cabeça.

— É chocante demais para falar.

— Conte para nós — pede o Teen Wolf meio mecanicamente, pensa Cel.

Cel tinha concordado com um período de experiência seguindo os conselhos de Nikki — conselhos que no fim das contas se resumiam a: falar menos —, por isso, em vez de responder, ela oferece sua desculpa com o dar de ombros que era sua marca registrada: ombro direito para cima, cabeça inclinada para a esquerda, face puxada em um meio sorriso irônico. "Precisa de uma frase de efeito", tinha dito Elspeth quando ela pensava nisso na Smith. "Tipo '*Vai fazer o quê?*' ou coisa assim." Cel tinha tentado berrar a frase com um sotaque italiano rasgado — "*Vai fazer o quê!"* — e realmente pareceu um toque complementar, mas, por motivos óbvios, não ia fazer nada disso agora.

— Não vamos contar — diz Nikki. — Vocês vão ter de adivinhar.

— Você diz que essa vilania é chocante — diz o Não-Wolf —, então você não deve ser do nosso meio.

Ele fala do mundo financeiro, conclui Cel. A mudez não é tão difícil quando a encaramos como um jogo, uma espécie de contenção formal — ela pensa em seus seminários de escrita criativa na universidade (escrever um haikai, escrever um parágrafo com palavras de uma sílaba só, escrever um soneto em pentâmetro iâmbico) ou nos exercícios de teatro em dias de improvisação (*Seja uma morsa! Seja uma morsa manca! Seja uma morsa manca que tem um segredo terrível!*). Parâmetros estruturais abrem possibilidade artísticas — vejam as vilanelas ou as peripécias agitadas da corrente literária Oulipo —, por que não tiradas românticas também? É com esse espírito que Cel fez experiências com algumas interpretações criativas do *falar menos* durante semanas: uma vez fingiu falar um inglês muito limitado, e outra vez que não ouvia bem, e outra que era meio louca. Para a loucura, ela incorporou sua própria interpretação de Ofélia na universidade — papel que tinha feito como uma "esquizofrênica ofegante de olhos arregalados", segundo o jornal *Sophian* da Smith; na reprise do bar, ela tentou fazer a voz ainda mais ofegante. Nikki parou de falar com ela um tempo depois disso. Essa noite, conforme o prometido, ela se ateria à simplicidade.

— Não — responde.

— Laboratório farmacêutico? — diz o Teen Wolf... será que era o Alec? Cel sabe que a pessoa não pode fazer nada quando é cabeluda demais, assim como as carecas. Mas é meio decadente, quase voraz, ter tanto cabelo e pelo assim.

— Está esquentando! — cantarola Nikki.

— Você trabalha para Saddam Hussein?

— Você trabalha para Jesse Helms?

Cel não acredita que ainda estão perguntando — é espantoso como essa encenação sempre inspira a curiosidade masculina. Eles devem imaginar que ela faça algo sexualmente brutal — algo pecaminoso e chique, uma tara capitalista. Que ganhe muito dinheiro para bater seus saltos altos e ser muito boa na cama. As pessoas sempre esquecem que a corrupção profissional de baixo grau pode, como qualquer outra coisa, ser um tédio.

— Assassina profissional? — diz o Não-Wolf, Scott, acha Cel. — Mercenária?

Cel dá uma pancadinha no nariz e por um segundo Teen Wolf parece que quase acredita. Cel se emociona, como criança. Ele não tem certeza se ela está brincando, e como teria? Pelo que sabe, ela poderia ser qualquer coisa.

— Vocês desistem? — pergunta Nikki.

— Desistimos — diz Teen Wolf.

— Até nossas mentes depravadas têm limites — diz o outro, e Cel se vira para ele, torcendo para que não pense que só agora ela lhe dá atenção.

— A meiga Celeste aqui — diz Nikki em voz baixa de conspiração — trabalha no *The Mattie M Show*.

Alec produz um som que é um misto de "oh" e de "ah". Cel dá de ombros como se dissesse *Culpada!*, sabendo que seu desempenho beira perigosamente a mímica radical.

— Ora, vocês! — diz Nikki. — Estou falando do *The Mattie M Show*! Que coisa! Não vão me dizer que não é uma loucura ela trabalhar lá.

— É loucura — diz Alec.

— Estou completamente obcecada com isso — diz Nikki. E está mesmo. Parece ir contra algum firme conceito que ela havia formado sobre Cel antes de se conhecerem, e ela jamais se recuperou da surpresa. É verdade que Cel, na resposta que deu ao anúncio de Nikki pedindo uma companheira de apartamento, tinha se apresentado apenas como formada na Smith (verdade), com bom crédito (mais para nenhum), que trabalhava com relações públicas (tecnicamente verdade também, mas podia ter dito mais sobre isso). E também era verdade que, quando Nikki conheceu Cel num café no Lower East Side numa tarde chuvosa, Cel usava uma capa de chuva amarela berrante e calça jeans comprida demais com a bainha ensopada, e parecia totalmente incapaz de um dia surpreender alguém.

"Você não estava brincando. Essa capa de chuva é *amarela* mesmo", foi a primeira coisa que Nikki disse a ela.

A segunda coisa, depois de Cel falar onde trabalhava, foi "puta *merda*". Nikki bateu as duas mãos na mesa e os anéis fizeram um barulhão. Ela se debruçou sobre a mesa com os olhos faiscando e disse: "Conte-me *tudo*."

— Mas tem mais! — diz Nikki para os dois agora, e Cel percebe que ela está com medo de perder espaço. — Vocês nunca vão adivinhar o que ela faz lá.

— É segurança? — diz Scott.

— Agente de apostas?

— Estilista de drag com obesidade mórbida?

— Ela é assessora de imprensa! — exclama Nikki, como se tivesse acabado de saber disso.

Ela é excepcionalmente boa nesse teatro todo: dar pistas, indiretas, tirar Cel de sua falsa hesitação e depois reagir com falso choque — o que os homens deviam realmente achar confuso, só que nunca acham. Cel acha que deve haver algum jeito de ganhar dinheiro com essa habilidade, mas toda vez que tenta pensar em alguma coisa, a única ideia que vem à cabeça é *cafetinagem*.

— Trabalho complicado — diz Alec. — Você estava lá quando aquele cara levou uma surra de chave de roda no programa?

— Foi no estacionamento — diz Cel. — E não, eu não estava.

— *Aquela* relações públicas surtou — diz Nikki. — E Cel entrou *no lugar dela*!

Essa costuma ser a parte da conversa em que Cel diz "Ei, é meu ganha--pão!" — e só porque isso se tornou uma frase de efeito não quer dizer que não seja verdade. *É* seu ganha-pão: e ela ganha mais do que qualquer um da família jamais ganhou. Ganha o suficiente para pagar aluguel e empréstimos. Ganha o bastante para estar ali na cidade mais cara do país bebendo um coquetel de oito dólares e tendo aquela conversa idiota.

Cel percebe que alguém perguntou alguma coisa.

— Como disse?

— Eu perguntei como consegue dormir à noite? — diz Alec.

— Comprimidos — diz ela, e resolve começar a contar suas palavras.

— *The Mattie M Show* — diz Scott. — Não teve um cara que casou com uma ovelha?

— Cabra — diz Cel friamente.

— Não façam isso — diz Nikki, mudando para seu tom civil. — A mulher está só no primeiro drinque.

— Vou ter de oferecer mais um para ela então — diz Alec, e Nikki assente sua aprovação. Sabendo que tudo aquilo era encenação, Cel acha generosa a disposição de Nikki de sempre fazer o papel de escada. Só que Nikki costuma sair desses programas acompanhada mais vezes do que Cel, então talvez seja um caso de simbiose: algo ecológico, evolutivo, como a rêmora e o tubarão.

Alec aponta para a taça de martini.

— Gim?

Cel faz que sim com a cabeça.

— Azeitonas?

Ela levanta três dedos. Nikki diz que é importante elaborar os drinques para os homens com quem você pode acabar na cama e Cel entende a lógica disso. Mas também sabe que ela é apenas barata e adora azeitona.

Quando Alec volta, bate a taça dele na de Cel e brinda.

— Ao Mattie M.

— Que tenha um longo reinado — diz Scott.

— Saúde — diz Cel, e Nikki pisca para ela. Talvez ela devesse ser animadora de circo.

— Eu preciso perguntar — diz Alec, e Cel acha que já sabe o que vem em seguida. Ele se inclina para ela com hálito de gengibre. — As brigas são reais?

Cel estreita os olhos para as azeitonas. Nunca sabe o que dizer sobre isso, mesmo nas noites em que está falando. As brigas são reais porque acontecem — cadeiras são arremessadas de verdade, seguranças corpulentos realmente intervêm (Cel sempre se surpreende de ver que homens tão grandes, para quem transpirar deve ser tão iminente, cheiram tão bem: colônia cítrica leve, menta das gualtérias que amassam durante os comerciais). Cel nunca viu alguém se machucar de fato, mas imagina que se machucam um pouco: levar uma cadeirada não deve ser nada bom, nem mesmo uma cadeira barata de uma curta distância. É claro que o cara da Paixão Secreta se machucou de verdade, mas aquilo foi real e, além disso, aconteceu no estacionamento.

— São encenadas — diz Alec. — Eu sabia.

Cel dá de ombros e balança a mão indicando *mais ou menos*. No fim das contas, *As brigas são de verdade?* é uma pergunta simples demais. As brigas são pré-programadas, mas não são ensaiadas; não são encorajadas explicitamente, mas todos conhecem o roteiro. E apesar dos convidados exagerarem suas reações, não estão exatamente inventando nada. A coisa toda é parte encenação e parte reconstituição: tanto a pantomima dos sentimentos imaginados quanto a exibição ritualizada dos verdadeiros — fica entre uma luta de gladiadores e um bacanal.

— Mais ou menos — Cel acaba dizendo. *As brigas são reais?* Isso é conversa? Pensando bem, é muito difícil dizer.

— Bom, acho que não importa — diz Alec, meio decepcionado. — Aquelas pessoas provavelmente vão se engalfinhar na TV ou fora dela.

Cel balança a cabeça num eixo diagonal que não indica nem que sim, nem que não: ela sabe porque treinou na frente do espelho. As brigas podem ser uma coerção formal do programa, assim como o silêncio de Cel é uma coerção formal daquela noite. Alguém poderia argumentar que é mais fácil entender o *Mattie M* como um comentário subversivo sobre o formato de talk shows; que sua estrutura rígida é, paradoxalmente, o que possibilita sua anarquia ousada; que a cuidadosa adesão à estética que critica é o próprio *cerne* da sua genialidade vital. Pode-se argumentar que todo o projeto é de fato o triunfo da capacidade negativa de Keats — a ocupação magistral daquele espaço liminar entre incertezas incompatíveis. Cel não acredita em nada disso, mas entende que alguém possa acreditar.

— É — diz ela para Alec.

Ela esqueceu se devia concordar com alguma coisa, e se devia, com o quê — mais uma vez, porém, não tem importância. O próprio ato de falar com aquele tipo de homem já emudece o significado, como se a surdez de outra pessoa nos deixasse mudos e a cegueira do outro nos tornasse invisíveis. Alec termina seu drinque com um gole silencioso.

— Você não me disse de onde é — diz ele num tom que parece indicar que já perguntou.

— New Hampshire. — É tremendamente injusto que isso conte como duas palavras.

— Ah, é? — diz Alec. — Minha família tem uma casa em Lake Winnipesaukee. É um lindo lugar. A sua família mora lá perto?

Cel balança a cabeça.

— Perto de Dartmouth?

— Berlin.

— Ah. — Alec estremece. — Já passei por lá. É uma região economicamente deprimida.

Cel sente uma onda conhecida de calor; não tem certeza da cara que está fazendo.

— Se quer minha opinião, quer dizer.

Mas ela não queria e não era questão de opinião. Cel sente a raiva aumentar; bebe um gole do martini e espera a raiva esfriar e passar. Está acostumada com esse processo, esse tipo de recozimento interno. Mas persiste o problema de como reagir. Perguntar para Alec de onde *ele* é vai estragar a contagem de palavras. Omitir "de" e "onde" não compensa "New Hampshire" e além disso vai parecer que ela está bêbada. Cel sente aquele desejo constante de fugir se tornar uma sensação elétrica de necessidade — como o formigamento do início de uma crise de pânico, ou a primeira aura nebulosa de uma convulsão.

— Mais um drinque? — pergunta Alec.

Cel concorda com a cabeça e reprime a sensação de pânico. O mal só requer que as mulheres de bem permaneçam educadas! Ela ri e Alec parece satisfeito com ele mesmo.

— Já volto — avisa.

— Tá — diz Cel. Uma sílaba economizada é uma sílaba ganha! Será que devia contar sílabas? Precisava consultar Nikki. Cel se vira à procura de Nikki e se dá conta de que 1) está realmente muito bêbada, e 2) houve uma mudança sutil no ruído de fundo do bar. O barulho de conversas ficou mais suave e denso ao mesmo tempo, e ela nota um agrupamento estranhamente ordeiro de gente perto do balcão. O grupo parece pulsar um pouco, revelando parte do chapéu de veludo de Nikki. Cel abre caminho até lá e se prepara mentalmente para argumentar — caso Nikki reclame de ela ter abandonado Alec — que um homem que apela para a mudez provavelmente quer *mesmo* ser invisível.

Parecia que o grupo estava em volta de uma televisão. Ela ouvia, mas não via — as costas largas dos operadores do mercado financeiro bloqueavam a visão —, e assim a TV devia ser pequena e não servia para esportes. Cel nem sabia que aquele bar tinha uma TV.

Cel cutuca as costas de Nikki.

— O que está havendo?

— Shh.

Um corretor estende o braço para aumentar o volume e derruba um montinho de amendoins. O bartender com uma tatuagem de uma videira olha para ele, irritado.

"... *na comunidade chocada de Glendale, Ohio, essa noite a dor se transforma em terror em meio a relatos de que um dos atiradores responsáveis pelo massacre de hoje continua à solta...*"

Cel percebe pela voz do âncora que é noticiário em rede nacional: aquela voz é preparada para dizer qualquer coisa para o país — assassinato do presidente, desastre espacial, holocausto nuclear. Ela se posiciona para ver a tela: CBS.

"... A polícia ainda não liberou a identidade do jovem suspeito, mas as autoridades confirmaram que o segundo atacante atirou nele mesmo e morreu durante o incidente..."

— Horrível — Cel diz novamente. O equívoco daquela palavra tinha aumentado desde a última vez que a pronunciou.

— É. — Alec aparece de repente atrás dela com os dois martinis equilibrados em uma só mão. Cel registra uma sensação automática de inveja da capacidade da mão masculina segurar tantas coisas de uma vez só — uma desigualdade tão indiscutível, tão fria, que ela até conseguiu, com certo sucesso, fazer piada disso com outros homens em outros bares, em outros dias — e depois sente uma onda de repulsa por si mesma por ter notado. Por que está pensando nessas coisas agora? E por que agora está pensando em estar pensando nelas?

— Disseram que foi um aluno? — pergunta ela a Alec, para se desculpar.

— Foi o que disseram um minuto atrás, sim.

A tela exibe a mesma fila de veículos de emergência que mostraram mais cedo — mas ou ampliaram a tomada, ou então há muito mais veículos agora. Atrás dos caminhões dos bombeiros e das ambulâncias, ela vê uma série sinistra de furgões pretos e atrás deles uma fila de ônibus escolares amarelos. Parecem inadequados aguardando alegremente, como lápis numa caixa. Cel procura se concentrar na tela, mas não para de olhar para Alec — para a mão dele aninhando os drinques esquecidos; o rosto completamente absorto no que está assistindo. É um rosto bonito, afinal, o rosto de um homem que ficaria feliz de ver o casamento de um amigo, e Cel sente uma ternura repentina e inexplicável por ele. Fica atônita ao pensar que o odiava tanto minutos atrás só por tê-la confundido com outra pessoa — e a verdade é que ela provoca tais incompreensões, tem *prazer* com elas. Adora ser livre para curtir o segredo que ela mesma inventou; gosta de ser tratada injustamente por sua máscara enquanto se diverte na privacidade horrenda por trás dela. *Eu estou aqui, estou bem aqui e você nem sabe!* Cel conhece esse seu lado.

O tempo começa a falhar como estática, e logo Cel percebe que o grupo em volta da TV se dispersou. Ela perdeu Nikki de vista: afinal de contas, a vida continua. Dá um tapinha no ombro de Alec. Pela expressão dele, Cel percebe que esqueceu que ela estava ali, mas se inclina para ele mesmo assim entre um abraço e um dar de ombros. *Vai fazer o quê?* Uma frase que ela nunca usou no palco, mas usa o tempo todo na vida — em geral para sugerir que esqueceu alguma coisa que, por sinal, ela nunca soube. Imagina que um dia desses vai se surpreender usando a frase para se desculpar por sua vida inteira.

Cel está na metade do caminho para casa quando conclui que o tiroteio na escola podia ser o tipo de notícia marcante para as pessoas contarem onde estavam quando souberam. Ela já sabe que se alguém perguntar, vai mentir.

Esta noite, como todas as noites, Cel sonha com a mata. Zigurates de gelo verde-claro no rio; musgo congelado estalando feito tiros. Bétulas prateadas brilhando como estanho polido, mesmo à luz de uma lua minguante. Rastros desenhados na neve: a caligrafia angular de perus selvagens, o saltitar ponto-e-vírgula dos coelhos. "Isso aí é como a Rota 66", o avô dela, Hal, sempre dizia.Nas noites boas, Cel sonha só com a mata. Esta noite, não tem tanta sorte.

As bétulas prateadas: deslumbrantes como sílfides ao vento. *As árvores, Cel, estão se afogando ou acenando?*

As bétulas prateadas desaparecem, a mãe dela chora entre os tocos. A mãe diz "Como pode? Como pode?". A mãe diz: "Não consigo acreditar."

E Cel fala: "Eu consigo." Os olhos da mãe, remelentos e ignorantes. A parte de Cel que quer parar é menor do que a que finalmente quer falar. "Eu consigo acreditar sem dúvida nenhuma."

As bétulas prateadas caídas: uma ossada brilhante ao luar. Cel acaba falando: "Você é horrível, sabia? Você é absolutamente horrível."

DOIS
semi

1969

Na primavera de 1969, tínhamos nos mudado para um apartamento na rua Quinze e praticamente encerrado todos os casos amorosos iniciados e terminados entre nós. Nosso grupo naquela época era às vezes de cinco, muitas vezes seis, mas nunca menos de quatro. Havia substitutos e trocas de casais — ex-companheiros de apartamento que vieram da Califórnia; aspirantes de teatro fingindo ser alcoólatras; amantes que apareciam para uma noite ou uma temporada — e todos nós contribuíamos com nossas cotas de extras. Mas era Brookie que escolhia os principais, que encontrava os que realmente importavam e os atraía de volta para o apartamento.

Foi assim que adquirimos Paulie, num Memorial Day, enquanto ele estava sendo preso na Riis Beach por ter exibido seu umbigo.

Ele começou a cantar "Sit Down, You're Rocking the Boat" enquanto o policial lavrava uma multa. Tinha uma voz de tenor imponente com treino clássico e viramos para ver de onde vinha. Ficamos surpresos ao ver um menino delicado de cabelo encaracolado e feições de elfo que, mais tarde soubemos, pareciam as de um ogro quando ele se aborrecia. "Midnight Confessions" tocava no rádio de alguém, mas desligaram. Paulie cantou mais empolgado ainda e dois *castrati* o acompanharam: *And the people all said beware (beware!)*. Naquele momento, todos nós achamos que Paulie era o protagonista, mas ele acabou sendo menino do coro para sempre.

Depois saímos com ele, fomos a um restaurante em um pátio com vista para o mar.

— Ah, não se gabe disso! — disse Stephen, que estava com seu humor habitual. Não que fizesse grande diferença no início: Stephen tinha aquele tipo de expressão que fazia com que ninguém quisesse ceder a ele. — Todo mundo vai preso naquela praia. *Ele* foi preso naquela praia.

Stephen apontou para Brookie deitado na mureta tentando dar uma batata frita a uma gaivota, que não aceitava nem ia embora.

— Você foi preso por isso? — disse Paulie.

— Mais ou menos — disse Brookie. — A coisa não era uma batata frita, mas o cavalheiro *era* uma gaivota.

Nós rimos, especialmente Paulie.

— E foi aí que o longo braço da lei pegou você? — Paulie apontou para a cicatriz no braço de Brookie: um relevo de carne enrugada pouco menor do que a mão. — Pobrezinho.

Ele passou os dedos no deltoide de Brookie e quis que alguém contasse a história.

Brookie tinha arranjado a cicatriz alguns anos atrás quando protestava contra a contratação só de brancos numa lanchonete White Castle. Era uma história muito boa, talvez por isso Brookie não quisesse contar — talvez tivesse jurado não gastar essa moeda pelo bem de mais um menino branco. Ou talvez ele esperasse que um de nós contasse por ele, ampliando seu valor com discrição. Qualquer que fosse o motivo, valioso ou não, não contamos.

— Não foi por *você* — disse Stephen de repente e nós todos o olhamos. O humor dele se reorganizava, mas sem nunca se alterar fundamentalmente de acordo com as circunstâncias: ele parecia uma bússola, girando e girando para sempre apontar na mesma direção. — É o fim de semana prolongado. Fizeram a mesma coisa antes da Feira Mundial. Fizeram a mesma coisa antes da Feira Mundial de *Chicago*, quando removeram toda a bosta de cavalo.

— Você vai ver que Stephen tem um interesse incrível por bosta de cavalo.

— *Além disso...* — O cabelo de Stephen caía no rosto. Era como pluma, leve, e dissemos que o deixava parecido com John Lennon, ou, quando mudávamos de humor, Farrah Fawcett. — ... se a polícia estava mesmo tentando prender todos os estereótipos naquela praia...

— Estereótipo! — exclamou Paulie. — Quem é um estereótipo? — Ele passou o pulso na testa e fingiu se abanar. Paulie tinha alguma coisa de aristocrático, apesar, ou talvez por causa, dos dentes imperfeitos e a pele oleosa, que podiam sugerir sutilmente nacionalidade britânica, hemofilia. Os olhos, tínhamos de admitir, eram muito azuis.

— ... então não faria outra coisa e teríamos um completo colapso social.

— Um estereótipo! — A interpretação de Paulie tinha se desviado para o Sul, com toques de Scarlett O'Hara. — Um estereótipo! Que acusação é essa...

— Se isso continuar, vou precisar dos sais eu mesmo.

— Um estereótipo! Caramba! — Paulie parou alguns segundos além do que qualquer diretor teria permitido. — Meus amores, eu sou o *protótipo*.

A comida chegou no momento perfeito e Paulie uniu as mãos em gesto de súplica. Então declarou, numa imitação perfeita de Vivien Leigh, que, Deus era testemunha, jamais passaria fome outra vez.

Anos depois, quando estávamos no início do fim e tínhamos parado de falar das nossas aspirações em curso, Brookie sugeriu que esse episódio inteiro tinha sido encenação.

— Você *sabia* que todos estavam olhando — disse Brookie. — Era a maior plateia da sua vida! E eu aqui pensando por que a polícia foi se meter com esse pintinho branquelo? Não estão vendo este negro aqui, sentado numa toalha como se fosse o dono do pedaço? Vão deixar que eu me *safe* com essa?

Por trás da máscara, Paulie sorriu com os olhos.

— Então, isso já foi muito suspeito. — Depois, quanto à imoralidade... por um lado, sim, tudo bem, lá estava o lindo umbigo desse menino à mostra.

— Bem, não era *só* o umbigo dele.

— Enquanto isso, havia tantos *paus* expostos naquela praia que era um milagre não terem furado um olho. Bem ao meu lado, poucos minutos antes, uma garrafa tinha desaparecido em um cu.

Paulie balançou a cabeça.

— Juro por Deus — disse Brookie. — Estava lá e então sumiu. E não foi só isso. Por toda parte desapareciam paus, punhos, vibradores...

— Pontes suspensas...

— Alguém deve ter tirado a *arma* de um policial e enfiado em alguma bunda...

— Provavelmente tinha alguém na água tentando meter o punho num tubarão.

Paulie ria em silêncio através da máscara de oxigênio.

— Ora, *isto sim* é uma ameaça para a sociedade — disse Brookie. — O cara lá com o tubarão.

— Por que a polícia não foi prendê-lo?

— Pelo menos uma daquelas drags velhas e cansadas que bloqueavam minha visão do mar?

— *Quem sabe* onde vai parar aquele pau de barraca!

— ... e nesse covil inteiro de iniquidade, a polícia vai atrás *dele*? Desse lindo menino e seu lindo umbigo?

Ficamos em silêncio e deixamos essa injustiça percorrer o quarto, enquanto protozoários epneumocistos cresciam nos pulmões de Paulie. Olhamos para suas mãos. Havia uma mancha roxa na entrada da intravenosa — para ajudá-lo a se alimentar, tinha dito o médico, e foi assim que soubemos que ele não conseguia — e vimos que suas unhas adquiriam a mesma cor.

— De todos os antros de depravação, em todas as cidades, em todo o mundo...

Paulie balançou a cabeça com um trejeito familiar de reprovação e tirou a máscara.

— De todos os antros de depravação — ele fez uma pausa, respirando mal. A imitação de Bogart ainda era muito boa: devia ser a última coisa que ia falhar. — Em todas as cidades. — Ele fez uma pausa mais longa, balançou a cabeça de novo e ajeitou a máscara de oxigênio no lugar.

— Mas já entendemos a sua jogada — disse Brookie quando recuperou a fala. — Conhecemos esse número. Você viu a oportunidade. Queria ser *descoberto*.

Paulie tirou a máscara novamente. Por baixo dos ferimentos, achamos que vimos um esboço ínfimo de um sorriso — depois dissemos que tivemos certeza disso.

— Bom — disse ele —, funcionou.

Em junho, Paulie mudou-se para o apartamento na rua Quinze. O lugar na época era só estantes de tijolos e tapeçarias jogadas sobre caixotes de leite. Na cozinha, tínhamos toca-discos nas bocas do fogão. E uma banheira antiga que às vezes servia para gelar champanhe e na qual encontramos, em um domingo memorável, um amante corpulento do Stephen tomando um banho de verdade. Não havia, jamais, quartos suficientes. O de Paulie tinha sido quarto de costura, sem aquecimento e sem armário. ("Entenderam?", ele costumava dizer apesar de afirmarmos sempre que entendíamos, sim). Ele dormia lá num rodamoinho de cílios postiços Twiggy e seda de cigarro Zig-Zag. Ele tentou pendurar um cartaz de *Funny Girl* no banheiro, mas Brookie proibiu depois de uma semana. "Simplesmente não posso mijar com Barbara Streisand olhando para mim", disse ele. "Sempre parece que ela *sabe* de alguma coisa."

Foi um tempo de fazer planos, de expandir radicalmente as esperanças. Uma tarde, em julho, quinhentos de nós nos reunimos no Washington Square Park — em plena luz do dia, num sábado. A Frente de Liberação Gay declarou que estávamos em um precipício de um salto quântico para a frente, e Brookie gostou dessa frase com suas nuances marxistas. Todos nós gostávamos dessas danças da FLG, e os jovens de cara lavada que vinham de lugares distantes como Baltimore e da Amherst College (a consciência, entre outras coisas, era recente) para participar.

Mas só a história se move em eras: as vidas são vividas em dias, e pelas bordas nossas vidinhas ainda teimavam em se desenrolar. Estávamos tentando escrever peças de teatro e dirigi-las; tentávamos decorar falas e ao mesmo tempo exigíamos que fossem editadas. Tentávamos angariar fundos para a companhia de teatro (tínhamos seguido a sugestão irônica de Stephen e posto uma caixa para doações numa reunião da FLG, que nos rendeu um punhado de moedas canadenses que nem valiam trocar). E todos nós estávamos tentando transar.

Tínhamos nossas rixas com a cidade e entre nós. Stephen não suportava os batedores de bongô que frequentavam a fonte Bethesda. Brookie tinha mania de guardar LSD em cubos de açúcar, o que entrava em choque com o hábito de Stephen de beber chá. Paulie vivia recolhendo lixo de mau humor — extratos de bancos e horários dos trens de Long Island e números da revista *One* — e deixava tudo em montes deploráveis diante das portas de nossos quartos. Essas implicâncias eram processadas com espírito de sitcom: nós nos achávamos cômicos e em parte do tempo devíamos ser mesmo.

Chegou o outono e concordamos que Stephen se tornava um problema concreto. Anos antes, ele havia assistido a uma palestra sobre homossexualidade como doença mental — por incrível que pareça, na Sociedade de Mattachine, e o palestrante recebeu aplausos de pé — e desde então ele passou a se comportar como se todos nós sofrêssemos de uma doença que só ele tinha a coragem de reconhecer.

— É uma pena — dizia ele, soando arrependido e com desprezo como faziam as mulheres mais velhas ao falar de vícios diferentes dos delas.

Ele gostava de nos manter a par dos tratamentos possíveis, como o procedimento britânico em que hormônios femininos eram implantados na perna. Uma das coisas mais irritantes em Stephen era sua capacidade de parecer sensato quando estava sendo completamente louco. Ele parecia um aluno de Oxbridge de ressaca — dava vontade de perguntar a ele onde tinha ido parar Aloysius, o urso — e ele tendia a debater todas as ideias de forma abstrata: a virtude do suicídio, a certeza do desespero. Isso fazia com que as conversas ficassem estranhamente exangues; ele adotava um tom de competição intelectual e dava para esquecer que era um fanático. Ou, se não esquecêssemos por completo, nos convencíamos de que tínhamos esquecido. E quem sobrava para discordar?

A pior briga aconteceu em outubro, com a publicação da matéria de capa da *Time* sobre "O homossexual nos Estados Unidos". Virou um longo mistério como um exemplar da *Time* tinha aparecido no nosso apartamento: todos nós negamos conhecer sua origem. O artigo continha um vasto apanhado das muitas características lamentáveis de nós, os "invertidos", e reforçava algumas das teorias prediletas de Stephen. Um médico chamado Berger era muito citado. Brookie ficou furioso e quis se juntar à manifestação de protesto no prédio da Time-Life. Os outros pediram paz, cedendo a momentos de provocações em segredo. Alguém recortou as fotos do dr. Berger e pregou na cúpula do abajur de Stephen formando um pênis. Passamos a citar o artigo quando falávamos de qualquer coisa ("Isso é só seu ciúme homossexual irracional / sua megalomania homossexual falando, querida Helen"). Um dia, em novembro, Stephen tentou usar os termos do artigo para explicar a raiva de Brookie para ele mesmo — chamou de função da sua brutalidade masoquista inata etc. — e Brookie respondeu chamando Stephen de superficial e choramingão. Stephen sorriu superficialmente e choramingou que, se ele era, isso só provava o que estava querendo dizer.

— Sabe de uma coisa, Stevie? — disse Brookie. — Se você quer ficar por aí bebendo chá, lendo a *Time* e fingindo que seu maior desejo é viver em Levittown com alguma gata que não sabe de nada... sério, Paulie? *Agora* você é um puritano? Perdão por perturbar o grupo de oração de Mount Holyoke! Será que uma das damas pode fazer a gentileza de indicar o caminho para Greenwich Village?

Brookie balançou a cabeça, desgostoso de nós todos.

— Muito bem, Stephen pode continuar fingindo que seu maior desejo é viver em Levittown com uma Mulher com M maiúsculo, liberada e muito respeitada, onde ele vai recostar e pensar na piscina pública da Carmine Street. Mas o que *não* vai funcionar é nos levar junto. Porque é isso que ele quer, vocês sabem.

Brookie virou-se para nós expressando o mais puro e bem-intencionado espanto — lembrando daquele momento agora, parece bem claro que ele podia ser político. Mas Brookie podia ser muitas coisas: algumas pessoas são engraçadas assim.

— Não é isso que eu quero — disse Stephen em voz baixa. — Eu quero que a gente melhore.

Na universidade, Stephen e o namorado tinham feito terapia para tentar virar héteros juntos. Não era para Brookie saber disso, e esperamos que ele não tocasse no assunto agora.

— Mas o negócio é o seguinte, Stevie. — Brookie falava devagar. Talvez sentisse que o massacre não pudesse ser desfeito, apenas esclarecido; talvez achasse que parar agora seria preguiça. — *Nós não precisamos* mais fazer isso. Nem você.

Stephen estava sentado na calefação, atônito.

— Como é a frase... não há nada de novo sob as três luas de Júpiter? — Brookie tinha a respiração curta, daquele jeito que podia ser um começo ou um fim. — Escolher o medo é a única ideia de *todas* as pessoas fracas. Há pessoas como você por toda parte, Stevie. Só que você nunca ouviu falar delas porque nunca há nada a dizer.

Stephen então foi para o teatro esperar o fim do que restava dos anos 60.

Naquele inverno vimos Matthew Miller na televisão.

Tínhamos uma Zenith preto e branco caquética que tinha ido para o apartamento com Paulie. Aceitamos a presença dela só porque juramos que nunca assistiríamos.

— Ora, *ora* — disse Brookie ao avistar Matthew. — Se não é o Clarence Darrow.

E era: o advogado cordial com seus olhos verdes rebeldes.

Nós todos passamos a gostar do advogado, no fim das contas. Havia uma coreografia especial na maneira como ele nos fez marchar para fora da cadeia — ele ficava nos manobrando às suas costas, impedia a visão dos outros presos quando passamos pelo corredor. Parecia um boi-almiscarado protegendo a cria, disse Stephen, mas esta podia ser efeito da concussão. Matthew Miller não pediu nossa gratidão por isso e foi mais uma coisa que gostamos nele — seu jeito de cumprir o que dizia que ia fazer, bruscamente e sem cerimônia, e de repente ir embora de novo.

Mas agora parecia que tinha voltado, na TV, dando uma entrevista sobre o comediante Dougie Clay, a quem aparentemente defendia num caso de obscenidade.

"*Podemos não gostar do que Dougie Clay tem a dizer*", disse Matthew Miller. Ficou claro que tínhamos pegado o final de algum solilóquio. Ao lado dele, estava uma mulher minúscula, nervosa e inexpressiva, que não podia ser a mulher dele. "*Pessoalmente sou um que acha repreensível, de graça apenas mediana.*"

Rimos disso, até Brookie riu. A mulher ao lado de Matthew Miller sorriu, exalando o carisma aproximado de um cavalo-marinho. Alice, pobre Alice! Parecia que ela sabia que seu navio afundava, mas não devia se dar conta da profundidade que iria chegar.

— Dougie Clay? — disse Paulie. — Acho que não sei quem é.

— Sabe, sim — disse Brookie. — Ele fez aquela piada suja com a Jackie O.

— Mas quem é aquela *mulher*? — perguntou Paulie, apontando.

"*E também não vou desvirtuar Voltaire para vocês, cavalheiros*", dizia Matthew Miller. "*Defender até a morte o seu direito de se expressar e tudo o mais. Certamente espero não chegar a isso.*"

Nós rimos um pouco de novo.

— Será possível que essa seja a *mulher dele*? — Paulie já parecia sentir pena dela. Alguma coisa em Alice despertava uma onda instintiva de pena mesmo naquela época, muito antes de ela de fato merecer. O isótopo da pena é, obviamente, o desprezo. E ali, diante de nós — com sua blusa larga e clara, o cabelo um fracasso total —, ela já começava a assumir a forma de uma piada recorrente.

"*E também não vou cair na falácia da bola de neve*", dizia Matthew Miller. "*O caminho para o inferno é feito de encostas escorregadias, mas podemos descrever qualquer coisa assim. Em vez disso, termino parafraseando Mill. 'A verdade ganha mais pelos erros de quem pensa com a própria cabeça do que pelas opiniões verdadeiras daqueles que só as têm porque não se esforçam para pensar.'*" Claro que isso não era realmente parafrasear. "*Devemos nos orgulhar e agradecer por vivermos em um país que não prende gente vulgar e pretensiosa. Nem mesmo, e talvez especialmente, Dougie Clay. Obrigado.*"

Continuamos olhando a TV por um longo tempo, em silêncio.

— O que aquela mulher estava fazendo lá? — disse Paulie.

— Quem sabe amolecendo a imagem dele?

— Amolecendo a *imagem* dele, ha! — disse Brookie. — Aposto que a imagem dele não é a única coisa que ela amolece.

Então ele deu de ombros e riu, mudou de canal e Matthew Miller ficou esquecido. A maioria de nós lembrava dele só de vez em quando, e só quando alguém falava dele.

* * *

Mas talvez houvesse uma exceção — havia entre a gente alguém que sentia um pequeno tremor de júbilo sempre que o nome Matthew Miller era mencionado. Mesmo assim era muito fraco e só percebido principalmente pelo senso de privacidade que o acompanhava: a sensação triunfante de se esconder (mas felizmente! com sucesso, para variar!) bem à vista.

Porque até naquele tempo — nos últimos meses de 1969, no precipício brutal de uma década nova e desconhecida — em que, apesar do exílio de Stephen, estávamos mais íntimos do que nunca, mesmo então, ainda tínhamos nossos segredos.

Um de nós fazia testes para outras companhias de teatro melhores.

Um de nós já começara a mentir sobre drogas.

Um de nós tinha tomado uma dose dupla de Mandrix e dormido vinte e sete horas: um ensaio para a coisa real.

E um de nós tinha visto Matthew Miller — aliás, diversas vezes — e nunca contou para ninguém.

TRÊS
cel

Cel acorda com o toque do telefone. Vira-se para o relógio na mesa de cabeceira: quase uma hora, então devia ser Elspeth.

— Você viu? — Mesmo em momentos de calma, Elspeth nunca iniciava uma conversa com oi.

— Vi.

Na TV sem som, a NBC apresenta o de sempre. A cobertura tinha saído da cena central enquanto Cel dormia, mas os fatos, ao que parecia, continuavam os mesmos. Ainda não tinham encontrado o que faltava — Ryan Muller, segundo a legenda. O outro parece que era Troy Wilson.

— É simplesmente — Cel interrompe para não dizer "horrível" de novo, ela apenas para.

— Você está assistindo à CNN?

— Estou. — Cel muda de canal para ser verdade. Na CNN estão passando a gravação das câmeras de segurança que ela ainda não tinha visto. Os atiradores estão do lado de fora de uma sala de aula — possivelmente segundos antes de invadir. É inacreditável, mas um deles parece que está rindo. Cel se pergunta se é o que escapou ou o que se matou.

— É uma loucura eles serem tão jovens assim — diz Elspeth.

É verdade: os atiradores parecem anões sob aquela quantidade de munição. Mesmo no vídeo cheio de chuvisco, Cel consegue ver que um deles usa aparelho nos dentes. De repente o mais alto chuta a porta. Há algo de performático — chutar uma porta que ninguém tinha lembrado de trancar.

— Meu Deus — diz ela. — É como se atuassem para as câmeras.

— E devem ter feito isso mesmo — diz Elspeth. — Talvez seja imitação de algum filme de ação.

— Isso é pavoroso.

— Mas não seria surpresa nenhuma, não é? Eles nadam no mesmo oceano cultural que nós todos.

— Ai, não comece.

— Não vou.

— Mattie cancelou a gravação de hoje. — Cel acha que esse fato deve ser apresentado independentemente da sua interpretação quanto ao significado. A questão não é que Elspeth esteja enganada em relação a Mattie, e sim que ela *poderia* estar: as ambiguidades da situação precisam ser reconhecidas.

— Ele fez muito bem — diz Elspeth com o tom que usa quando Cel está sendo "retoricamente elástica", expressão que ela inventou especialmente para Cel. "Elasticidade retórica" supostamente explica como Cel acabou se convencendo de que trabalhar no *Mattie M* podia ser uma boa ideia — e ela é a primeira a admitir que não foi. Mas é também o que faz com que Cel incline a cabeça e considere até *aquele* triste fato por outro ângulo. Porque o que é a "elasticidade retórica" senão uma imaginação altamente desenvolvida? E o que é imaginação senão a própria base da empatia? De qualquer modo, não importa o que imaginamos: só o que fazemos.

Cel percebe que está vendo a mesma âncora daquela tarde. Era inacreditável que a tivessem mantido no ar aquele tempo todo. A atitude da âncora tinha mudado nesse meio-tempo; não havia mais a característica da respiração suspensa e da disposição de aproveitar tudo que despontava sempre que um canal de notícias vinte e quatro horas se vê fazendo a reportagem de fatos que são a marca do formato da rede. A novidade da substância se desgastou, resta apenas o fato nu e cru, que aquela mulher é obrigada a repetir sem parar (por quanto tempo mais?, Cel se pergunta).

— Você sabia que tem mais gente viva nesse momento do que todas que já viveram? — diz Elspeth.

— Não pode ser.

— Não acha assustador?

— Acho que não é verdade. — Cel muda de canal. — Mas, se fosse verdade, acho que eu ia gostar.

— Não.

— Sim.

— Por quê?

— Não sei. — Cel tinha dito isso mais para ser do contra, mas agora falava sério. Ela vai passando os canais: noticiário, noticiário, filme com Steven Segal, noticiário. — Gosto da ideia de que se a mortalidade não pode ser vencida, tem de ter pelo menos inferioridade numérica. É... sei lá. É otimista.

E afinal o que é o otimismo, senão uma negação inflada? Cel navega — notícia, MTV, infomercial sobre os perigos e as possibilidades de fazer suco em casa — e finalmente encontra um episódio de *Mattie M* exibido em outra rede. É inevitável nessa ou em qualquer outra hora.

Para Elspeth, ela pergunta:

— Mas você sabe o que eu quero dizer?

Esse episódio de *Mattie* é sobre gêmeos codependentes: duas virgens idênticas que dormiam em bicamas, trigêmeos abatidos de meia-idade que ainda moram com os pais. Um dos trigêmeos, lembra Cel, tinha paralisia cerebral. Ela lembra que Joel queria grupos mais dramáticos — quadrigêmeos, quíntuplos etc. Ele tinha berrado com Luke por causa disso.

— O que eles esperavam? — Luke disse depois, sinistramente inabalado — A fertilização *in vitro* só tem dez anos e a maioria dessas pessoas nem chega à idade adulta.

Na tela, o episódio está quase acabando. Mattie M encara a câmera para sua mensagem final; os gêmeos, confusos, estão reunidos ao lado dele.

— Será que *eu* sei o que você está querendo dizer? — Elspeth diz. — Eu não sei, Cel. Você sabe?

Cel sempre se espanta com a aparência agressivamente idiota que Mattie tem na TV — calça de pregas, meias estampadas. Ele não deve usar isso no dia a dia necessariamente, mas é tão formidável que a gente acaba se esquecendo do figurino. Na tela, ele passa uma aura de segundo escalão atormentado. Os espectadores gostam da justaposição dos convidados com Mattie porque dá a sensação de que o programa é como o prazer de entrar de penetra na festa de uma pessoa muito quadrada — mais de uma vez Mattie fez Cel lembrar do peixinho caga-regra do livro *O gatola da cartola*. Cel aumenta o volume. Toca a música do último segmento.

"*Esse foi nosso programa por hoje*", diz Mattie. Mesmo com o volume baixo, Cel consegue ouvir a aridez cansada na voz dele, que tende a aumentar no final da gravação. É difícil conciliar a persona televisada de Mattie com sua reputação no estúdio, onde desde a greve de satanismo ele tem sido considerado uma figura irracional, de temperamento explosivo: uma divindade do Antigo Testamento capaz de, a qualquer momento, sujeitar as pessoas a sacrifícios e provações arbitrárias.

"*Juntem-se a nós na próxima vez*", ele diz. "*Vamos explorar o lado mais sombrio do jazzercício.*"

Cel se prepara para a despedida de Mattie, que ela detesta. Pegou esse ódio de Luke, que comunica seu desprazer toda vez que ouve — em geral verbalmente, mas às vezes com suspiros elaborados e um revirar de olhos, e uma vez batendo o pé de um jeito que fez Cel lembrar muito um coelho de desenho animado.

"*Até a próxima, cuidem-se*", diz Mattie, "*e vamos todos procurar compreender da forma como queremos ser compreendidos.*"

— Meu Deus, gostaria que ele mudasse isso — diz Cel automaticamente, com sua melhor imitação da voz de Luke (pedante, barítono).

— O quê? — diz Elspeth.

— Nada. — Cel tinha esquecido que ainda estava ao telefone.

— Você está vendo *Mattie M* nesse exato momento? — Elspeth usa sua voz de Médica Preocupada, a voz de *Você pretende se machucar?*

— Estava passando. Já mudei de canal. — Cel muda de canal para que seja verdade.

Faz-se uma pausa densa, de avaliação. Cel olha para trás. A televisão forma a imagem bruxuleante de um cuboide azul na parede.

— Aquilo foi... tipo, você estava *falando* com a TV?

— Não... bem... — Cel solta a respiração entrecortada. — É que... sabe a frase de Mattie no fim do programa? *"Procurar compreender da forma como queremos ser compreendidos"*? Bom, Luke... o produtor, meio que meu patrão, sabe? Aquele de quem eu vivo reclamando? Então, ele acha que é péssimo e diz isso todos os dias. Eu estava imitando. Porque cheguei ao ponto de ouvir tanto isso que fica mais ou menos automático.

Elspeth não diz nada. Cel tem certeza de que ouviria um bipe se ela desligasse.

— É uma reação meio pavloviana — diz ela, experimentando uma palavra de Elspeth.

— Está bem, Cel. — Elspeth agora usa sua voz de *ignorar delírios inofensivos*. — Olha, já é muito tarde. Vou dormir.

— Eu também.

— Deve mesmo.

— Eu *vou*.

Ela não vai. Fica vendo os créditos e espera para ver seu nome aparecer. Apesar de tudo, ainda é um pouco empolgante.

Vamos todos procurar compreender os outros da forma como queremos ser compreendidos.

— É terrível — declarou Luke no primeiro dia de trabalho de Cel. — É moralista e soa truncado.

Cel tinha perguntado se podiam convencer Mattie a mudar a frase — será que alguém podia ser tão inocente assim? E desde então ela ouvia Luke discursar sobre as objeções dele *ad nauseam* — *É tatibitate pseudorreligioso e sentimental! Não suporto essa mania de reificar o egocentrismo! É como aquela merda do capitalismo cristão. É como admitir que você é "sociopaticamente" ganancioso como todo mundo — ninguém vai piscar, isso é a América!* —, *mas não tente erigir alguma grande mitologia em torno disso.* Agora Cel sabe que a frase é um dos muitos assuntos sobre os quais é melhor deixar Luke falando sozinho.

Mas Mattie costumava ser um patrão muito *bom*, as pessoas vivem dizendo. Ela ouve isso de Joel e de Donald Kliegerman, de Sara Ramos, a coordenadora da audiência, de Jessica e de Sanjith, e uma vez, completamente bêbado, de Luke — e mesmo hoje Cel consegue entender mais ou menos o que eles querem dizer. Mattie é sem-graça, civilizado e nada egocêntrico. Seus maus humores assumem a forma de distanciamento em vez de ataques de birra; ele é vítima do tipo de autodepreciação que tende a cuidar da própria vida. Mas desde o fracasso do satanismo, à medida que os meses vão passando e a ira da rede aumenta, e a recusa de Mattie se metamorfoseia de perplexidade para fúria e horror, o consenso sobre Mattie muda. Opiniões se dividem quanto ao ponto de vista dele, ou se houve um — algumas pessoas veem uma distinção significativa, outras só veem uma hipocrisia contraditória e cara demais. Mas todos se unem quando compreendem que só Mattie pode se dar ao luxo de fazer o que ele faz e, se esse é o caminho que a fama indica para ele, é melhor trabalhar para uma diva que joga pratos na parede.

Outra coisa que as pessoas gostam de dizer a Cel: que o programa era muito diferente antes. Cel ouve isso de todos, do câmera e os produtores, os maquinistas e a equipe do bufê, os seguranças e motoristas. Pessoas que estavam no programa desde o início falavam dos primeiros anos maravilhadas, feito idosos avaliando a espantosa obsolescência de sua infância. Outros descreviam a transformação de Mattie com certa espanto, como se debatessem uma descoberta científica. Parece impossível que o universo esteja se expandindo e que bichos-preguiça gigantes tivessem vivido em Atlanta e que exista um peixe africano que respira com pulmão de mamífero. E parece impossível que o *Mattie M Show* tenha sido completamente diferente da sua encarnação atual — com toda a merda sensacionalista de circo, as indiscrições e a desordem —, que as histórias não fossem cínicas, ancoradas em debates de política de conteúdo, sem a estrutura de uma pauta poderosa e piegas. No entanto, tudo isso, tudo mesmo, é verdade.

Naqueles meses, essa conversa ficou parecendo uma espécie de Inquisição, uma tortura que só cessava com uma profissão de fé digna de crédito. Cel cansou de tentar explicar para as pessoas que acreditava nelas — que lá no fundo nem considerava a progressão do programa tão surpreendente. De certa forma, era inevitável. Havia muitas disfunções sociais e muitos ângulos para explorá-las; depois de ter como pauta os beneficiários da previdência com os problemas de sempre, as grávidas viciadas, os esquizofrênicos sem tratamento; depois de enfatizar de modo responsável os importantes pontos cegos sociais, ou os fracassos das instituições ou a indiferença governamental que eles representavam — então, mais cedo ou mais tarde, você teria de procurar algo novo. Você teria de encontrar pessoas com problemas radicais demais para serem frequentes: arranjos familiares exóticos, doenças degenerativas espantosas, vícios e depravações que o espectador médio nem sabia que existiam.

E seria alguma surpresa o fato de que as pessoas mais marginalizadas tendiam a ser vítimas dos problemas mais estranhos, com uma disposição desproporcional para debater esses problemas na TV por mil dólares e uma sacola de brindes?

Será que é alguma surpresa que os problemas mais estranhos atraíssem as maiores audiências, ou que a audiência maior atraísse a atenção da rede de TV?

O resto foi só aceleração centrífuga. *Mattie M* disparou em uma nova direção — alcançou as concorrentes e nessa paródia foi além, até aterrissar num local de *camp* sofisticado, ou *kitsch* requintado, ou talvez ironia vulgar. Ou então outra coisa que Cel ainda não imaginou.

Tem sentido os veteranos do programa ficarem na defensiva. Nunca faça por dinheiro algo que não seria um favor se você fizesse de graça, o avô de Cel, Hal, sempre dizia — e o que ele queria dizer não era que você deve se dispor a trabalhar de graça (Cel tentou uma vez explicar a ideia de estágio e se deparou com um distanciamento conceitual sem fundo), nem que deve se preservar para um trabalho (bom Deus!) que seja sua *paixão*. Apesar de ele ter passado a vida trabalhando praticamente sem parar enquanto escorregava, degrau por degrau, a escada econômica abaixo, ele continuou sendo um capitalista fiel até o amargo fim. Mas desconfiava de trabalhos sem utilidade evidente — considerava isso a base de muitas iniquidades globais — e devia achar feio o que a equipe de *Mattie M* era paga para fazer. E assim, Cel entendia por que a velha guarda invoca sem cessar a defesa deles — eles não tinham se alistado para *aquilo* — e talvez o programa nos velhos tempos tivesse algum valor, quando ainda era muito parecido com o *Comment*. Cel podia acreditar nisso também, mas precisava ouvir de todos. Quando teve sua primeira TV de verdade, *The Mattie M Show* já estava caminhando para o que ia se tornar — e os episódios mais antigos, por motivos óbvios, nunca passam nas redes licenciadas.

Na manhã seguinte, Cel bate na porta da sala de Luke. Ele está assistindo TV, caneca de café em uma das mãos e o controle remoto na outra. Na janela, a luz é clara; o céu, limpo, parecendo mármore polido, como o firmamento no teto de uma capela. Cel gosta da vista da sala de Luke — que, combinada com a personalidade dele, faz com que ela se sinta no alto do ninho de alguma ave de rapina enorme.

— Shh — diz Luke, apesar de Cel ainda não ter falado nada.

Na tela, os assassinos da véspera ainda aparecem bem armados e ainda arrombam as portas aos chutes. Ainda? Ainda, outra vez, eternamente.

Luke muda de canal. A NBC apresenta uma tomada da bandeira da Casa Branca a meio mastro; na CBS, um repórter faz o diagrama do mapa da escola com figuras de porta de banheiro desenhadas com tracinhos para indicar as vítimas. No Canal 5, Pete Streetman ouve uma mulher de cabelo crespo com as críticas de sempre. "Mortal Kombat", diz ela. "E Marilyn Manson, e a ruptura da família com um pai e uma mãe..." A ABC exibe uma foto do presidente, grisalho e com o rosto vermelho, ladeado por uma comitiva de consultores solenes. Na CNN, dois especialistas especulam sobre a questão da sociopatia em contraposição à tendência suicida dos assassinos. Luke volta para o Canal 5.

"... videogames", diz a mulher de cabelo crespo. "Filmes violentos, crianças indo para a escola fantasiadas de cadáveres, *The Mattie M Show*... que esses atiradores, ao que parece, assistiam regularmente."

Luke baixa a caneca de café. Cel tem a impressão de que ele a segurava exatamente para aquele momento.

"Metade do país assiste regularmente *The Mattie M Show*", diz Pete.

"Bom, é exatamente isso que estou dizendo", comenta a mulher. Ela está de blazer preto e joias discretas demais para serem captadas pela câmera: talvez seja sua primeira vez na TV, mas para um canal local isso não significa grande coisa. "Sabia que toda briga do *Mattie M* acaba sendo vista por onze milhões de pessoas, muitas vezes ao longo de muitos anos? E tendo transmissão concedida a vários canais, um encontro que poderia durar alguns minutos na vida real passa a ser uma eternidade na televisão."

Cel quer que Luke aumente o volume. Ela ouve bem a mulher, mas tem a sensação de que deve ter algo mais para entender além do que está sendo dito — a ameaça de um som pode depender da qualidade do silêncio a seu redor.

— Quem é essa mulher? — pergunta Cel.

— Tomara que seja da extrema-direita — diz Luke. — De preferência estridentemente evangélica.

"Você sabia, Pete, que num período de vinte e quatro horas uma pessoa pode assistir a uma média de nove brigas no *Mattie M* em seis canais de TV diferentes?"

As perguntas retóricas são insuportáveis e a estatística ainda pior, mas essa mulher consegue usá-las com humildade, como se tivesse acabado de descobrir essa informação por conta própria e ficado tão surpresa quanto nós. Cel chega mais perto da TV — com cautela, como se precisasse desarmá-la.

"Eu não sabia, Suzanne, mas é claro que acredito em você." Pete fala devagar, deve estar exausto — Cel fica imaginando o tempo que ele está no ar. Ela escreve o nome da mulher: *Suzanne Bryanson*. Que nome é esse? Parece inventado. "Mas acho que alguns dos nossos espectadores vão dizer, 'Ei, *The Mattie M Show* pode não ser do gosto de todos, pode ser grosseiro, mas isso importa mesmo?'"

Suzanne Bryanson balança a cabeça sem interrompê-lo e essa deferência pode indicar alguma coisa (profissionalismo político?) em um homem, mas numa mulher é apenas padrão.

"Mesmo que *Mattie M* seja um lixo", diz Pete, "não é exagero enquadrá-lo por homicídio? No fim das contas, não é bem inofensivo?"

"Não é inofensivo, se ele inculca a indiferença." Cel queria que Pete fizesse a mulher responder à primeira pergunta antes de fazer outra. "Não é inofensivo se contribui para o *embotamento* da nossa moral coletiva."

— Porra, meu Deus... — diz Luke. — *Quem é* essa pessoa?

— Será que ela é candidata a alguma coisa?

Essa parece uma possibilidade inócua. Os políticos do Partido Republicano mencionam *Mattie M* com frequência — a linha entre eleitores conservadores e espectadores de *Mattie M* é um fato de retórica incontestee, se não concreto —, mas é possível que a esquerda cultural o deteste ainda mais. Mas obviamente essa mulher não é da *New Yorker* — e apesar do "embotamento moral", tem alguma coisa nela que também parece não-exatamente-fundamentalista-bíblica. É o cabelo mal penteado e a voz nada tímida, aliados ao fato de o que quer que ela esteja defendendo possibilitou a ida de uma mulher à TV para fazer isso, antes de mais nada. Corresponde mais a uma Maioria Silenciosa do que Maioria Moral, e isso faria de Suzanne Bryanson uma personagem do tipo Mãe Preocupada: só uma mulher norte-americana comum (esposa, mãe, santa do lar doce lar) levada pelas circunstâncias a chamar o poder à sensatez. E apesar de Suzanne Bryanson poder estar realmente preocupada, e pode até (quem sabe?) ser mãe, ela também é uma profissional de *alguma coisa*. Acabou de usar o verbo "inculcar" num programa local da TV a cabo! Cel tem certeza de que ela tem seus motivos.

"*The Mattie M Show* é vulgar e corrosivo", diz a mulher. "É degradante para as mulheres..."

— Cooptando o lema do inimigo! — diz Luke. — Inteligente.

"... jogar cadeiras, puxar cabelo e as brigas, como mencionei..."

"Mas as brigas não são reais", diz Pete, mais animado. "São?"

"Você é que sabe, eu não sei, Pete." Outra coisa que não se vê todo dia: admissões de agnosticismo no ar. "Mas de uma coisa eu sei. Se nós não sabemos se as brigas são reais, as crianças que assistem também não sabem. E é essa a questão."

Cel estava pronta para desdenhar de qualquer expressão simplória que Suzanne Bryanson pudesse falar — *Posso não saber muita coisa, Pete, mas o que eu sei é o que torna todo o conhecimento questionável!* —, mas em vez disso ela acaba concordando. *As brigas são reais?* Alguém pode argumentar que as cadeiras são leves como cabides, que ninguém sai realmente machucado. Mas isso não é só a resposta errada, é também a crítica errada: a questão de verdade é ficar se esgueirando por trás sem ser visto.

"Acho que algumas pessoas diriam que as brigas... a violência... fazem parte da vida", diz Pete. "Por isso não se pode culpar os filmes ou a TV por retratá-las."

"Claro que existe violência no mundo", diz Suzanne Bryanson. "Eu jamais acusaria Mattie M de inventar isso..."

"A não ser que muita coisa dele não seja de nosso conhecimento!", diz Pete enfático.

— Ele esqueceu em que programa está agora? — diz Cel.

— Acho que ele esqueceu que está na *televisão*.

"... mas somos nós que decidimos como vamos encarar essa violência", diz Suzanne Bryanson. "E toda vez que assistimos a *Mattie M*, estamos decidindo encarar como entretenimento."

"Mas Mattie M não inventou isso também, não é? Ou seja, pense no boxe, na luta profissional. E nas corridas de caminhão. E na NFL! O fascínio com isso não é só uma parte da natureza humana? Por que isolar *Mattie M*?"

"Até certo ponto sim, deve ser parte da natureza humana", diz Suzanne Bryanson; Cel custa a acreditar que Pete sempre deixa que ela escolha a pergunta que vai responder. "Mas certamente não é o que eu considero um bom passatempo."

Pete ergue as sobrancelhas como se fosse perguntar o que ela considera bom.

— Será que ele está dando em cima dela? — diz Cel.

— Eles não devem estar *tão* carentes assim.

"Mas você tem razão, Pete, no sentido de que a violência como espetáculo provavelmente nos acompanha no mesmo tempo que a violência propriamente dita. Os romanos que jogavam cristãos para serem devorados pelos leões não a inventaram, nem as pessoas que iam assistir, e nem Mattie M. Isso é algo atávico."

Atávico. Cel estremece sem motivo razoável. Mas ela sentia isso quando assistia a *Mattie M*: a sensação de testemunhar algo que, apesar de limitado por documentos legais, restrito por avisos de proibição para menores, complicado pela autoironia e transmitido para uma audiência muito maior do que a população total da Europa antiga, é, sim, muito antigo. Ou talvez completamente além do tempo: algum eco da primeira coisa, algum pressentimento da última. Ela sente isso, mesmo que sim, *é claro*, as brigas sejam encenadas. De algum modo, parece uma parte disso.

"Pois é, existe brutalidade na nossa natureza", Suzanne Bryanson está dizendo. "Mas é por isso que temos a civilização. Para refrear esses impulsos. Para animar nosso potencial positivo."

Não há como não perder público com aquele material. Cel tem certeza de que os espectadores registram lamentos sobre a era moderna como um tipo de ruído branco cultural. E é possível que essa conversa tenha se desviado tanto para os detalhes que as pessoas em suas casas nem notem que estão, de fato, ouvindo algo novo — que Suzanne Bryanson está ligando Mattie a uma coisa muito mais obscura do que o habitual, algo que nada tem a ver com modernidade.

"Sabe, Pete, especialistas gostam muito de falar das 'guerras culturais'", diz Suzanne Bryanson. "Mas nós raramente recuamos e perguntamos: o que é cultura? É alguma força incontrolável fora de nós? Ou será uma coisa que nós todos criamos, pouco a pouco, juntos?"

— Ela é uma porra de uma *socióloga*? — diz Luke. — Será que as cercas elétricas ficam desligadas lá em Columbia?

— Ela é bem pretensiosa — diz Cel. Mas isso seria bom demais para ser verdade. Os acadêmicos não são relevantes, por isso nunca aparecem na TV, e por isso essa mulher não deve ser um deles, CQD.

— Bom, você deve saber — diz Luke.

— Ah, isso não.

— Como princesa protestante branca anglo-saxônica das Sete Irmãs.

— Luke, já disse inúmeras vezes que sou *francesa*.

— Você e Maria Antonieta! Você não sabe que tem todo um exército da plebe aí fora armado até os dentes com ancinhos? A essa altura o país é principalmente composto de sem-teto, convidados de *Mattie M* e imigrantes. A elite latifundiária, como você e essa Susie Q, precisa se unir!

— Ah, meu Deus, Luke. Fale de novo sobre inventar linguagem escrita à luz de velas?

Tanto faz: Cel não se importa. Talvez Luke faça um favor aos dois e a mande embora de uma vez por todas. Ela fecha os olhos.

— Shh.

Em vez de demiti-la, Luke quer que ela cale a boca? Cel abre os olhos.

— Alguns pais e mães gastam vinte mil dólares por ano para ouvir esse tipo de besteira, e aqui nós temos *de graça*. — Luke se inclina para a televisão. Então é disso que se trata, tudo bem. Ela pisca. — São essas oportunidades que você tem de aproveitar, Cel, se tiver esperança de atingir o status de minoria modelo.

"... e de qualquer forma", diz Suzanne Bryanson. "Todo mundo adora especular se as brigas são 'de verdade' sem se perguntar o que *significa* essa ambiguidade. Sejam elas reais ou não, o programa se esforça para apresentá-las assim, e todos entendem que fazem assim porque queremos que elas sejam."

A essa altura, eles devem estar se excedendo no tempo, mas Pete não faz nada para arrematar: Cel tem a impressão de que ele ficou tão absorto no discurso que perdeu a noção do segmento. E estão diante de uma oradora com poder de fazer o tempo parar na TV ao vivo: fantástico.

"O que não se pode negar que é real é o prejuízo moral que infligem nos nossos filhos e em nós todos os dias. Independentemente do que está acontecendo no estúdio de Mattie M, é isso que está acontecendo no mundo. Isso responde à sua pergunta, Pete?"

Luke move a mão em um soco curto no ar que é quase uma comemoração. O humor dele deve ter voltado ao *status quo* anterior. Cel devia ter sido diplomata! Ela desliga a TV.

— Bom...

Cel fica meio atônita, como se tivesse acabado de testemunhar um repentino evento médico — um nascimento num táxi, um enfarte no avião, uma traqueotomia de emergência num restaurante Denny's. Luke tira os óculos e pega um lenço no bolso. Esfrega os olhos, depois os óculos e os olhos de novo, e Cel se preocupa, achando que ele pretende que isto seja como um rufar de tambores.

— Não entendo isso — diz Cel, apontando para o lenço. Ela não sabe o que está dizendo. Luke não tolera bobagens de ninguém. De Cel, ele mal tolera comunicação desnecessária. — Esse pano, quero dizer. — Ela fica nervosa e acha que o que diz não tem sentido. — Entendo os óculos.

Luke consegue compor uma expressão de algum modo sem surpresa e também homicida; fica um tempo assim, sem olhar para ela. Depois põe os óculos.

— Você sabe o que isso significa, não é? — Ele usa apenas sessenta por cento da sua capacidade de desprezo na voz.

Cel não diz nada.

Luke não diz nada.

O suspense é horrendo; ela cede.

— O que significa? — pergunta ela. — Quer dizer que você vai me dizer o que significa?

— Bom... e sinto muito dizer isso... — Ele parece quase sentir: Cel não sabia que ele tinha isso na manga. Ele suspira e finge se firmar. — Significa, Cel, que... infelizmente?... você vai ter de começar a fazer o seu trabalho.

QUATRO
semi

1969-1970

A segunda vez que encontrei Matthew Miller, estava sozinho.

O comediante Dougie Clay voltava para o Village triunfante depois de ser preso e processado por obscenidade. Tentei levar os rapazes comigo.

— Nem sei quem ele é — disse Paulie.

— Sabe, sim — disse Brookie. — É aquele comediante, não é? O que está sempre suando?

— Isso poderia ser qualquer comediante.

— Ele tem aquela piada *nojenta*... espere aí, como é mesmo? Tem Lyndon B. Johnson e Jackie e o segundo atirador...

— Venham comigo e descubram — eu disse.

— Não gosto desse cara — disse Brookie. — Para começo de conversa, a roupa dele é espalhafatosa.

Ele abana seu boá de plumas de marabu para nós.

— De qualquer modo, está fazendo um frio danado — disse Paulie.

Brookie ficou pensativo.

— Tenho certeza de que o desfecho da piada é "buraco gramado".

Stephen continuava fora, sua bicicleta abandonada pendurada no teto. Por isso fui andando sozinho para a boate. A névoa me cercava sob as lâmpadas de vapor de sódio; sinais de trânsito vermelhos transformavam os flocos de neve em pétalas de rosa. Árvores de natal abandonadas, caídas nos degraus da entrada das casas feito bêbados. Desviei-me de uma montanha de lixo — copos de café Chock Full o'Nuts e caixas de hambúrgueres Sabrett e jornais *Daily News* descartados, uma única camisinha gosmenta brilhando em cima de tudo como um diadema. Parecia que ultimamente havia mais lixo, que se amontoava de forma preocupante. Mas então pensei nas pilhas de lixo por baixo de Pompeia: *nada de novo sob o sol.*

— Sabe quem disse isso primeiro? — minha avó me perguntou um dia.

— A Bíblia — respondi automaticamente.

— Os Vedas — disse ela. — Mas é claro que a Bíblia disse depois.

Quando cheguei à boate, um poeta experimental se apresentava; eu tinha perdido a apresentação do artista com o pombo e o violão. Manobrei lá dentro para criar uma aceitável equidistância entre o palco e a porta gélida. A iluminação improvisada e malfeita espalhava losangos multicoloridos no chão; senti cheiro de fumaça de cigarro, de loção pós-barba Canoe e o triunfante odor humano dos politicamente mal lavados. E então, não sei como, Matthew Miller apareceu ao meu lado.

Ele já era inconfundível — cabelo preto, feições suaves e olhos verdes de bruxo. A pele era tão pálida que gerava preocupação com a saúde de um candidato nacional; mais tarde, deixaram-no mais bronzeado para as câmeras. Eu não entendia como chegou tão perto fisicamente. Era impossível que estivesse ali de pé o tempo todo; igualmente impossível que tivesse se aproximado decidido. Estava avaliando o duelo dessas impossibilidades quando ele olhou para mim e me pegou olhando para ele.

— Desculpe. — Olhei para o outro lado, para ele de novo e vi que ainda olhava fixo para mim. Ele tinha uma expressão de cansaço e não parecia gostar do que via.

Procurei me explicar.

— É que... nós já nos vimos antes.

A língua se avolumou abaixo da linha de seu lábio — tempos depois fiquei sabendo que este era seu único traço revelador: de ceticismo. E notei que o maxilar entortou um pouco.

— Acho que não — ele finalmente respondeu.

— Está bem. — Deu para ver que ele achou que eu ia insistir. — Então, eu me enganei.

Vi um lampejo de tensão logo acima do olho esquerdo dele: um esforço para não erguer a sobrancelha.

— Ei — eu disse, agitando as mãos com um movimento expansivo no ar. Eu tinha a vaga noção de ter perdido um roteiro que sequer sabia que existia. — Você disse que nunca nos vimos. Tudo bem, certo. Faço questão de não contar para ninguém a própria história.

Ele me olhou de novo — sem julgar, sem interesse aparente, mas, talvez, com um pouco mais de intensidade —, depois desviou o olhar para o palco.

— Você vai se apresentar?

— Por quê? Está caçando talentos? — Fiz uma pose, parei e sua expressão se anulou. Senti o peso de um calcanhar psíquico dentro dele: não como uma ponte levadiça se erguendo, nem um capacete se fechando. Era mais como uma força física que nos faz deslizar para trás antes mesmo de percebermos que estamos nos mexendo.

— Bem, você está sem sorte — resmunguei, infeliz. — Não sou artista performático.

— Isso eu não sei — ele disse.

— *Você* é que é um artista — disse para ele. — Você é advogado.

— É isso mesmo. Palhaços e animais de circo, todos nós.

Fiquei satisfeito por apresentar alguma prova concreta de que tínhamos nos encontrado antes, mas pareceu que ele já havia concordado com isso de alguma maneira.

— Você não entendeu o que eu disse. — Eu parecia um aristocrata abordado por um subordinado impertinente — um tom que devia ser cópia de minha avó falando. Dela herdei todo tipo de detrito: o pavor de solecismos ("É octópodes", dizia ela muito séria. "*Octopi* é pedante"); paixão por fatos com inflexão metafórica (dos antigos israelenses sionistas: "Eles queriam cultivar a cepa original de trigo selvagem dos tempos bíblicos — achavam que daria para sustentar duas nações. E é isso, exatamente isso, que você obtém do idealismo"). Só que também herdei as maçãs do rosto dela, sua piteira Dunhill e, à custa de muito sofrimento mútuo, seus modos, quando eu queria.

— Não falo de performistas no sentido de trapalhadas ou alçapões e coisas do gênero. — Dei uma longa tragada do meu cigarro. — Acho que me referi a performistas no sentido de artistas performáticos.

— Não sei se entendi a diferença.

— A arte performática é uma interrogação do ato da performance. — Dei de ombros e soprei a fumaça para trás, sobre o ombro. — Convencer *você* está fora de questão.

— Em que isso difere de má atuação?

— Não são mutuamente excludentes.

— Parece que você estudou esse campo.

Virei a cabeça para o lado.

— Eu me formei em teatro.

— Ah. Bryn Mawr?

— Oh. Então você é um *conhecedor*. — No palco, um homem batucava num serrote.

— Então, você é o quê? Se não é performista.

— Sou dramaturgo. — Uma mentira que eu contei durante anos e que agora era finalmente verdade.

— Ouço sempre dizerem que o teatro está morto.

— As pessoas sempre dizem que tudo está morto — eu disse. — Mas não costumam estar. Aliás, tenho um espetáculo no Roundhouse agora mesmo.

Seis noites nos fins de semana até agora, diante de uma dúzia de espectadores agitados, cada dúzia mais agitada do que a anterior. O fato era que essa noite eu estava evitando aquilo, junto com o resto de Nova York.

— Parabéns — disse Matthew. — Vou ter de assistir.

— Ah, duvido que se compare a isso — eu disse. — Soube que o primeiro ato agride a plateia.

— Acho que já começou. — Matthew Miller examinou o relógio. — Você sabia que no tempo dos romanos eles matavam os gladiadores com os espetáculos?

— Ah, não acho que vai ter nada disso esta noite — eu disse. — A *avant-garde* não é *tão avant* assim, nem no Village. Espero que não tenha vindo de tão longe para isso... de onde mesmo? Ossining?

Eu ainda não sabia que ele morava naquele quarteirão.

Ele sorriu de leve.

— Não.

— Bom, mesmo assim você tem coragem — eu disse. — Ouvimos boatos escandalosos sobre a MacDougal Street. Os tipos mais sinistros se esgueiram por lá, ao que parece. Mães têm medo de levar os filhos ao parque, e tudo o mais.

— Terrível.

— Mas, de certa forma, o mundo inteiro não é o parque deles?

Percebi que ele achou isso engraçado, mesmo sem rir.

— Então, por que você está aqui? — perguntei, mas já sabia. Torci para não parecer interessado demais.

— Estou aqui profissionalmente, acredite ou não. — Matthew Miller olhou o palco, uma mulher com uma balalaika lia trechos do Manual de Diagnóstico e Estatísticas dos Distúrbios Mentais. Em certo momento tinha tirado a blusa e nós nem notamos. — Eu represento Dougie Clay.

— Aquele comediante? — perguntei. — Pensei que ele estava preso.

— Saiu com permissão.

— Não foi ele que fez aquela piada péssima sobre Jackie?

— Foi — disse ele. — Mas não é disso que estão atrás.

Ergui as sobrancelhas.

— Não?

Ele ergueu as sobrancelhas para mim também.

— Você realmente acha que essas coisas são apenas um pleito puritano? — disse ele. — Agora eu *sei* que você é jovem demais.

— Bom, então, o que eles querem, afinal? — Foi melhor do que perguntar, *jovem demais para quê, para quê, para quê?*

— Leia um jornal, talvez. — Matthew Miller revirou os olhos, depois olhou para o chão. — Você é bonito demais para não ser desinformado.

Senti um raio — um farfalhar reostático tão intenso que devia ser perfeitamente audível — e tenho certeza de que alguma parte de mim caiu na hora. Mas além da tempestade elétrica, outra versão de mim estava de pé com a mão arrogante na cintura, encostada numa coluna e dizendo "Ora, parece um trabalho ingrato".

Eu precisava de um cigarro. Matthew Miller bateu no maço dele e tirou dois como se tivesse adivinhado.

— Não é bem ingratidão — disse ele. — Mas espero não ter de fazer isso por muito mais tempo.

— Aposentadoria, já? Agora eu sei que você é velho demais.

Ele balançou a cabeça.

— Ainda não estou pronto para bater as botas.

— Você tem outras ambições.

Inclinei-me para perto dele para acender o cigarro.

Ele virou a cabeça de lado.

— Pode-se dizer que sim.

— O que vem depois de advogado? — O cigarro me deixou encalorado e um pouco nervoso, tive de me esforçar para fazer uma pausa entre as frases. — Juiz de peruca branca?

— Não.

— Vai pular direto para carrasco, então?

A pausa foi longa e comecei a pensar que ele não ia responder. Ocupei-me com a isometria mental necessária para evitar fazer outra pergunta.

Mas então o lugar estalou com aplausos e Matthew Miller balançou a cabeça como se despertasse de alguma coisa.

— Isso também não — disse ele com a voz mais alta por causa do barulho. — Eu quero ser outra coisa.

Assim que Stephen foi embora, Brookie começou a procurar substitutos. Encontrou Nick e Peter no número 17 da Barrow Street, onde era dificílimo deixar de notá-los: trabalhavam em Wall Street e se vestiam como colegiais de Andover, e Brookie se apresentou perguntando se eles estavam perdidos. Peter era mais velho do que nós, rosto pálido e leonino com costeletas incipientes e um colar com uma única conta que só aparecia quando ele estava de folga. Nick era, por consenso universal, um Adônis. Ficamos aguardando o fim do relacionamento deles com um entusiasmo típico de chacal, apesar de gostarmos muito de Peter.

— Aquele rosto — dizia Paulie, lamentando. — Que desperdício, *aquele* rosto.

Nick e Peter tomavam muito cuidado com as coisas deles a um ponto retentivo, temendo ruína profissional por chantagem via furto de documentos. Disseram que acontecia sempre com banqueiros, advogados e corretores de valores (os boatos sobre o banheiro da Bolsa de Valores de Nova York, disseram eles, quase não faziam justiça). Até conheciam alguém que tinha passado por isso — um infeliz das finanças chamado Anders que trabalhava na porta de uma de nossas boates. Ele era extremamente bonito, olhos claros bem nórdicos e musculatura de Wolverine marcada, mas Nick e Peter nos arrastavam para longe sempre que ele estava na porta. Estranhamente tinham pavor dele, como se ele tivesse uma doença que eles pudessem pegar.

Era um tempo de vaidades.

Nós nos lapidávamos no McBurney Y. Adotamos dietas de ascetismo ritual nos dias da semana, imaginando que isso poderia compensar nossos entusiasmos menos saudáveis. A Stonewall tinha sobrevivido três meses e só como casa de sucos. Mas naquele tempo havia sempre um novo clube de sexo ao sul da rua Quatorze.

Era um tempo de intrigas, de dramas e desastres passageiros. Stephen voltou para o apartamento em fevereiro, depois de uma reconciliação com Brookie, cujos termos nenhum dos dois revelava.

— Medidas compensatórias — sussurrava Peter. — No nível A Verdadeira Crise dos Mísseis Cubanos.

Era um tempo de afetação. Nick passou a fumar cigarrilhas. Paulie sequestrou um canto do apartamento e criou um espaço "chique industrial": minimalista e odiosamente *clean*, com uma única orquídea iluminada por trás sobre o aparador. Brookie, que quase não tinha mais paciência para o teatro, desenvolvera ultimamente um gosto por sua variedade política. Frequentava uma reunião de um Clube de Jovens Republicanos — cem homens de smoking bebendo uísque escocês em cálices, cortinas à moda corte de Versalhes, o pacote completo — para berrar coisas sobre a militância gay na hora dos coquetéis. Passei a ler Baudelaire à vista de todos.

Paulie tinha comprado uma câmera Pentax e ficava o tempo todo tirando fotos de nós: passamos a chamá-lo de Diane Arbus ou, de vez em quando, de Lois Lane. ("Lois Lane era jornalista, seus filisteus!", disse Brookie.)

Esses retratos... alguns ainda existem. Por isso sabemos que uma vez, ou talvez mais, sentamos à sombra de um plátano de casca malhada no Bryant Park e comemos uma fatia de brie.

Por isso sabemos que compartilhamos uma colher.

Por isso sabemos que havia uma formiga na colher, mas não sabemos se sabíamos disso naquele dia, nem do que aconteceu exatamente com a formiga se não sabíamos.

E ocorre que são as perguntas mais banais que tornam a morte concreta — a quase anedota indefinida, as minúcias na ponta da língua, o clímax da moral da história que triunfava em inúmeras festas apenas dez anos atrás. E era mesmo só uma década? E aquilo era uma lembrança ou um sonho? O tempo passa e essas perguntas sempre brotam, fazendo-nos lembrar com sua burrice teimosa que a morte é permanente e que rigorosamente não há exceções.

Pelos retratos, sabemos que passamos um dia em Jones Beach — isso porque Fire Island estava fechada devido à língua de esgoto — e, quando voltamos, estávamos todos vermelhos de areia e sol. Pelas fotos sabemos que uma vez fomos de bicicleta ao Prospect Park com Stephen debaixo de uma chuva torrencial. Como foi que o convencemos a ir? Isso as fotos não explicam.

O passado é uma língua esquecida e cada fotografia um hieróglifo: o único significado está na sugestão de que um dia existiu algum significado.

Em março, Matthew Miller anunciou sua candidatura à Assembleia Estadual de Nova York.

Brookie e Stephen estavam procurando *Centro Médico* — a curiosidade mórbida era uma das poucas coisas que eles tinham em comum — e pararam ao vê-lo numa coletiva de imprensa na chuva no Canal 5. Ao lado dele, Alice se agarrava inutilmente a um guarda-chuva: o pouco que havia dela parecia sempre prestes a derreter.

— Alice! — gritou Paulie alegremente — Alice!

Desde a primeira vez que a vimos, caracterizamos Alice como uma espécie de figura folclórica convencional: imaginamos velas Rigaud, garfos de prata dourada.

— Não façam baderna! — Sibilávamos uns para os outros nos restaurantes, se já tivéssemos feito. — Alice vai chamar o gerente.

E depois:

— Ela avisaria às *autoridades*, se já não estivesse sem moedas.

Mas o fato era que não sabíamos nada de Alice, além da aparência de longe. Mesmo assim, tínhamos certeza de que representava algo que exigia nosso desprezo — bolorenta, quadrada, todos os valores obsoletos contra os quais estávamos justamente nos forjando. Brookie tentou expressar esse sentimento em termos marxistas uma vez.

— É um dos alicerces mais fundamentais do sistema! — declarou ele. — O homem trabalhador tem a ilusão de que participa do poder da classe dominante através do controle econômico da esposa, que é seu objeto sexual e escrava do lar.

Assentimos judiciosamente. Mas não consideramos por que essa visão do casamento devia explicar nossa hostilidade coletiva para com Alice — em questão, a escrava teórica do lar.

No Canal 5, ainda garoava; o cabelo de Matthew Miller estava um pouco mais escuro por causa da chuva.

"*O cinismo é fácil*", dizia ele. "*Todo o resto é que é difícil. O progresso é difícil. A compaixão é difícil. Qualquer pessoa que diga que é fácil não está realmente tentando ser boa nisso.*"

Parecia sugerir que talvez fosse o homem certo para aquela função. E talvez fosse perdoável — naquele momento, por um momento — acreditar que ele seria.

— Assembleia do Estado de Nova York! — Brookie meneou a cabeça. — Bom, se tem uma coisa que sabemos é que aquele homem tem uma ligação com a perversidade.

— Shh — Paulie pediu e aumentou o volume.

"*Mas eu vou tentar*", Matthew Miller continuou. "*Prometo que vou tentar. Porque tudo é possível. Então quer dizer que isso também é.*"

O apartamento mergulhou no silêncio, coisa nada comum para nós, naqueles dias.

— Ha — finalmente Brookie falou. — Nada mau. Se não o conhecêssemos, ele quase poderia nos fazer acreditar.

Não consigo me lembrar de ter dado meu número para Matthew Miller, no entanto os fatos são esses: um mês depois, ele ligou para mim.

— Quem é? — disse Paulie, passando o telefone para mim.

Atendi desconfiado: não tinha a menor ideia de quem fosse.

— Alô?

Ele tem voz de velho, Paulie fez a mímica silenciosa das palavras com a boca e eu o afastei com um gesto.

— Alô — disse uma voz. — Como vai o teatro?

— Magnífico. — Eu não tinha ideia de quem estava falando. — Como vai... ah, a esposa?

O homem riu e senti uma espécie de medo descer por minha coluna.

— Desculpe — disse ele. — Aqui é Matthew Miller. Pensei que seu amigo tinha dito.

— Claro. — Troquei o telefone de orelha e fiz com a boca em silêncio *vai se foder* para Paulie.

— Estou ligando porque tenho uma ideia que gostaria de discutir com você — disse Matthew. — Gostei muito de sua peça...

— Você foi?

— Eu disse que iria — lembrou ele, como se isso explicasse qualquer coisa. Procurei não pensar no que eu tinha dito exatamente para Matthew Miller porque tinha aprendido que revisitar tais momentos acabava levando a farpas cortantes de constrangimento, que levavam a caretas de todo tipo, que me levavam a parecer insano e, mais preocupante ainda, à ruga incipiente que achei que estava crescendo na minha testa. — De qualquer modo, estou lidando com um problema municipal e gostaria de ter o seu ponto de vista sobre isso. Estava pensando se podíamos nos encontrar. É meio complicado explicar por telefone.

Estava pensando se podíamos nos encontrar deve ter anulado *problema municipal* na minha cara porque Paulie levantou e começou uma dancinha. Reagi jogando um talão de cheques na cabeça dele.

— O *meu* ponto de vista? — perguntei. — Agora tenho certeza de que você discou o número errado.

— Acho que vou ter de ver quem vai aparecer.

Paulie tinha pegado o talão de cheques e o folheava muito triste. Devia ser o dele. Virei para a parede e enrolei o fio do telefone no pulso.

— Quando? — perguntei.

— Amanhã? Só se você puder.

Puder o quê? Não perguntei. Matthew me deu o nome de um restaurante na rua Cinquenta e Quatro: disse que serviam comida até as quatro. Paulie, graças a Deus, tinha finalmente ido para o quarto dele.

— Está bem — eu disse com certa frieza. Queria impor uma distância retroativa naquela conversa antes de pegar o metrô e ir parar a quarenta quarteirões dali com um convite de última hora. Olhei para as plantas de Paulie na lareira.

— Sabe de uma coisa? — acabei dizendo. — Não consigo me lembrar de ter dado meu número a você.

Estava imaginando Matthew Miller rasgando a lista telefônica, acho — perguntando em todo lugar, dando descrições frenéticas. *Quem era aquela feiticeira e o que faço para vê-lo do novo?*

— Estava na sua ficha da prisão — ele falou como se estivesse com pressa de repente. — Nos vemos amanhã.

E então, e não foi a última vez, Matthew Miller desligou na minha cara.

CINCO
cel

Na quarta-feira, a equipe de *Mattie M* se junta para assistir Donald Kliegerman tentar organizar uma reunião.

Não é uma reunião de produção; até segunda ordem, *Mattie M* está em reprises. Eles estão aqui hoje para falar de *Going Forward*. O verdadeiro assunto da reunião, todos sabem, é Suzanne Bryanson — que um dia de pesquisa revelou ser a porta-voz de um grupo de pressão sem fins lucrativos chamado Concerned Parents of America – CPA [Pais e Mães Preocupados da América], cujos membros parecem ser isso mesmo. (A própria Suzanne Bryanson é mãe de pelo menos dois filhos; Luke tinha até encontrado uma fotografia deles num perfil do *Minneapolis Star*, dois meninos muito louros saídos de uma agência de atores.) O que preocupa exatamente esses Pais e Mães da América ainda é muito vago, mas até onde o dinheiro foi rastreado, não leva a lugar nenhum que preste — nenhuma missão fundamentalista, nenhuma conspiração da extrema-direita. Tudo isso faz com que a CPA pareça mais misteriosa e de certa forma mais ameaçadora. ("Qualquer grupo com uma sigla tão enfadonha certamente trama alguma coisa," disse Luke antes da reunião.)

Donald Kliegerman informa que o desafio deles será criar estratégias para abordar — e, para falar com absoluta franqueza, se devemos abordar

— o *problema* atual. Estratégias sensíveis à gravidade daquela situação, ele diz, e ao mesmo tempo também fiéis à sensibilidade irreverente e provocante de *Mattie M*. A sensação na sala é de tensão pré-motim. Há o ruído de corpos mudando de posição nas cadeiras, olhos grudados nos relógios.

— No passado, às vezes tínhamos o privilégio de decidir com quais notícias nacionais queríamos nos envolver — dizia Donald Kliegerman. Ele está visivelmente resistindo ao impulso de estalar os dedos. — Mas, neste caso, nossa decisão se complica porque *The Mattie M Show* já faz parte da discussão, e todos vocês sabem disso.

Isso soa como uma espécie de desafio — sim, certamente eles sabem. As discussões sobre os atiradores serem fãs do *Mattie M* ficaram mais agudas com o ciclo de notícias mais recente; pelo menos duas reportagens de TV se referiram a algum tipo de sátira ao *Mattie M Show* feita no colégio dias antes dos tiros. Não está claro o momento exato em que isso ocorreu e nem quem pode ter participado — Cel supõe que os alunos que talvez saibam não querem comentar — e isso não saiu na mídia impressa, por isso pode não ser verdade. Mesmo que seja, Cel acha que essa associação é exagerada. Não, assistir a *Mattie M* não pode ser *bom* para jovens impressionáveis: os perturbados apelativos e os descontrolados dramáticos, as vaias da plateia — o barulho de um aquífero civilizatório inteiro engasgando e secando, segundo *The New Yorker*. Mas depois de assistir a tudo aquilo, pensa Cel, a única pessoa que você deseja matar é você mesmo.

Só que ela lembra que um deles fez exatamente isso.

Donohue e Oprah já reconheceram o incidente, diz Donald Kliegerman; Ricki e Jenny estão produzindo episódios. Ele faz uma pausa e aguarda a reação, que não acontece — apenas recebe um silêncio sem esforço; aquela sensação tensa da aula de álgebra em que todos torcem para o professor não os chamar para falar. A pausa aumenta e vira um silêncio lunar arrepiante. Donald Kliegerman tira a tampa da caneta como incentivo.

— Bom, vou arriscar o óbvio — Luke acaba dizendo. — Que tal um programa temático? Crianças que matam, ou coisa parecida.

— Já fizemos — diz Jessica VanDeMark.

— Nós fizemos o ponto de vista dos *pais* — diz Luke. — "Meu Filho É um Assassino!" foi mais sobre a desgraça para a família. Nesse episódio seria a visão dos assassinos. Explorando as motivações, procurando os sinais do que ia acontecer.

Luke é bom para criar essas coisas, slogans, chamadas e frases de efeito. Cel às vezes fica imaginando se ele realmente pensa assim: se seu mundo interior se desenrola numa série infindável de construções paralelas em tom conclusivo.

— Mas quem vai aparecer para isso? — diz Jessica — Não vamos querer chamar Ryan Muller.

Diante disso, risos leves. Cel anota mentalmente: se você sai atirando em uma ideia, ninguém vai lembrar que não arriscou uma ideia própria.

— Teríamos de trazer famílias com experiências semelhantes — diz Luke. — Provavelmente não *exatamente* semelhantes. Assaltos, homicídios em menor escala. Porque a questão é a capacidade de uma criança. Conversamos com os pais de crianças que estão em reformatórios. Talvez um ou dois daqueles garotos. Perguntamos tudo que gostaríamos de perguntar para os pais de Ohio, pedimos para eles especularem alguns temas. Depois fazemos o painel psicológico para juntar os pontinhos e oferecer embalado para viagem. Coisas para observar no seu filho, onde obter ajuda. Et cetera.

Donald Kliegerman faz que sim com a cabeça e rabisca, ou finge rabiscar, anotações.

— Mais ideias? — diz ele, sem levantar a cabeça.

— Bom — diz Sanjith e a voz dele soa como um pedido de desculpas, de uma pessoa se preparando para cobrar uma dívida atrasada. — Existe o risco de parecer insensível.

Cel acha que isso não é um risco, é garantido.

— Mas não tratar disso também parece insensível — diz Luke. — E *também* aparenta culpa.

A palavra "culpa" fica reverberando no ar — e apesar de saber que Donald Kliegerman não vai reconhecer de jeito nenhum, Cel percebe que ele fica contente de terem dito.

— Talvez não dê para ganhar, não importa o que dissermos — diz Sanjith. — Eu quero dizer que sim, os especialistas estão associando Mattie ao que aconteceu, por isso a não reação parece... desconfortável. Mas por que temos de deixar que essa acusação determine o que fazemos? Peguem qualquer desgraça acontecendo nesse país, que eu apresento cinco pessoas botando a culpa no *Mattie M*. Esse impulso terá de seguir seu curso. E talvez signifique que a nossa voz saia pela culatra. Isto é, o que a National Rifle Association está dizendo agora? Nada de mais.

— Ora, mas isso é diferente, não é? — diz Cel.

Todos se viram para ela. Donald Kliegerman parece meio atônito, como se fosse abordado por uma estátua sem saber que aquilo era um boneco animatrônico.

— Bom — a voz de Cel parece apagada, será que está muito baixa? — Só estou falando. — Agora a voz dela soa assustadora e catastroficamente alta. — A NRA não pode ignorar que isso envolve armas, não é?

Todos continuam olhando atentamente para ela; Cel quase pode *ouvir* as piscadas sincopadas e decepcionadas. Donald Kliegerman olha disfarçadamente para o relógio.

— É que podem falar o que quiserem sobre *The Mattie M Show*, mas não dá para escrever isso no laudo de uma autópsia.

Ela sabe que ninguém vai rir e, de fato, ninguém ri.

— E daí? — diz Luke — Vamos continuar exibindo os estupradores de cabras?

— Fico pensando se o apetite do país pelos estupradores de cabras não está bem limitado agora — diz Sanjith.

Todos voltam a rir, agradecidos.

— Muito bem, e esse é o dilema — diz Luke. — A escolha não é entre um episódio de *Mattie M* e o silêncio digno. É entre esse episódio específico de *Mattie M* e os habituais. E, se ignorarmos, será como dizer que está certo ter curiosidade e querer saber por que um homem trepa com sua cabra, mas que está errado quando se trata de um garoto atirando na escola. Mas as pessoas *são* curiosas... não porque não ficam horrorizadas, mas porque ficam. Essa questão é legítima. É o momento de fazer uma autocrítica nacional... talvez até nossos espectadores estejam querendo mais entusiasmo.

— Mas estão esperando isso de nós? — diz Cel. Perdido por cem, perdido por mil, algo que Hal costumava dizer. Quando ela repetiu isto no trabalho, Luke perguntou se estava familiarizada com o conceito de *custos irrecuperáveis*. — Quer dizer, esse programa sempre foi um prazer com sentimento de culpa, não é? Tá legal, tudo bem... nem sempre. Mas não é agora? É escapismo.

A sala mais uma vez se arregalava — como se ela tivesse dito algo chocante. Irrita Cel, para ser sincera, esta lealdade cavalheiresca à desaparecida grande pessoa de Mattie. Todo mundo já foi outra pessoa um dia— para todos, menos Mattie, isto é um fardo.

— E como Luke disse, as pessoas ficaram chocadas com um trauma nacional. E é verdade que elas querem acompanhá-lo, mas talvez também queiram esquecer... pelo menos às vezes. Pelo menos por um tempo. Talvez *Mattie M* lhes dê permissão para isso. E talvez o programa possa ser mais útil desse jeito... deixando as pessoas em paz por uma hora. Quando elas estiverem preparadas, podem voltar a sintonizar no *20/20*.

Cal vê uma faísca de aprovação percorrer a expressão de Luke; ele gosta de conclusões rápidas, mesmo quando são ligadas a argumentos que ele não endossa pessoalmente.

— É conveniente — diz ele — deixar os espectadores em paz para que nos deixem em paz também. — Ele diz isso com azedume, mas Cel sabe que é precisamente *em paz* que Luke gostaria de estar; ele articulou essa crítica com tanta habilidade que ninguém mais ficaria tentado a experimentar. — Mas se não abordarmos a questão no programa, como vamos abordá-la? Será que Mattie deve assinar um editorial do *Times*? Ele deve fazer campanha pelo país porta a porta?

— Podemos fazer um pronunciamento — diz Jessica, exatamente quando Sanjith fala "*tudo* menos um pronunciamento". — Então, estamos dizendo que ele precisa falar nisso, mas não vamos deixar que ele fale nisso em seu, como se chama mesmo, talk show?

— Bom, e se o mandarmos para outro lugar? — diz Cel. — Isso o colocará, digamos, como uma autoridade. Dará a Mattie a oportunidade de entrar no seu modo Donahue, que todos nós sabemos que ele adora. E quem o receber provavelmente ficará feliz porque eles já reprisaram tanto esse negócio que conseguir a opinião de *qualquer um* pela primeira vez vai parecer um furo.

— E estamos pensando em qual programa? — diz Donald Kliegerman. Isto deve significar que ele gosta da ideia; Mattie adora pormenores.

— Eu começaria pelos noticiários matinais.

— Tem o *Wake UpTriState!*

— Tem o *Tod Browning in the Morning*.

— Ele tem boas relações com Abe Rosen, da PBS — diz Sanjith.

— Você é engraçado — diz Luke.

— Podemos tentar *Lee and Lisa* — diz Jessica.

Isto desperta vários gemidos e um assovio na reunião. *Lee and Lisa*, embora seja inegavelmente matinal, é um noticiário muito questionável. Nominalmente, sua estrutura é de ponto-contraponto — Lee deve ficar um pouco à direita do centro, Lisa um pouco à esquerda —, mas as conversas dos dois tentem a parecer menos debates do que uma sedução obrigatória ruim, mas muito ruim mesmo.

— Tudo bem — diz Luke. — *Wake Up TriState!*, *Lee and Lisa*, *Tod Browning*. Dê a ele essas três alternativas e deixem ele pensar que está tomando a decisão. Decisão com restrições. — Luke sublinha a lista, depois olha para Cel. — Tenho irmãos mais novos.

Donald Kliegerman declara que estas ideias são "boas" e termina com uma preleção anêmica sobre compromisso e comunidade. Coitado do Donald Kliegerman. Seu trabalho é irrelevante além de impossível, e Cel imagina que este é o motivo para a gravidade com que ele tende a usar o jargão corporativo, mesmo quando está bem fora do alcance da audição de quem possa se impressionar com isto. Certa vez, ela o ouviu discutir distorção intermodulação em um karaokê. É um velho mistério do programa que ele ainda tenha um emprego aqui, como Cel.

Mas é claro que não é o único mistério.

NOVEMBRO

Chove no dia da entrevista de emprego de Cel. Quando ela chega ao estúdio, seus óculos estão completamente embaçados; tudo a sua volta é cercado de uma opacidade aquosa. No saguão, profissionais passam voando a sua volta — impecáveis, imperturbáveis, intocados pelo metrô, pela cidade ou pelo céu.

Ela pega o elevador ao andar designado e dá seu nome na recepção. A porta se abre e sai um asiático de óculos; usa gravata e tênis, e o corte do cabelo parece muito caro. Cel deduz que é Luke Nguyen — embora o homem não confirme isto, só cumprimente com a cabeça e aponte o queixo de modo a sugerir que Cel deve acompanhá-lo. Faz isso sem parecer realmente olhá-la e Cel se pergunta como ele sabe quem ela é. Mas sério, quem ela poderia ser?

Em sua sala, Luke pega uma folha de papel e a percorre com os olhos e uma expressão sofrida. Atrás, uma enorme janela panorâmica dá para a suja Sétima Avenida. Cel queria não estar de óculos. Ela precisa deles — seu olho direito eternamente desprezado agora é oficialmente cego, sua percepção de profundidade sempre torta —, mas esta é Manhattan e ela não precisa dirigir, assim ela só os usa de vez em quando, em geral para causar efeito. Usou hoje para criar uma aparência imponente e agora se sente empenhada demais para tirá-los.

Depois de um instante, Luke ergue a cabeça.

— Sente-se, por favor — diz ele e Cel percebe que está de pé bem em frente à cadeira. Ela se senta. — Pode tirar a capa de chuva, se quiser.

— Ah, claro. — Cel abre o zíper.

— Mas de *que cor* ela é? — Luke ainda corre os olhos pelo papel que, pelo verso, parece ser o currículo de Cel. — Poderíamos chamar de... açafrão?

Cel se esforça para não entrar em pânico. Pensa ser passavelmente normal a uma olhada rápida, mas centenas de coisas reveladoras aparecem se alguém a olhar com muita atenção: sua saia meio larga; os calçados um tanto errados. Seus dentes, se ela sorri — o que certamente não vai fazer, mas esse cara parece capaz de vê-los mesmo assim.

Alguém bate na porta e Cel se assusta de um jeito nada profissional.

— Luke? — Aparece um homem na soleira. Tem enormes fones de ouvido e também uma enorme cabeça.

— Sim.

— Posso pegar você um minutinho?

— Estamos no meio de uma coisa — diz Luke. Mas nem parece que eles estão ali. Luke tem uma expressão de extrema impaciência — uma consternação que pode se mostrar terminal.

— Desculpe. — O homem balança a cabeça majestosa. — Mas é que estamos numa situação aqui.

No "estamos", Cal entende que ele é de Boston. Tem início um acesso de associação, um híbrido de arquétipo e memória. Professor com suéter de Papai Noel em New Hampshire. Pescador de lagostas de nariz vermelho em um temporal. O pior irmão de Ruth comendo um prato de purê de batatas no enterro dela.

— Pode chegar aqui um instante?

Luke olha para Cel.

— Tudo bem — ela lhe diz. Se ele ficar bastante tempo fora, talvez ela consiga dar uma olhada em seu currículo. Ela não se lembra de revisar alguns itens.

Luke a olha por um momento. Será suspeita em seu rosto — ele não quer deixá-la sozinha no escritório? Ou talvez seja só ela. É só ela de todo modo, Cel supõe.

— Não — diz ele lentamente. — Venha comigo.

Será que ela parecia ansiosa demais para sair? Cel se pergunta enquanto pisa guinchando pelo corredor. Ou será que ele já viu seus dentes? Ela passa a língua pela fileira superior — um hábito que deve largar, ela sabe, antes que se torne inconsciente. Na adolescência, só o que sentia sobre seus dentes era uma leve gratidão por não serem piores; pensando bem, parecia bom ter dentes medianos — dentes padrão! — de graça. Mas acontece que o padrão não é a média em Nova York; parece que ali só os dentes perfeitos são invisíveis. Os dentes *medianos* são como os sotaques sulistas, ou barrigas de gestantes, ou quipás, ou marcas, ou hematomas de sarcoma de Kaposi — dados que o destacam para maiores considerações, mas não necessariamente críticas. E como notou os dentes de Cel, Luke decidiu que era melhor não a deixar sem vigilância em seu escritório — com seu computador e fax, suas estratégias para a imprensa e as pesquisas de mercado, seus documentos incriminadores que vários tabloides podem comprar e que Cel, até onde ele sabe, pode traficar. Ele não sabe nada a respeito dela, afinal, só todas as coisas que pensa saber.

Os guinchos dos sapatos de Cel transformaram-se em um barulho de lama. Ela tem a sensação de que alguém se dirigiu a ela. É o cabeção de repente a seu lado.

— Como disse? — fala Cel. Será possível que ela esqueceu o nome dele? Sua cabeça é ainda maior de perto.

— Eu disse que hoje você está de fato nos bastidores.

— Ah, sim. — Cel tem consciência de que o homem deve dar passadas muito curtas para acompanhá-la; Luke está quase dois metros à frente dos dois com um andar que parece importunado.

— Lado errado, Eli — diz ele ao que parece ser ninguém, mas revela-se um homem baixinho e incrivelmente musculoso de top sem alças. Eli se vira sem dizer nada e vai para o outro lado.

— Ele distribui rosas à plateia nos comerciais — diz o homem dos fones de ouvido. — Sempre votam nele como o Mais Sexy.

— Ah. Sei. — Cel olha seus sapatos alagados, pensa no tamanho inacreditável desse corredor. — E aí, você trabalha aqui há muito tempo?

— Bom, este programa só tem cinco anos. Mas aposto que parece muito tempo para você. — Ele ri. — Sei que eu não devia perguntar a sua idade.

Cel queria que ele perguntasse outra coisa, assim ela teria uma resposta a dar.

— Mas trabalhei no *Comment* — está dizendo o homem. — Então estou com Mattie há algum tempo. Ou Matthew, como era na época. Ninguém nunca teria me convencido de que ele adotaria um apelido tão idiota, mas aí está. As pessoas são um mistério.

— É verdade. — Cel fica cada vez mais consciente de que alguém grita no corredor e que isto já acontece há algum tempo. — Um mistério.

Luke aperta o passo; Cel acelera seus guinchos. Eles viram num canto e Cel vê que a gritaria vem de um diminuto homem louro de jaqueta de brim branco. Está aos berros com uma mulher negra impassível. Cel se sente estranhamente murcha.

— Mas qual será o problema por aqui? — diz Luke, numa voz diferente da que Cel ouviu até agora.

— Esse psicótico aqui acha que eu roubei seu pager — diz a mulher. Cel se pergunta o que a colocou no programa — uma pergunta reflexiva que nos meses à frente irá parecer mais camaradagem do que curiosidade. *Para que você entrou?*: a pergunta de um colega a outro.

— Então você confessa! — grita o homem, e Cel fica quase decepcionada que tudo possa se resolver com tal rapidez. Ela esperava ver seu primeiro corpo a corpo.

— E o que vou fazer com seu pager imundo?

— Houve uma cadeia de acontecimentos. — O homem levanta um dedo, tremido, com um senso de grave importância, depois entra em um monólogo. Começa por uma motocicleta e sua própria sobrevivência improvável e subsequente relação especial com Deus e inclui — junto com várias alegações que Elspeth chamaria de "ilusões de grandeza" — uma teoria muito interessante sobre a cientologia. As celebridades são atraídas à ideia de uma estrutura hierárquica da humanidade, diz ele, porque pensam que já são pessoas superiores. Cel acha esta parte um tanto convincente.

— Esse cara tá doidaço — resmunga alguém atrás dela. Mas Cel não pensa assim; existe algo de familiar na inquietude sincopada da fala do homem. Ela tem a sensação de que não devia estar vendo este momento e queria poder manter este homem longe de todos de algum jeito: das câmeras, da plateia, da equipe reunida. Mas ela sabe que essa não é exatamente a ideia por ali.

— Tudo bem, tudo bem. — Luke bate palmas como um professor do secundário que sabe que tem menos armas. — Senhor, terei de lhe pedir que se acalme.

Terei de lhe pedir — que frase estranha: pretende transmitir autoridade, mas é de uma deferência quase pateta. Pronunciada como uma ordem, quando na verdade é apenas o arranque mais tímido para um pedido.

— Está claro que ele é completamente biruta — acrescenta a mulher. O tom sugere sua convicção de que isto devia resolver tudo. Afinal, devia mesmo! Todos eles deviam declarar este homem interditado — ultrapassando os parâmetros do espírito esportivo, ou do que comanda as coisas por ali. E sim, Cel entende, *é claro* que ela entende. A questão é justamente esse espanto — *The Mattie M Show* proporcionar não só as emoções sórdidas do espetáculo ("Me Recuso a Vestir Roupas!", "Você é Gorda Demais para o Pornô!"), mas também as satisfações mais sombrias do discernimento. Como as pessoas têm o *atrevimento* de levar uma vida dessas — como têm o atrevimento de *nos contar* sobre ela? E certamente o discernimento coletivo tem suas virtudes: onde teria chegado a civilização sem ele? Pode-se argumentar que participar de um ritual desses é um dever sagrado e ancestral ligando o conselho tribal ao coro grego, ao júri e à plateia do estúdio — incessantemente, por toda a história humana. Mas nenhum argumento possível parece ter alguma relação com o homem que grita neste estúdio. Ver este homem em um talk show não seria como ver um artista de circo engolir uma espada, mas uma mariposa aprisionada batendo na tela até morrer. Cel não consegue imaginar que isto daria uma televisão de qualidade.

— *Biruta* — repete a mulher. Agora ela parece entediada.

— A segurança está chegando — anuncia Luke.

— E quem é você, porra? — grita o homem.

Ele está sobre os pés arqueados, quase na ponta deles, e encara Cel.

— Senhor. — Um segurança está atrás dele, enfim colocando a mão do tamanho de uma panqueca no ombro do homem.

— *Você* não! — grita o homem. Aponta para Cel. — Ela! Você!

Cel sente a atenção de todo o ambiente se voltar para ela.

— Você é surda? — O homem faz uma careta de um jeito quase lupino e Cel vê que os dentes dele são parecidos com os dela. — Sabe falar? Estou te fazendo uma pergunta e a pergunta é essa. — Ele faz uma pausa, ele sabe que domina o ambiente, depois explode: — Você está olhando o quê, caralho?

— Epa, epa — diz o segurança. Seu aperto é firme, mas o tom é gentil, o que faz Cel confiar nele.

— Só vou sair quando tiver algumas respostas — acrescenta o homem, quase como quem se desculpa.

Cel fica esperando que mais alguém faça alguma coisa até onde consegue suportar, o que talvez nem seja tanto tempo assim.

— Bom — diz ela; ou final ou imediatamente. Todos os olhos estão em Cel; ela tem vontade de morrer. — Acho que estava olhando para o senhor.

— Para mim? — O homem grita, indignado.

— Sim — diz Cel numa voz muito diferente da dela. — Estava olhando para o senhor e pensando no senhor.

— Você estava pensando — o homem ainda grita, tecnicamente, mas parte de sua raiva se foi. Agora há uma surpresa hesitante e esvaziada, como se ele nunca soubesse de alguém que *pensasse* nele, e ficará irritado com isso assim que descobrir uma perspectiva. — E *o que* você estava pensando?

— Estava pensando se o senhor está bem. — Isto é uma mentira e também, de certo modo, a coisa certa a dizer. Mas antes que Cel consiga descobrir o que vai falar depois disso, há uma mudança no ruído de fundo e uma voz conhecida atrás dela diz "arrá".

Ela se vira e ali, de algum jeito, está Mattie M. Ela jamais vira de perto alguém tão famoso. O efeito imediato é um misto de surrealismo arrepiante com uma intimidade ainda mais arrepiante, combinados com uma sensação onírica — embora ela nunca tivesse nenhuma opinião consciente sobre a altura de Mattie M — de que ele quase certamente é baixo demais.

— Qual é a grande ideia por aqui? — diz Mattie. — Fazendo um ensaio secreto sem mim de novo?

E surge um riso leve — mas ninguém, perturbado ou não, podia achar engraçado esse tipo de tirada de tio do pavê. O que Cel quer saber é como Mattie M chegou tão perto sem que ela percebesse: sua aproximação furtiva, junto com o susto e a adrenalina de sua fama, faz com que ela sinta ter acabado de notar um jaguar em uma árvore acima dela.

— Meu nome é Mattie — diz Mattie, virando-se para os convidados. Cel detesta quando as celebridades agem como se as pessoas não soubessem quem elas são — mas é verdade que as alternativas são piores. Mattie aperta a mão do homem, depois da mulher; a calma foi restaurada, ao que parece, mas Cel não consegue ver como. Só o que Mattie fez foi aparecer. Ele não parece especialmente tirânico, embora talvez todos estejam mortos de medo dele e sua presença baste para calar a boca de todos preventivamente. Cel pensa naqueles países cujos déspotas autoritários suprimem guerras mortíferas e prolongadas.

— Você é Meredith? — diz Mattie, virando-se para Cel.

— Não. — Meredith, como se revelaria depois, é uma dominatrix risonha com acne cística.

— Ela está em entrevista de emprego — diz Luke de algum lugar.

— E é um grande prazer te conhecer! — Cel estende a mão, desamparada. — Sou muito sua fã.

Mattie para e um agito percorre seus olhos. Cel tem certeza de que "muito sua fã" é padrão: não quer dizer que você *seja de fato* uma fã, nem mesmo que você necessariamente sabe exatamente por que deveria ser — só que está ciente de que os outros sabem e são. É um diálogo principalmente simbólico — um cão oferecendo o pescoço a outro — e Cel achava ser o costume. Mas o lampejo nos olhos de Mattie M faz Cel se perguntar se seu gesto foi mal calculado. Talvez ela tenha dado muito mais a impressão de que tentava fazê-lo acreditar nela.

Pelo que se viu, ele não acreditou e Cel mais tarde saberá que isto funcionou a seu favor: Mattie, de modo geral, despreza os próprios fãs. E assim será este momento de deselegância pouco característico que colocará Cel em seu emprego: uma tríade de confusão cármica que ela simplesmente merece.

Agora, no escritório, Luke diz a Cel que entrará em contato. Parece que ele se esqueceu de que não fizeram entrevista nenhuma. Quando ela está na metade do corredor, Luke a chama de volta para pegar a capa de chuva; ele a segura a certa distância do corpo como se a cor em si fosse perigosa. Pelo jeito como ele a segura, a capa parece muito amarela.

O homem da cabeça grande está no elevador descendo.

— Oi de novo — diz ele e Cel assente. Os dígitos acima piscam silenciosamente em decrescente; é claro que há um número despropositado de andares. Cel olha fixamente, tenta invocar outra pergunta para este homem: em Nova York, até a altura dos prédios representa torturas sociais até então inimagináveis.

— O Mattie... ele... quer dizer. — Cel desiste: ele não será o chefe *dela* mesmo. — Ele sempre aparece assim, de mansinho?

— Sempre! — O homem parece inteiramente satisfeito, ela notou. — Ninguém sabe como ele faz isso, mas você acaba se acostumando.

"Ele se materializa como quer", dirá Luke a ela tempos depois. "O truque é nunca deixar que ele te dê um susto."

— E você entende, eu não quis dizer que Mattie não é um bom chefe, mesmo agora — diz o homem um instante depois. Será que ele acredita mesmo que Cel ainda corre o risco de ser contratada? — Na verdade, é mais por ele ser... diferente.

Cel concorda com a cabeça: por ora, não dirá mais nada. Está pensando no que vem pela frente — o saguão com seus profissionais agitados e rígidos; a ladainha do metrô; uma noite inteira circulando classificados enquanto suporta vendavais de otimismo da parte de Nikki. Ela podia tentar escapulir para o Comedy Cellar, talvez, mas não deve gastar tanto dinheiro. Eles têm uma consumação mínima de dois drinques, a que Cel se opõe profundamente.

— Notei quando você perguntou se eu trabalhava com ele há algum tempo — está dizendo o homem da cabeça grande. — A resposta é sim. Mas, na verdade, eu queria dizer... bom: sim e não. Porque parece que ele muda o tempo todo quando não estou olhando.

Ele dá de ombros e Cel o imita: com toda sinceridade, ela realmente não se importa.

— Mas o estranho é que fiquei olhando o tempo todo.

SEIS
semi

1970

Eu estava atrasado para meu jantar com Matthew Miller. A alquimia do atraso estratégico é delicada, embora em geral eu prefira marcar as coisas de forma que a pessoa só note seu receio de que eu eu não apareça no exato momento em que apareço. Isto costuma significar quinze minutos. Para Matthew Miller, reservei vinte.

O lugar afinal era um restaurante japonês e também ficava em um hotel — estranho, pode prometer detalhes a omitir. Matthew Miller estava sentado a uma mesa perto do fundo, debruçado sobre um maço de papéis, com uma das mãos segurando a base de uma taça quase cheia de martini. Quando o vi, quase desfaleci.

Oh, pensei. *Oh.*

Foi uma provação andar até ele. Quando enfim o alcancei, ele disse "ah, oi" e fechou seu bloco ofício.

— Agradeço por você ter vindo.

Eu sentia o eco do *Oh* dentro de mim como que saído do fundo de um poço. Ele apertou minha mão e senti sua pulsação — ou não, era a minha.

— Está hospedado aqui? — perguntei.

— Não. — Ele soltou minha mão. — Meu horário de trabalho é flexível.

Assenti como se essas declarações tivessem relação causal.

— Eu o teria convidado a meu escritório, mas... — Seus olhos eram insistentes, de um verde caricato. A única conclusão para esta frase era: *Mas não convidei.*

— Mas é... pequeno demais? — eu disse. — Mas é... bagunçado demais?

— Na verdade, os dois. E não tem onde sentar porque o sofá está coberto de papelada.

Ele riu, depois eu ri também, com uma alegria inteiramente desproporcional com a argúcia do que era dito.

— Nem mesmo sei se acredito que você *tenha* um sofá. — Fui acusativo sem motivo nenhum.

Ele me olhou por um momento e falou com firmeza:

— O sofá existe. E realmente tem papéis.

De súbito eu não sabia do que estávamos falando. Será que eu realmente estive rindo, todo embonecado, de um sofá bagunçado? Matthew pegou seu bloco ofício. O diálogo sofá-papelada ficou suspenso no ar, o silêncio agravava sua idiotice original.

Desesperado, falei:

— Então foi a piada do Nixon?

Matthew Miller ergueu a cabeça do bloco.

— Como disse?

A cautela em seu rosto confirmou meus piores temores sobre o jeito como eu ri.

— Por isso estão atrás de Dougie Clay. Não é verdade?

Ele tocou o nariz como quem diz *bingo*.

— Me parece muita papelada para uma piada tão medíocre.

— Não se trata da piada — disse ele.

— Bom, essa piada não é sobre o Nixon — falei. — Então talvez seja *essa* a piada.

Ele me olhou de novo, depois sacudiu a cabeça como quem tenta se livrar de uma nuvem de *déjà vu*.

— Vocês, artistas, se safam de qualquer coisa, não é? — disse ele em voz baixa.

— O que disse?

— Nada. — Ele tirou a tampa da caneta com um estalo que parecia conclusivo. — Então, como falei ao telefone, tenho um problema municipal e gostaria de seus conselhos.

— Sobre Nova York? — Ele deu de ombros. — Você não é daqui?

— É impossível saber tudo a respeito do que realmente vale a pena saber. — Ele se recostou. Havia um martini diante de mim, percebi, então tomei um gole.

— Isso é... abstrato — eu disse por fim.

— O que procuro é bem concreto... na verdade, bem específico. Informações gerais sobre sua comunidade. Esse tipo de coisa.

— A comunidade do *teatro*, posso supor?

Os olhos de Matthew Miller foram para uma diagonal, mas ele não os revirou.

— O que você quer é um informante — eu disse.

— E quem não quer? — Ele tomou um longo gole da bebida. — Mas não, infelizmente tudo isso é muito legítimo. Só o que você ganha é um orgulho cívico e uma pequena retribuição por seu tempo.

— Uma retribuição? — Esta proposta começava a parecer indecorosa; mas, sério, o que eu esperava? — Que retribuição?

— Tenho algum fundo discricionário... "lulus", como eles são chamados. — Ele se encolheu. — Algo do tipo "no lugar de", mas, tanto faz. Um trocado para a miscelânea. Estou usando o meu com analistas políticos.

Olhei inexpressivamente para ele.

— Você está... sou *eu* mesmo nesta situação?

— Ou consultor de comunicações. Tanto faz. Você escolhe seus cartões de visita.

Minha atenção fora roubada um momento antes e agora eu me atrapalhava para recuperá-la. O resumo, pelo visto, era o seguinte: Matthew

Miller queria comprar meu tempo. Eu não sabia se era mais ou menos isso que eu estava esperando.

— Mas o dinheiro. — Baixei o tom. — Quer dizer, no lugar de que, exatamente? Quero dizer, é algo que você teria permissão para fazer?

— Você sabe que sou advogado.

— Você é *meu* advogado. E estou certo que nós dois concordamos que eu devia saber no que estou me metendo.

— Eu não teria a ideia errada — disse Matthew. Isto impeliu meu otimismo porque, segundo minha experiência, as pessoas em geral só te dizem que você teve a ideia errada quando têm muito medo de você ter a ideia certa. Mas agora não havia nada em seu rosto: ele parecia impecavelmente prático, impecavelmente inofensivo, um homem com muitos planos e muitas ideias e zero, absolutamente nenhum desejo.

Recostei-me.

— Posso te fazer uma pergunta?

Ele assentiu, acho que com certo vigor excessivo.

— Você sinceramente acredita nas coisas que disse sobre Dougie Clay? O John Stuart Mill e tal.

Falei com algum fervor; eu sabia que tinha ruborizado. Não pretendia ser tão específico.

— Claro. Por quê?

Tomei a bebida e limpei a boca.

— Às vezes me pergunto quantas pessoas são sinceras no que dizem em público — respondi.

Seu olhar foi penetrante. A expressão *sobrolho franzido* me saltou de algum lugar — de Austen, pelo que entendo, apavorado.

— Esta conversa conta como pública? — disse ele.

— Mais ou menos — falei. E depois: — Na verdade, não. — Depois, enfim: — Sim.

De um jeito obscuro, ele parecia satisfeito e eu não sabia se gostava disso.

— E então, o que exatamente, em minha área de conhecimento, deve entrar neste acordo? — perguntei. — A hedionda difusão da contracultura Village afora? — Fiz a mímica de quem pega algumas pérolas. — É só transformar a Sexta Avenida em um fosso e acabar logo com isso.

— Estamos numa crise orçamentária. — Matthew Miller tinha uma cara de pau inacreditável, quase indetectável. — De todo modo, acontecerão umas audiências na Assembleia. Gostaria de sua ajuda no rascunho de uma declaração. Como eu disse, fiquei muito admirado com sua peça.

Fui inundado por um senso nada característico de boa vontade para com o homem — do tipo que as pessoas costumam sentir com a religião ou com boas drogas.

— Sei que seu tempo deve ter alta demanda — dizia ele. — Mas você acha que pode dispor de parte dele?

Engoli em seco e larguei o colar fantasma que estive segurando. Imagino que Matthew tenha tomado isto como uma afirmativa.

— Para você, meu bem — tive esperança de não soar tão sincero como fatalmente já fui —, tenho todo o tempo do mundo.

Assim começou uma fase com meu improvável e dúbio emprego na prefeitura de Nova York. Como qualquer bom funcionário público, desde o começo eu era um desperdício modesto de receita.

As audiências em questão acabaram por se revelar As Audiências sobre Homossexualidade — que, pelo visto, eram mais ou menos o que denotavam. Embora ele tenha apresentado meu papel como algo parecido com um consultor, o que Matthew Miller realmente queria, ao que parecia, era um redator de discursos — um *ghost* de discursos, na verdade, que se acendia em ápices sintáticos e se apagava novamente à noite. E olha, eu me perguntei: por que não? Eu levava jeito com as palavras — nisto, todo mundo concordava (do St. Paul, minha mãe, até Brookie) — e minha peça, no fundo, não ia a lugar nenhum. Pretendia ser uma meditação sobre o tema da transformação; retratava David Bowie, Duessa de *A Rainha das*

Fadas e a Legião Estrangeira francesa, e era pavorosamente sobrecarregada por uma consciência de sua própria temática.

Na verdade, o que Matthew e eu fazíamos não era grande coisa: eu ajudava a reformular o fraseado que já era muito bom, aguçava a articulação de argumentos que já eram quase tão elegantes quanto os que eu ouvira. Devia ser uma parte do trabalho de Matthew Miller, imaginei: essa capacidade de encarnar de forma convincente as paixões dos outros.

— Será que isso é possível? — perguntei a ele várias vezes, quando ouvia seus anseios pelos direitos civis dos gays de Nova York. Não discriminação no emprego e na habitação. Até moradia pública! Ele me olhou com estranheza e disse: "Qualquer coisa é possível. Não acredita nisso?" E por um momento, senti que talvez acreditasse.

Matthew e eu nos reuníamos em horários estranhos. Ele sempre parecia ter acabado de sair de algum lugar — esteve examinando uma operação ilegal de desmanche, comparecendo a uma reunião na UN Plaza, andando com estivadores de Red Hook às quatro e meia da madrugada. Em geral, eu mesmo tinha acabado de voltar de algum lugar: um jantar na Bank Street; uma festa no SoHo; alguma sauna ecológica, onde eu me banhava abaixo de mosaicos de nus masculinos despojados. A era do uso insone de cocaína só começava; nunca era o momento errado de sair de algum lugar. Se alguém perguntasse, eu diria que saí para ver um show no Permanent ou — o que era menos convincente — que eu ia para casa escrever. Eu parecia considerar esta fraude uma questão de dever cívico. Na época, eu não era registrado como eleitor no estado de Nova York.

Matthew e eu nos encontrávamos em bares, em restaurantes tarde da noite, em cafeterias. Nós nunca, jamais, íamos ao apartamento dele. Sua energia era ofensiva, não importava a hora, e ele tinha um conhecimento enciclopédico da cidade. Eu sabia que as ruas do Greenwich Village eram tortas porque em 1811 um grupo de moradores queria que a prefeitura retirasse seu bairro da grade? Eu sabia que Nelson Rockefeller contratou Diego Rivera para pintar um mural no Rockefeller Center, depois teve de contratar operários para destruir as imagens leninistas resultantes? Eu sabia que só começaram a prender gente por cantar no Washington Square Park quando os negros passaram a fazer isso? Matthew Miller representou dois dos acusados em 1969.

Que réplica poderia haver para essas perguntas? Não, eu não sabia — mas agora, pelo visto, sabia. Eu sabia, ainda, até esta data. Assim como sabia que a lei de Nova York contra os travestis tinha origem em um antigo estatuto antitrabalhista que pretendia impedir que manifestantes agricultores ocultassem suas identidades e que, quando o Grand Central Terminal abriu as portas, havia um banho russo na Sala de Espera Masculina.

— Quer que eu coloque isso no discurso? — eu disse depois desta última.

— Não. — Eu não falava nem remotamente sério, mas Matthew Miller virou a cabeça de lado como se assim fosse. — Só achei que você poderia se interessar.

Ele achava que todo mundo se interessava — por tudo, o tempo todo — e estar com ele podia gerar essa vontade na pessoa. Ele estava familiarizado com cada discórdia desta cidade singularmente fracionada. Ele sabia dessas coisas porque falava com todo mundo; nem de longe eu era o único personagem questionável com quem ele confraternizava. Os jornais adoravam publicar fotos de Matthew Miller falando com essas pessoas: Matthew conversando com um sem-teto em cima de uma caixa de sabão de verdade na MacDougal com a Três; Matthew tomando notas em um bloco ofício enquanto falava com uma traveca, uma segunda caneta metida atrás da orelha. Matthew parando na frente de uma estação do metrô — ouvindo com voracidade e democraticamente qualquer um que tivesse algo a lhe dizer.

E então ele precisava sair de novo — para ouvir os garotinhos que empurravam veleiros no Central Park. ("Não sei se eles serão seus eleitores quando crescerem", eu disse a ele. "Eu estava falando com as *babás*", ele respondeu.) Ou na Rikers, onde ele aparentemente tinha muitos missivistas.

Ele me disse certa vez que respondia a todas as cartas da prisão — todas as cartas dele, na verdade, de qualquer lugar.

Mas quem poderia saber se isso, ou qualquer outra coisa, era verdade?

Se perguntassem o que eu sabia a respeito de Matthew Miller — em um tribunal, digamos, ou em um talk show —, só poderia jurar pelo que ele me disse.

Ele disse que nasceu em Crotona Park, que foi criado em Kew Gardens. A mãe era uma católica devota; o pai, um judeu da Galícia.

O nome do avô de Matthew (ele *disse*) tinha mudado de Milgrom em Ellis Island — mas talvez ele o tenha alterado no mesmo espírito mutante que Matthew mostraria ter abundantemente.

Matthew Miller adorava luta livre quando criança. Já adulto, ele ainda se lembrava de seus nomes — o que significa que estou condenado a lembrar também: Gorgeous George, Antonino Rocca, Haystacks Calhoun. Então esta parte deve ser verdade.

Quando Matthew Miller tinha dez anos, ele disse, a família se mudou para Newark. Disseram a todos em Crotona que iam para Coney Island.

Em Newark, Matthew Miller entregava jornais — levantava-se nas manhãs escuras e cruéis de inverno, soprava nas mãos sem luvas, equilibrava a bicicleta nos dilúvios de primavera e tentava não molhar os jornais. Ele trabalhou como bengaleiro em troca de gorjetas na sala de cinema do bairro. Disse que a mãe nunca o deixou faltar a um dia letivo que fosse.

Agora, tudo isso parece meio excessivo — um pequeno sonho erótico americano pré-fabricado. Mas todo gênio político deve ter sua história de origem: Lincoln sua cabana de toras, Clinton sua foto profética com JFK, Cuomo seu pai merceeiro economizando crostas de pão para os mais famintos que ele. Por esses padrões, os jornais sujos que Matthew transportava por horas antes do desagradável amanhecer de cheiro industrial são só modestamente inspiradores. Talvez devêssemos saber que ele nunca iria além da política municipal.

Seu sucesso devia muito ao *timing*, ele sempre dizia — ele se beneficiou da expansão do programa de direito da Universidade de Nova York pelo Ato de Reajustamento dos Militares; nunca precisou ir para a guerra. Conhecia Alice de Newark desde sempre — toda manhã de verão, ela estaria sentada em sua varanda com um picolé, e depois de um tempo ela começava a aparecer com dois —, e esta era uma história que não se podia inventar para um político, mesmo que tivesse estômago para tentar. Ele se casou com ela logo depois de concluir o exame da ordem do estado de Nova York, imediatamente antes de se apresentar à "comissão de caráter" — o que não é uma provação menor, disse ele, para um rapaz imigrante sem ligações.

Ouvi tudo isso por toda a cidade. Ouvi embaixo de bandeiras agitadas de Porto Rico; ouvi embaixo de macieiras em flor. Ouvi na cafeteria da Tiffany's na Sheridan Square, bem abaixo da academia. Do ângulo certo, dava para ver os halterofilistas em seus intervalos: eu ficava ocupado demais não-vendo Matthew não-os-vendo para poder vê-los. Ouvi debaixo de uma enorme baleia pintada em spray; era cinza e saturnina, e quase em tamanho natural, mas na verdade eu nem sabia. Ouvi em parques decadentes e lamacentos. Ouvi em um banco muito saqueado um dia, quando a luz teve um efeito estranho nas mansardas ao longe — tornou-as nacaradas, subaquáticas, de um jeito que eu nunca vira em Nova York e jamais veria de novo.

Quando eu chegava em casa dessas excursões, Brookie dizia alguma variação de: "Deve ter sido algum teatro experimental!" Depois sorria com malícia.

Não sei por que eu sentia a necessidade de sigilo; Matthew Miller nunca me fez assinar nada. Ainda assim, eu me via (já!) querendo mentir — para Brookie, justo para Brookie, o que era muito parecido com mentir para mim mesmo. Juntos, éramos os excluídos do internato, os amantes de primeira viagem apavorados; o casal das idas e voltas e companheiros de apartamento mais ou menos permanentes; éramos consumidores vorazes dos assuntos alheios e guardiões opinantes dos segredos do outro. Visitei

Brookie no St. Vincent depois de ele ter sido dispensado com desonra de seu breve e absurdo período na Marinha, e eu sabia que, apesar de sua jactância da época que passou em São Francisco, na verdade ele foi muito solitário lá. Eu sabia que seus documentos de liberação da Marinha foram marcados não com um, mas *dois* dos três códigos militares para desvio de conduta e eu sabia que sempre que isso surgia na conversa ele ia dizer: "Devia ter feito xixi na cama para completar a trinca!"

Ele sabia coisas a meu respeito também, coisas que eu conseguia esconder de todo mundo em Nova York. Brookie sabia que eu não só era do Meio-Oeste, mas também — pior ainda — vinha do *dinheiro*. Os nova-iorquinos não conseguem conceber facilmente nenhum tipo de elite econômica a oeste do Mississippi; quando as pessoas sabem que sou do Iowa, imaginam chapéus de palha, alguma sala de estar trágica de classe média baixa, talvez uma coleção de coelhos de porcelana ou algo assim. Jamais corrigi essa impressão. Brookie sabia de tudo isso. Ele sabia que minha aflição, embora vasta, também era inteiramente duvidosa; sabia que eu herdei dinheiro quando meus pais morreram, e que em vez de recusá-lo com nobreza ou usá-lo para custear a revolução, gastei na produção de minha primeira peça verdadeiramente medonha. Brookie nunca falava nada a respeito disso, nem mesmo depois que virou um marxista completo e insuportável nas festas. E embora muita gente soubesse que eu rompera relações com minha avó, e várias pessoas soubessem que eu tinha medo dela, só Brookie sabia que eu ainda a respeitava, de certo modo, e dava a ela um crédito mudo por grande parte de quem eu era. Certa vez, durante um Fim de Semana de Família em St. Paul, ela tentou pedir uma bebida a ele.

Brookie sabia até meu nome verdadeiro. Ele nunca o dizia — nem mesmo durante as brigas, nem mesmo depois de ele passar a me odiar um pouco.

E agora eu mentia para ele — para Brookie, que tinha me circunavegado tantas vezes; que me conhecia mais completamente do que qualquer um teria a infelicidade de conhecer.

Mas talvez, naquele verão, estivéssemos começando a saber um pouco menos um do outro.

Quando enfim contei aos rapazes, eles acharam hilário.

— Por que isso é ridículo para você? — perguntei. — Eu sou *escritor*. Tenho uma bolsa da porra da National Endowment for the Arts!

Depois disso, eles costumavam perguntar se eu ia sair para ver Sua Alteza, o Homem do Governo, o Sultão. Chamavam-me de Cyrano de Bergerac e Svengali. Às vezes, Matthew era o Professor e eu o Universitário — o que *não fazia* sentido nenhum porque quase todos nós tínhamos feito faculdade mais ou menos quando meninos. Em resposta, citei o currículo de Matthew para eles.

— Vocês sabiam que ele fez campanha para que a ordem dos advogados aceitasse integrantes negros? — Minha voz tinha uma curiosidade intensa, de queridinho do professor, e Brookie riu na minha cara.

— É bom saber que você encontrou um chefe esclarecido— disse ele, enxugando os olhos.

Em outra ocasião, mencionei que Matthew tinha ido ao Mississippi registrar eleitores em 1964.

— Mil novecentos e sessenta e quatro! Ora essa, o homem merece umas férias! — disse Brookie. — Deixa as férias pra lá: que tal uma medalha?

— Para com isso.

— Está querendo me dizer que ele antigamente ajudava umas pessoas que antigamente ajudavam uns negros?

— Tudo bem, tá bom.

— Como eu não fui informado disso? Como foi que isso não entrou no boletim dos negros? — A expressão dele passou rapidamente a uma máscara de preocupação arregalada: ele imitava a imitação que Paulie fazia de Alice. — Nem fale do boletim, está bem? Eu nem devia dizer. E é um grupo poderoso agora. Todos nós, negros, agora somos muito poderosos como grupo. Desde que aquele cara branco preencheu uma papelada dez anos atrás. Desde então, tudo tem sido um mar de rosas.

— Tá bom. Já chega. Eu entendi.

— Entendeu?

— Tudo bem — eu disse, entendendo que não entendi. — Tudo bem. A lição? Nunca faça propaganda com um propagandista.

Mas eu não conseguia parar de enfiar Matthew na conversa, mesmo que para contar todas as coisas que ele me contava — banalidades históricas e notícias do município que eram, na melhor das hipóteses, de interesse geral discutível.

— Sabia que existem pessoas que sabem o sexo de um pintinho sem saber como?

Os rapazes me encaravam com um ar cansado.

— Não é incrível? — Eu pressionava as mãos na clavícula. — É sério, este mundo nunca deixa de me espantar.

E neste momento senti que isso podia ser verdade. Repetir algo dito por Matthew Miller era reificar a ligação entre nós; mesmo sem dizer seu nome, eu sentia a supernova de sua presença pulsar momentaneamente no ambiente — e não tinha poder para impedir.

Brookie me olhou feio. Ele já sabia, acho: eu também não tinha o poder de impedir isso.

Uma coisa que eu gostava de dizer a mim mesmo: eu era um eleitor, antes de tudo.

— Quer meu voto? — Eu gostava de dizer a Matthew. Eu embromava; já devia saber que o momento atual nunca seria o bastante. Queria todo o tempo com Matthew de uma só vez; queria os segundos todos enfileirados e reunidos em algo concreto que eu pudesse segurar o tempo todo. Parecia uma espécie de presságio que eu não tivesse isso. Ainda não entendia que a vida não passa de presságio: só o que temos é presságio.

— Quero o voto de todos. — Ele tinha acabado de vir de uma palestra a eleitores em Hell's Kitchen, talvez. No dia seguinte, o jornal traria uma foto dele na frente de algum mural de iluminação lúgubre — com cores primárias de história em quadrinhos. Eu recortava esses artigos para referência.

— E aí, me diz — eu dizia, e levantava alguma queixa sem imaginação do homem comum. O lixo, a criminalidade, o metrô. Não sei se eram tremendamente convincentes — na verdade, sempre amei Nova York, mesmo em seus piores momentos —, mas Matthew Miller não parecia se importar. Talvez estivesse fazendo minha vontade. Mas é claro que também estava treinando.

Eu concluía meus discursos inflamados com um pequeno floreio indignado.

— E *não me diga* para culpar a Câmara de Vereadores! — falei certa vez.

Ele escarneceu.

— A Câmara não é digna de sua recriminação. A verdadeira questão é que esta cidade está falida. Esteve em um carro-patrulha ultimamente?

— Ultimamente, eu diria que não. Posso lhe garantir que você receberia meu primeiro telefonema.

— Bom, eles estão se desmanchando. As delegacias estão literalmente vazando.

— E você vai consertar isso?

— Tenho umas ideias.

— Aposto que tem — falei. — Começo a ter a impressão de que você é um homem com muitas ideias.

Nos olhos dele um clarão subaquático de alguma coisa? — não: só o reflexo dos faróis de uma viatura policial que passava.

Depois disso, eu voltava estupefato, sonhador, esbarrando em postes, ouvindo gritos de taxistas e uma vez de uma mulher com um cachorrinho amuado que aparentemente teria gostado de gritar comigo também. Não me importava. Não conseguia entender. Estaria repleto de uma generosidade estrelada que se estendia para todo lado: para o lixo e os taxistas; à velha bruxa e a seu cachorrinho também; às estátuas com seus esgares do Washington Square Park e às corujas reprovadoras na rua Quatro e à refinaria de açúcar luminosa do outro lado da água na noite em que descobri que eu, sem perceber, tinha caminhado um estirão até o East River.

SETE
cel

— Peça demissão — disse Elspeth ao telefone na quarta-feira. — Você só precisa se demitir.

Cel olha pela janela da sala — está sempre olhando por uma janela ou outra. Na rua, um homem de barba frisada com uma bolsinha brilhante come o que parece ser um cachorro-quente.

— Você fala como se fosse muito simples — diz ela.

— E é! Você entra e diz: "Eu me demito".

Cel fica feliz por Nikki não estar presente. O apartamento é pequeno demais para outra opinião e Cel meio que desistiu de guardar algum segredo por ali. Ele tem pisos barulhentos e janelas altas, dando para o leste, que recebem uma quantidade incessante de luz; as paredes são tão finas que, essencialmente, são só decorativas. O banheiro tem uma pia tão mínima que elas precisam escovar os dentes na cozinha, e a porta se fecha de um jeito que nunca inspira total confiança. O apartamento parece uma versão arquitetônica de *The Mattie M Show*: sua estrutura impossibilita guardar segredos.

— Quer que eu faça isso por você? — diz Elspeth. — Por que eu faria, sabe disso, vou ligar para eles agora mesmo. Vou dizer que sou a assessora de imprensa da assessora de imprensa, e que infelizmente?... ela se demite.

Cel se afasta da janela. Há um pequeno semicírculo no vidro, um *intaglio* fraco da testa. Ela o limpa com o punho.

— Vou dizer que sou amante da assessora de imprensa e vejo se eles te demitem — diz Elspeth. — Depois a gente pode processar.

— Ótimo. — Cel começa a andar pelo hall esticando o fio do telefone. — A única coisa melhor do que trabalhar para Mattie seria encará-lo em um tribunal.

Cel vê que a porta de Nikki está entreaberta. Quando criança, ela era terrivelmente xereta naquelas raras ocasiões em que se via na casa dos outros. Invariavelmente, ficava chocada com a limpeza deles, seu senso de ordem, os pratos combinando com os guardanapos, que ela associava com casas de bonecas. Parecia que uma espécie de feitiçaria estava em curso. Como é que as mães sabiam que Cel não teria comprado um saco de dormir? Como sabiam que precisavam dar a ela uma escova de dentes?

— Bom, então, não sei, Cel — diz Elspeth. — Quer dizer, eu faria uma queixa de assédio sexual contra você... sou uma amiga boa assim, entende? Mas tenho a sensação de que você também não vai querer.

— Só a papelada — diz Cel numa voz fraca. Ela abre a porta de Nikki com o pé. Lá dentro, vê uma fatia do edredom roxo berrante elegantemente preso pelos cantos; vê uma luminária vistosa em uma mesa. Quando criança, ela aprendeu que se admirar demais com as coisas dos outros suscita reações desagradáveis — testas franzidas e nauseadas de outras crianças, sorrisinhos tristes de suas mães — e assim, depois de algum tempo, Cel aprendeu a confinar as investigações aos banheiros. Ela abria cortinas de box para sentir o cheiro de alvejante no ar, abria armários e acariciava toalhas incrivelmente macias. Mais tarde, em sua própria cama, ela ficava deitada pensando nas toalhas, agitada com uma sensação que não era bem cobiça — era mais uma indignação por essas coisas existirem sem o seu conhecimento. Ela sentia que pelo menos merecia saber da existência delas.

— Não entendo. — Elspeth suspira, como se Mattie M fosse problema dela. Cel nunca vai admitir o quanto estima a presunção familiar e quase conjugal de Elspeth. — Quer dizer... você pode *bancar* a demissão, não pode?

Cel olha fixamente o quarto de Nikki. Todas as coisas de Nikki sempre parecem muito novas e Cel ficou impressionada com isso no início, admirada dela conseguir cuidar de tudo. O erro de Cel foi pressupor — porque ela e Nikki dividiam o aluguel, as mesmas baratas militantes e a mesma porta empenada do banheiro — que elas estavam sujeitas à mesma aritmética. Só meses depois Cel percebeu que o dinheiro em Nova York quase nunca era uma questão de aritmética, mas de álgebra; para Nikki — e para muita gente —, toda a equação era determinada por um conjunto de variáveis particulares. Seus valores podiam ser mínimos, até hipotéticos — a assinatura de um empréstimo, a promessa de um socorro financeiro, uma ajudazinha com um depósito de apartamento ou a roupa para uma entrevista de emprego —, mas eles estavam lá criando um salva-vidas protetor invisível, fazendo a magia da quadratura do círculo para todas as pessoas cujas vidas, quando você pensa bem, simplesmente não eram possíveis no papel.

— Cel, é sério? — diz Elspeth. — Você ganha uns cinquenta mil dólares por ano!

Uma sensação frenética se intensifica no íntimo de Cel; ela fecha a porta de Nikki com o pé.

— Sei que parece muito.

Ela tenta parecer experiente, estável. Tem umas economias em sua conta corrente, um milagre agora apequenado por seu senso desta inadequação terminal. Parte do motivo para ela levar tanto tempo para entender que todos em Nova York eram ricos em segredo era que todos falavam demais em ser pobres — e depois de um tempo, Cel passou a entender que isso não era bem dissimulação. Em Nova York, a sorte e a privação são avaliadas em relação a todo um outro estrato de riqueza — uma elite tão distante que era inteiramente invisível para Cel, dona de tesouros e atalhos além da imaginação ou da inveja. O dinheiro, pelo que se via, é muito complicado — regido por protocolos implícitos que Cel jamais podia esperar prever, nem esperar que alguém explicasse. A ideia de largar o emprego a deixava atordoada de medo.

— Quer dizer, em Northampton seria uma fortuna — diz Cel. — Mas aqui moro em um caixão com Tupperware. Você verá com os próprios olhos quando vier.

— Nova York, meu bom *Senhor*. Você paga uma extravagância para morar na miséria e só o que consegue é a chance de corrigir a pronúncia de "Houston" de uns pobres turistas. — Isto aconteceu com Elspeth uma vez e ela nunca perdoou a cidade por essa. — Gostaria de saber quem faz a assessoria de imprensa de Nova York.

— Nova York não precisa de assessores de imprensa.

— Eles têm aqueles bottons.

— Ah, sim. Bom, vou comprar um para você, quando vier. — Cel se retira para a cozinha. — Você ainda vem, não é?

— Vou. — Elspeth fica em silêncio por um momento. Cel olha fixo o espremedor de frutas de Nikki — mais provas que estavam ali o tempo todo, escondidas à plena vista, ameaçando-a diariamente com hematoma subdural. — É possível, Cel, que você goste realmente desse trabalho?

Cel não fala nada: sobre este assunto, é o máximo que vai dizer.

— Você sabe que não precisa fingir que detesta, não é?

— Eu o detesto! — Cel tem certeza absoluta de que o detesta. Só não tem certeza de que também tem certo gosto por ele. Ela pode ouvir o leve bater do brinco de Elspeth no telefone.

— Cel, francamente, cada vez mais? Eu simplesmente não entendo você.

— Elspeth, você alega entender o *canibalismo*.

— Entendo o canibalismo. É um ritual de luto ou conquista.

— Exatamente! Entender o inexplicável é da sua área. Então, minha vida não devia te intrigar? Quer dizer, academicamente? — Cel tenta fazer com que a voz pareça menos fria, mas isto só piora as coisas.

— Isso é... bom, não. Não exatamente.

— Fala sério! Está me dizendo que você não se empolgaria se descobrisse um espécime como eu em um trabalho de campo? Alguém tão bizarro que tem o potencial de dar a todos nós uma nova compreensão da família humana?

— Sem dúvida você é uma figura.

— Bom, aqui estou eu, à distância de uma viagem de ônibus! E não precisa nem disparar um tiro! — Cel tem consciência do esforço no espírito da coisa; ela sorri para que a voz soe mais calorosa. — Quer dizer, é melhor vir fazer alguma pesquisa antes que mais alguém saiba disso.

— Desta vez, nada de pesquisa — diz Elspeth com frieza. — São as minhas férias. Quaisquer observações sobre sua vida serão consideradas puro entretenimento.

— Sensacional! — diz Cel. — Você nem mesmo precisa de ingressos para o espetáculo.

Na quinta-feira, Cel é convocada via pager à sala de reuniões.

— Por que você simplesmente não telefonou? — pergunta ela.

Luke dá de ombros.

— Queria ver se o troço funcionava.

Jessica e Sanjith já estão sentados à mesa, carrancudos. Luke explica que eles foram reunidos para dissecar os detalhes para um possível participação de Mattie em outro programa de TV. Ele dá a impressão de pensar que eles devem ficar lisonjeados com isso, mas Sanjith e Jessica estão mais ou menos indiferentes; no contexto atual, todo carreirismo parece insignificante.

— Como Mattie responde aos relatos de que os atiradores eram fãs do programa? — diz Sanjith no que Cel toma por uma imitação muito meia-boca de Tod Browning.

— Bom, não me surpreende que eles sejam, Tod — diz Luke. — Dez por cento do país é fã do programa.

Ele joga no ar uma bola antiestresse.

— Quer assumir a responsabilidade por dez por cento do país? — diz Jessica. — Não acha que já bastam dois garotos sociopatas?

— Dois garotos sociopatas... crianças *perturbadas*... de literalmente milhões de pessoas. — Sanjith agora tenta imitar Mattie, mas é notoriamente insatisfatório imitar Mattie; eles quase nunca implicam com ele no *Saturday Night Live*, embora o formato *Mattie M* seja o modelo perfeito para todo tipo de esquete. — É provável que esses garotos fizessem coisas que milhões de pessoas fazem... dirigir carros, matar aula, namorar... bom, talvez *namorar* não...

— A questão é que eles faziam coisas — diz Luke categoricamente. — Não faz sentido nenhum isolar *Mattie M* como a variável.

— Pode repetir isso em nossa língua?

— *Post hoc, ergo propter hoc*. — Cel não sabe se Luke está zangado. Sanjith já foi ao quadro branco, acrescentando "dez por cento" à lista que fizeram. Suas outras ideias até agora são (a) Reconheça! (isto é, a tragédia) e (b) Banalize! (isto é, o programa; isto foi contribuição de Luke: "Essencialmente: sério, o programa é idiota. O programa é um lixo, não? E o lixo pode ser nojento, mas *não tem consequências*.").

— E como foi que você chegou aos dez por cento? — diz Sanjith. Ele cheira o pincel atômico antes de tampar.

— Divisão longa — diz Luke. — Existe uma média de cinco milhões de espectadores do programa, trinta milhões de espectadores pontuais por ano...

— Trinta milhões talvez sejam melhores que dez por cento — diz Cel.

— São os mesmos, aparentemente — diz Sanjith. — Não me diga que você está contestando os números do HAL? Cel, ele vai ter um curto-circuito!

— Quer dizer... quando você diz que dez por cento do país assiste a *The Mattie M Show*, as pessoas começam a pensar nos noventa por cento do país que *não* assistem. Em particular, se elas estão nos noventa por cento, e estatisticamente é provável que estejam.

— E ainda dizem que as mulheres não sabem matemática.

— Então, se dissermos que não faz sentido relacionar os assassinos com o programa porque dez por cento do país não podem ser de monstros...

bom, acho que muita gente vai pensar, *talvez eles sejam*. Aposto que a maioria das pessoas acha que pelo menos dez por cento dos que elas conhecem *pessoalmente* são monstros.

Há uma pausa em que fazem cálculos.

— Esta deve ser uma estimativa moderada — diz Jessica por fim.

Sanjith vai ao quadro branco e apaga "dez por cento!" com a lateral do punho, substituindo por "dez milhões!"

— Sua mão está roxa — diz Cel.

— É metástase dos colhões dele — diz Luke, levantando-se, e é assim que Cel toma conhecimento de que a reunião acabou e que Luke nunca esteve nada zangado.

Depois da reunião, Cel vaga até chegar em casa. Registra a cidade perifericamente; o céu de mármore rachado, gaivotas mosqueadas bicando uma embalagem de camisinha, mulher com um perfume com leve cheiro de inseticida. Nuvens de ar frio redemoinham das lojas, trazendo os aromas de tecidos sintéticos. Se ela nunca olhasse Nova York, será que um dia ia se lembrar dela? Suas lembranças da Smith são nítidas e extremamente articuladas: as folhas em formato da pá das ginkgo importadas do Japão; o mural de realizações femininas no centro de Northampton — feito em espirais de azul, determinação de realismo socialista. As lanternas japonesas na Illumination Night como medusas claras contra o mar negro. Em seu primeiro ano, elas a lembravam do louro-da-montanha de sua terra natal; em seu segundo ano, lembravam-na de seu primeiro ano. O cheiro de pão no vinho daquelas festas de queijos e vinhos que se reproduziam interminavelmente. Ela se lembra da comida nessas festas, sem graça como as ideologias discutidas. Ela se lembra de tentar implicar com um cara de Amherst enquanto mastigava um grão bíblico que ressuscitou de um jeito incompreensível — alguma fibra desidratada que, por bons motivos, tinha sido incapaz de sobreviver à competição dos primórdios da agricultura. *"Se há uma coisa que você queira confiar ao livre mercado, pode ser esta"*: sua primeira gargalhada em uma sala lotada.

Ela se lembra da primeira ida de ônibus a Massachusetts. Ficou impressionada com as semelhanças na paisagem — os mesmos morros verdejantes vigorosos, o mesmo céu corroído. O mesmo rio prateado faiscando, numa curva acentuada no Oxbow, como um joelho dobrado. Northampton era outra história: uma linda caixinha de música em forma de cidade. Edifícios residenciais de tijolinhos com lojas no térreo, escadas de incêndio em ziguezague com batik. Mulheres brancas circulando em grandes capas étnicas. Havia pianos nas áreas comuns do alojamento, lareiras nos quartos. Em um deles, uma garota da idade de Cel desfazia as malas. Sua blusa se ergueu, revelando uma cintura impressionante e complexa; o búzio mínimo de um umbigo perfeito. Ao lado dela estavam duas pessoas que deviam ser seus pais — um casal completo, convocado de sua vida para esta ocasião. Em volta deles, o cheiro doce e poeirento de papelão enchia o ar.

— Oi, querida — disse a mãe a Cel. — Está perdida?

Cel se lembra de seu primeiro dia na aula de marxismo, quando a garota, que por acaso era Elspeth, inclinou-se para ela e falou "oi". O cabelo da garota, além de verde, estava muito sujo. Seu cheiro era limpo como o da terra; a parte utilitária e pragmática de uma planta.

— Oi — repetiu a garota. — Por que o banheiro de Karl Marx toca música sempre que ele puxa a descarga?

— Não sei — disse Cel. — Por quê?

— Por causa dos violinos inerentes à cisterna!

Cel a encarou. Os pés da garota estavam enlameados e calçados em sandálias; seus tornozelos ostentavam pelos; seus dentes, quando ela sorria, eram perfeita e dispendiosamente retos. Não sei que ideia a garota tinha a respeito de si mesma, mas estava claro que alguém, a certa altura, teve ideias diferentes.

— Entendeu? — A garota de novo olhava fixamente Cel. — Do *Manifesto comunista*?

— Eu *não* entendi — disse Cel, com um pânico pervertido. — É por isso mesmo que estou nesse curso.

Mas, por milagre, a garota riu.

— Você é engraçada — disse ela. — Sabia disso?

Cel disse que devia saber e Elspeth riu de novo. E Cel teve o primeiro lampejo de sua vida futura e da pessoa com quem viria a morar.

Já em casa, Cel está vendo *Mattie M* de novo, de algum modo.

As reprises desta semana são *O Melhor de Mattie M: Paixões Proibidas*: a mulher de duzentos e cinquenta quilos e o anão, a velha de oitenta anos e o podólogo, a terapeuta de casais de terninho que uniu seus clientes casados em um arranjo de poliamor. ("Ela é boa nos conflitos", diz o homem.) O público sempre detesta pelo menos um dos amantes de *Paixões Proibidas* — eles detestam o podólogo, eles *desprezam* a amante paquidérmica do anão (que recebe o deboche e o exato tipo de pergunta que se esperaria). O episódio desta noite é o da noiva cabra — tecnicamente uma Paixão Proibida, embora eles também a tenham usado em *Estranhas Coabitações, Meu Colega de Trabalho Fez o Quê?!*, e *Acredite se Quiser!: Edição Aberrações*. Sua versatilidade faz parte do que compõe um "Clássico *Mattie M*" — o que significa, segundo Luke, que será exibido em *loop* nos funerais de todos eles.

Na tela, Mattie acena para a plateia com os acordes saltitantes de encerramento da música de introdução. Cel, em geral, nunca está em casa no horário normal de exibição de *Mattie M* e existe algo em assistir ao programa durante o dia que a deixa ansiosa — como se ela devesse estar ali agora vendo tudo do estúdio.

"Obrigado, pessoal!", diz Mattie. "Bem-vindos ao programa!"

Ele se senta expondo losangos, mas, felizmente, tornozelo nenhum.

"No episódio de hoje, vamos explorar o lado desvairado, descabelado... e às vezes até cabeludo!... do romance." A apresentação de Mattie é impassível o bastante para ser meio engraçada, mas é difícil saber como ele queria que saísse. Cel acha que esta ambiguidade aumenta na tela; na TV, *Mattie M* quase parece ser dois programas em um — como uma daquelas imagens reversíveis em que alguns veem rostos e outros veem um vaso.

"Quando pensamos em amantes desventurados, pensamos em Romeu e Julieta, Píramo e Tisbe... mas homem e *cabra*?"

Píramo e Tisbe? Luke deve ter detestado essa. A plateia não ri, é claro. Cel nem imagina quem Mattie pensa ser se saindo com essa; os intelectuais o desprezam, assim como os evangélicos. Cel leu incontáveis artigos de esquerda condenando o programa: editoriais trucidando ao denominador comum mais baixo a sua cafetinagem covarde; debates refletindo se ele criava ou apenas expunha os instintos culturais mais fundamentais dos Estados Unidos; um artigo na *New Yorker* de vinte mil palavras forjando-o como o ápice da erosão de uma civilização — em andamento pelo menos no século XX, e provavelmente todo o milênio. Cel leu este tantas vezes que chegou a decorar a conclusão: "Como herdeiros do legado da civilização ocidental, agarramo-nos apenas a seus truques e tecnologias, e nos esquecemos da força animadora que os criou. Vemo-nos encalhados em uma piscina de maré sociocultural em seu baixo histórico, sem nada a fazer senão observar as águas se afastarem pelo horizonte — e *The Mattie M Show*, cinco noites por semana em outros canais."

Tudo é meio excessivo, mas Cel não contesta o sentido geral. *The Mattie M Show* é insípido e primário, deselegante e indecente, um som e fúria que nada significa; ela entende como você pode assistir e pensar: *A Renascença serviu para isso?*

O telefone toca e ela se assusta; por um momento vertiginoso, tem a sensação de que é Mattie de algum jeito ligando para ela pela televisão — mas Cel atende e é só Luke dizendo que é oficial: Mattie foi agendado em *Lee and Lisa* para a segunda de manhã, meus parabéns!

— O quê? — diz Cel. — Como?

— Bom, Cel, ele vai entrar em um carro até um estúdio... lembra aquele em que trabalhamos? Com as luzes todas no teto?

— Quer dizer... já?

— E depois um homem de terno vai lançar umas perguntas leves a ele... "lançar" é uma metáfora, neste caso...

— Meu Deus, essa foi rápida.

— Vivemos em tempos rápidos. Além disso? Eles tiveram um cancelamento. E além disso? Kliegerman quer que você prepare Mattie.

— Como é?

— Ninguém está mais surpreso do que eu. Ao que parece, o Kliegs pensa que Mattie ficou meio moderno demais para meus truques.

— Mas que diabos *eu* devo fazer?

— Você fará o que Mattie faz — diz Luke. — Fará o que a merda dos Muppets fazem. Vai ler os cartões.

Então é isto que ela ganha pela competência: Cel vê que o esboço de ontem contém as sementes de sua desgraça. Eles prepararam listas de tópicos e eufemismos desejados; redigiram réplicas plausíveis, antecipando-se a acusações, como também tréplicas rápidas, antecipando-se a reformulações das mesmas. Anotaram linhas de argumentação que são desencorajadas e aquelas expressamente proibidas — culpar as armas, responsabilidade dos pais, outras mídias (aceite a premissa). Eles reuniram anotações, observaram o curso de aparecimentos anteriores de Mattie fora do *Mattie*, os tiques de estilo e manobras retóricas que eles preferiam que ele não repetisse. Reuniram resmas de pesquisa de antecedentes sobre Suzanne Bryanson. Cel participou pessoalmente de todo esse rigor, e agora ele a ludibriou. Ficava cada vez mais claro para ela que o profissionalismo é uma armadilha que reforça a si mesma, como os esquemas de pirâmide e o vício em drogas.

— Quer dizer... você sabe *ler*, não sabe, Cel?

— Não.

— Bom, neste caso, seu desempenho foi admirável.

— Luke, eu quase nunca falei com o cara. E não é você que sempre me diz que tudo isso é difícil demais?

Certamente não parece fácil tentar domar Mattie M antes de um aparecimento público. Cada categoria de instrução exige um modo de administração um tanto diferente. Nos pontos decisivos, em geral eles podem ser bem francos; é nas áreas de importância mediana que ele provavelmente extravasa — contesta, ou simplesmente ignora suas sugestões. Ninguém sabe se isto é por um desejo de sentir que está participando do processo, ou uma tolerância baixa e pueril a aceitar conselhos. O truque com esta categoria é imprimir instruções em Mattie sem que elas sejam sequer articuladas. E tem os detalhes da "lista de desejos" — formulações específicas que são preferidas, mas não cruciais para garantir o esbanjamento da cooperação finita de Mattie; estas devem ser passadas quase subliminarmente, pela repetição frequente. Cel sabe de tudo isso porque viu Luke assim agir várias vezes e o ouviu explicar em outras tantas.

— Olha, Cel — diz Luke. — Até você entende a triagem geral. Os pontos realmente essenciais são apenas uma questão de comunicação humana básica. E, deixando a instrução de lado, determinamos que você é pelo menos minimamente verbal.

Ah, é?, pensa Cel, e não diz nada.

— E quem sabe? Talvez você embaralhe o radar dele.

— Embaralhe o radar dele? Terei sorte se ele não chamar a segurança. Ele nem mesmo sabe quem eu sou.

— É claro que sabe. Ele me fez te contratar, lembra?

Luke diz isso o tempo todo. Cel não sabe se é verdade, mas sabe muito bem que deve deixar Luke saber que ela não sabe.

— Desde então, estive tentando entender por que e só posso concluir que você pareceu a ele alguma idiota-prodígio. Todos ainda estamos esperando pelo começo do prodígio, mas, nesse meio-tempo, é possível que a parte idiota seja útil.

— Mas que coisa inspiradora, Luke, de verdade. Já pensou em ser orador motivacional?

— Porque Mattie é resistente a mensagens em código. Mas o meio é a mensagem, e, se você é o meio, talvez ele pense que não exista mensagem nenhuma. Porque a incompetência parece inocente, entendeu?

Então agora a *incompetência* dela é o motivo para ter mais trabalho. Isto é carma, ou quem sabe videogames? O conhecimento de Cel sobre as duas coisas é limitado.

— Então, quem sabe? — diz Luke. Ele solta o ar bruscamente. — E além disso, a essa altura? Que se dane.

OITO
semi

1971

As audiências aconteceram em janeiro.

    Cheguei cedo ao tribunal. Disse a mim mesmo que teria de procurar Matthew — mas na verdade sempre o localizei prontamente, estivesse ele onde fosse. Hoje estava na soleira mais a oeste do tribunal, num terno bege desaconselhável, falando com um homem que nunca vi. Este homem era louro e tinha uma atitude principesca; mais tarde descobri ser o príncipe herdeiro de uma grande fortuna no ramo de embalagens. Detestei o homem de imediato.

    Brookie também estava no tribunal com a Frente de Liberação Gay. Estava junto da porta, do lado de fora, vestido de Annie, a Pequena Órfã.

— Ora, que prazer ver *você* de novo — disse ele a Matthew, e fez uma mesura. Eu estava consciente da vontade de passar correndo por Matthew; também consciente de ser incapaz de me dirigir publicamente a ele, ou mesmo de reconhecê-lo. Minha compreensão deste sentimento sofreu um ajuste, da adrenalina silenciosa à completa infelicidade; o choque tinha ido embora, e fiquei para sempre com o que viesse pela frente.

    Mal ouvi o que Matthew Miller disse durante seu testemunho, mas acredito — e os registros públicos atestam — que foi mais ou menos o que esboçamos.

Depois disso, vi-me no corredor.

— Meus parabéns — disse ele.

— Eu é que lhe dou os parabéns! — falei, com uma pequena saudação desajeitada. Eu esperava que ele se afastasse de novo — em geral, ele era enfaticamente irlandês em suas saídas —, mas ele ficou ali, me olhando, mesmo enquanto os escrivães e repórteres e secretários e testemunhas entravam e saíam rapidamente pelas portas.

— Devíamos comemorar — disse ele, ou talvez eu só tenha pensado que ele disse. Eu podia ouvir o guincho dos calçados para neve, o vapor de radiadores demasiado agressivos. Por que não consegui ouvir mais nada? Na janela bem acima de nós, o gelo pressionava o vidro como a palma de uma mão.

— O quê? — perguntei.

— Disse que devemos comemorar. — Desta vez o ouvi, embora ele parecesse ter baixado o tom. — Estou dizendo: vem tomar uma bebida?

O apartamento dele era sombrio, escuro, de solteiro trágico — ah, não sei: Era muito difícil prestar atenção. Do outro lado da rua, os olhos cintilantes de alguma criatura fitavam de uma placa de néon em um bar.

— Deve ser um gato — disse ele quando me viu olhando.

Lembro-me dos livros: *A outra América*, *Morte e vida de grandes cidades* — junto com alguns Jefferson, Debs, Trotski, Fromm. Perguntei a ele onde estava Freud, e ele disse que menosprezava Freud, falei o que Freud teria a dizer sobre isso? E, inacreditavelmente, ele riu.

Eu estava ciente de que não havia uma cama visível — ele tinha uma cama dobrável na parede. No canto, um telex arriado precariamente em cima de um arquivo.

— Belo *scriptorium* — falei, mas por sorte Matthew não me ouviu; tinha se retirado para a cozinha. Fui atrás dele. Na bancada, uma torta de carne ressecada escapava da embalagem de papel alumínio.

— Não toque nisso — disse ele, saindo da geladeira e me passando uma cerveja. — Veio de uma máquina automática.

— Bom, agora eu já vi tudo. — Eu tinha a boca seca.

— Está chocado? — Seus olhos eram cheios de riso. — Achei que não havia nada de novo sob o sol.

Eu não sabia se ele se divertia à minha custa.

— Talvez só isso — eu disse.

— O que a formidável Lady Sinclair tem a dizer a respeito disso?

Ele se referia a minha avó. Lembrava-se de tudo sobre todo mundo, recordei a mim mesmo.

— Estou certo de que ela ficaria sem fala — respondi.

— A ela — disse ele, batendo em meu copo.

— A ela.

Bebemos.

— Acha que um dia a verá de novo? — disse Matthew depois de um momento. Tenho certeza de nunca ter dito a ele que não.

— Não sei — respondi, e era a verdade. Eu não ansiava por um reencontro amoroso e choroso. Ainda assim, havia um encanto formal no reconhecimento de uma família: algo como sua certidão de nascimento no cartório da cidade, a ortografia correta do nome em sua lápide. Certa vez tentei explicar isso a Brookie e ele ficou me olhando, impaciente.

— Sabe o que acontece com as bichas cujos nomes são escritos? — disse ele.

E em outra ocasião:

— Então uma velha não gosta do neto homo? Esta é a história mais antiga do mundo! Já ouvi umas mil vezes!

— Não de mim — eu disse a ele.

— Vocês, escritores, nunca entendem que só porque *vocês* estão contando algo pela primeira vez não quer dizer que seja a primeira vez que a gente tenha ouvido.

Um sentimento que minha avó certamente teria apreciado.

Matthew Miller parecia ouvir com muita atenção, embora eu não estivesse falando. Ruborizei e me sacudi.

— Talvez eu deva voltar. — Tomei um gole da cerveja, apesar de detestar cerveja, e passei a saber que Matthew também detestava: ele sempre tinha alguma para algum político que aparecesse ali. — Por um bom tempo pensei que voltaria, se um dia soubesse o que estava resgatando.

— Se isso valesse a pena, quer dizer.

— *Seja o que for* esse "isso". — Por um bom tempo, eu queria saber o que representaria minha volta, queria entender sua forma, passar seu peso leve entre minhas mãos. Com o passar dos anos, vi sua massa hipotética diminuir até que eu estava quase certo de ter minha resposta; apesar de eu não saber das dimensões exatas, sabia o valor arredondado. — Acho que esperei entender isso por algum tempo.

— E agora? — disse Matthew.

— Acho que agora só espero não estar mais esperando. — Mas sempre havia aquele desejo de saber algo permanentemente: raios ortogonais de curiosidade virando a um ponto de extinção. Pois, quando podemos dizer com certeza que o que ainda não aconteceu nunca acontecerá? — É claro que eu não devia me importar.

— Mas é claro que se importa. Porque nada é assim tão simples.

Pela janela, uma garota de saia xadrez verde passou delicadamente por cima de uma pilha de lixo.

— Minha avó tinha um amigo — vi-me dizendo de súbito. — Um solteirão convicto, sabe? Ele aparecia usando gravatas Patek Philippe e tomava uma enorme quantidade de martinis e nos mostrava slides de suas viagens à Europa. Eu fiquei fascinado. Bom, você pode imaginar.

Ele podia?

— Pensando bem agora, tenho quase certeza de que ela sabia sobre ele. — Uma vez os vi conversando intensamente na cozinha, a mão dela apertando, como uma irmã, o pulso dele. Certamente ela sabia e certamente ele não precisou contar... e certamente era por isso que ela o amava à sua maneira. Nem era preciso dizer. Tudo, sempre, não era preciso dizer. — Em certo nível, acho que ela era uma mulher muito dura para se deixar afetar.

— Ainda assim, você conseguiu.

Parecia que Matthew tinha se aproximado um pouco de algum modo. Balancei a cabeça.

— A objeção dela a mim não era moral, era estética — falei. — O que ela não suportava era o histrionismo. Gente de *teatro*. — Como dissera ela seriamente, e mais de uma vez. — Havia um monte de coisas do tipo *Brideshead* na St. Paul... muitas mãos dadas, poesia recitada no bosque. Sabe como é.

Ele sabia? Inegavelmente ele estava muito mais perto. Eu podia ver os pelos prateados de sua barba, a marca de nascença em formato de digital no pescoço. A cicatriz mínima saía da beira do olho esquerdo. Ela se aprofundou, e assim eu sabia que ele sorria: não consegui me obrigar a olhar sua boca.

— Ela admirava quem não revelava nada — falei. — Ia gostar de você, provavelmente.

— E por quê?

Os olhos dele tinham um alerta nervoso que fazia com que eu me sentisse chocado sempre que os olhava. Agora, minha coragem me deixou. Minhas mãos tremiam; cerrei as duas em punhos.

— *Res ipsa loquitur*, era outra coisa que ela dizia com frequência.

A mão dele estava em minha mão; minha mão de algum modo se abrira. Olhei a cavidade em seu pulso, o espaço entre o osso e todo o resto.

— Mas por que você se importa? — Agora minha voz tremia também. — Ela nem mesmo é registrada em Nova York.

Enfim, estávamos nos virando um para o outro de algum modo.

— Eu me importo — disse ele. E neste momento, por um instante, parecia certo que ele se importava.

* * *

Ah, aquele apartamento: como sinto falta daquele apartamento. Seu pé-direito alto; seu piso rangente com cheiro de cedro; os canos sibilantes do radiador, que pareciam vagamente sirenes — e na metade do tempo, deviam ser mesmo. Às vezes, ainda passo por lá; do outro lado da rua, aquele gato de néon ainda encara sua sala de estar. A janela dos fundos dava diretamente para uma parede. Éramos imprudentes na frente daquela janela — naquela primeira noite e em muitas outras. Os quinze centímetros de tijolos, os dez metros até o beco abaixo, o volume desconhecido que compreendiam — podiam ser as dimensões de toda a cidade, do mundo todo. Podiam ter sido a galáxia inteira que atravessamos, seguros em nosso navio, só as estrelas como testemunhas, olhando com indiferença do passado.

Passamos a tranca duas vezes na porta contra invasores de que nunca falamos. Além de nós, baratas em alvoroço no corredor; sombras zebradas desciam pela escada de incêndio. Lá dentro, Matthew Miller me contou muitas coisas ridículas, e acreditei nelas.

O que mais posso dizer? Naquela temporada extravagante e inescrutável, eu teria acreditado em qualquer coisa.

NOVE
cel

1988

A desinvenção de Cel começa no outono, quando um homem em um ônibus rosna para ela: *Sai pra lá, princesa*.

Ela veste uma saia passada a ferro e usa maquiagem convencional. O homem tem uma barba emaranhada; seus pés estão sujos e descalços. Ele odeia categoricamente Cel, o que ainda parece um triunfo. Enquanto Cel se mexe, sente a imprudência palpitante, a sensação de regras suspensas e possibilidades expandidas, de baile de máscaras.

Porque isto, *isto* era o projeto de sua vida. Ela passou todo o secundário tentando se transformar nos outros; imitava o discurso deles, varria de sua fala as expressões obsoletas de Hal, as palavras mal escolhidas de Ruth. Ela tentou copiar o espírito de suas roupas até o nono ano; depois disso, prendeu-se a botas do exército e vestia seu casaco em ambientes internos nove meses no ano. Isto era considerado estranho, mas de uma estranheza tediosa que não provoca particularmente a agressividade. Nas conversas, Cel mostrava-se lacônica, de vez em quando extremamente desbocada, o que de certo modo nunca deixou de surpreender as pessoas. Sua consciência de cultura pop nunca se aproximou nem remotamente dos níveis normais, mas ela sabia absorver as migalhas e tinha astúcia em sua aplicação. Ela organizou aqueles dispêndios no mesmo ciclo sincopado que Hal usava com as contas — protelava até o último minuto, pouco antes de a eletricidade ser desligada, de o carro ser retomado. Cel sabia que sua performance era custosa e basicamente não convencia ninguém, se a pessoa olhasse com muita atenção. Mas ela também sabia que ninguém olhava de fato.

Mas na Smith, ao que parece, sua aceitabilidade é presumida. Logo fica claro que isto traz alguns problemas. A extirpação de sua vida anterior devia vir à tona; em vez disso, ela parecia ter criado um vácuo. Em outubro, um homem na rua a chamou de VERME DA GUERRA e perguntou quanto dinheiro o pai dela ganhava. No Halloween, um garoto de Amherst vestido de Che lhe deu uma aula sobre a luta de classes. No curso de marxismo, houve escárnio por ela matar as aulas de análise de desigualdade sistêmica. Ela teve aulas sobre a guerra do Vietnã e o flagelo dos doentes mentais; teve aulas sobre significantes burgueses e os problemas reconhecidos dos pobres da área rural.

— Você pode contar um pouco de si mesma a eles — diz Elspeth, depois que Cel lhe conta exatamente isso.

Mas Cel não passou a vida toda formando uma espécie de privacidade só para poder jogar na cara de algum estranho numa festa. Elspeth diz que ela pode pelo menos experimentar sandálias. O leve exagero nas roupas de Cel, segundo Elspeth, parece valioso; um sinal de que ela precisa de instrução especial. Se Cel não é mais invisível, é porque o fundo atrás dela mudou.

E assim ela compra uma blusa de gola amarelo-mostarda, calça marrom que se alarga na bainha. Para de usar sapatos no verão. Joga fora seu batom, seu modelador de cachos de farmácia — numa velocidade cada vez maior, ela se livra dessas coisas, esses tesouros de um navio que afunda, porém com mais pesar do que um dia poderia admitir.

Fica claro que ela terá de recomeçar. Ela lamenta por um tempinho, depois recomeça.

PARTE DOIS

Choram os rouxinóis
Nos pomares de nossas mães,
E os corações que partimos há muito
Há tempos outros vêm partindo...

— W.H. AUDEN

Este fantasma que corre diante de vós,
Irmãos, é mais belo que vós;
Por que não lhes dás
Vossa carne e vossos ossos?

— FRIEDRICH NIETZSCHE

DEZ
semi

1971-1976

Chegou lentamente, depois tudo ao mesmo tempo: um amor ilusório e diabólico.

Quantas noites, quantos telefonemas, quantas moedas atiradas na janela dele? Quantas chaves caídas na calçada — e quem poderia dizer de que apartamento caíram? Entretanto, parece ter sido uma só noite, eternamente recorrente — parece que acontece em algum lugar, mesmo agora, sem mim.

É mais fácil ter acesso às margens: horas antes, horas depois. Imagens retratadas com um sentimento que elas não podem ter inspirado sozinhas. Esquivando-se dos junkies na Clinton Street. Esquivando-se dos pastores alemães psicóticos da polícia de Nova York no trem A. Ouvindo o chamado à oração na avenida Atlantic em algum amanhecer lindo e infame. Andando pelo distrito dos armazéns, olhando as construções de ferro fundido, procurando por uma festa que nunca era encontrada. Parando no alto do Empire State Building, a silhueta diante de nós como uma chave virada de lado. Ligando para Matthew de um telefone público na frente do Tracks ou do Gaiety, o som da Electric Light Orchestra se derramando na rua. *Do ya do ya want my love, do ya do ya want my face, do ya do ya want my mind?* O cheiro de poppers azedo em minhas narinas. Eu dizia a mim mesmo que era por isso que às vezes meus joelhos tremiam quando o telefone tocava, por que eles cederam (uma vez! só uma vez!) quando ele atendeu.

Não é minha intenção que isto pareça mais simples do que foi. Eu não ansiava por Matthew quando admirei um homem levantando pesos em uma Nautilus, nem flutuei em uma névoa de Mandrix depois do Ice Palace, o ar à minha volta denso de açafrão e pinheiro. Não o desejei quando rondei o píer da Gansevoort Street vendo o amanhecer por cima dos navios de carga. Eles eram amarelos e azuis e tinham dado a volta ao mundo: ah, as coisas que eles viram! E quando eu trepava com outros homens, não era puramente por princípio. Entretanto, descobri que também nunca bani Matthew de todo. Ele simplesmente estava *ali*, dentro de mim — parecia ter se mudado e assumido uma residência fantasmagórica, estridente e permanente. Isto me alarmou, mas não tanto quanto deveria: como muitos sintomas iniciais, seu significado só fica claro quando se pensa nele depois.

O êxtase de um homem é o anúncio de utilidade pública de outro homem: o meu era a alegria do junkie na sarjeta.

Os rapazes, é claro, não aprovavam. Uma paz fria caiu no apartamento: os rapazes se uniram em algum julgamento de Matthew que nunca consegui definir muito bem. Ninguém se curva desamparado diante dos vícios de alguém; as drogas eram consumidas nos fins de semana obedecendo a horários. Havia as objeções habituais à monogamia — era um anacronismo, um custo de oportunidade. Os monógamos seriais estavam todos se enganando; nós chamávamos sua abordagem de Elizabeth Taylor. Agora, concordamos, não era a época para a moderação.

Assinalei que Matthew e eu não éramos monógamos e fiz questão de mostrar isso. Mas certamente estava ficando claro, à medida que os meses se estendiam incrivelmente nas estações, que eu estava à mercê de uma ligação profunda e inconveniente. Isto era constrangedor de um jeito careta e sentimental — era como aparecer com um cristianismo da meia-idade. Achávamos esse tipo de coisa em parte digna de desprezo, creio, porque pensávamos ser feminina — saltos agulha e machismo? De fato, estranhos companheiros de cama.

Eu entendia tudo isso e não me importava. Como as contorções do vício, como a salvação serena, eu conhecia a felicidade de uma dimensão diferente e melhor.

E, mesmo agora, quem pode estar certo de que não conheci?

Como grupo, não éramos dados a moralismos. Um dos habituais de Brookie passou um ano na Rikers por esfaquear um homem, acredito, por uma fatia de pizza. A ideia de que havia algo *impróprio* em minha relação com Matthew era uma atitude hilariante da parte deles, e eu teria dito isso se eles chegassem a fazer a cortesia de articular alguma coisa em voz alta.

Mas eles não articulavam. E assim, naqueles dias, não brigávamos por Matthew Miller: brigávamos por todo o resto. Brigávamos por direitos civis, liberação feminina, igualdade econômica e em que ordem isso deveria entrar. Brigávamos — Brookie e eu — pelos Panteras. Brigávamos para decidir se Larry Kramer era um visionário ou um traidor; se Andy Kaufman era um gênio ou um golpe publicitário. Brigávamos pelo disco de Joan Baez que Nick tocou por um verão inteiro — aquele agudo oco parecia cada vez mais ofensivo com o passar dos meses.

"*As I remember your eyes were bluer than robin' eggs... My poetry was lousy you said...*"

... e Stephen dizia, "Eis um exemplo".

Brigávamos se a nova vibe nas boates era sociopata ou interessante. Brigávamos para saber se os hippies eram apenas hedonistas, depois brigávamos sobre estarmos ou não em condições de julgar. Em questões de consenso, procurávamos fraturas no contorno do couro cabeludo. Todos odiávamos Ronald Reagan, mas conseguíamos ser verdadeiramente hostis discutindo se "Dutch" teria dado um bom nome de drag.

Uma noite, em Fire Island, os rapazes me arrastaram para ver a lua. Passamos o mês em um turbilhão de chás dançantes e festas temáticas, pandeiros e cloreto de etila. Eu pensava que "lua cheia" era um eufemismo, mas afinal era a coisa em si — e ela parecia assustadoramente próxima, como um asteroide pairando pouco antes do impacto.

— Faz a gente sentir que ela podia cair bem em cima de nós, se ela quisesse — disse Paulie.

— E você a culparia por isso? — falei. — Nós pousamos bem em cima *dela*.

— É nisso que eles querem que você acredite — disse Brookie, e assim também podíamos brigar por isso também.

— Todos os jovens levam as próprias opiniões muito a sério — disse Matthew quando contei tudo isso. — Eles acham que serão parados na rua a qualquer momento e solicitados a justificar as conclusões de sua vida.

— Os jovens pensam assim? — eu disse. — Então, qual é a sua desculpa?

Mas, na verdade, eu já sabia a resposta: em Albany, a carreira de Matthew estava em algo parecido com a ascensão. Ele foi nomeado para uma comissão importante e as pessoas começavam a reconhecê-lo pela cidade. Ele ainda fazia muito deslocamento, embora tecnicamente não estivesse em campanha — ia ao Bronx, desmoronando como as ruínas de Petra; ia visitar conjuntos habitacionais, tremendo em meio a reboco caindo. Ia a muitos lugares fora de seu distrito, o que devia ser a primeira pista.

É claro que não podíamos ir juntos a lugar nenhum. Ainda assim, nunca Nova York pareceu mais densa e mais vertiginosa do que naquele pequeno apartamento, aquele gato de olhos cintilantes nos olhando de cima, ouvindo Matthew Miller narrar a cidade.

Ele era obsessivamente bem informado. Era viciado em dados, em informações complicadas — e no começo tudo isso era emocionante, intelectualmente erótico. Ele podia parecer *enlouquecedor* sem uma agenda, tinha mais do que um compromisso com a realidade — e, suponho, com uma insistência militante de que a realidade existia (não era uma ideia de todo controversa, na época ou agora). Gostava de dizer que, se você tivesse certeza de mais de três coisas, provavelmente não teria todos os seus fatos concretos. Mas ele sempre tinha, e nunca deixava a gente esquecer — não para manter a paz, não para apoiar sua própria política —, o que fazia dele um homem com quem era muito difícil concordar. Ele tinha uma necessidade reflexa de dar informações atenuantes voluntariamente. Critique os pelegos do sindicato na greve de trânsito — o elitismo deles, a procura pelo lucro, a indiferença deles para com o homem comum — e Matthew, que era tão pró-sindicato quanto qualquer um, observaria que a posição de seus adversários não era exatamente de *elite* porque era partilhada pela maioria da cidade, que no momento era particularmente hostil a um aumento nas tarifas porque o serviço era o pior na memória dos vivos; além do mais, ele não sabia se eles só se importavam com o lucro, era inegável que dificilmente o lucro era a única questão deles, uma vez que a greve devia afetar o lucro de *muita* gente, inclusive do homem comum.

Matthew costumava dizer que este impulso era um resquício de seus anos como advogado, quando ele aprendeu a esperar por provas incriminatórias — mas havia ocasiões em que eu suspeitava de que a verdadeira origem estava em seus anos como católico, quando ele aprendeu a confissão voluntária.

Ainda assim, nós nunca, jamais, falamos de Alice.

Matthew também sabia muito sobre o mundo gay — embora ele ainda fosse uma abstração naqueles momentos em que não estávamos trepando como loucos. Contou-me sobre tabernas na Londres do século XVIII em que homens faziam cerimônias de casamento; contou-me dos shows de travestis na Berlim de Weimar. Contou-me como Greenwich Village e o Castro passaram a ser bairros gays depois da Segunda Guerra Mundial, quando certo grupo de soldados de cidades pequenas simplesmente não voltou para casa.

— Terei de aceitar sua palavra nisso — eu dizia, e o beijava. Depois beijava seu pau através do terno idiota que estivesse vestindo, depois seu pin da Assembleia Estadual na lapela, para ser meio engraçado. E recomeçávamos tudo de novo.

Eu ficava admirado com a intensidade da coisa. Disse a mim mesmo que era porque não podíamos ir a lugar nenhum juntos, e porque Matthew ficava muito tempo fora. Disse a mim mesmo que era assim porque não era *real* — ou, pelo menos, não inteiramente. Porque, falando sério: quem era esse homem? Era o que eu me perguntava enquanto me agarrava a suas costas, beijava seu pescoço, me metia dentro dele.

Quem é você? Você está aqui? E você é isto?

Por favor, seja isto.

Certa vez, eu disse, "Os rapazes não aprovam você, sabia?". Como Brookie havia colocado, eu estava "acentuando as contradições".

— É verdade? — disse Matthew Miller e me beijou. — Diga aos rapazes que eu lamento muito.

— Você não parece lamentar *terrivelmente*.

Ele se virou e passou a acariciar minha testa.

— O que posso dizer? — falou depois de um momento. — Diga a eles que nos amamos mesmo assim.

Ele realmente me amou um dia?

Só posso afirmar uma coisa: em geral parecia amar quando fingir não seria de nenhuma vantagem para ele.

No apartamento, passávamos filmes nas paredes. Tomamos LSD três vezes com um conta-gotas; tomamos DMT uma vez e juramos que nunca mais faríamos isso. Eu trabalhava em uma peça nova — uma releitura de *Os Possessos*, ambientada na Nova York atual, com bichas e drags escaladas como os conspiradores. O Kirillov suicida era baseado em Stephen; Paulie era o aspirante a revolucionário Verkhovensky; Brookie, o muito filosófico Shigalev. Isto me fez entender amargamente mal Stavrogin, e dei a ele as melhores piadas. Seu título provisório era *Os Despossuídos*, que eu ao mesmo tempo desprezava e me sentia irremediavelmente comprometido. Na época, isto parecia ser um grande problema.

Na época, tínhamos muitos deles. O grande desastre do outono era um bando particularmente resistente de chatos — estes, em geral, podiam ser tratados com remédio para piolho, mas neste caso um de nós (parece grosseria dizer agora quem) exigiu rodadas múltiplas de Kwell e, por fim, depilação. Todos nós reclamávamos muito. Tudo é relativo.

E havia outros tipos de problemas — aqueles que ganharam maior peso com o passar dos anos, revelando sua natureza apenas em retrospecto. Para Nick, foi uma noite no St. Mark, quando ele foi estrangulado por um homem que nunca viu e nunca mais veria. Para Brookie, foi uma bad trip no Mineshaft, quando ele se viu transformado em um rato no espelho do banheiro. Ele socou seu reflexo, acrescentando uma cicatriz helicoidal a sua coleção. Mais tarde, viu-se que o ácido que ele tomou tinha a cara do Mickey Mouse. Rimos disso, mas não porque não fosse apavorante: o rosto murino e careca, os olhos pretos enormes... mais uma vez, nós nos resolvíamos. As coisas tinham ficado bem. E embora soubéssemos que devíamos acreditar que podiam não estar, nunca remoíamos muito nenhuma preocupação. Na época, só existiam as melhores histórias para contar em certos tipos de festas.

Uma noite, eu ia ver Matthew e os rapazes queriam que, em vez disso, eu fosse a uma festa.

— Vem, que-ri-da! — disse Paulie, carregando no sotaque aristocrata de Boston e me puxando para uma valsa. — Preparemo-nos para uma noite de prazeres cativantes.

— Boa sorte *nessa* — disse Brookie quando nos viu. — Quem precisa de diversão quando está trepando com um fascista?

Por um bom tempo, Brookie conteve seus comentários a respeito de Matthew, e eles eram relativamente oblíquos. "Bom, é o que todo mundo diz", dissera ele certa vez, quando um pedaço de nosso vagão no metrô caiu diretamente nos trilhos. "Não dá pra foder com a Prefeitura."

— Ele é da Assembleia Estadual — sibilei. — Por que não lê um jornal?

"O amor pôs sua morada junto do excremento", dissera ele em outra vez — e era um verso de Yeats, e também a porta acima da clínica de doenças venéreas na Nona Avenida.

As observações de Brookie ultimamente assumiram uma tendência anticolonialista; por várias vezes, ele sugeriu que minha relação com Matthew era uma forma de conciliação — como se Matthew fosse uma força imperial conquistadora e eu um colaborador servil. Mas "fascista" era novidade.

— Ah, então Matthew agora é fascista? — Eu me virei e Paulie largou minha mão. — Ele vai gostar dessa. Tem ficado entediado de ser chamado de comunista.

O apartamento estava cheio de gente que não morava ali: um rapaz rotundo que sempre usava uma bolsa; Stephen, que se mudou para uma antiga barbearia em Chelsea; Cherry Cerise, uma drag-and-*style* queen que tinha aparecido durante um apagão e acabou ficando.

— Quem disse que ele era comunista? — perguntou o rapaz sem nome da bolsa.

— A National Lawyers Guild — falei.

— Tá bom, então! — disse Brookie. — Desde que estejamos um pouco à esquerda da National Lawyers Guild. Sim, isso é bom. É espetacular. Estou muito confortável com essa política.

— *Que* política? — perguntei.

— Exatamente! Não tem sentido balançar o barco agora! A gente não ia querer assustar o mercado. Não ia querer alarmar a associação de pais e mestres!

O que a associação de pais e mestres fez com você?, eu quase perguntei, mas tive medo de ele ter uma resposta.

Em vez disso, virei-me para Paulie.

— Como estou? — perguntei.

— Tem certeza de que você *queria* alguma aparência específica? — disse Cherry Cerise. Ela me odiou de imediato. Brookie gostava de fingir que isso me incomodava muito.

— Creio que meu estimado colega aqui quer dizer — disse Paulie — é que você, meu caro, está encantador.

— O que é isso... ele está tentando fazer o *Kennedy*? — disse Brookie.

— Acho que só ficou meio Jimmy Stewart — disse Stephen.

— Encantador! — disse Cherry Cerise. Ela soltou um leve bufo nada feminino e agitou as mãos. — Estou tão entediada que nem consigo ver você.

— Mas então, Semi, não importa muito como você está — disse Brookie. — Você não é mais jovem, boneca, mas, para Matthew Miller, você é *literalmente* chave de cadeia.

— Encan-tador! — repetiu Paulie. — Ora, se eu não fosse casado...

Brookie meneou a cabeça.

— A "National Lawyers Guild", cara. — Ele parecia cansado, o que me irritou. — Esta é uma expressão que nunca imaginei que seria dita neste apartamento.

— Bom, fico emocionado por ter a honra de surpreender você. — Falei isso com grosseria, querendo cutucar aquele cansaço da voz dele. O que eu realmente queria dizer era o seguinte: *Matthew Miller é um bom homem, mas é muito diferente de você, especialmente na maneira como ele é bom.*

— Me surpreender. — Brookie soltou um riso vazio. — Isso. Você conseguiu, é verdade. Sem dúvida nenhuma você conseguiu.

A visão que Brookie tinha de um Matthew apaziguador: aquilo me magoou na época, agora me assombra. Porque ele tinha razão, de certo modo, embora sua profecia tenha operado por uma mecânica irônica e gay. No fim, era na verdade minha proximidade com Matthew — aquele garoto esforçado de Crotona Park, cauteloso por natureza e necessidade; aquele marido de sangue testado, preso pela expectativa, depois pelo escrutínio, em uma vida mais convencional do que podia ter levado; aquele mulherengo conhecido que, por inclinação ou circunstância, continuou relativamente fiel às duas pessoas durante todo o ignominioso período de seu adultério; este homem que foi o meu primeiro e, como se viu, único amor, e cuja partida me deixou preso a uma tristeza desinteressante e letal, que só passou quando foi submetida a outra muito mais sombria — no fim isso, tudo isso, salvou minha vida.

O genocídio chegava para minha gente. E como eu amava Matthew Miller daquele jeito, seria condenado a sobreviver a isto.

Acabei não indo à festa, nem a lugar nenhum, naquela noite. Em vez disso, me escondi em meu quarto esperando que os rapazes saíssem. Parecia que eles levaram uma eternidade para se arrumar — eles sempre demoravam assim? Não costumava parecer tanto tempo.

Quando enfim eles se foram, saí de mansinho do quarto e abri a janela. Um cheiro de cloro veio numa rajada de lugar nenhum: o horário da balsa chocalhou na bancada atrás de mim. Acima, o céu tinha a densidade de veludo; do outro lado da rua, os gerânios ou o que fossem de alguém pareciam se balançar na jardineira. Na calçada, uma velha olhava fixamente nos olhos de seu chihuahua enquanto ele cagava. Os rapazes, é claro, já estavam longe.

Estava silencioso, eu me lembro, e assim a obra deve ter sido suspensa durante a noite: tudo na época se encontrava em um estado de demolição ou construção. Isto confere o caráter sinistro de ainda viver aqui, ou simplesmente viver. Falar nesse tipo de coisa é uma das formas mais eficientes de fazer você parecer velho, descobri — boa sorte para encontrar alguém que se importe com quem você é nesta vida, que dirá na vida passada! Mas de novo isso faz parar; esta sensação de que os anos são apenas diferentes peças exibidas no mesmo teatro velho. Viro uma esquina, ou subo a escada do metrô ou entro em um prédio e penso:

Mas isso antigamente não era outra coisa?

E eu não era?

E o que era a vida na época?

E agora, de quem é esta vida?

* * *

Este foi um pensamento que me voltou recentemente, quando recebi um recado de um jornalista que queria falar de Matthew Miller.

Matthew Miller, pelo que não tento depreender, teve mais problemas de RP do que o normal ultimamente. Seu programa já é descrito como uma das patologias fundamentais de nossa época; ouvimos falar dele da mesma forma em que se fala dos videogames, e esta comparação se tornou particularmente impiedosa desde o tiroteio em Ohio. Porém, este paralelo parece inverter a questão quando você tenta pensar nisso — o que ninguém jamais tentou. A preocupação com videogames parece ser de que sua violência simulada de algum modo pode se transformar na realidade. Mas o que é poderoso no programa de Matthew — nas poucas vezes horríveis em que vi — não é que ele faça com que coisas falsas pareçam reais, é que faz com que coisas reais pareçam mirabolantes. A verdadeira insensatez de toda essa discussão só pode ser apreendida quando vivida de uma cama dobrável em um quarto hospitalar em que a TV está instalada na parede e o controle remoto metido embaixo de um moribundo que enfim está dormindo.

As pessoas se sujeitam a muitas afrontas em um hospital e a televisão a cabo não é a menor delas.

Duvido, porém, que esta análise vá interessar ao jornalista. Ele é de um tabloide, mais provavelmente, e decido não retornar a ligação. Não por Matthew Miller merecer isso. Mas hoje em dia, a ideia de justiça me parece francamente perversa; meu apetite por essa futilidade em particular, no momento, se esgotou.

Mas amanhã é outro dia. E acho que é bem possível que o jornalista tente falar comigo de novo.

ONZE
cel

Na sexta-feira, Cel está sentada no camarim de Mattie ouvindo Luke conduzir a passagem do bastão.

Toda a coisa parece demasiado complexa, como uma troca de guarda. Os olhos de Cel oscilam entre seus joelhos, que parecem se sacudir por vontade própria, e a nuca de Mattie no espelho, em que as luzes do toucador proporcionam uma vista sem precedentes de uma careca incipiente.

Esta manhã, Cel e Luke receberam um sermão especial de Joel sobre a importância de preparar Mattie "quase até matá-lo".

— Não quero nem que ele *pisque* de um jeito que me surpreenda — disse Joel. — Entenderam?

Cel e Luke assentiram solenemente, piscando no que Cel torcia para ser uma piscada que não surpreendesse.

Agora Cel olha fixo o frigobar de Mattie perguntando-se o que ele guarda ali. Talvez seja vazio como o de um serial-killer, ou cheio de fileiras de um só objeto estranho. Ela olha o monitor da segurança, que lança seu olhar orwelliano no estúdio vazio. No canto, consegue divisar Theo fazendo algo inescrutável com os cabos; vão filmar chamadas depois. *Mas que diabos*, Luke tinha dito ao telefone: bom, é mesmo, que diabos.

— É mesmo? — diz Mattie, e Cel volta a ficar atenta.

— Ah — diz ela. — Bom.

— Ela está sendo modesta — diz Luke. Ele sabe que ela não estava ouvindo. — Você está em boas mãos.

Ele se levanta e estende a mão a Mattie; Mattie a aperta sem se levantar, fazendo o intercâmbio parecer uma jovem ingênua dispensando seu pretendente malsucedido. Depois a porta se fecha e Cel fica sozinha com Mattie — que agora a encara com verdadeira curiosidade.

— E então! — Cel tosse desnecessariamente na manga da blusa. *Fazendo eco ao que disse Luke* seria um jeito espetacular de começar — fazer eco ao que alguém disse em geral é um bom jeito de começar qualquer coisa — e é o que ela diria, lógico, se tivesse remotamente escutado antes.

— Então, como Luke indicou... — o que provavelmente ele fez —, precisamos que nossa mensagem seja muito, mas muito clara.

— Sim.

Mattie já parece entretido demais com isto.

—Só precisamos estar em sintonia de verdade.

— Naturalmente.

— Em vista da situação. Assim, a abordagem que vamos tomar, como você sabe... espere, me deixe voltar. — Cel puxa uma golfada curta de ar. — A *primeiríssima* coisa que você deve dizer no ar... depois de agradecer a eles pela recepção, é claro...

— É claro.

— Muito bem... então, a segunda coisa, acho, deve ser expressar sua tristeza por essa tragédia. Sua perplexidade e indignação.

— Tristeza. Perplexidade. Indignação.

— Você quer dar as condolências às famílias... bom, na verdade talvez você deva dar as condolências *antes* da indignação, mas sabe como é.

Mattie toma um gole de água. "Não quero que ele tome um gole de água que não tenha sido discutido de antemão", Joel tinha berrado naquela manhã. Cel vê Mattie engolir, procurando por dimensões publicitárias imprevistas.

— E na verdade a palavra "condolências" pode ser... pode implicar mais apropriação do que queremos, sabe? — Mattie a está olhando de um jeito estranho, mas é tarde demais para saber por quê; já estão em jogo muitas variáveis desastrosas para ter esperanças de isolar apenas uma. — É meio rígido também, quem sabe? De certo modo parece que você está dando uma coletiva.

Mattie a olha como quem diz: e *não estou?*

— Talvez você queira dizer algo como "meu coração está com as famílias" ou "nem consigo imaginar a dor que essas famílias estão vivendo". Algo que basicamente transmita que você é só uma pessoa tentando entender essa tragédia.

— Identificar-me basicamente como uma pessoa. Entendi.

— Mas aí, tudo bem, *depois*... — diz Cel, ofegante. Ela parece estar desenvolvendo alguma asma de manifestação tardia. Será uma alergia a Mattie? Nunca esteve tão perto dele por tanto tempo, então é bem possível que ela nem saiba. — Antes mesmo de começarem com as perguntas, vão apresentar uma espécie de quadro do programa.

— A cabra — Mattie sugere, monótono.

— A cabra, claro! Coisas assim, *exatamente*. Coisas que não têm nada a ver com a questão em pauta, mas isso, sabe como é...

— Contextualiza a discussão.

— Isso mesmo. — Cel engole em seco como uma vara.

— Quer uma água?

— Ah, *não*. — Isso sai enfático demais, parece que ela está rejeitando uma herança familiar inestimável, uma picada de heroína mexicana. — Mas *depois* de tudo isso, eles vão partir para as perguntas. E as perguntas na verdade serão declarações.

— Entendido.

— E as declarações às quais precisamos muito que você resista são aquelas que ligam o programa a *qualquer* tipo de, sabe como é, análise cultural abrangente.

Mattie pisca.

— Isso parece, sei lá. Meio abrangen...

— E é aqui que você precisa banalizar um pouco! — Se Cel conseguir atropelar o final das frases dele, talvez não pareça improvisar as dela. — Bom, não banalizar o acontecimento, é claro! Nem mesmo a sugestão *per se*.

— Que sugestão?

— Bom, a que eles fizerem. O problema é esse... você precisa agir como se a conclusão fosse ridícula, mas a pergunta em si, não.

Cel vê a língua de Mattie se avolumar no canto de seu maxilar.

— Mas então, provavelmente eles vão querer que você especule. — Cel olha avidamente o copo de água dele. Está pela metade, o objeto correlato de toda a sorte desproposidada de Mattie Miller nesta vida. — Como nos casos nos tribunais em que os advogados de defesa precisam arranjar outra pessoa que faça, entendeu? Bom, quer dizer, é claro que você entende.

— Entendo.

— Por exemplo, se não é *The Mattie M Show*, o que é?

— O que é?

— Bom, o quê? — Os lábios de Mattie se contorcem em um til ambíguo, em parte sorriso, parte desdém.

— Ou isso não está em suas anotações?

— Hmm. — Cel folheia os papéis como se pudessem mesmo estar ali. — Bom, o que *você* pensa não é exatamente a questão.

— Ah, não? — As sobrancelhas de Mattie agora seguiram o caminho dos lábios. Cel fecha seu olho bom, e por um momento o rosto dele parece um tumulto de rabiscos, tão resistente à interpretação quanto uma obra de arte moderna. Ela o abre.

— Quer dizer, os espectadores não esperam que você tenha toda a resposta — diz ela.

— Sem dúvida, isso é um alívio.

— Mas se você puder arriscar alguma coisa que a maioria das pessoas concorde que *seja* um problema, mesmo que não seja o motivo do problema, elas vão ouvir. E depois, mesmo que discordem de você... pelo menos, nesse ponto, a conversa que todos terão será sobre a outra coisa que você apontou de errado. E não sobre você.

Mattie se recosta no sofá. Em seu rosto há uma expressão que Cel antigamente podia se arriscar a dar um nome, mas que agora hesita em considerar uma expressão.

— As conversas a meu respeito são as que eu menos gosto — diz ele.

— O espírito é esse! — diz Cel. — E o jeito de sair delas é subestimar a importância do programa. E é aí que sua atitude autodepreciativa pode funcionar a seu favor, sabe? Você talvez possa dizer que, claro, talvez seja grosseiro, talvez não seja do gosto de todos, mas definitivamente é inofensivo e idiota. Não "idiota", quer dizer. — Ela folheia as anotações. A qualquer minuto, ela diz a si mesma, sim, a qualquer minuto!, um estagiário acompanhará Mattie para o estúdio, colocando todos neste inferno que eles criaram juntos. — "Bobo." Você quer dizer que é um programa bobo e sexy.

A pausa que se segue parece conter não só este, mas todos os mundos teóricos — Cel sente a totalidade da história humana, os fantasmas de possíveis teorias das cordas passadas e presentes, deslizando silenciosamente por ela.

— Não há nada no programa que seja uma dessas coisas — diz Mattie por fim em uma voz monótona e nada televisiva.

Há uma batidinha na porta e o estagiário entra segurando gel para cabelo e uma toalha.

— Está pronto, Mattie?

— Sempre. — Ele se levanta. — Isto foi esclarecedor — diz ele, provavelmente a Cel, mas ele não se vira para olhá-la de novo antes de sair pela porta.

Na noite antes de *Lee and Lisa*, Cel está de volta ao Sligo's.

— Você não vai dormir, então pode muito bem beber — disse Nikki. Esta parecia uma boa ideia — na verdade, parecia a única — mas agora, esperando pela segunda gim-tônica, Cel acha que pode ter sido um erro. Ainda é cedo; uma membrana de luz encardida se infiltra pelas janelas, iluminando a vista habitual de flerte e manobra, ambição descarada e publicidade força bruta. Cel não ia ao Sligo's desde o dia do tiroteio e preferia acreditar que era este o motivo para sua súbita agitação — palpitação crescente de ansiedade, sensação funda de perdição. Na verdade, ela sabe que só está nervosa com o programa. — Ei — diz Nikki, saindo da multidão e entregando a Cel um coquetel. — A gente *conhece* aquele cara?

Cel olha para onde aponta Nikki.

— Não sei — diz ela.

— Bom, parece que ele conhece você. Oi.

O homem se aproxima deles. Tem cabelo cinza-castanho e olhos invernais; de perto, Cel sente um reconhecimento decidido.

— Oi — diz ele.

— Oi — acrescenta Cel, porque parece ser o que é dito ali.

— A gente se conheceu outro dia — diz o homem.

— Claro. — Ele pode ser um advogado do programa, talvez; ela nunca consegue situar essas pessoas fora de contexto.

— Aqui — esclarece ele. — No dia do tiroteio?

— Ah, sim. — Isto parece certo, embora sem dúvida ela terá de aceitar a palavra dele. Ela tem certeza de que ele não é aquele com quem ela passou a noite toda conversando. — Desculpe — diz Cel. — Foi um dia esquisito, aquele.

— Foi mesmo — diz o homem, engolindo um cubo de gelo.

— Desculpe — diz ela —, mas você pode...

— Scott. Você é Cel. — O rosto dele se tolda de uma simpatia irônica. — Que semana vocês estão tendo.

— Como disse?

— No programa? — Ela se esquecera de que ele já sabia dessa parte. — Que falta de sorte os atiradores serem fãs.

— Bom, muita gente é — diz ela.

— E aquela sátira, ou sei lá o quê.

— Acho que não temos os detalhes sobre tudo isso.

— Posso te fazer uma pergunta que você deve ouvir o tempo todo?

— Pode tentar! — diz Nikki num tom agudo. Scott sorri para Nikki; Cel se atreveria a pensar: uma pequena indulgência? E se inclina para ela.

— Como é Mattie pessoalmente?

— Ah, nem se dê ao trabalho — diz Nikki. — Ela é paga para não falar.

— Sabe de uma coisa, não parece muito bom se sua assessora de imprensa nem mesmo diz às pessoas que ótimo cara você é.

— Confie em mim — diz Nikki. — Eu tentei.

— Não, quer dizer, Mattie *é* um bom sujeito — diz Cel. — Ele é um ótimo chefe... todo mundo sempre diz isso.

— Sério?

— E... é só isso. — Cel começa a dar de ombros num pedido de desculpas, mas algo nos olhos estreitos de Scott faz com que ela atenue o gesto. Sai como um espasmo.

— Mas é *sério*?

— Não sei, quer dizer... — Agora Cel fala acelerado, tentando vencer o calor arroxeado que sente subir às orelhas. — Quer dizer, ele não é nada *assim per se*. Ele meio que se anima quando a câmera é ligada... parece um brinquedo animatrônico ou coisa parecida. Ele não é assim o resto do tempo, mas também não parece ser outra coisa.

— Isto é literalmente o máximo que ela já falou sobre o assunto. — Nikki suspira.

— O que será que ele faz em seu tempo livre? — diz Scott. — Como ele relaxa depois de toda a, sei lá, animatrônica.

— Não sei — diz Cel. É estranho ela nunca ter se perguntado isso.

— Ele deve estar montado na grana — diz Nikki com um ar contemplativo. — *Pilhas* de dinheiro.

— Sei que ele doa uma parte. — Cel devia ter dito isso antes.

— Ah, é? — diz Scott. — Subornos à Comissão de Comunicações ou...?

— Caridade, acredite se quiser. Ele doa muito para a Aids. — Cel morde o lábio. — Na verdade, ele é meio progressista. Ou era, sei lá.

— E eu pensava que era *Clinton* que prejudicava a imagem do partido — diz Scott. — Quer dizer, Troopergate, *The Mattie M Show*... quem diria que o apocalipse seria um circo desses?

Ele bate no copo de Cel e ergue uma sobrancelha.

— Melhor não — diz Cel.

— Mattie vai no *Lee and Lisa* amanhã — diz Nikki. — Cel precisa ser a acompanhante.

— Eca. — Scott se inclina para elas de novo e Cel sente o cheiro de algo vagamente oceânico. Ela imagina um apartamento vasto e vazio com uma silhueta cintilante do lado de fora de uma janela panorâmica, embora não saiba se este é um pensamento genuíno ou algo importado da propaganda de perfume. — Acho que ele deve fugir dessa história do fã atirador, né?

— Acho que deve tentar — diz Cel.

— É um golpe bem baixo, caso queira minha opinião — Mas ela não queria. — Mas entendo por que as pessoas estão fazendo a ligação.

— Não sei se eu entendo.

— Só quero dizer que parece combinar com as brigas, as esposas apanhando...

— As esposas... as mulheres... elas não brigam— diz Cel. — Quer dizer, elas não apanham.

Scott lança a ela o exato olhar que ela merece por isso.

— Tudo bem, então. — Scott se interrompe, depois adota uma voz de tio dos telejornais. — Como você responde às preocupações de que *The Mattie M Show* está contribuindo para um embrutecimento da cultura? O que você tem a dizer aos pais que estão preocupados com a influência *do programa* em seus filhos?

Cel toma um gole do gelo derretido.

— Antes de tudo, *Scott*, preciso dizer que *The Mattie M Show* é puro entretenimento.

Ela está usando sua própria voz falsa — sua Voz de Trabalho, como Elspeth chamava, embora Cel pensasse nela como Por Favor, Me Deixe Explicar. Seu tom é de confiança tingida por uma exasperação difusa; transmite um senso de: *Eu* sei disso, e *você* sabe disso, mas algumas exigências requerem que nós finjamos *não saber*, e assim nós dois precisamos ter paciência — mas é verdade que nós, todos nós, somos muito ocupados.

— E *The Mattie M Show* é *mesmo* entretenimento, e é por isso que milhões de americanos sintonizam nele todo dia para assistir. — Cel conhece tão bem essa formulação que sua inflexão fica meio cantarolada, como uma criança recitando o Juramento à Bandeira. — Não é um documentário da PBS, mas nem todo mundo quer ver um... e se você quiser, certamente pode mudar de canal. Do mesmo modo, *The Mattie M Show* não é para crianças, como indica a advertência de conteúdo. Eu lembraria aos pais que, da última vez que verifiquei, todos os televisores vinham com uma tecla de liga/desliga.

Nikki aplaude discretamente, como de costume.

Cel vira a cabeça de lado, espremendo o resto da lima no copo vazio.

— Pareço convincente?

— Você estava tentando? — pergunta Scott.

— Não sei! — Cel ri, o que a surpreende. — Imagine Mattie dizendo isso.

Por um momento, Scott parece estar de fato tentando imaginar.

— Sabe o que é estranho? — diz ele. — O cara está em tudo que é canto, mas nem consigo me lembrar de como é a voz dele.

— É — diz Cel. — Ele tem uma daquelas vozes. Mas o que *você* acha?

Scott pestaneja.

— Quer dizer... de modo geral?

— Acha que o programa é totalmente condenável, ou o quê? É sério. Pode falar com franqueza.

Às vezes, isso acontece — aquelas infelizes pesquisas de opinião de estranhos perturbados. Você pode chamar de falsa pesquisa de mercado;

é como Cel chamará, se alguém perguntar por que ela está perguntando, mas por sorte ninguém nunca pergunta.

— Eu só quis dizer... — Cel respira fundo e deseja pela trilionésima vez saber de um jeito de mostrar quando ela fala realmente a sério. A sinceridade devia ser algo que você pode indicar externamente, como uma seta de carro. — O programa... é demagógico, certo? Mas muitas coisas são. Então você acha que ele é meio que... meio que inescrupuloso de tão demagógico? Será que é imperdoável?, é o que estou perguntando. Não, esquece isso, é claro que é imperdoável... o que quero dizer é: ele passa dos limites de outras coisas imperdoáveis?

Scott fica admirado.

— Terá de desculpá-la — diz Nikki. — Ela é filha única.

— Bom — diz Cel. — Mais ou menos.

Nikki olha para Scott como quem diz: *Eis um exemplo.*

— O que isso quer dizer? — diz Scott. — Você *meio que* tinha irmãos?

— Tecnicamente, quer dizer, não — diz Cel, agora irritada. *Meio que* talvez não seja a melhor resposta a dar a uma pergunta do tipo sim ou não, mas também não é a pior resposta; pior teria sido tentar explicar o que ela realmente quer dizer. — E qual é o veredito? — Cel pode sentir a reprovação de Nikki perfurando suas costas. — Os pecados de *Mattie M* são mortais ou veniais?

Scott abre a boca e a fecha.

— Acho que estou imaginando por que você faz essa pergunta. Entende que não sou exatamente um espectador frequente?

— Entendo, sim, mas a questão não é essa. Estou interessada no que as pessoas pensam de modo geral. E você parece já ter uma opinião.

— Tenho muitas. — Sem que peçam, Scott serve metade da bebida que lhe resta no copo vazio de Cel. — Sobre isso, acho que o que eu penso é que toda essa coisa vem acontecendo há muito, mas muito tempo mesmo.

— Quando você diz "coisa", quer dizer...?

— Quero dizer tudo isso. A exploração, claro, e a desumanidade, sim. Mas também o senso de que algo especialmente apocalíptico está acontecendo. Quer dizer, nunca *deixou* de acontecer.

Agrada a Cel que ele esteja disposto a afirmar algo sem supor que ela concorda com ele: com a maioria das pessoas, é uma coisa ou outra.

— Talvez esta possa ser uma nova campanha publicitária — diz Nikki — "Ver *Mattie M*: Não É o Fim do Mundo".

— Ah, eu não diria *isso* — diz Scott. — Mas se eu precisasse falar no assunto na televisão... e graças a Deus não preciso...

— Está brincando? — diz Cel. — Posso te contratar? Vou pedir que te mandem o contrato por fax amanhã!

— Mas se eu tivesse, sei lá... é o que eu diria. Essa coisa nova é a nossa morte? Esta é uma queixa muito antiga. Provavelmente é a queixa primordial. *Outras* coisas mudaram, é claro. Os *aparelhos* mudaram. — Cel sabe onde isso vai chegar; ela se sente insensatamente murcha. — Adolescentes com armas semiautomáticas, *isso* é novo. Meu Deus, que cara é essa! Eu sei, eu sei... não se pode falar *disso* na televisão.

— Quarenta e um por cento de nossos espectadores possuem armas de fogo — diz Cel com tristeza.

— Como isso é possível? — diz Nikki. — Não acho que conheça alguém que um dia tenha tocado numa arma.

Ela conhece: Hal tinha uma que morava o ano todo no galpão. Cel falou nisso uma vez numa festa na Smith e soube que não era algo a se discutir na faculdade. Certamente não era algo a se discutir em um bar na Baixa Manhattan. Não obstante, por um momento vacilante, ela sente esta revelação bem na ponta da língua.

Em vez disso, ela fala:

— Tem certeza?

Uma sombra atravessa o rosto de Nikki antes de ela rir.

— Mulher misteriosa — diz ela. — Como eu falei.

— Vamos brindar a isso — diz Scott a Cel, e bate seu copo no dela.

* * *

Como Cel precisa verdadeiramente dormir, é claro que não consegue. Ela teve a insônia mais exorbitante em sua primeira semana em Nova York. Na segunda semana, começou a ir ao Comedy Cellar — sempre sozinha, um fato que ainda parece um segredo, embora ela não saiba de quem esteja escondendo. Às vezes, Nikki acha que ela está com algum cara e às vezes Cel deixa ela achar. Ultimamente, ela tem saído com mais frequência. Mas esta noite é tarde demais para o Comedy Cellar e Cel está por conta própria.

Ela fica deitada ali, acordada, pensando em toda as coisas desaconselháveis que disse a Mattie, e nas outras tantas que disse a Scott. "*Você* meio que *tem irmãos?*", perguntara ele — e por um momento ela quase contou que ela e Ruth se engalfinharam pelos morros, pelas matas, pelo riacho. Que ela não consegue se lembrar de um dia ter sido solitária.

— Mas que diabos vocês duas estão fazendo? — disse Hal quando apareceu uma vez lançando sua sombra no riacho delas.

Estamos cheirando a água, elas lhe disseram.

— Sei. — A voz dele cheia de sua fadiga característica. Hal nunca parecia terminar de trabalhar nos verões, apenas tirava folga para beber latas de cerveja de raiz, folhear seus livros sobre a Segunda Guerra Mundial ("Por quê?", era o comentário padrão de Cel depois. "Ele sempre sabe como termina."). — E a água por acaso tem *cheiro*? — Hal tinha serragem no cabelo, como sempre, e um odor acentuado de suor.

— Sim! — Elas deram um gritinho e ele as olhou como se as duas fossem loucas, o que talvez (Cel pensou com euforia, freneticamente) as duas fossem. Porque ela *sentiu* o cheiro da água: era complicado e argiloso e muito mais firme do que se pensaria.

Depois disso, elas correram para dentro, aos risos, para tocar algo em seu piano velho e arruinado. Uma vez, mil anos atrás, Ruth tinha feito aulas. O piano que Cel conhecia produzia notas presas apenas de forma tênue às suas amarrações; cada tecla continha um som ecoado e multidimensional — a sugestão de um acorde dentro de uma nota, como uma voz que fica rouca. Até Hal concordava que não tinha sentido tentar vendê-lo. Ruth ensinou Cel a tocar a "Marcha dos Gnomos", o piano das duas conjurando gnomos que eram estranhos e sábios e imprevisíveis de formas que nem sempre eram positivas: figuras dignas de respeito, bem como de cautela.

Cel quase quis explicar isso a Scott também.

Da última vez que tentou explicar algo a alguém foi no Centro de Aconselhamento da Smith College. Sua terapeuta assentiu, com uma expressão doce, enquanto Cel tentava descrever os momentos de pura magia: Ruth sentada na cômoda xadrez de branco e amarelo, ao lado das cortinas com os papagaios, contando sagas do heroísmo trágico das duas. A manhã ventosa e cinzenta quando o vento fez Cel se sentir próxima do mar e ela desceu a escada de mansinho, encontrando Ruth de olhos fixos no cacto de Natal.

— Ele vem crescendo desde 1930 — disse ela, piscando para Cel através dos óculos de aro de tartaruga. — Não é impressionante?

E não era?

Ou os tesouros que Cel sempre encontrava no riacho — um clipe de papel entortado formando um coração; um peixinho de cerâmica, índigo vivo contra o lodo; uma moedinha misteriosamente brilhante, cintilando como uma diminuta lua de prata, que nunca mais pareceu a mesma desde que Cel a retirou da água. Por muitos anos, Cel tomou essas coisas como coincidência: as negações de Ruth desarmavam sua convicção. E talvez por isso elas fossem verdadeiras — talvez não fosse Ruth que colocava coisas no riacho, ou não exatamente.

— Deve ser terrivelmente difícil pensar nela como uma mãe ruim — dissera a terapeuta. — Então talvez não seja mais fácil pensar nela como sua mãe.

Você não precisa acreditar em mim, Cel queria dizer, ainda assim é verdade: foi uma infância sobrenatural, mas nem toda magia é negra. Ruth parecia os gnomos feitos por aquele piano vacilante: louca e singular e nada parecida com o que se via nos livros de história — uma análise que a terapeuta podia ter encorajado, se Cel um dia tivesse voltado para uma segunda sessão.

Como não voltou, Cel nunca contou à terapeuta sobre a vez em que, enfim, ouviu a "Marcha dos Gnomos" tocada corretamente — por uma criança gorducha em um prédio do teatro comunitário de tijolinhos amarelos em Northampton. Ela nunca contou à terapeuta, nem a ninguém, que ficou desorientada com a graça dos gnomos, que (momentaneamente!) ficou tentada a beliscar a criança gorducha que a tocava. E ainda assim ela quase disse tudo isso a Scott por motivo nenhum. Parecia só uma espécie de sorte que ela não tenha contado: Nikki devia dar graças.

Cel cochila vinte minutos antes da hora de acordar. Enquanto acorda, ocorre-lhe que Scott já sabe onde ela estava no dia do tiroteio, assim ela nunca poderá dizer a ele que estava em outro lugar.

DOZE
semi

1977-1978

Quando foi que a conversa de Matthew virou discurso de campanha? Isto pressupõe que nunca foi. Mas em algum momento no inverno de 1976, ao que parece, houve uma mudança para temas mais amplos e mais ambiciosos. Ele começou a falar de um liberalismo remodelado — retoricamente sincrético, ideologicamente moderno, numa fusão dos instintos humanos da Velha Esquerda com o idealismo da nova. Tudo isso me interessava tanto quanto o marxismo de Brookie.

Mas, junto com as abstrações, surgiam pormenores enervantes. De súbito, Matthew parecia alerta às fragilidades políticas de Ed Koch. Respeitava a formação de Koch como advogado especialista em inquilinato — sempre fez questão de dizer isso, mesmo antes de suas opiniões se calcificarem em discurso político. Mas Koch não entendia a verdadeira pobreza, disse ele, e sua política sobre a integração era "pensamento mágico". De acordo com isso, Matthew acreditava que ele era vulnerável na disputa. Matthew, pelo que se viu, tinha suas próprias ideias sobre como negociar melhor a rivalidade entre a liderança negra do Harlem e do Brooklyn — esta é a revelação que em certa noite na primavera de 1977 me fez virar e dizer: "Não me diga que está pensando o que acho que está pensando."

Embaixo dos lençóis, nossas pernas estavam entrelaçadas, nossas pulsações ainda disparadas. Ele disse:

— Não existe lei contra o pensamento.

— Existem leis contra algumas coisas que sei que você não se limita a *pensar*.

— Não no estado de Nova York — disse ele.

— Ah, então você devia estar preparado. Diga aos eleitores que suas perversões sexuais não entram em conflito com a lei atual e que você sabe disso não só porque é gay, é advogado também.

— Que eleitores?

— Exatamente.

Eu nem acreditava que ele falava sério. Já havia um burburinho sobre ele — eu sabia porque ele me contava — e durante sua candidatura à Assembleia Estadual alguém tinha distribuído um punhado de panfletos com a frase "Vote em Barry, Não na Bicha". A campanha de Barry negou envolvimento e, de todo modo, eles perderam. Mas ficou evidente que, neste aspecto, Matthew já tivera uma sorte extrema; estava fora de cogitação a ideia de ele tentar se safar com algo mais do que já se safara — e concorrer a prefeito, mesmo que só nas primárias, envolveria se safar de muito mais do que isso. Ele era realista demais para não entender o problema.

— A lógica política convencional de tempos anárquicos... — ele dizia.

— Ah, *meu Deus*.

— ... profetiza o conservadorismo em meio ao populacho.

— Você está... porra, isso é Edmund Burke?

— Deixa pra lá.

— Não, a pergunta foi séria.

Ele ficou em silêncio.

— Estou ouvindo — eu disse depois de um momento.

— Estou pensando que esse raciocínio está errado. — Ele então me deu as costas, desvencilhou a perna da minha. — As revoluções começam com a derrubada de coisas, não é? E historicamente, a maioria nunca passa disso.

— Graças às decapitações em massa e tal.

— Isso mesmo. As decapitações, e as crucificações, e o povo sendo obrigado a usar coroas de ferro em brasa, como na Revolta Camponesa Eslovena.

Eu não sabia de onde ele havia tirado isso.

— Por toda a história, as pessoas assumiram os riscos mais absurdos só pela chance de derrubar coisas — dizia ele. — E aqui estamos nós. — Ele gesticulou vagamente para a cidade. — Já sentados nas ruínas.

— Ué, sorte nossa.

— As pessoas andam por aí... atordoadas... pelas pontes em ruínas, a tubulação de água rompida, as explosões de gás...

— Os apagões.

— Sim, e...

— A criminalidade.

— Isso.

— Você é assaltado e nem mesmo vale a pena dar queixa. A polícia vai levar um século para chegar e provavelmente vai perder um pneu pelo caminho. Vai levar uma eternidade para marcar sua data no tribunal, depois vai levar uma eternidade para chegar lá, e se você ainda sobreviver à viagem sem ser assaltado *de novo*, vai descobrir que o tribunal é sujo e a audiência foi adiada e ninguém pensou em contar a você.

Eu imitava Matthew com perfeição; acho que ambos ficamos surpresos com a atenção com que estive ouvindo, o tempo todo, este catálogo ridículo de todas as coisas que ele achava que iria corrigir.

— No caminho de volta, você será ferido gravemente em um acidente em massa de trânsito — eu disse. — Mas você nem mesmo tem meios para entrar com um processo!

Ficamos em silêncio; espero que ele esteja me deixando ouvir a mim mesmo.

— Você tem razão — disse ele depois de um momento; o que significava, essencialmente, *eu tenho razão*. — A questão é, o que vamos fazer?

— O que vamos *fazer*? — eu disse: ecolalia mais do que uma pergunta.

— Estou dizendo que talvez a precaução não seja inevitável. Estou dizendo que talvez o caos possa produzir outros apetites.

— Isso é bom — eu disse. — Está dizendo isso para seu discurso de derrota? Porque eu não devo escrever este.

Ele se virou e me olhou de forma dura e polivalente.

— Eu me demito — eu disse. — Em vigor amanhã ao meio-dia.

— Você faz um Nixon horrível.

— Bom, Nixon também fazia.

— A questão a respeito de agora é que é uma época de conclusões ainda não inevitáveis — disse ele. Esta frase pareceu ao mesmo tempo desajeitada e ensaiada. Teria sido nessa época que senti que ele falava para além de mim, a uma plateia que eu não podia ver, que nem mesmo existia ainda? — Você sabe como uma oportunidade dessas é rara?

Não: lá estava — naquele "você", que não era realmente *eu*, mas um acesso direto a algum amálgama demográfico. Não só não tínhamos a mesma conversa, como ele parecia ter a dele com alguém inteiramente diferente.

— Sei que não é sem precedentes — eu disse. Virei-me para que, enfim, ficássemos costas com costas.

— Se você não tiver cuidado, essa ideia começará a parecer um slogan.

— Ah, não sei — eu disse. — Talvez a gente deva chamar de um tópico de debate.

Quando voltei para casa, eles estavam assistindo a *Mary Hartman, Mary Hartman*. A sala tinha um cheiro de pão e ressaca.

— Ora, ora, ora! — disse Brookie, estreitando os olhos. — Ora se não é... Semi, não é isso?

Em seu colo estava o rapaz rotundo, cujo nome eu ainda não sabia, ou esquecia continuamente. Cherry Cerise estava empoleirada ao lado deles no braço pintando as unhas e parecendo perplexa.

— Que bondade de sua parte passar aqui entre seus muitos compromissos cívicos — disse Brookie. Ele começou uma versão desafinada de "If I Knew You Were Comin' I'd've Baked a Cake".

— Shh — disse Paulie. — Eles estão descobrindo que a Criança Selvagem foi criada pelo Pé-Grande!

— Nem acredito que vocês levam esse programa a sério — disse Stephen.

— É nesse que o cara se afoga na própria sopa? — perguntei.

— Devíamos ter essa sorte — disse Brookie. — Estou morto de fome.

Como que obedecendo a uma deixa, o estômago dele roncou parecendo uma corda de violão tangida.

— Eu o levo totalmente a sério — disse Paulie. — Para mim, o programa é pós-sério.

— Estamos *todos* com uma fome horrível! — Agora Brookie usava sua voz de protesto.

— Eu não — disse o rapaz em seu colo. — Comi um sanduíche agora mesmo.

— Você é um prodígio de literalismo — disse Stephen.

— Shh — disse Brookie, curvando-se para a frente e acariciando as orelhas do rapaz. — Não vê os delírios da criança?

— Acho que vi uma casca de laranja no corredor — eu disse.

— Salvem Nossas Crianças! — Brookie gritou. — Onde *está* Anita Bryant quando precisamos dela?

— Desisto — disse Paulie, desligando a televisão. — Muito bem, Brookie. Você venceu. O ativismo funciona.

Brookie me encarava com os olhos úmidos de panfleto de caridade. *Fome*, ele murmurou de novo, e perdi a paciência.

— O que quer que eu faça... que te dê de mamar? Porque eu tenho más notícias nesse front.

Cherry Cerise riu dessa, o que surpreendeu a todos nós.

— Seu namorado rico não te dá uma mesada? — disse Brookie.

— Na verdade, não. — Eu tentava incorporar a fúria mais gélida e plasticina de minha avó. — E ele ganha oitenta dólares por semana. *Trabalhando.*

— Sei. — Brookie gesticulou com grandiloquência. — Então você vê toda essa história como investimento. Mas que *sensato* de sua parte.

— Isso é melhor do que *Mary Hartman* — sussurrou Paulie.

— Não, não é — disse tranquilamente o rapaz de Brookie, e por um momento eu quase gostei dele.

— Diga o que quiser sobre a burguesia — disse Brookie. Ele não tirava os olhos de mim, mas falava como que para toda a sala. — Eles não podem ser derrotados pela mera instrução financeira.

Senti uma raiva tenebrosa e dilacerante se soltar dentro de mim. Peguei minha correspondência na bancada para explicar por que eu tinha voltado. Depois saí de novo e fiquei mais tempo longe dali.

Naquele verão, pelo visto, eu não dormi.

Noite após noite, eu me deitava ao lado de Matthew lastimosamente acordado. De vez em quando, escapulia ao terraço para olhar as silhuetas dos prédios — dos escritórios em que centenas de enrustidos sem dúvida ainda trabalhavam, independentemente do horário. Todos eram um incendiário amador naquele tempo: senhorios ateando fogo para obter o seguro, moradores ateando fogo para ter habitação pública. Viciados apareciam como abutres depois disso para roubar metal das instalações elétricas. Eram mais de doze mil incêndios por ano, Matthew me diria mais tarde — mas você podia sentir, mesmo então, aquele impulso para a autoaniquilação em massa. Eu pensava nisso enquanto ouvia os alarmes disparando pela cidade: os alarmes que obrigavam todos a correr, os alarmes que todos ignoravam, os alarmes que traziam os bombeiros correndo escada acima dos prédios. Pensava nisso quando voltei furtivamente para fingir dormir ao lado de Matthew — para vê-lo ter sonhos incognoscíveis e me perguntar se, por baixo de todo o ruído, algum novo silêncio crescia entre nós. Procurei atentamente ouvir este silêncio como o resto da cidade tentava ouvir os passos do Filho de Sam. Tentei ouvi-lo por baixo do som de David Byrne berrando nos rádios dos carros. Tentei farejá-lo por baixo da fumaça — a fumaça que tinha cheiro de acampamento, a fumaça que tinha o cheiro do apocalipse. Tentei ter um vislumbre dele em algum lugar naquelas escuridões estranhas de verão: os apagões que eram apáticos e superficiais, aqueles que eram urgentes e anárquicos. Aquele quando o ar fora da janela virava uma constelação giratória de bastões luminosos azuis. Eles acenavam e desapareciam como enguias elétricas dando piruetas no abismo, e pela manhã via-se que a maior parte de Bushwick tinha sido destruída.

No ano-novo, Matthew ou tinha desenvolvido, ou revelado, um idioma político inteiro, cheio de slogans e abreviaturas. Ele criticava os "cafetões da pobreza" e algo chamado de "moinho de mandatos". Reprovava a posição sobre o aborto de Cuomo. Era cético com o valor da corrupção como questão de campanha; acreditava que a *verdadeira* questão era a habitação para as rendas baixa e média. Os eleitores queriam um candidato que abordasse o problema em seus fundamentos, em vez de eternamente se preocupar com o controle de aluguéis. A criminalidade era uma questão, inegavelmente, disse ele, porém muito mais para os pobres do que para os ricos. Em vista da incapacidade do Estado de exercer sua função básica de trancafiar os criminosos, os ricos encontravam meios de trancafiar *a si mesmos*: contratando aparato de segurança particular, comprando trancas de primeira e dispositivos de segurança, cercando-se de portões de ferro em suas associações de quarteirão.

— As pessoas estão literalmente levantando barricadas! — Ele me gritou certa vez. — Retirando-se em castelos, cavando fossos. Enchendo-os de água e ursos.

— Ursos?

Ele me disse que costumavam fazer isso na Tchecoslováquia.

Era como ouvir uma aula de física em uma língua pouco estudada — mas não fiquei entediado, e sim incrédulo. Um perfil recente de Matthew na *Times* mencionou o exemplar de *As cidades da noite* que ele mantinha em seu escritório no centro — onde, mais tarde se observou, ele passava muitas noites trabalhando até tarde. Desde então, as especulações em voz baixa sobre ele tinham se tornado um pouco menos *baixas*. Era verdade que ele não era um *solteirão do Greenwich Village*, como minha avó teria colocado; Alice servia de álibi. Mas Matthew nunca conseguiu fazer os anúncios enfaticamente heterossexuais que as pessoas gostavam de ver. Ele quase não invocou Alice quando concorreu à Assembleia Estadual. Talvez soubesse que eles nunca foram inteiramente convincentes como casal — Alice tinha uma aparência tacanha que lançava dúvidas sobre a heterossexualidade de qualquer homem — e, naturalmente, não tinha filhos, o que verdadeiramente significava "família". Não era preciso ser um gênio da política para deduzir tudo isso, e não era eu a pessoa que devia ser esse gênio.

Eu achava que ele daria um prefeito muito bom. E sabia que, se Matthew fosse outra pessoa, eu diria a ele para mandar a prudência e a discrição à merda e olha, já que estamos nessa, foda-se a Alice; eu diria a ele para botar um vestido e concorrer à porra da *Presidência*. Diria a ele que eu pegaria o ônibus para New Hampshire para registrar eleitores eu mesmo! Mas Matthew não era outra pessoa: era só ele mesmo, e só existia um dele, e o fato de sua singularidade obstinada embaralhar meus princípios de um jeito que me deixava detestável.

Eu estava pedindo a ele para escolher? Não queria pensar assim. Mas também não me imaginava ao lado dele, com pérolas e chapeuzinho, sorrindo radiante enquanto os resultados chegavam aos holofotes. Toda a coisa era impossível. Refleti sobre esta impossibilidade em caminhadas revigorantes naquele inverno vendo as marolas no estuário de Long Island. Refleti enquanto vagava pelo Lower East Side naquele verão, o vento chocalhando a ponte de Manhattan como um trem que se aproxima, sentindo-me desprezível de um jeito que associava a meu próprio mau comportamento quanto criança. Refleti enquanto estava deitado na cama de Matthew naquele outono, enquanto o cheiro aleatório de torrada flutuava do apartamento de alguém.

— Isso é impossível — eu disse. Acho que pensei que ele estivesse dormindo.

Ele se virou.

— Nada é impossível. — Ele se aninhou em volta de mim.

— Mas algumas coisas são? — perguntei.

Ele me beijou. Tinha cheiro de detergente Tide e centro da cidade e café na madrugada. Ele parecia pensar que isto resolvia a questão.

Os rapazes e eu estávamos em Uptown, em novembro, quando soubemos que Harvey Milk tinha sido assassinado. Sem discussão, voltamos para a Sheridan Square. Tremíamos enquanto esperávamos pelo metrô; estávamos pouco vestidos para o clima, vestidos demais para o trem N. Pretendíamos sair para dançar. Em vez disso, vimos um rato extremamente brilhante arrastar um muffin pelos trilhos.

— Esta cidade nunca teve um Harvey para assassinar — disse Brookie em voz alta e um segurança do metrô nos olhou com azedume.

— Shh — disse Nick. — Não o obrigue a usar o *walkie-talkie* dele.

— Eles não funcionam no subterrâneo — eu disse e todos olharam para mim.

Nosso trem parou na estação. Tinha sido bombardeado por rabiscos pretos indecifráveis, como a escrita de uma criança psicótica.

— Mesdames — disse Brookie. — Seu carro fúnebre as aguarda.

No parque, todos tinham velas. Nos abraçamos cautelosamente em volta das chamas. Depois Brookie foi falar com alguém, Nick e Peter foram fumar com outro alguém, e fiquei ali parado com Stephen perto da estátua do general vendo dois adolescentes desajeitados chorarem. Paulie estava na Itália naquele outono — tinha sido recrutado para alguma *commedia dell'arte* em turnê e nos mandava postais eufóricos toda semana. A coisa toda parecia medonha. As coisas eram muito mais sossegadas sem ele.

— Ele era um homem muito corajoso — eu disse abruptamente. Quis dizer Harvey. Estava feliz por Matthew não ter essa coragem.

— Aqueles que vivem pela espada — disse Stephen.

— Bom, não só eles. — Eu olhava os adolescentes imaginando que idade teriam, de onde tinham escapulido para virem aqui.

— Não acho que o cavalo seja real. — Stephen apontava para a rua, onde um casal de garotos de calça boca-de-sino se reunia em volta de um policial montado.

— É claro que ele é *real* — eu disse. — Quer dizer, estão fazendo carinho nele, não estão?

Estava muito claro que eu precisava sair mais.

Mas na verdade os garotos já perdiam o interesse e se dispersavam. Eu os olhei para saber aonde iria o mais bonito; minha linha de visão se inclinou para acompanhá-lo na travessia do parque até que bateu diretamente em Matthew Miller.

Minha boca ficou seca — justo como aconteceu quando o vi pela primeira vez na televisão, ou na noite em que ele se materializou na boate, ou em qualquer das outras vezes em que seu aparecimento parecia um milagre desesperadamente completo para ser real — e por um momento fui tomado por aquela velha ternura dolorosa, aquela euforia condenada do amor que não ousa dizer seu nome. Qualquer outro político na posição de Matthew teria medo de aparecer ali; qualquer político que não estivesse em sua posição nem teria pensado nisso. Mas este era Matthew Miller, um hipócrita de primeira e verdadeiro progressista, e ele não tinha medo de cortejar o voto gay.

Eu precisava sair dali. Porém, como que movido por um instinto predatório, Brookie chegou em mim.

— Olha só quem está aqui! — disse ele, cutucando minhas costelas.

— É seu santo padroeiro. Mas quem é esse *amigo* dele?

Ao lado de Matthew estava um homem muito louro com um cachecol muito roxo.

— É a concorrência? Porque se for, meu bem, não posso dizer que gosto de suas chances. Vamos dar um olá.

— Não vamos.

— E por que não? Nunca conversei com enrustidos liberais. E esse amiguinho dele é simplesmente uma uva.

— Brookie.

— E o São Matthew não é tecnicamente meu advogado também? Você está tentando me privar de meus direitos constitucionais de representação?

— Brookie.

— Isto fica a um curto passo da usurpação de direitos civis! Não me obrigue a alertar a Associação Nacional para o Progresso das Pessoas de Cor!

— Brookie, *por favor*.

Ele riu com aspereza. Ele podia ouvir que havia um desespero verdadeiro em minha voz, acho — que neste momento eu tinha medo dele, como gente branca de merda costumava ter com tanta frequência.

— Sabe o que aconteceu com você? — Ele meneou a cabeça. — Deixa pra lá. Eu não ligo. Mas não se preocupe. Não vou te constranger. Você está superestimando *imensamente* meu interesse nisso.

E ele saiu marchando para Matthew Miller. O que eu podia fazer senão acompanhá-lo?

Suponho que eu não teria esperado que Matthew parecesse visivelmente surpreso ao me ver; é claro que eu não esperava que ele me curvasse em um abraço profundo. Talvez eu quisesse o contrário, então — alguma frieza forjada que reconhecesse o potencial perigo da cordialidade. No mínimo, eu queria que ele tivesse medo de tocar em mim.

Em vez disso, ele acenou sorrindo com um reconhecimento tão limitado e tão sem fingimento, que por um momento senti minha sanidade vacilar.

— Semi — disse ele, e apertou minha mão; um dos poucos contatos físicos que não tivemos antes. — É bom te ver.

Por que Matthew disse meu nome? Porque ele sempre, sempre dizia os nomes dos eleitores.

Agora ele se virava para o louro. A etiqueta social rebatia nesse cara para todo lado; ele era praticamente cromado. Eu o odiei decididamente.

— Semi — disse Matthew. — Este é Eddie.

— Meu nome é Sid — disse Brookie. — Esta é Nancy.

— Semi é um de meus eleitores no Village.

O "Village" explicava por que eu era do jeito que era, imagino, e o "eleitor" explicava por que Matthew Miller falava comigo. Todos aqueles esquizoides e travestis e sem-teto de pés sujos, todos aqueles viciados e ingratos e esquisitões e bichas — gostasse ou não disso, Matthew Miller *trabalhava* para essas pessoas! Era esta a natureza da democracia representativa!

Matthew e Eddie passaram a dar seus pêsames como uma equipe. Admiravam tremendamente Harvey Milk, diziam, como político e como homem. Havia outras pessoas esperando para falar com Matthew, eu vi — outras pessoas a quem ele queria dirigir seu discurso, caso precisasse de seus votos um dia. Acho que ele deduziu que podia contar com o meu. A elegia agora se encerrava; recomeçavam os apertos de mãos. Matthew apertou a mão de Brookie, que se curvou para beijar seu anel de formatura, depois a minha — mais uma vez conseguindo transmitir a exata cordialidade estendida a um redator irrelevante de discursos de oito anos atrás. Olhei fixo a mão que manuseava a minha. Matthew Miller: um homem sem segredos.

Depois Eddie Marcus se aproximou de novo de mim. Anos depois, ele seria demitido do gabinete de saneamento por um vício extravagante em cocaína; havia suspeitas de que ele aceitava propina para financiá-lo, embora esta parte nunca tenha sido provada. Seu lance com a coca estava começando nessa época, na verdade, o que pode ter explicado parte de seu otimismo irracional com a carreira de Matthew. Eu queria poder dizer que intuí isto: que meu ódio vinha de discernimento, e não de um ressentimento louco. Queria poder dizer que eu via através dele. Mas não ia me enganar — ou não tanto, não mais. Mesmo parado ali, eu percebia que não seria capaz de ver através de ninguém.

Naquela noite, Matthew apareceu na minha porta — sem se fazer anunciar, de chapéu nas mãos. Esta era uma cena que um dia desejei. No quarto, fingi ainda desejar.
Depois disso, Matthew se virou e disse:
— Eddie acha que eu consigo.
— *O quê?*
E com essa, ele começou a campanha oficialmente.
Segundo Eddie, ele tinha compaixão, energia, coerência; se ele se apresentasse como a alternativa de esquerda durona a Koch, podia ser um candidato plausível. Eddie Marcus, evidentemente, não sabia nem de metade de nada e fiquei surpreso por Matthew se deixar ser balançado por uma opinião tão desinformada. Mas ele continuou falando, as costas lisas e quentes em meu peito, e me ocorreu que neste momento ele estava *feliz*.
— É um jeito estranho de cometer suicídio — eu disse, para que ele se calasse. Senti que ele petrificava em meus braços.
— Não sou o único político com uma vida privada — disse ele em voz baixa.
— Passou por sua cabeça que a sua pode ser um pouco mais privada do que a da maioria?
— Se quem quer entrar no serviço público fosse gente com uma vida que não provocasse nem uma sobrancelha erguida, não haveria servidores públicos, e a cidade seria ainda mais hobbesiana do que já é. — Ele falava com paciência e pedantismo. Praticando para as provocações de debates televisivos, suponho.
— Então *isso* — gesticulei para mim, para os lençóis, para ele e depois o resto dele, depois de volta a mim, como reforço —, tudo isso é irrelevante. Você devia ter concorrido para papa enquanto tinha a oportunidade!

— Acalme-se.

— Que foi, estou histérico? — eu disse. — Mulheres histéricas... não se consegue escapar delas! Quer dizer, veja a que ponto você foi para fazer algo realmente original em sua vida pessoal, e ainda assim tudo isso se reduz à mesma coisa. Mas, olha, talvez você possa usar isso em seus discursos! Criar um laço com o eleitor médio. *Todos passaram por isso, não é verdade, companheiros? Vejam só, não somos assim tão diferentes, você e eu.*

Ele tinha se afastado de mim e estava enroscado e virado para a parede.

— Sei que não estou mais na folha de pagamento, mas você pode aceitar essa de graça.

Eu sentia que ele tentava controlar a respiração, o que me deu vontade de recomeçar, o que me deixou ainda mais furioso.

— Não estou dizendo que é irrelevante — disse ele. — Estou dizendo que, no fim das contas, todos têm interesses. Todos têm problemas. Todos entendem isso.

— A voz da insurreição progressista, camaradas! — Eu estava idêntico a Brookie. — Você fala de destruição mutuamente garantida.

— Falo que se é isso que impede as pessoas de se empurrarem na frente do metrô, então, sim.

— Elas às vezes fazem isso, sabia? Você devia saber, se vai ser o prefeito.

— Isso não é porque eu não amo você — disse ele.

— Você... está tentando dizer que me *ama*? Meu Deus, você *fala mesmo* como um político.

— Mas eu amo esta cidade também.

— Quer dizer que ama a merda de seus eleitores? Você nem os conhece!

— Nem todos. Ainda não.

— Está de brincadeira?

— Não, acho que não.

Matthew suspirou para a parede.

— Você será derrubado, sabe disso — falei. — Quer dizer, espero que saiba disso.

— Não estou dizendo que algo não pode acontecer. — Ele parecia falar com um eleitor ou uma criança. — Estou dizendo que não é um bom uso do tempo de alguém.

— Você pode ter razão quando diz que não é um *bom* uso do tempo — falei. — Mas acho que não percebe as coisas que as pessoas fazem para se divertir hoje em dia.

Agora, é claro, minhas preocupações com a exposição pareciam quase peculiares. Além dos ataques da *Times*, pelos padrões modernos houve um interesse minúsculo da pequena mídia pelo que Matthew depois considerou sua "vida privada". Foi antes de Gary Hart: uma época muito mais sutil.

Eu quase disse isso ao jornalista no segundo telefonema dele.

Tinha voltado do hospital havia quinze minutos e já estava meio bêbado; atendi ao telefone quase que por acidente. O jornalista quer saber como conheci Matthew Miller. Digo a ele que Matthew Miller era meu representante na Assembleia.

— Mas ele não era só seu representante — diz o jornalista, cujo nome, ele enrola muito para revelar, é Scott. Suponho que ele pense que isto nos coloca em pé de igualdade.

— É isso mesmo, Scott — digo. — Ele também foi meu advogado. Então, se você tem alguma pergunta para mim, na verdade devia estar falando com ele.

Desliguei.

No sofá, montei em minha garrafa de vinho e zapeei pelos canais. Não é uma coincidência que o programa de Matthew esteja passando — estatisticamente, parece que está sempre no ar — e, em geral, eu fazia muita questão de não assistir. Mas passei a maior parte da noite vendo Brookie ser desentubado: talvez eu estivesse além do ponto de fazer observações.

O episódio diz respeito a um irmão e uma irmã que — supõe-se — estão trepando. E claro, antes que você se dê conta, eles estão de mãos dadas falando de seu amor com uma franqueza que nunca se ouve de pessoas cuja franqueza no amor é presumida. Matthew se inclina para a frente com uma expressão de tormento branda e quase terna; o quadro vivo traz à mente indivíduos suplicantes perante um confessor especialmente leniente. Um casal comprometido que se desviou das diretrizes sexuais de uma igreja razoavelmente progressista. Tive vislumbres do programa antes, é claro — o suficiente para notar que Matthew parece estar envelhecendo bem, embora eu atribuísse o fato principalmente à maquiagem de palco. Aquele realismo pertinaz dele parece intacto — ele não se abala com o incesto, pelo menos — e posso ver como um espectador mais solidário pode ver isso como uma atitude salutar nesta época de moralismo terminal. Mas não sou um espectador solidário, e não conto mais a mim mesmo histórias sobre Matthew Miller.

Desligo a TV. Sua explosão estelar moribunda queima formas elétricas em minhas pálpebras; por algum tempo, é isso o que assisto.

TREZE
cel

Às cinco da manhã, Cel está sentada ao lado de Mattie Miller em um sedã, deslizando por seu caminho silencioso na Oitava Avenida. Mesmo a essa hora, ele se recusava a subir a Sexta.

Cel esfrega os olhos. Passou a maior parte da noite agitada; viu-se inexplicavelmente contrariada com a questão de onde seus ouvidos deveriam ir. Onde os outros os colocavam? Às três horas, ela desistiu e tomou um banho. Tentou fazer silêncio ao sair, mas enquanto passava na ponta dos pés pela porta, Nikki exclamou a saudação teatral "Merda!" numa voz que parecia bem acordada.

— Senhor? — diz Cel, quando eles estão quase na metade do caminho para o estúdio.

— *Senhor*. — Desta vez, ele se vira. Há uma expressão alheia no rosto dele; Cel contém o impulso de se apresentar de novo.

— Se não se importa, há algumas coisas que gostaria de repassar antes de chegarmos.

— Tudo bem — diz Mattie. — Pode disparar.

Cel não sabe se isso é uma piada. Ela envia uma súplica muda ao universo para que não o deixe dizer nada parecido com isto na televisão.

— Então, como conversamos, as coisas podem ficar espinhosas quando eles tentarem postular alguma base cultural para este incidente. — Uma das desvantagens de tentar fazer isso no carro é que Cel não pode ver suas anotações; uma das vantagens é que Mattie M não pode ver que as mãos dela tremem. — E é para onde eles podem tentar atrair o programa. *"Estamos perdendo o rumo"*, sabe como é...

— Eu sei — diz Mattie em voz baixa.

— *"E o programa é um sintoma."* Esse tipo de coisa. — Cel detecta o mais leve volume abaixo do lábio inferior de Mattie, presumivelmente a língua dele. Ela não sabe o que um gesto desses pode indicar. Luke saberia, muito provavelmente. — Quer dizer, tudo bem... talvez não tenha problema admitir que estamos perdendo o rumo de modo geral, entendeu? Ou que estamos todos perdendo o rumo juntos? Quer dizer, *globalmente*. Mas o que você realmente quer contestar é qualquer sugestão de que o programa tem algum papel fundamental nisso.

Mattie continua calado, o que Cel toma como divergência.

— É aí que você vai querer enfatizar o programa... bom, com humor, acho. Sabe como é. Mordente.

A cabeça de Mattie se vira repentinamente para ela.

— É *o quê*?

Em seu olho mental, Cel se vê fisicamente pedalando para trás como em uma bicicleta.

— Bom, quero dizer que... é claro que o programa não é inteiramente, hmm, sério. — Ela não sabe o que a fez pensar na expressão "mordente", a não ser pelo fato de que a língua de Mattie estava, naquele momento, literalmente sendo mordida. — Existe certo grau de, hmm, paródia. Certo grau de sátira.

— Ah. — Os olhos de Mattie estão imóveis, entretanto há uma sensação de uma mudança fraca e e quase visível por trás deles; Cel tem a sensação de olhar fixamente o gelo prestes a ceder. — E quem, precisamente, você imagina que este programa está satirizando?

Apesar das muitas vezes em que descreveu o programa como "sátira", Cel nunca fez esta pergunta diretamente. Ela embaralha as anotações.

— Bom. — Cel sente o suor brotar nas costas e só então toma consciência do arrepio de seu suadouro anterior. — Bom. É claro que você colocaria isso em suas próprias palavras.

— Não invejo você, sabia? — disse Mattie.

Não invejo você: isto é ao mesmo tempo mais grosseiro e muito mais gentil do que Cel esperava. Também é certo ser alguma armadilha. Cel está tremendo: será que deve pedir ao motorista para diminuir o ar-condicionado? Mas ela não vai pedir, claro que não.

— Quer dizer — diz Mattie. — É um trabalho difícil dizer às pessoas coisas que elas não querem ouvir *e* elas já sabem. Em geral ou é uma coisa, ou outra.

O carro reduz; de algum jeito, eles já estão chegando.

— Sabia que na época dos romanos, se eles dramatizassem um mito que contivesse um assassinato, eles realmente matavam o gladiador durante a apresentação?

— Eu... não sabia disso.

— *Isso é que é* programação da realidade.

— Acho que podia ser só realidade — diz Cel; mas eles pararam e Mattie já tem metade do corpo para fora do carro, e Cel está juntando a papelada e o acompanhando para o estúdio.

Lee and Lisa tem uma equipe técnica análoga à de *Mattie M*: um Luke branco e muito mais simpático; um Joel mais velho com uma gola em V; uma mulher da faixa etária de Cel com roupas mais caras e um controle consideravelmente melhor de seus deveres profissionais.

No estúdio, um relações-públicas os leva à sala de maquiagem. Luke já está lá, pairando perto de uma cornucópia de enormes produtos de confeitaria. Cel tem certeza de que os bolinhos de *Mattie M* não são nem remotamente tão grandes — embora seja fácil agradar os convidados de *Mattie M*. Todos já estão emocionados demais por estarem em Nova York e aqueles que devem representar os solidários também ganham uma roupa da Old Navy.

Lee passa por ali às seis e quinze. Na tela, ele e Lisa são saltitantes e anódinos e de aparência estúpida — ela tem quase certeza de que Lisa é paga para parecer um pouco mais burra. Na vida real, Lee é um buldogue elegante em forma de homem, profissionalmente astuto e notoriamente pugilístico. Lisa ainda está na maquiagem, explica Lee a Mattie. Ele ri como quem diz, *Sabe como são as mulheres!* E Mattie ri, *Sim, sim, claro, claro que sei!* É tão falso e repulsivo que Cel começa a se sentir melhor. Porque, sério, o que pode acontecer de pior do que isso?

Às seis e quarenta e cinco, chega o cara do som. Cel o observa desabotoar a camisa de Mattie — ela está *usando* uma camiseta, graças a Deus — e instalar o microfone nele.

— A propósito, eu adoro o programa — diz ele enquanto ajeita o fone de ouvido de Mattie. — É um grande prazer te conhecer. Sou muito fã.

Um silêncio chiado enche a sala, ou talvez sejam só os ouvidos de Cel.

— Não fique nervosa — Mattie diz a ela.

— Não estou. — Mas ela está. — Não fique nervoso *você*! — Mas certamente ele deveria estar. — Quer um bolinho ou outra coisa, Mattie? — Ela gesticula para a pilha de lanches. — Tem um suficiente para todo o exército russo.

— Todo o... exército... russo? — diz Luke. O cara do som parece meio alarmado.

— Ah, ha — diz Cel. — Desculpe. Era uma expressão de meu avô. Só quis dizer que temos muita comida, entendeu? Como pode depreender do contexto.

Isto parece preocupar ainda mais o cara do som. Agora, justo agora, meu bom *Senhor*. Quando Cel era criança, elas costumavam pipocar o tempo todo — "Me passa o sal, vai?", ela dizia, como um jornaleiro dos anos 1920; "A soberba procede a ruína", ela entoava, como um ministro do Segundo Grande Despertar. Esses arcaísmos contribuíram para a imagem de Cel não só como a de uma pessoa esquisita, mas de algum modo assombrada: uma criança que foi esquecida no armário por meio século, sem jamais envelhecer, adquirindo estranhas superstições, um guarda-roupa antiquado e um leve cheiro de naftalina.

— Acho que ele pensava que o exército russo era bem alimentado, sabe? Ou só grande, ou... — Cel não entende por que ainda está falando.

— Isso vem da Feira Mundial — diz Mattie. — Chicago. Mil oitocentos e noventa e qualquer coisa...

Aparece uma produtora na porta.

— Mattie, oi? Hora de plugar. A propósito, é um prazer te conhecer. Adoro o programa, sou muito fã.

Mattie assente e se levanta. Cel ouve seus joelhos estalarem. Se a produtora soubesse alguma coisa a respeito de Mattie, saberia que ele não é fã de seus fãs, e Cel se pergunta se ela já está tentando irritá-lo — começando com ele com o pé esquerdo, enervando o homem antes mesmo de ele chegar ao palco. Mas não, diz Cel a si mesma: é paranoia dela. Este programa é extremamente simples. Lee e Lisa estão aqui para dar a impressão de se divertirem muito. Mattie está aqui para ser visto fazendo um esforço humanizante de tolerar isto. Cel está aqui para falar como um ser humano contemporâneo, ou não falar nada. Ela dá outra mordida no bolinho.

— A Feira Mundial? — diz Luke. — E como você sabe disso?

— Antigamente eu sabia de muita coisa — diz Mattie. — Acredite se quiser. — Ele se examina no espelho, mas não ajeita nada. Depois dá de ombros.

— Ou talvez seja porque Cel e eu somos fantasmas. — Ele faz um gesto para assustar. — Ainda bem que Lee e Lisa não foram avisados *disso*.

Eles o introduzem aos acordes de abertura de "Sympathy for the Devil". Mattie ri quando entende que música é; até tenta dançar um pouco ao atravessar o palco.

— Obrigado por me receberem — diz ele, sentando-se.

— Agradecemos por vir ao programa — diz Lee, em um tom que diz *Não me agradeça ainda*.

— O prazer é meu — diz Mattie. — E que vocês nunca tenham que aparecer no meu.

— Antes de qualquer coisa, Mattie — diz Lisa —, preciso dizer... sou *muito* fã sua. Sei que o Leebster aqui tem uma baita lista de perguntas — Lisa revira os olhos carinhosamente —, mas tem uma coisa que preciso te perguntar primeiro.

— Pode disparar — diz Mattie. Cel estremece, mas ninguém mais parece perceber.

— A pergunta é a seguinte... — Lisa se inclina para a frente de novo: a pele de seu colo é castanha e sarapintada como um ovo. — Você gosta de ver seu próprio programa?

— Se vejo meu programa? — diz Mattie. — Um minutinho, você vê o seu?

— Não! Simplesmente não suporto! — Lisa dá um tapinha no braço dele e ri. Ela tem o riso de um piano de brinquedo, como se chamam aquelas coisas? Tem um nome parecido com o de Cel e deve ser por isso que ela se lembra. — Você acreditaria se eu dissesse que nunca vi? O Leebster curte muito com a minha cara.

— Nunca? — diz Mattie educadamente.

— Nunca!

— Bom, não posso dizer que *nunca* vi meu programa — diz Mattie. — Sou um espectador ocasional. Mas não preciso assistir regularmente. Primeiro porque já sei o que vai acontecer.

Lisa ri como se esta fosse a observação de um verdadeiro gênio da comédia — uma celesta: é assim que se chamam aqueles pianinhos — e Cel percebe que ela passa a bola a Lee.

— Pode não ver seu programa, Mattie, mas certamente você é um dos únicos que não vê — diz Lee. — E esta semana soubemos de duas pessoas que não eram só espectadores ocasionais. Estou falando, é claro, de Ryan Muller e Troy Wilson, os atiradores naquele ataque horrível da semana que deixou doze estudantes e uma professora mortos no colégio.

Atrás dele, a tela começa uma montagem de transição lenta de fotos já conhecidas: menino em excursão de pesca, um casal de corpete num baile da escola — Cel não consegue se lembrar qual deles foi morto. Mattie assente com seriedade. Ao lado dela, Cel sente Luke se torcer de indignação.

— E a pergunta na mente de todos é: quem eram os atiradores? O que pode ter motivado os dois? Porque quando acontece algo tão horrendo, acho que *todos nós* nos sentimos meio culpados.

O fundo muda para fotos dos atiradores: Troy Wilson tem uma palidez vampiresca e sobrancelhas oblíquas e elegantes; Ryan Muller tem o rosto cinzento e inchado como um golfinho encalhado na areia, talvez em decomposição. Mattie, Cel percebe, parou de assentir.

— Na semana passada, a imprensa revelou que Ryan Muller e Troy Wilson eram fãs de seu programa, Mattie — diz Lee. — Como apresentador, preciso perguntar: o que você sentiu quando soube disso?

— Bom, não me surpreendeu muito — diz Mattie. — Muita gente é fã do programa. — *Milhões e milhões de pessoas*, Cel entoa mentalmente. — Até a doce Lisa aqui, se o que ela disse é verdade.

— Ah, é verdade!

Lee ri com amabilidade.

— Bom, ninguém vai questionar sua popularidade, Mattie. Vi seus índices de audiência e *tenho* inveja. Mas o que acho que muita gente está se perguntando é... que efeito seu programa tem nos espectadores? Especialmente os espectadores jovens... jovens como os assassinos. Será que *The Mattie M Show* faz bem a eles?

— Ora, isso é complicado — diz Mattie. Ele bebe um gole de água: Cel jamais havia notado que isto é uma demonstração fatal de fraqueza. — O programa faz bem às pessoas? Bom, em relação a quê? É melhor do que ler Tolstoi? Correr uma maratona? Ser voluntário no local de veneração de alguém?

Mattie está em gelo fino, mas a menção da religião significa que ele pelo menos quer tatear de volta a terreno sólido.

— Não. Não é. Assim, se estiver assistindo a meu programa em vez de fazer essas coisas, ou votando, ou ficando com seus filhos, ou passando fio dental... — Ele se vira para a câmera no estilo Últimas Considerações —, então serei o primeiro a dizer a você: desligue!

Cel fica zonza de gratidão.

— Mas, se como a maioria de nós, mortais, você o assiste para se divertir ou relaxar depois de um longo dia... bom, então, será que meu programa é pior do que assistir a esportes? Do que ver luta livre? É pior do que tomar umas cervejas ou fumar uns cigarros? Provavelmente não. *The Mattie M Show* é um prazer, é claro... podem até chamar de um vício. Mas, como nos vícios, você pode fazer muita coisa pior. Se você não acredita em mim, devia dar uma olhada no meu programa. Nos dias úteis, às duas horas, no Canal 6.

Lee dá uma risada interrompida com a precisão artificial de uma placa com os dizeres FIM DOS APLAUSOS.

— É justo, Mattie. Mas o que me diz do argumento mais amplo... a ideia de que a exposição à violência na TV pode ser prejudicial? Devemos nos preocupar com isso como cidadãos? Como pais?

— Sabe quem foi o primeiro a chamar a televisão de, abre aspas, um vasto território abandonado, fecha aspas? — Mattie gesticula aspas ao fazer a citação. — O primeiro diretor da Comissão Federal de Comunicações.

As sobrancelhas de Lee sobem com molas de um boneco.

— Tudo bem — diz ele. — Certamente é uma curiosidade interessante, mas não entendo...

— A última vez em que as pessoas não se preocuparam com a televisão foi antes de sua invenção — diz Mattie. — E na época? Elas se preocupavam com o rádio.

Ele parece um tanto exasperado, um pouquinho pedante. O cisma entre as personas de Mattie na tela e fora dela percorre um eixo diferente daquele da maioria das celebridades: as pessoas sempre esperam que Mattie seja mais burro do que é na realidade e a surpresa delas com sua inteligência contundente faz com que isto pareça negativo — como um segredo sinistro que ele vem guardando por esse tempo todo. E, de certa forma, é isso mesmo.

— A televisão é uma coisa boa? — diz Mattie. Ele fala num volume meio alto, considerando a eficiência de seu microfone. — Não sei... a gravidade é? A consciência é? O capitalismo é?

MAS QUE MERDA, pensa Cel. Ele está mesmo desmerecendo o capitalismo na TV ao vivo? O que vem agora? Uma deserção para o lado dos soviéticos? Ela precisa reprimir o impulso de roer os nós dos dedos. Pensa em sua contraparte de *Lee and Lisa*, inexpressiva e educada. Será que ela rói os nós dos dedos no trabalho? Não. E não deve roer em seu tempo livre também.

— Então está dizendo que não importa se seu programa faz algo perigoso porque é... inevitável? — Lee meneia a cabeça. — Mattie, acho que até os *seus* espectadores podem achar isso cínico.

— Estou dizendo que meu programa cumpre o legado da televisão. Do entretenimento humano, de modo geral — diz Mattie. — Estou dizendo que não há nada de novo sob o sol.

— Então você não vê ligação nenhuma entre os atiradores serem seguidores de seu programa e você estar aqui hoje?

Cel se retrai com "seguidores"; faz com que Mattie pareça David Koresh.

— Veja bem — diz Mattie. — Tenho certeza de que esses garotos curtiam muitas coisas, muitas mesmo. Incontáveis coisas que eles viram, leram e fizeram, de cuja maioria jamais saberemos. Soubemos que eles gostavam de Mortal Kombat e que eles tinham um pôster dos Cleveland Cavaliers, e que tinham um exemplar de *Mein Kampf*...

— Então está dizendo... para não culparmos você, e sim Hitler?

— Puta merda — diz Luke. — Nunca em toda a minha vida ouvi alguém *se valer* de Hitler.

Cel fecha os olhos. Talvez isto não seja real — talvez ela esteja delirante de estresse, ou talvez este seja o primeiro sintoma da psicose que ela há tempos pensava que nunca a atingiria. Ou talvez ela só esteja sofrendo um derrame! Ela pensa nesta possibilidade com felicidade.

— Não — diz Mattie. — Estou dizendo que não conhecemos esses garotos e jamais conheceremos.

Cel resiste ao impulso de cobrir a cabeça com as mãos; contenta-se em aninhar a maçã do rosto nos dedos, onde pode discretamente escavar a face.

— Parece uma pauta para *The Mattie M Show* — diz Lee. — Alguma possibilidade de você fazer um episódio?

— Parece que vocês todos já cobriram isso — diz Mattie.

— Houve *mesmo* muita cobertura — diz Lisa. — E *também* houve muita culpabilização. Tem culpa voando para todo lado! — Ela agita as mãos como quem dispersa um morcego que voa em círculos. — Mas antes de chegarmos a tudo isso, quero te perguntar, Mattie: a quem *você* culpa?

— A quem eu culpo pelo tiroteio?

Lisa faz que sim com a cabeça.

— Seria óbvio demais dizer os atiradores?

Aqui ele consegue não parecer sarcástico, o que é bom; eles o avisaram dos riscos de passar por condescendente, *em especial* com Lisa.

— Os atiradores, sim, é *claro.* — Lisa ri de novo, exatamente a mesma tríade de notas, mas isso parece meio sinistro quando repetido: o riso de uma boneca falante de filme de terror pouco antes de ganhar vida. — Mas e se olharmos para além dos atiradores? O que penso que muitos de nós fazemos? E quando as pessoas fazem isso, o que uma quantidade imensa de gente vê é você. — Há uma intimidade repugnante em sua voz: o tom de uma atuação muito mais reservada. — Quer dizer, não *só* você, é lógico! Também videogames, filmes, música... a violência na cultura pop, de modo geral. Mas graças à relação de seus atiradores com o seu programa...

— Relação? — diz Luke.

— ... existe muito foco em você. Quando as pessoas olham para além dos atiradores, o que elas veem é você. Então, estou me perguntando aqui... o que *você* vê?

— O que eu vejo quando olho para além dos atiradores? — diz Mattie. — Bom, acho que vejo suas armas.

— Como é? — Luke grita e Cel deixa cair o bolinho.

— Bom, isso não pode ser assim tão surpreendente, pode? — diz Mattie, e Cel se pergunta se ele está zombando um pouco deles, de seus instrutores assistindo do camarim sem nada poder fazer. Porque eles prepararam para Mattie uma lista de temas que ele não devia arriscar e as armas decidamente estavam nesta lista. As armas, eles lhe disseram, são um jogo perdido — até em um programa como *Lee and Lisa* em que o sentido, mais ou menos, é o de debater. Esta é uma rara questão que consegue fazer com que todos pareçam maus ao mesmo tempo, e levantá--la não vai fazer favor nenhum a ninguém. Eles discutiram extensamente isso com Mattie. — Quer dizer, o que realmente matou aquelas crianças?

— Caralho! — diz Luke, chutando o arquivo.

— Ora, *pessoas* mataram aquelas crianças seriam, acho eu, o contra--argumento. — Lisa ruboriza, presumivelmente por parecer mais inteligente do que é obrigada a ser por contrato. Cel leu em algum lugar que ela tem diploma da London School of Economics.

— Bom, essa é uma perspectiva interessante, Mattie — está dizendo Lee. — Mas sei de pelo menos uma pessoa que discordaria de você. Na verdade, esta pessoa está aqui hoje como Convidado Surpresa especial.

Eles tocam a buzina do Convidado Surpresa de *Mattie M* e os compassos de abertura da música tema.

— Ah, sim? — diz Mattie, em uma voz hesitante e amável.

— Quero dar as boas-vindas a Blair McKinney — diz Lee. — Segundanista da Circle Valley High School e sobrevivente do tiroteio da semana passada.

Um adolescente prognata de cabelo espetado aparece no segundo monitor. Na frente dele, está sentado um Lee identicamente vestido — a mesma gravata, o mesmo cabelo penteado com gel, o mesmo jeito de preocupação justa e infindável. A entrevista é pré-gravada, evidentemente, embora vá parecer ao vivo aos espectadores. Luke ficou de queixo caído e em silêncio, boquiaberto com as dimensões nascentes deste novo horror.

— Então entendemos, Blair, que você preferia não falar no que viveu durante o tiroteio — diz Lee. Sua voz transmite uma gentileza que Cel não teria acreditado ser falsa antes de começar a trabalhar na televisão. — Respeitamos inteiramente isso e sei que nossos espectadores também respeitam.

Ele diz isso como se fosse um código de honra pessoal, e não uma cláusula contratual obrigatória para a participação do garoto; a ideia deve ser destacar que *alguns* talk shows têm limites.

— Mas entendo que você concordou em conversar um pouco conosco sobre os dias que antecederam o tiroteio e especificamente sobre a sátira de *Mattie M* de que todos ouvimos falar. Você disse que era uma tarefa de uma matéria da escola, não é verdade?

O garoto assente, trêmulo.

— É — diz ele. — Da turma de língua inglesa.

— E qual era a ideia desta tarefa?

— Bom, a gente tinha uma matéria que era estudos de mídia, sabe? Estávamos aprendendo tipo a questionar a mídia.

— E isso envolve o quê?

— Bom, a gente falava tipo de publicidade, e como ninguém pensa que funciona com eles, mas na verdade funciona, entendeu? Ou tipo, por que o sistema de classificações acha que a violência não é tão ruim quanto, hmm, umas outras coisas. Mas falávamos principalmente de televisão.

— E vocês viam TV também, não é verdade?

— Às vezes.

— Me parece uma matéria muito divertida.

— E era — diz Blair. — A srta. Stinson era incrível.

— E a srta. Stinson, sua professora... pode nos dizer o que aconteceu com ela?

— Ela, hmm. Ela morreu. — Há uma breve agitação pelo rosto do garoto, como se ele tentasse reprimir um espirro, mas ele consegue se controlar. — É, ela no início ficou em coma, depois infelizmente faleceu na quinta-feira.

— Eu sinto muito — diz Lee. — Ela parece ter sido uma professora muito especial. — Ele espera um segundo respeitoso e irritante. — Então a sátira a *Mattie M* era uma tarefa da srta. Stinson?

— Bom, ela estava sempre nos estimulando a fazer projetos e essas... essas coisas. Sátiras e coisas interativas. Tipo assim, duas pessoas lendo só jornais de esquerda ou de direita por duas semanas e depois tentando ter um debate sobre as questões, mas elas não conseguiam porque não podiam concordar sobre nenhum tema, entendeu? E acho que a questão era essa. Aí, nossa ideia era fazer um programa no estilo *Mattie M*.

— Vocês falavam muito de *The Mattie M Show* em aula, não é verdade?

— É, a gente falava. Era muito fácil falar disso porque todo mundo assistia. Acho que até a srta. Stinson via, mas ela não gostava de contar pra gente o que realmente via em casa.

Lee ri — ternamente, com um pouco de propriedade, pensa Cel, como se esta fosse uma lembrança compartilhada.

— E o que aconteceu com a sátira a *Mattie M* de vocês?

— Bom, a gente pensou em fazer um lance do Convidado Surpresa.

— Baseado em episódios de Convidado Surpresa de Mattie.

— Isso.

— E quem era a surpresa de vocês na sátira?

— Bom, Ryan e Troy.

— Ryan Muller e Troy Wilson? — diz Lee. — Os atiradores do ataque da semana passada?

— Isso — disse o garoto. Ele agora fala com muita rapidez e Cel pode ver o brilho do suor que brota acima de seu lábio superior. — A surpresa era que, na verdade, eles é que eram os convidados do programa, então foi meio, hmm, uma subversão do paradigma de *Mattie M*, entendeu? A ideia era que em uma época de televisão vagabunda, e na era da, hmm, ironia... não somos todos possíveis estrelas de um episódio de *Mattie M*? A gente tentava ser tipo crítico.

— Parece que vocês dedicaram muita reflexão a isso.

O garoto dá de ombros.

— Acho que sim.

— E como Troy e Ryan reagiram à sátira?

— Então, eles não ficaram *satisfeitos* com isso — diz Blair e morde o lábio. — Para falar a verdade, a srta. Stinson também não ficou muito satisfeita porque ela descobriu que eles não sabiam de nada.

— Vocês pensaram em como Ryan e Troy iam reagir?

— Bom, quer dizer, eles reagiam negativamente a tudo, então...

— Parece que eles não eram muito bem quistos.

Nisso, Blair hesita.

— Bom... não. — Ele olha rapidamente para fora do quadro e Cel se pergunta quem o está orientando. Um advogado, ela tem esperanças, pelo bem do garoto. — Mas não foi por isso que fizemos a sátira.

— Não?

— Bom, o que eu quero dizer é que foi meio parte disso. Porque eles, como você diz, não eram bem quistos, mas o lance maior era que *nós* não éramos bem quistos por *eles*. E por "nós" quero dizer todo mundo. Quer dizer, eu nunca pensei que eles iam fazer nada parecido com o que aconteceu. Mas eles pareciam basicamente odiar as pessoas e não guardavam nenhum segredo disso. Na verdade, era meio que uma brincadeira.

— Qual era a brincadeira?

— Tipo como eles eram antissociais. Era meio que uma brincadeira em que eles se envolviam. Como uma vez em que Ryan foi de Freddie Krueger no Halloween, entendeu? Às vezes ele podia ser engraçado.

— Então vocês acharam que eles não iam se importar?

Blair olha rapidamente para o outro lado; está se desviando de quem está na sala com ele.

— Achamos que eles talvez não ligassem — diz ele em voz baixa.

— Então, me conte o que houve depois da sátira a *Mattie M*.

— Bom, a srta. Stinson não ficou satisfeita, como eu disse. Quer dizer, ela achou que era bem original e interessante e que minha imitação de Mattie... eu fazia o Mattie... foi muito boa, e disse que ela teria nos dado nota máxima se tivéssemos pedido a permissão de Ryan e Troy primeiro.

— Que nota ela deu a vocês, posso saber?

— Ela não tinha dado ainda — disse Blair. — Disse que precisava pensar no assunto. Acho que ainda estava pensando.

— Tudo bem — diz Lee. — Agora vou lhe fazer uma última pergunta... não sobre o tiroteio, mas sobre um pouco antes. Ainda está tudo bem para você?

Ah, meu Deus, pensa Cel. Blair assente severamente.

— O que você pensou quando viu Troy e Ryan entrando armados na sala de aula?

— Bom, no começo pensei que era o projeto deles.

— O projeto deles?

— Todo mundo pensou, por um segundo. Porque a gente falava muito da violência na mídia e sabíamos sobre o que era a apresentação deles. Então a gente pensou que eles estavam fazendo tipo Mortal Kombat. Achamos que as armas eram falsas. Muita gente ainda pensa que Ryan achou que a arma era falsa, mas não sei, não. Quer dizer, como não saber dessas coisas?

Esta é uma pergunta interessante. Cel vê que Lee não tinha ouvido essa parte, mas que agora ele não quer interromper o cuidadoso crescendo que constrói para abordar essa questão.

— Quando conversamos antes — diz Lee —, você disse que nesse momento você percebeu alguma coisa sobre o *Mattie M Show*. Pode nos contar essa percepção agora?

— Bom, na hora eu não tinha percebido nada. Eu só tentava... tentava não ser morto. — Cel sente que ele quer olhar para a esquerda de novo, mas consegue manter o olhar fixo na câmera. — Mas depois, no hospital, percebi que o tiroteio tinha sido tipo uma vingança por toda a história do *Mattie M*.

— E como você se sente com isso?

— Mal — diz o garoto. — Meio culpado. Como se parte disso fosse culpa minha.

— Blair, não acho que alguém um dia vá dizer que qualquer coisa nisso seja sua culpa — diz Lee. — Você é um jovem excepcionalmente corajoso que passou por uma coisa terrível. Foram muitos os debates esta semana sobre quem ou o que, além de Ryan e Troy, é responsável, mas acho que todos podemos concordar que você não é responsável. Você é um garoto de dezesseis anos que fez um projeto da escola imitando um dos mais populares programas de televisão da história e isto de maneira nenhuma é culpa sua.

— Talvez não — diz o garoto. — Mas eu ainda queria nunca ter feito a sátira. Queria nunca ter visto *The Mattie M Show*.

— Bom, certamente você não é o único nisso — diz Lee e o garoto abre um leve sorriso. — Infelizmente, não há nada que possamos fazer a esse respeito. Mas o que podemos fazer, Blair, é lhe dar a chance de dizer o que quiser a Mattie M agora. Podemos prometer que ele receberá o recado. Não parece algo que você gostaria de fazer?

O garoto concorda com a cabeça.

— Então, nos diga, Blair: se você pudesse dizer alguma coisa a Mattie M neste momento... se soubesse que ele estaria ouvindo... o que você diria?

— Eu diria que talvez, se eu não tivesse visto o programa dele, então nada disso teria acontecido. Ou talvez tivesse acontecido de qualquer jeito. Não sei, mas também sei que queria não ter feito o que fizemos, e queria que ele também não tivesse feito o que fez. — Ele agora vai ficando mais animado: Cel percebe que ele ensaiou esta parte, não porque seja roteirizada, mas porque ele é sincero. — Eu diria a Mattie que só tenho dezesseis anos, mas posso lidar com minha vontade de ter feito essas coisas de um jeito diferente. Só tenho dezesseis anos e estarei lidando com isso pelo resto da minha vida. Sou um estudante do ensino médio e não uma celebridade, e nunca estive na televisão, e posso admitir que errei. Gostaria de dizer a Mattie que se eu posso pedir desculpas, então talvez ele também deva fazer isso.

E Mattie quase parece que vai se desculpar quando cortam de volta a ele, mas as coisas foram coreografadas de forma que não haja tempo: Lisa está declarando *Esse é o nosso programa!* e se inclinando para Mattie agradecendo por sua presença. Ele responde alguma coisa, mas nem Cel nem o público podem ouvir. Estão tocando "It's the End of the World as We Know It" para a saída dele.

QUATORZE
semi

1979

Os anos 1970 terminaram com um suspiro.

A toda nossa volta havia a sensação de que uma cidade ultrapassara seu auge: uma fruta madura demais, uma festa que se apaga, uma estrela envelhecendo para a tragédia. Junkies desmaiavam nos parques em meio às suas cascas de limão e agulhas. O cheiro cítrico minado pela merda. Os anos 1960 não tiveram um cheiro melhor também, mas esta sujeira parecia mais abjeta — o fedor não da rebelião, mas da derrota. A revolução tinha chegado e passado sem deixar nada além dos detritos de um evento meteorológico.

Tudo isso parecia dar energia a Matthew de uma maneira perversa. Ele falava incessantemente de estratégia: de promulgar eleitores e blocos de votação e grupos étnicos. Era otimista com a classe trabalhadora de imigrantes, em cujo meio, ele acreditava, escondiam-se muitos eleitores em potencial. Não em meio aos *húngaros*, é claro, porque eles preferiam uma linha mais dura do comunismo ("É claro", fiz um eco fraco); sobre os gregos, ele era agnóstico. Mas ele tinha esperanças de desfalcar algumas das outras bases de Koch — os italianos, os poloneses, os judeus —, em particular os novos, em especial os jovens. Você não precisa se sentir americano para se sentir nova-iorquino, disse ele, e esses eleitores de segunda geração eram nova-iorquinos da cabeça aos pés — não importava a língua que falavam em casa, não importava por quem torciam na Olimpíada ou nas guerras mais ambíguas. Ele não esperava que eles investigassem pela cidade, ou que discutissem com suas famílias a respeito dele durante o jantar. Mas acreditava no poder silencioso de uma vida dupla — e que todas as crianças imigrantes, até certo ponto, estavam vivendo nelas — e acreditava na possibilidade de votos anônimos, não profetizados por pesquisas de intenções, que podiam lhe garantir a eleição.

Ele estava citando o Lourinho de novo, imaginei; eu passava a colocar a culpa de muita coisa na confiança louca de Eddie Marcus. Ele era uma daquelas pessoas perigosas cujas expectativas na vida foram satisfeitas. Partindo dele, uma exultante visão de mundo panglossiana podia parecer quase crível — você começava a imaginar se *não seria* tudo uma questão de atitude, no fim das contas. E o carisma de Matthew era tanto que uma carreira de destaque nacional não teria parecido bizarra, para aqueles que não tinham todos os pormenores — e Eddie Marcus, pelo visto, ainda não tinha.

As dúvidas do próprio Matthew a respeito da campanha eram terrivelmente utilitárias. Ele se afligia ao pensar como os "segura-alça" — acho que ele queria dizer passageiros de transporte público — podiam reagir a uma greve nos transportes; pensava que isso podia cair bem para Koch. Embora profundamente comprometido com os sindicatos, preocupava-se com o poder do Sindicato dos Trabalhadores no Transporte; sua história de militância agravaria os problemas políticos de um aumento nas tarifas ("evidentemente", disse ele) — que já eram consideráveis porque a deterioração dos metrôs era uma preocupação primordial dos nova-iorquinos, depois da criminalidade, da sujeira e da educação. E nem mesmo existia dinheiro suficiente no orçamento para consertar composições com defeito, que dirá comprar novos trens do metrô!

— Mas se *você* fosse eleito — eu disse certa vez, passivamente.

— O prefeito não controla o orçamento — ele estourou. — Este é um dos maiores problemas estruturais da governança de Nova York!

Mas às vezes ele também podia parecer muito inspirador. Quase podia fazer você acreditar que um reconhecimento das ambiguidades da realidade não era uma hesitação inútil, mas um primeiro passo honrado para a ação. Ele quase podia convencer você de que estávamos à beira de um renascimento; que a Times Square — com suas boates de striptease, casas de massagem cafonas e salas de cinema atendendo às perversões mais banais — era mesmo o centro do universo, na verdade.

— Qualquer coisa é possível — ele gostava de me dizer. E também: — Se é verdade que não existe nada de novo sob o sol, é porque tudo já aconteceu alguma vez.

Os corretores de imóveis começavam a vender às pessoas a ideia de voltar a Nova York, um fato que ele pensava ser insensatamente promissor.

— Você pode *vender* qualquer coisa às pessoas — eu disse uma vez. Ele acariciava uma ruga fantasma acima de minha testa à qual tinha uma antiga ligação. — E se eles compram, então isso é política.

— Se eles compram, então é realidade.

— Se eles compram, então é teatro.

— É fácil ser cínico, sabia? — disse ele. — Difícil é todo o resto.

— Ah, é? — Afastei a mão dele. — Essa eu nunca tinha ouvido.

— Deixa de ser petulante — disse ele depois de um momento.

Com petulância, falei:

— Não sou.

Perdido, eu trepei com um pintor. Ele morava no edifício Ansonia. Quando eu subia para vê-lo, apertava todos os botões do elevador. Havia uma cena diferente em cada andar: dançarinos de flamenco, violinistas descalços, anciãos de cara comprimida em roupas do New Deal refastelados em meio às torres. Todos naquele edifício ou estavam subindo, ou descendo. E, naquele elevador, era fácil acreditar que minha vida ainda podia estar em sua ascensão — subindo para o triunfo artístico, a realização pessoal e noites climáticas espetaculares com muitos homens que eu não amava.

* * *

Na televisão, Jimmy Carter nos importunava sobre nossa confiança.

— Ele parece mesmo um amendoim, se você pensar bem — disse Brookie.

Estávamos chapados. Sempre estávamos chapados.

— Qualquer um parece assim se você pensar bem — disse Paulie. Ele estava vestido de lobisomem. Recentemente tinha sido selecionado como figurante em um filme sobre espíritos de nativos americanos saqueadores; era rodado no Bronx, onde os turistas de desgraças zanzavam à tarde agarrados às suas câmeras e vagando para dentro das tomadas do filme. Mais adiante na rua, outro estúdio fazia um filme sobre o bombardeio de Dresden. Paulie não tinha recebido um retorno sobre este.

A trilha sonora daquele verão quebrava vidraças; as calçadas cintilavam de divisas feitas de cacos de vitrines. Todo dia um banco era assaltado. Soubemos de um banco porto-riquenho assaltado com tanta frequência que colocaram um cartaz pedindo aos ladrões para terem paciência enquanto convocavam intérpretes do inglês. Nós rimos disso, mas não tanto quanto costumávamos rir de outras coisas. Passávamos as noites no Serpentine ou no Mineshaft ou deitados em travesseiros no St. Mark. De algum modo, estávamos nos drogando mais e nos divertindo menos. Brookie ameaçava insistentemente voltar para a Califórnia.

— Você precisa mesmo voltar para casa desse jeito? — disse Brookie a Paulie. — Eles não te dão uma pia?

— Na verdade, não — disse Paulie, engolindo um pedaço de sanduíche através da maquiagem. — Outra noite, rosnei para uns turistas.

— Se não quer que essas pessoas venham, talvez deva parar de fazer esses filmes.

— Olha, é tudo publicidade, sabe como é, tanto faz. — Paulie franziu o cenho para o sanduíche.

— Nenhum senso de compromisso cívico — disse Brookie, meneando a cabeça. — Não como o Cidadão Semi aqui.

— Está sugerindo que Paulie só escolhe projetos que satisfazem as sensibilidades suburbanas? — perguntei. — Talvez *seja mesmo* a hora de você sair de Nova York.

— Você vai ver — resmungou Brookie. — Um dia desses, vou dar o fora daqui. Depois vocês todos vão ter de começar a encontrar os próprios amigos e fazer suas próprias piadas.

— Eu faço piadas — falei.

— Um dia vocês vão acordar e, puf, eu sumi. E *aí* vocês vão ter uma surpresa!

— Não se você continuar falando nisso — eu disse. — Mas então, esta cidade não é desprovida de oportunidades. Olhe só o Paulie aqui! Os sonhos *se tornam* realidade.

Paulie arreganhou os dentes para nós.

— Viu só? — eu disse. — Uma piada!

— Mas vai sentir a minha falta — disse Brookie, erguendo os olhos para mim. — Não vai?

— Por favor.

— Não vai?

— Ah, meu Deus — eu disse. Depois: — Sim, claro que vou sentir sua falta. Eu sentiria sua falta se você pelo menos me desse meia chance.

Pouco tempo depois disso, soube que minha avó estava morrendo.

— *Até que enfim* — disse Brookie. Acho que ele podia ver que eu não estava inteiramente arrasado.

Disse a ele que pensava em visitá-la.

— Como é? — Brookie zombou de mim. — Acha que ela viria ver *você*, se você estivesse morrendo?

Eu disse que não sabia. Isso foi antes de eu ter a oportunidade de testemunhar incontáveis aparecimentos surpresa em leitos de morte; Paulie e Nick teriam ficado comovidos, acho, com as muitas participações especiais ao leito deles. Apesar de quase ninguém se comportar bem no fim, aparecia mais gente do que se pode imaginar.

Mas, na época, tudo parecia muito abstrato, a ideia de uma avó enterrando um neto — era teórica ao ponto da autocomplacência, o que era um raciocínio que minha avó particularmente desprezava.

"Que importa o que aconteceria se o que *não* aconteceria *acontecesse*?", disse ela mais de uma vez, em geral antes de sair de um ambiente. Eu ficava tentando processar esta frase o suficiente para contestá-la, esquecendo-me da pergunta que tinha iniciado o diálogo — e agora me ocorre que este pode ter sido o sentido de tudo.

No fim, decidi que iria. Os rapazes não ficaram muito ofendidos — embora todos tenham atacado a questão, não havia dúvida de que não estavam muito interessados. Havia um show na Escuelita naquele fim de semana. E talvez eles estivessem acostumando-se com minhas capitulações.

E assim eu fui, para enfim encarar minha avó. Os amigos dela do ateneu estavam lá, já de olho em sua coleção de livros. Eles se mandaram quando cheguei, ou por delicadeza, ou por pavor. E enfim fiquei a sós com ela, tremendo em sua cama acortinada de sarja.

— Olá, vovó — eu disse.

Ela não respondeu. Os médicos tinham dito que ela não me reconheceria. Eu disse a eles que estava acostumado com isso. Acima dela, havia uma foto emoldurada do relógio astronômico de Praga brilhando como um olho maligno. Eu não sabia o que isso significava para ela — no passado, perguntar teria sido impertinência e, agora, era impossível. Quando tudo fica por dizer, é complicado ter remorsos de qualquer silêncio específico.

Naqueles dias, esses remorsos tinham se tornado a minha vida — acordando-me de pesadelos suados com a emergência elétrica de coisas que era tarde demais para dizer, ou fazer, ou saber — e nesses momentos a abordagem de minha avó pode começar a aparentar certa sabedoria. E esta é outra coisa que também é tarde demais para dizer, só prova ainda mais a posição dela.

Mas o silêncio entre mim e minha avó na época tinha uma espécie de paz.

Sentei-me com ela por um tempo e, quando saí, tirei o relógio da parede.

Matthew não tinha atendido quando telefonei do Iowa e não atendeu quando eu estava de volta a Nova York. Mas isso às vezes acontecia. E assim foi durante dez dias, até eu perceber o que estava acontecendo.

Algumas horas depois, ele me ligou — intuindo, com o sexto sentido impecável do covarde, que a parte mais difícil tinha passado.

Ele disse:

— Preciso te ver.

— Ah, sim? — falei. — Vai mandar um helicóptero ou o quê?

Do outro lado da linha, a respiração dele parecia entrecortada e superficial. Pressionei a orelha no fone para ouvir melhor.

— Porque o metrô caiu, sabia? — falei. — É esse tipo de consciência que as pessoas vão esperar de um prefeito.

E você é bonito demais para ser desinformado, eu poderia ter dito, mas não queria que ele soubesse que eu me lembrava.

— Vou mandar um carro — disse ele.

— É melhor acreditar que este é o último favor que farei a você.

Desliguei antes de poder ouvi-lo dizer que era o último que ele ia me pedir.

O percurso durou uma eternidade, o carro enfim me depositando diante de um restaurante no Upper East Side. Lá dentro, o lugar estava vazio — talvez o bom e velho Eddie tenha alugado o local para a ocasião. Matthew estava sentado ao balcão com a face apoiada nos dedos, debruçado sobre alguns papéis — envolvido nos cálculos pavorosamente maçantes da governança mesmo ali, sem dúvida. Quando me viu, balançou a cabeça intensamente, como se tentasse se jogar de volta à realidade.

Sentamo-nos e vi Matthew olhar fixo a toalha de mesa. Eu podia ter me adiantado e começado as coisas (*Vamos acabar logo com isso*, eu poderia dizer. *Nós dois sabemos como isso termina: nada de novo sob o sol!*), mas quanto mais tempo ele ficava em silêncio, mais decidido eu ficava em esperar ele se abrir. Eu podia ser teimoso: já perdera o que tinha de perder e talvez não fosse nada.

— Bom — ele disse depois de um longo tempo. — Eles nos pegaram.

Senti um zumbido nos ouvidos, um cheiro de cânfora nas narinas.

— E "pegaram" quer dizer...?

— Eles têm fotografias.

— Ah. — O sol mudou, lançando um matiz de sombras no rosto dele. — E como eu estou nelas?

— Não as vi.

— Como você sabe?

— Eles foram muito... específicos. Nas descrições que fizeram.

— "Eles" que são...?

— O *Post*. — Ele tamborilou os dedos na mesa; tinha roído tanto as unhas que era desagradável de olhar. — Bom. Mais próximo disso.

— E por "próximo" você quer dizer...

— Estou dando a entender que existe mais.

— Mais do quê?

— Formulários adulterados. Bom, primeiro roubados, depois adulterados, para dar a entender que você foi remunerado por nada com fundos do estado. — Ele estremeceu. — Isto é um crime, se chegarmos a esse ponto. Mas não vamos.

— E por que não? Conhece algum advogado decente?

Ele fechou os olhos.

— Eles pelo menos têm um bom trocadilho para a legenda?

Ele abriu os olhos.

— Não posso mais ver você.

Eu ri, alto para o ambiente.

— Foi *por isso* que me mandou um carro? Para eu ouvir *esta* frase pessoalmente? Acho que você precisa mesmo de um redator.

Os olhos dele me pediam para compreender, mas eu não ia fazer isso — nunca, jamais faria se ele nem mesmo ia tentar me obrigar a tanto.

— Mais cedo ou mais tarde...

— Sim — eu disse. — Bom, essa é uma desculpa para qualquer coisa, não?

A garçonete veio servir café; seus gestos tinham uma nitidez stanislavskiana que por algum motivo me cansou. Eu era um dramaturgo com uma pequena parte do Primeiro Ato olhando a segunda parte interminável — transpirava sob os holofotes, o coloide derretia em meus olhos. E ainda assim, ainda assim, o show não pode parar!

De algum lugar distante, Matthew Miller me explicava algumas coisas. Dizia que tinha concordado em admitir a infidelidade e se retirar da disputa. Dizia que haveria uma coletiva à imprensa. Dizia que eles tinham concordado em não soltar as fotos, não descrever que tipo de homem estava nelas. Uma possibilidade me ocorria, ou assim pensei. Agora, sei que eu não estava considerando a ideia tanto quanto elaborando um enredo — um *deus ex machina* tão lacrimoso que eu teria ficado horrorizado de me pegar engolindo, que dirá inventando. Mas, ainda assim, por um momento, fui apanhado — pela ideia de que Matthew tinha motivos escusos, possivelmente nobres, possivelmente *cavalheirescos*.

— Por que o *Post* concordaria com isso?

Ele falou em voz baixa.

— Desconfio de que os termos não são deles.

Ele está fazendo isso por mim!, pensei loucamente: o tipo de percepção penetrante que parece sugerir a verdadeira ordem das coisas e às vezes até sugere. Você de algum modo sabe que um homem te ama e depois, de alguma maneira, por algum tempo, isto é verdade.

— Não precisa fazer isso para me proteger — falei.

Matthew me olhou de um jeito estranho.

— Não estou protegendo você.

Senti um riso pontiagudo na garganta e, quando Matthew inclinou-se para a frente e falou "estou protegendo Alice", o riso explodiu na mesa.

— *Não* coloque a pobre Alice nisso.

Eu ainda falava muito alto. Para mérito dele, Matthew não olhou em volta para saber quem estaria ouvindo.

— Percebe que a *única* vez em que você sai comigo em público é a única vez em que fazer isso é uma covardia? — Eu desenvolvia retroativamente um intenso interesse pelo protocolo desta conversa. — Percebeu isso? Isso é meio que divertido? É meio que uma coincidência?

No rosto de Matthew, não havia nada — nenhuma performance além da exclusão. Um cheque cancelado, um truque de espelhos. A luz se alterou — o salão inundando-se do brilho plano de um meteoro que se aproxima —, mas era um caminhão bloqueando a janela. Passou roncando, o mundo foi restaurado.

— Acho que não deve ser uma coincidência — eu disse.

— Existe a questão — disse Matthew, com cautela — de que bem eu ainda posso fazer.

Apesar de segundos antes eu estar conjurando minhas intenções nobres para com Matthew, era insuportável que ele próprio tentasse isso. Foi provavelmente aí que o odiei pela primeira vez.

— Peço desculpas — disse ele. Eu queria rir na cara dele, mas tinha medo do que mais iria sair se eu tentasse. Eu sabia, mesmo ali, que nada podia capturar a sensação daquele momento — qualquer coisa que eu fizesse só poderia distorcê-la, ridicularizá-la, transformá-la em *camp* sofisticado. No fim, decidi por uma civilidade homicida.

— Bom — falei, estendendo a mão e abrindo um sorriso luminoso e selvagem. — Desejo a você o melhor em seus futuros empreendimentos.

E então acabou-se, e eu de algum jeito estava na porta. Cambaleei pela rua — Matthew sabia que não devia tentar me colocar de volta no carro —, embora eu não saiba aonde ia e talvez na época também não soubesse. Só sabia que eu nunca mais amaria assim — eu sabia, sabia, sabia que não amaria.

E nisto, e só nisto, eu teria razão.

QUINZE
cel

Na volta do estúdio, Mattie fica em silêncio. Ele se recusou a falar com qualquer um depois da entrevista — voltou intempestivamente ao camarim, jogando vários bolinhos no chão, depois foi diretamente à limusine, batendo as trancas quando Luke tentou entrar atrás dele. Cel, infelizmente, já estava ali dentro. Ela olhou para Luke de um jeito *Que diabos eu devia fazer?*. E ele respondeu com um gesto como quem diz *Você acha que isso importa?*. Ela o viu observá-los por um tempo antes de se virar para parar um táxi.

O caminho de volta ao estúdio era pela Sétima, mas Mattie diz ao motorista para pegar a FDR. O dia se suaviza na luz vasta do meio da manhã; Cel nem acredita que ainda é tão cedo. Ela tenta calcular exatamente que porcentagem deste fiasco pode ser atribuído a ela. Blair McKinney, ela conclui, não pode. Eles seduziram Mattie com uma pergunta abstrata só para aprisioná-lo com o irrefutável concreto: *você* acha que as armas são o problema, Mattie, mas o garoto que levou tiros de uma arma acha que o problema é você. Toda a coisa já teria sido bem ruim mesmo sem o aparecimento do garoto — mesmo que Mattie só tivesse conseguido entrar numa briga sem sentido com metade de seus espectadores, além de um dos grupos de lobby mais bem financiados do país. Como Mattie, o pessoal do direito às armas tem estado na defensiva desde o tiroteio.

Eles certamente não eram aliados naturais da CPA, com seu sopro de pretensões de Estado paternalista. Mas agora Mattie acaba de lhes dar um forte incentivo para se juntar ao ataque a ele, e Blair McKinney lhes deu um jeito elegante de fazer isso.

Acima deles, o sol está piscando como louco, raios de luz giratórios e assassinos.

Hal tinha um rifle de caça .30-06. Ele ensinou Cel a usar do jeito furtivo como ensinava muitas coisas: arregimentando sua ajuda até ela aprender o bastante para saber como começar a aprender mais. Ele deve ter acreditado que ela aprenderia, se precisasse, e Cel gosta da ideia de que Hal tinha apostado nela desse jeito: isso a liga a uma forma nebulosa e póstuma de amor, e a arma tornou isto literal. Ela quase deseja ainda tê-la — embora, quando criança, não gostasse de tocar nela. Ela a considerava necessária e privada de um jeito quase horrível. Talvez Ruth também sentisse isso; talvez por isso não a tenha usado. Cel e Hal disseram isto um para o outro, consolando-se, algumas vezes depois. Mas, mesmo na época, Cel tinha suas dúvidas. Mais provavelmente Ruth tinha se esquecido da arma, ou nunca soube que ela estava ali. De uma coisa que Cel não duvida é da determinação de sua mãe.

— Sei como tudo saiu — diz Mattie abruptamente e Cel se assusta. — Então, não precisa me dizer.

Ele olha pela janela, longe dela; do lado dele, o rio é um anelídeo prateado e achatado.

— Mas você não faria isso — diz ele.

— Não entendi.

— Seu trabalho é nunca dizer nada a ninguém, não é? Assim, em uma situação como esta, seu trabalho é *não* me dizer como eu me saí.

— Acho que meu trabalho é lhe dizer como se sair melhor?

— É, bom, você também não precisa fazer isso.

Cel assente e Mattie diz ao motorista para virar na Houston. Eles agora estão em fuga, ao que parece, exatamente como Ryan Muller.

— Então, por que você não me diz outra coisa? — diz Mattie, quando se recosta.

— O quê?

— Me diga outra coisa — diz ele. — Me diga algo que eu não saiba a seu respeito.

— Sinceramente eu não sei o que você...

— Uma coisa.

— Você não sabe nada a meu respeito.

— Então, não deve ser difícil escolher.

— Tudo bem. — Cel procura fatos divertidos em sua vida; mas quaisquer fatos pareciam raros. Atrás de Mattie, ela pega trechos fracionados de água encapelada. — Tudo bem — diz ela. — Fui eleita a Mais Mudada no colégio.

— Mais Mudada? — pergunta Mattie. — Do que para o quê?

— De quem sabe o que para chute o que quiser, acho.

Mattie assente, mas não ri.

Na Houston, eles se depararam com um desfile. Ou talvez não seja um desfile — há pessoas de jaqueta de couro, fraldas e máscaras de Bush —, mas Cel não colocaria as mãos no fogo por Nova York. No centro deles, um grupo de homens emaciados segurando no alto algo que parece muito um caixão.

— Acho que é um funeral — diz o motorista, em dúvida; entretanto, parece claro que isto, o que quer que seja, não é *só* um funeral. Homens gritam e agitam faixas em volta do caixão; uma pessoa baixa e sibilina anda atrás dele, tremendo com uma fúria oracular. Cel nem sabe se o caixão é real: algumas coisas reais são parecidas com isso.

— Acho que é um protesto — diz ela. Isso sai em uma voz horrível e sussurrada de colegial e ela estremece ao ouvir a si mesma. Fica agradecida pelas janelas escurecidas.

O motorista resmunga alguma coisa e Mattie grita com ele para entrar na Essex. Isto é surpreendente porque Mattie em geral não é de gritar. O motorista meneia a cabeça; é evidente que não vai a lugar nenhum por um bom tempo e Cel o sente desejando que esta corrida tivesse taxímetro. O olhar de Mattie está fixo no apoio de cabeça do motorista; Cel não sabe se ele chegou a notar o funeral. Talvez ele seja o egomaníaco clínico que Luke sempre diz que é, embora Cel veja pouca utilidade nos diagnósticos. São apenas uma maneira de descrever as coisas, o que não pode salvar alguém do cansativo esmagamento de todas as outras maneiras.

Cel olha fixo o caixão; ele se balança um pouco, como um berço, e ela se pergunta se é assim para causar efeito ou se os homens não têm a força para mantê-lo firme.

Todos os funerais lembram Cel de seu primeiro, pelas bétulas. A mãe chorando, passando o dedo pelo anel de um toco, enquanto Cel lhe dizia que ela era horrível, horrível, *horrível*. Sua mãe dizendo que ela não pretendia cortá-las — não foi ela que cortou todas elas! O vento aumentando em volta delas — ou ela inventou essa parte depois? Cel só consegue imaginar o que Hal diria sobre isso, sobre sua ligação demente com aquelas merdas de árvores, persistindo por todos esses anos. Em comparação, o funeral de Ruth pareceu pálido e insensato. Era o início de novembro — uma parte enfadonha e liminar da estação que parecia desatrelada da memória; Cel não consegue se lembrar de mais nada que tenha acontecido naquela época do ano, e talvez tenha sido por isso que Ruth a escolheu. Esta era outra coisa que ela e Hal se diziam por algum tempo. Cel fez o tributo falando gentilezas depreciadas pelo tempo inconveniente que ela esteve se preparando para dizê-las. Depois disso, eles comeram um guisado na mesa dobrável do refeitório da igreja.

O carro começou a andar, enfim, e Cel se virou para Mattie.

— Esqueci de te pedir um segredo. — Ela diz isso só porque não existe o risco de ele lhe contar um; ocorre a Cel que na verdade ela não quer saber a respeito de Mattie nada além do que já sabe.

— Não tenho segredo nenhum — diz Mattie.

— Se isto fosse verdade, você não precisaria de uma assessora de imprensa.

— Bom, neste caso, você está demitida. — Mattie é inexpressivo o bastante para Cel se retrair um pouco. — Porque, acredite ou não, é a verdade: você está olhando para um homem sem segredos.

Ele se vira para a janela; parece correr os olhos pelas ruas em busca de alguma coisa, mas agora eles já passaram pelo funeral.

— Bom. Não meus próprios segredos, quer dizer — ele fala depois de um tempo. — Só os dos outros.

Ventava mesmo na noite das bétulas — disto, Cel tem quase certeza. Ela quase pode ver o balanço em balé das cicutas, um prelúdio menor de toda tempestade. *Horrível, horrível, horrível*, ela entoava — e teria sido o clima que a deixou louca? Será que ela sentiu alguma Saturnália pagã — um senso do mundo se organizando para realizar suas heresias (relâmpagos, trovões, chuva), criando um fosso onde o indizível podia ser gritado? Cel tinha apenas nove anos e *lamentava muito* pelas árvores. Ainda assim, não é da tristeza que ela mais se lembra, é da cólera: aquela cólera que era uma tromba-d'água dentro dela, sem nenhuma paisagem para destruir. Sobre quem ela podia reivindicar sua vingança? Certamente não sobre Ruth, que ouvia a litania de suas próprias afrontas com uma paciência impessoal de enfurecer. Foi assim que ela ouviu a notícia sobre as árvores no início: irradiando uma sutil falta de curiosidade que enlouqueceu Cel, frenética de uma raiva funda como qualquer coisa que ela conhecesse (e às vezes, ela teme, muito mais funda).

"Horrível", Cel repetia sem parar, e depois: "Às vezes eu *odeio* você."

Nisto, sua mãe enterrou a cabeça no toco e começou a chorar em silêncio.

Mais tarde, Cel entrou de mansinho no quarto da mãe e jogou a cara no cabelo dela.

— Mãe? — cochichou ela.

Depois do que pareceu um longo tempo, Ruth falou.

— Sim?

— Pode me ensinar a cortar uma árvore daquele jeito?
— O quê?
— Quer dizer, não uma árvore especial, talvez só uma cicuta pequena.
Dizer isso magoava Cel, o que a fazia se sentir corajosa.
Ruth suspirou e se virou para a parede.
— Não posso te ensinar isso — disse ela. — Talvez seu avô.
Cel se desvencilhou de Ruth e foi à janela. Embaixo, as bétulas jaziam onde caíram. Algo em seu brilho parecia assumir um caráter de esqueleto — uma pilha de fêmures depois de um genocídio — e ela estremeceu.
— Por que você não pode me ensinar? — perguntou.
— Porque não sei fazer isso, Cel. — Sua mãe parecia divagar. — Porque a verdade é que não fui *eu* que fiz. Foi outra pessoa.

DEZESSEIS
semi

1980

— Fodam-se aqueles enrustidos de Wall Street — disse Brookie quando finalmente contei a ele sobre Matthew.

Estávamos no trem obrigando-nos a engolir um café execrável. A pichação em nosso vagão era estranhamente tremida, como um alfabeto pouco dominado.

— Ele não era de Wall Street — sussurrei. O vagão enchia-se de uma luz amarela aguada; devia ser de manhã. Eu não sabia aonde um de nós ia. Andamos ali por algum tempo em silêncio.

— Bom, eles que se fodam, mesmo assim — disse Brookie depois de um tempo. E em seguida: — Não chore, não chore, não chore.

Vi a coletiva de Matthew Miller por acaso — eu cambaleava pelos canais e lá estava ele lendo suas anotações, piscando com uma rapidez excessiva e, como eu ainda não estava acostumado a esta provocação específica do universo, assisti. Matthew evidentemente já havia confessado alguma coisa, sua *indiscrição* ou como quer que ele tenha colocado, e era possível ouvir as vaias da multidão. Mas "multidão" talvez seja superestimar o caso — o espetáculo da rendição pública de Matthew para o assassinato de sua reputação por acaso teve pouco comparecimento, o que aumentou seu caráter deplorável. Eddie Marcus nunca teria permitido isso durante a campanha — *não deixe que eles tirem fotos de salas vazias nos eventos!* Foi um de seus *insights* mais sagazes.

"E assim", dizia Matthew, "para não ser uma distração ao Partido Democrata e não causar ainda mais sofrimento a minha família, decidi suspender minha campanha neste momento."

A voz dele era insegura, como se ele não estivesse acostumado a falar em público — como se já não tivesse feito carreira nisso e não partisse para fazer outra. Ao lado dele, uma Alice pálida e sitiada parecia infeliz como sempre. Era impossível adivinhar o que ela sabia.

Na televisão, Matthew agradeceu aos que lhe deram apoio, depois pediu desculpas a eles, depois disse algo que perdi, mas que suscitou alguns risos cruéis. Diga o que quiser sobre Alice, ela estava com uma cara de indiferença que não tinha como ser melhor — a não ser, é claro, pela de Matthew. A dele era tão boa que você nem mesmo sabia que ele a fazia; nem mesmo sabia que estava fazendo algum jogo. A expressão *aposta fantasma* flutuou de algum lugar enquanto eu o via falar. Ele era de fato um político talentoso, pensei. Que perda, que perda terrível para a cidade de Nova York!

Outras pessoas pensaram o mesmo; por algum tempo, Matthew foi objeto de uma considerável nostalgia progressista. O espectro de sua carreira perdida pairou sobre a realidade — quando Koch fez suas concessões horrendas, quando Dukakis entrou naquele tanque ridículo, quando Bush exigiu que lêssemos seus lábios finos e prepotentes e a nação, inacreditavelmente, obedeceu. Matthew permanecia puro no meio disso tudo, e seu nome continuava a ser falado com tristeza em certos círculos de esquerda. E mesmo quando seu programa fez aquele absurdo, o próprio Matthew nunca era visto como uma piada— era mais como um desperdício desconcertante, como um astro genial do rock morto aos vinte e sete anos.

Mas é provavelmente por isso mesmo que o jornalista está me ligando de novo.

"*Queria saber o que encerrou a carreira política de Matthew Miller*", diz ele no segundo recado de voz. "*Acho que talvez tenha sido você.*"

— Isso é uma reportagem investigativa de primeira, Scotty! — Eu disse à secretária eletrônica. Estive falando sozinho muitas vezes nos últimos meses.

Queria saber o que encerrou a carreira política de Matthew Miller: por um tempo, eu também queria saber. Pode ter sido o tabloide, é claro, provavelmente em conjunção com algum subalterno mais sórdido da campanha de Barry. Pode ter sido uma história que Matthew Miller construiu para renegar uma decisão que ele já havia tomado — um jeito de se esquivar de seu medo mais sombrio fingindo que ele já era real (esta teoria foi apresentada por Stephen, formulada por seu psiquiatra). Eu até entretive a ideia de que pode ter sido Eddie Marcus moldando Matthew ao mesmo tempo como um bode expiatório e um trampolim — mas ele sabotaria sua própria carreira muito em breve, aquele louro de merda.

Pode ter sido qualquer uma dessas coisas, ou nenhuma delas, ou outra coisa em que eu nunca poderia ter pensado. Nunca, porém, teria me ocorrido levar *todo* o crédito pela derrocada de Matthew. Ouvindo o recado do repórter, quase me senti meio lisonjeado.

Escutei o recado de novo de pirraça, depois aplaudi no escuro. Talvez eu não esteja apto a morar sozinho.

Entrei em uma fase de caminhadas compulsivas e torturantes.

Persegui as ruínas do Lower East Side; flutuava até os reinos oníricos perto do parque na esperança de provocar um escândalo. Na Division Street, dei trinta dólares a um homem que tocava trompa. Ele sorriu para o dinheiro, depois me olhou e torceu a cara. Na Orchard Street, vi uma procissão de chineses com faixas de tecido altas e comecei a chorar antes de entender que era um funeral.

Atirei-me na escrita, realizada no mesmo espírito das caminhadas — com selvageria, sem alegria, sem nenhum senso de realmente tentar chegar a algum lugar. Encontrei algum consolo na ideia do trabalho que eu estaria fazendo se nunca tivesse conhecido Matthew — a grande arte que ele pessoalmente negava ao mundo todo! Erigi fantasias complexas em que historiadores do futuro descobriam a tragédia de minha obra perdida (a mecânica desta parte não estava clara), inspirando o pranto global pelo meu brilhantismo. Eu gostava de imaginar Matthew ficando conhecido como um grande criminoso cultural da história, na linha de quem incendiou a Biblioteca de Alexandria. Passei caminhadas inteiras pensando nisso.

Mesmo na época, eu tinha pouca consciência de que era dramático. E, ainda assim, o conhecimento de que minha infelicidade era de certo modo inescapavelmente *teatral* (como diria vovó) só piorava tudo. Eu me sentia sepultado em uma carapaça bufa; por dentro dela, estava vazio e vertiginosamente sozinho.

Caminhei até o East River para ver o brilho avermelhado cair sobre a água. Caminhei até a Quarenta e Seis para ver meninos de estilo Afro com colunas de escorpião jogando Frisbee sem camisa. Olhei por tanto tempo que um garoto com camiseta dos Ramones parou para saber se eu estava bem. Eu tinha alguém a quem telefonar? Havia algo que ele pudesse fazer? Em outra vida, eu podia ter dado algumas ideias. Mas eu tinha entrado em um período de celibato — que, como as caminhadas, abordava com uma militância desproporcional às circunstâncias.

Precisamos fazer você *sair*, os rapazes insistiam em me dizer — eu dizia que estava *sempre* saindo, e eles diziam que eu sabia que não era o que eles queriam dizer. Eles propuseram a Spike, a Eagle, os banhos do Man's Country; lembraram-me do quanto eu gostava da pista mínima de dança da Tenth Floor. Eu não conseguia imaginar isso: o tédio letal de minha presença começava a recobrir o passado. De meu novo ponto de vista, todos os jeitos possíveis de ser, todos os potenciais cursos de ação, pareciam mais ou menos os mesmos. Quando você sinceramente não consegue se lembrar do motivo para alguém se dar a algum trabalho, o hedonismo parece exaustivo.

Mas os rapazes devem ter conseguido uma ou duas vezes: lembro-me de Donna Summer; da discussão animada se o melhor tratamento antiparasitário era carcinogênico. Mas depois de um tempo, a obsessão dos rapazes pela alegria — assim como sua insistência incessante de que eu antigamente a havia vivido — começou a parecer suspeita. Será que suas demandas se sustentariam sob uma análise rigorosa? Eu começava a estudar minha vida como um cético, depois como um teórico da conspiração pleno, examinando minhas lembranças em busca de sinais da *verdadeira* história. O brilho de um segundo atirador não estava um pouco além da borda do quadro? E por que, naquele suposto nada lunar, a bandeira parecia tremular ao vento? E não seria verdade — não seria, de fato, *inegável* — que eu vinha me enganando todo esse tempo?

Eu frequentava pontos gays e boates, mas não pelos motivos normais. Fui ao banheiro do Metropolitan e olhei os homens me olhando pelos reservados; eu convidava ao sexo só para poder rejeitar — mas isto era uma emoção barata, depois que passa. A única pessoa que acho que chegou a se decepcionar foi um exibicionista na Clinton Street; ele abriu o casaco com um gesto súbito de *voilà* e olhei tão sem surpresa que ele o fechou, rapidamente, e saiu resmungando pela noite.

Fui à West Side Highway, pelos velhos tempos. Andei pelo Lower East Side, amarrando a cara para os cartazes de paz. Zombei dos pombos, da roupa lavada colorida balançando-se na luz do início da manhã. Fui ao Rambles, ao local exato onde um rato uma vez tinha corrido por cima do meu pé enquanto eu pagava um boquete em um homem de boina. Perguntei-me o que teria acontecido ao homem; perguntei-me o que teria acontecido ao rato.

Por um rancor gratuito e impotente, desejei coisas ruins aos dois.

PARTE TRÊS

Mas as estações devem ser desafiadas ou oscilam
Em harmonia
Onde, pontuais como a morte, tocamos as estrelas...

— DYLAN THOMAS

Todo silêncio conota um silêncio maior.

— ALICE FULTON

DEZESSETE
semi

1980-1985

Cem mil histórias, todas com o mesmo final. Um trama triunfante, que os gregos teriam invejado. Então quando, exatamente, subimos a cortina? Que fio narrativo puxaremos para desvendar uma geração?

Digamos que começou com a coisa na boca de Paulie.

Que *tipo* de coisa?, perguntamos três vezes. Paulie estava na sala de estar praticando para um teste. Foi quando ouvimos pela primeira vez: uma distorção estranha e arrastada em sua fala.

Isso foi na primavera de 1982. Paulie estava de mau humor devido ao boicote público de seu filme de lobisomem. A Câmara de Vereadores alegou que estereotipava injustamente o Quadragésimo Primeiro Distrito.

— Que pena que não conhecemos mais ninguém lá — disse Brookie e deu uma piscadela para mim.

— Ele era da *Assembleia* Estadual. Ei, Paulie. Pode falar essa frase de novo?

Paulie aquiesceu e ouvimos mais uma vez — um estranho engrolado, como se ele estivesse se fazendo de surdo, o que prontamente o acusamos de fazer.

— Porque, se estiver, não está muito bem feito.

— Não estou.

— E também é muito ofensivo.

— *Não* estou — disse ele e notamos que ele tinha respondido. — É esse resfriado.

Um resfriado?

— Ou coisa parecida. Tem uma mancha.

Nós o fizemos ir à cozinha e o curvamos na pia. Alguém sugeriu uma lanterna, que apareceu; as pilhas foram procuradas e encontradas. Depois, um por um, olhamos — aquele bolo de matéria escura, agachado no fundo da garganta de Paulie. *Ué, como isso foi parar aí?*, pensamos e talvez tenhamos falado. A coisa na boca de Paulie não era grande nem particularmente horripilante — ainda assim, era muito diferente de qualquer coisa que tenhamos visto em uma boca. Algo naquilo parecia ao mesmo tempo cômico e nefasto — um ganso do lado de fora da janela de seu avião pouco antes de ser sugado pelo motor.

— Esta não é uma boa hora — disse Paulie quando enfim o deixamos se levantar. — Tenho de cantar amanhã.

— Você terá de ir ao médico amanhã — dissemos a ele.

E, por milagre, ele concordou.

Talvez naquele momento tenhamos visto a trama correr diretamente para seu fim — talvez tenha começado assim para nós.

Ou talvez não naquela hora, mas alguns momentos antes. Talvez tenha começado quando levávamos Paulie à cozinha, quando o vimos abrir a boca.

O Anjo da Morte voava baixo pelas casas. Entre o som da batida das asas ao longe e o som de plumas assentando no teto, vinha um silêncio. Este é o último eco um de certo tipo de esperança, o compasso de um novo medo.

Talvez *este*, então, tenha sido o começo.

* * *

Ou digamos que começou com os boatos. Nós os ouvimos por algum tempo — mas nunca conseguimos entrar em acordo sobre o que ouvimos, ou quando ouvimos, ou se ouvimos a mesma coisa naqueles primeiros dias. Na grande tradição dos vilões épicos, os nossos atendiam por muitos nomes.

Alguns de nós lembravam ter recebido um panfleto em Fire Island em algum momento perto do Dia do Trabalho. Seria em 1981? Embora estivéssemos vagamente conscientes disso na época, supusemos, esta nova enfermidade afetava os espantosamente promíscuos — marinheiros, michês, qualquer um cuja vida sexual fosse uma ocupação de tempo integral. Quem tinha esse tempo todo? Quisera ter essa sorte! Jogamos o panfleto fora; pensamos que se tratava de uma festa.

Alguns de nós ouviram falar de algo que vinha de Los Angeles — uma praga do jet-set e dos ricos inacessíveis — e esta versão parecia um vago modismo, como algo em que você pode querer entrar bem no começo. Mas a promiscuidade, assim como classe, é um espectro em que todo mundo alega estar na média: não nos preocupamos muito com isso.

Depois veio o que foi chamado de "a Doença da Saint", que você pegava na Saint e era o motivo para Stephen jamais querer voltar lá. Esta era só o percevejo de boate do mês, deduzimos — uma nova espécie a acrescentar à coleção, junto com os chatos, as amebas, os parasitas entéricos (shigelose, amebíase, giardíase). Eles grassavam como mononucleose no acampamento de verão, e o Departamento de Saúde mandava gente para testar a água. Depois todos iam à farmácia para tomar uma injeção; eles faziam você ficar numa fila segurando um ticket, como na fila dos frios, e fazíamos um estardalhaço fingindo constrangimento. Esta rotina era só o custo dos negócios; se você tivesse melindres com isso, então talvez precisasse partir pra outro ramo.

Todavia, decidimos ceder à paranoia de Stephen e evitamos a Saint por algum tempo.

Talvez *estes* fossem os começos — nebulosos, cantados, subestimados, para um narrador com alguma sutileza.

* * *

Uma versão mais convencional pode ter começado no dia em que encontramos Nick em St. Mark's Place. Era um domingo no final do outono de 1981. Paulie tinha obrigado a gente a sair — quem consegue se lembrar do motivo? Nick estava em uma pilha de cobertores com edições antigas da *Honcho*, parecia péssimo. Não o víamos há algum tempo. Talvez ele finalmente tivesse terminado com Peter, pensamos, embora não esperássemos que fosse o *Nick* a ficar tão arrasado — e estes eram os pensamentos a que nos entregávamos quando soubemos que Peter estava no hospital. Já estava lá havia três semanas. Os médicos disseram que ele tinha a pneumonia gay.

— Pelo menos não é uma pneumonia *hétero* — disse um de nós, que se arrependeria desta frase para sempre.

Os médicos pediam uma segunda série de pentamidina, Nick nos disse; a mãe de Peter ia pegar um avião no dia seguinte. Nunca consideramos que Peter tivesse mãe: achávamos que talvez ela estivesse morta. Mas não: não tínhamos pensado bem em nada disso.

Nick piscou para nós de uma distância estranha. Ele saiu para comprar livros para Peter, ele nos disse, e será que tínhamos alguma sugestão? Normalmente, eles nem eram de ler muito.

Ficamos com ele um tempo debatendo suas compras. Era um daqueles dias torturantes perfeitos no final do outono, percebemos, do tipo que costumava nos deixar tristes quando crianças. Mas o que tínhamos para ficar tristes quando crianças? Andamos em círculos por motivo nenhum — a oeste para o Astor Place, ao sul para a rua Sete — e talvez Paulie tenha nos encarado. O vento apertava um pouco — espalhando lixo, folheando as páginas desgastadas da *Honcho*, introduzindo uma alteridade a um momento que nos deixava intranquilos. Depois as nuvens se deslocaram e caíram pequenas radiâncias de luz; sentimo-nos tranquilizados, de algum modo, e ainda assim certos de que não deveríamos.

Decidimos por uma edição da Penguin de *A montanha mágica* para Peter; para sua mãe recém-descoberta, um vidro de óleo de lavanda de um senegalês. Insistimos em pagar, embora Nick nunca nos deixasse fazer isso. Desta vez deixou, porém: talvez este tenha sido o começo.

Digamos que começou com as teorias.
Diziam que só os passivos pegavam.
Diziam que só os negros pegavam.
Diziam que vinha de quem usava inalantes. Talvez algo que eles misturassem nas bebidas. Ionizadores de bar, presumivelmente.
Diziam que vinha dos haitianos. Ou talvez dos hispânicos?
Diziam que não vinha de lugar nenhum porque não existia de verdade, e era uma conspiração para sabotar nossa liberação.
Diziam que vinha das drogas. Talvez inalantes de nitrato, ou talvez só butila. Talvez não tomar Rush. Talvez não tomar Bolt. Talvez pecar pelo excesso de zelo e não tomar nada por algum tempo.

Fomos a boates para dançar com relutância ao som da discoteca. Fomos ao Central Park para lamentar por John Lennon. Esta se revelou a última vez em que vimos Anders — tremendo perto do palco enquanto "Imagine" tocava dos alto-falantes. Cinco semanas depois, Reagan tomou posse. E depois, de súbito, começamos a ir a hospitais.

Chegávamos preparados no começo. Armávamo-nos com revistas e flores. Lá dentro, recebíamos jalecos e máscaras e toucas de plástico: atravessávamos portas com a placa ATENÇÃO.

Não havia nada de novo sob o sol — mas nada de novo para quem? É o sol que nunca pode ser surpreendido; o mesmo não se pode dizer das pessoas.

Lá dentro, nos escorávamos contra o cheiro de vísceras; os braços venosos que tentávamos não olhar, juramos nunca nos lembrar. Na maior parte do tempo, não chorámos. Em vez disso, fazíamos piadas ruins, depois íamos em frente e as repetíamos. Líamos os jornais em voz alta. Saíamos mais cedo do que pretendíamos.

Em nossos apartamentos, líamos folhetos da Gay Men's Health Crisis. Traçamos horários de assistência — Nick organizava o de Peter com uma eficiência de pregão da bolsa. Nós nos vimos fazendo cópias supérfluas no meio da noite. Ficávamos ao lado da copiadora pensando em Peter, e no pouco que pensávamos nele antes. Lembramos que Nick, em todos os anos de nossa estridente libidinosidade para com ele, nunca teve medo de nós. Lembramos que ele tinha sido veterano. Nós nos permitimos ser reconfortados por este fato.

Encomendávamos vitaminas anunciadas na contracapa de revistas. Custavam uma fortuna — porém, mais vale prevenir etc. etc., e isso foi quando *havia* uma cura. O que tínhamos eram tratamentos. Havia cotrimoxazol e Composto Q e pentamidina, fornecidos por meio de um acordo especial com o governo. Havia "perfusões" de vitaminas — sem neologismos, talvez, no que se transformou numa segunda epidemia — e havia estratégias e esquemas para aqueles que podiam pagar. Conhecemos um homem que ia ao Sloan-Kettering dia sim, dia não. Conhecemos um homem que declarou invalidez e vivia dos juros de seu fundo fiduciário. Conhecíamos Peter, que se inscreveu em estudos dirigidos por dois médicos, e cada um deles o teria desclassificado se um não conhecesse o outro. Teve início um período de subterfúgio — tomada caótica de táxis, medo ligeiramente histérico de descoberta —, tudo isso evocando, perversamente, uma farsa à francesa. Rimos disso — com Peter antes de ele morrer, depois entre nós. Esta foi a última das melhores coisas que o dinheiro de Peter comprou para ele.

Em janeiro, ele desistiu e abruptamente saiu dos dois estudos. Mais tarde, soubemos que Nick o havia levado à Suíça para ter o sangue reciclado. Gostávamos de imaginar Peter sentado no alto de uma montanha, febril e de faces vermelhas, saído diretamente de Thomas Mann, que mais tarde gostávamos de imaginar que ele leu. Gostávamos de imaginar que ele respirava o ar cristalino; gostávamos de imaginar que ele ria. Gostávamos de imaginar que ele olhou os jovens nas rampas de esqui até o fim. Gostávamos de imaginar que ele ainda não tinha ficado cego.

Fomos a grupos de estudo do GMHC. Fomos a reuniões. Fomos ver *Tootsie*.
Argumentos eram apresentados e refutados, descaracterizados e inteiramente mal compreendidos.
Disseram que as saunas fechadas eram uma ladeira escorregadia. Hoje as banheiras, amanhã seu quarto!
Disseram que era mais provável você morrer em um acidente de carro do que de Aids. (Brookie disse: "Em *Manhattan*?")
Disseram que uma obsessão pela promiscuidade era culpar a vítima.
Disseram que a devoção recém-descoberta pela lamentação monógama era uma forma de conivência com um fascismo sexual mascarado de preocupação com a saúde pública — o que era muito mais ameaçador exatamente *porque* utilizava o vocabulário da razão. Esta foi uma das formas mais eficientes de repercutir o mal generalizado, que os nazistas conheciam muito bem.
Disseram, e foi Stephen: "Lá vamos nós de novo com os nazistas."
Disseram, e foi Brookie: "Você vai ver."

Alguns sintomas eram semáforos.
Calombos de sarcoma de Kaposi atrás das orelhas. Fungos brancos brotando em volta das unhas. Perda de peso tão acentuada que só podia ser a primeira fase da decomposição. De repente, estavam em toda parte — no metrô, nas festas. No corpo de um homem com quem você trepou quando você acendia a luz.
Mas havia revelações mais sutis e mais ambíguas, se você soubesse onde procurar.
Havia o enigma dos nódulos linfáticos inchados. (Mas se seu sistema imunológico está lutando, não implicaria que você ainda o tem?) Havia a

questão de pequenas enfermidades aparentemente inconsequentes — uma dor de dente, uma fissura anal. Havia o enigma epistemológico representado pela merda da *psoríase* — que podia ser causada por estresse, o que significa que você pode realmente criar parte dos sintomas só por se preocupar se os têm ou não.

E se isso se estendesse à coisa toda? E se entrássemos em pânico — uma histeria em massa, uma correria aos bancos? E se estivéssemos fugindo de um fantasma e morrendo no estouro da manada apavorada?

Disseram que nos subsolos dos hospitais havia corpos que ninguém reclamou nos necrotérios.

A morte começou pelas bordas. O primeiríssimo funeral pode ter sido para alguém que nem mesmo conhecemos. O falecido era um homem que despreocupadamente trepou com alguém com quem costumávamos trepar despreocupadamente, talvez, quando todo mundo fazia alguma coisa despreocupadamente. Ainda éramos inocentes o bastante para ficar impressionados com a esquisitice de tudo isso: nosso amigo tinha trepado com esse cara, depois ele *morreu*, caralho. Ainda era novidade aquele caráter de dança das cadeiras da morte — a hora chega e devemos nos sentar onde estivermos, com todas as nossas contingências reificadas (data na lápide, foto no obituário, causa da morte na autópsia). Não há garantia de que esta imagem congelada vá acontecer e capturar a versão mais *conclusiva* da vida de alguém.

Foi assim que nosso amigo veio a se sentar em um salão encardido de funerária no Lower East Side batendo um papo aterrorizado com as tias donzelas de um homem que ele nunca amou — talvez nem tivesse gostado dele, agora consideramos com certo pavor. O garoto no caixão, nós vimos, era muito novo — meio novo *demais* para nosso amigo, pensamos, mesmo que ele aparentemente não tenha sido novo demais para morrer. Nós nos perguntamos qual foi o lance entre eles; nos perguntamos se, afinal, a coisa não foi meio predatória. Olhamos, nervosos, o garoto morto — olhamos sua fragilidade criminosa e agora permanente — e depois para nosso amigo, ainda falando com as tias. Nunca soubemos que este homem era cruel — na verdade, nem o conhecíamos direito. Mas ali estava aquele garoto, morto no caixão, enquanto nosso amigo continuava vivo descaradamente, o que era quase de mau gosto. Era difícil não ter suas desconfianças.

Mas isto, sabíamos, era injusto. Não podíamos culpar nosso amigo por estar vivo; não estávamos nós mesmos vivos? Com eles provavelmente ocorreu algo típico, uma coisa carnal e descomplicada, talvez ficando um pouquinho constrangedora pela sua última volta. Talvez nosso amigo já estivesse louco para esquecer os pormenores. Mas o garoto foi em frente e morreu, e não havia nada para esquecer. Porque o que importa alguma coisa nisso — o amor, ou o desejo sexual, ou a indiferença lancinante, ou o anseio destrutivamente incipiente? Quando você ficou vivo com alguém por algum tempo, todas as outras distinções tornam-se desprezíveis.

Estávamos percebendo que não cabíamos realmente naquele funeral. Fomos por curiosidade — mesmo na época, sabíamos disso — e depois ficamos entediados, começamos a nos contar uma história. Foi falta de respeito; nós entendemos isso. Nosso castigo é poder se recordar de tudo agora com uma precisão estúpida quando existem outros funerais de que nos lembraríamos melhor. Devido ao mero volume, isto acabou ficando impossível; as lembranças se fundiam e caíam na média, os detalhes desmoronaram no protótipo, e relembrá-los parece tão solitário quanto visitar uma cova coletiva.

Mas, no fim, não tínhamos ideia de a quantos funerais fomos. Não sabíamos se eles acabaram se toldando em um ciclo sensorial interminável — o cheiro enjoativo de lírios, o barulho ordinário do canto fúnebre — como o mais tedioso dos pesadelos recorrentes. Não sabíamos que, enquanto inventávamos algumas formas novas e interessantes de morrer, só existiam realmente muitas formas de luto. Não podíamos ter imaginado que muito em breve conheceríamos todas elas.

* * *

Foi durante a Peste Negra que começaram a marcar os mortos. Soubemos disso certa vez de alguém, e talvez fosse verdade. Por algum tempo, continuamos a fazer a contagem dos nossos. Havia Peter, suas cinzas espalhadas na Suíça. O cara que trabalhava na locadora de vídeo na University Place; pegamos suas recomendações durante anos. Um garoto que apelidamos de Borboleta, embora ninguém se lembre do porquê: antigamente, nós o víamos em tudo que é canto. Seu nome verdadeiro, lemos no jornal, era Martin. Um ator da companhia, depois outro — no fim seriam quatro, dois deles muito bons, assim como o gerente de palco de cara azeda que nunca teríamos sonhado que era gay.

— E esse tempo todo eu pensei que *ele* ficava chocado comigo — disse Paulie, e esta foi uma das últimas coisas que ele falou.

Não obstante, preciso dizer que ainda íamos às festas!

Nunca havia nenhum "paciente" de Aids presente; falávamos com um esclarecimento novo e definitivo sobre "pessoas com Aids". Vivíamos em uma era de acrônimos — GRID, A-I-D-S, AIDS, PCAs, FOD, CFP, SK, IO, ARC — e de um jargão denso e em eterna evolução. A conversa era com eufemismos sem subtexto. Todos adotamos a dialética atualizada acreditando no progresso que logo viria.

Mas este não era o único modelo teórico no mercado; de outros cantos, sussurravam vozes mais estranhas.

Diziam ser uma invenção do governo — algo conjurado em um laboratório pela direita, ou talvez pelo Pentágono.

Diziam ser uma iniciativa da Guerra Fria. Diziam que os russos também pensavam assim.

Diziam ser real, mas mística em suas origens. Diziam ser uma maldição da tumba do rei Tutancâmon.

Diziam ter sido espalhada por um comissário de bordo francês que viajou pelo mundo dormindo com homens sob o manto da escuridão, anunciando no acender das luzes que ele estava morrendo do câncer gay e que agora eles morreriam também.

— Ah, francamente — disse Paulie. — Ele usa uma capa?
— E ele corta amantes adolescentes com um gancho?
— E ele amarra donzelas aos trilhos enquanto torce o bigode?
— E ele está chamando *de dentro de casa*?

Diziam ser real, mas metafórica — conjurada pela mera força do puritanismo americano. Diziam que quando Foucault teve seu diagnóstico, ele riu.

Diziam que o comissário de bordo não era francês, mas franco-canadense. Ou da Guiana Francesa? Sei lá, franco-alguma coisa. Isto parecia correto, o que não quer dizer que fosse verdade.

— Quem vai fazer o diabo sexy *alemão* deles? — disse Brookie, dando um tapinha na cabeça. — Quer dizer, pense bem.

Diziam que a mídia não falava o suficiente nisso, e onde diabos estava o *New York Times*?

Diziam que a mídia falava demais nisso, e onde diabos eles estavam para as notícias boas?

Diziam que na verdade a mídia inventou, se você pensar bem no assunto. Porque a doença era um problema humano universal; o espectro especial que chamávamos de Aids nada mais era que moralismo e imprensa marrom e paranoia de tabloides — uma forma de libelo sangrento altamente literal. Diziam que aceitar a narrativa predominante era participar dela.

Diziam (Stephen disse) ser real, mas psicológica: uma manifestação somática do desejo de morrer. Diziam que aqueles que morriam eram os que mais se odiavam.

Foi dito por Brookie — uma vez, e só uma vez —, "Então por que diabos você ainda está aqui?".

CAUSAS DA MORTE, APROXIMADAS:

Suicídio, sozinhos ou aos pares.

Homicídio, como o homem na Itália que baleou a família porque eles adoeceram do que se esclareceu ser gripe.

Falência do pâncreas.

Aspiração de muco pelos pulmões.
Falência dos órgãos, completa.

CAUSAS DE MORTE, DECLARADAS:
Doença do sono (Perry Ellis).
Câncer de fígado (Roy Cohn).
Encefalite (em nossas certidões de óbito).
Uma doença prolongada (em nossos obituários: esta era a única enfermidade que quase ninguém jamais pegava).

CAUSAS DE MORTE, DEFINITIVA: VÍRUS DA IMUNODEFICIÊNCIA HUMANA (HIV).
Agora sabíamos o nome de nosso inimigo; até lhe demos um acrônimo.

Foi dito que a esperança, como a vida, estava em toda parte.
Como sempre, o otimismo estava centrado na Europa. Foi dito que o governo americano esperava uma cura da França; foi dito que os alemães esperavam que viesse da América. (*E só trinta anos depois do Plano Marshall!*, fungou o fantasma da avó de alguém de algum lugar.) Auden foi para Oxford. Santayana foi ver umas freiras romanas. Havia a sensação de que, se a Europa não conseguisse te curar, pelo menos podia deixar você morrer racionalmente. Foi dito que na França você recebia terapia psiquiátrica junto com o diagnóstico.

São Francisco era mencionada com uma nova reverência. Eles tinham uma comunidade, uma presença política organizada; tinham os gestos de uma cultura pré-apocalíptica improvisada. Nem tudo era bingo e AA Gay e clubes de canastra também; ouvimos falar de noites temáticas, inspiradas pelas provações sexuais da juventude (imaginamos escoteiros, acampamento de verão, aquele teatro ao ar livre onde tínhamos de contracenar com Maximilian Snyder em uma toga toda noite por três semanas tentando dizer as falas enquanto contínhamos a ereção no palco). Sim, lá em São

Francisco eles tiravam o melhor das coisas. Todos ameaçavam se mudar para lá, e talvez seja por isso que Brookie enfim parou.

Sim, dissemos a nós mesmos: era por isso.

Foi dito por Larry Kramer que devíamos parar de trepar.
Foi dito pelos CDC que devíamos limitar nossas trepadas.
Foi dito que podíamos continuar trepando, desde que nossos parceiros fossem saudáveis.
Foi dito que podíamos continuar trepando, desde que o que fizéssemos não provocasse sangramento.
Foi dito que o celibato não era saudável.
Foi dito que dar conselhos sobre sexo seguro era colaborar com o regime da morte.
Foi dito que uma celebridade tinha a doença. Alguém em quem você não pensaria, alguém do tipo machão.
Foi dito que o interferon podia ser a nova melhor esperança.
Foi dito que o período de incubação podia ser de até dezoito meses.
Foi dito que Liberace sofria das complicações de uma dieta de melancia.
Foi dito que a estrela podia ser Burt Reynolds.
Foi dito que lacres herméticos deviam ser colocados em nossos caixões.
Foi dito pela Associação de Dirigentes de Funerárias do Estado de Nova York que seus membros não deviam embalsamar nossos corpos.
Foi dito por Pat Buchanan que os professores gays seriam demitidos.
Foi dito em uma pichação de banheiro: CRIOULOS PAREM DE ESPALHAR AIDS.
Foi dito por William F. Buckley Jr. que devíamos ter nossos status de HIV tatuados nos braços.
Foi dito que você ainda podia tomar uma bebida no Lion's Head, mesmo que eles soubessem que você era doente.
Foi dito por Ronald Reagan: nada.
Foi dito por Brookie: "Viu só?"

* * *

Foi uma época de iconografias secretas. Andávamos com lingans e rosários, pés de coelho e cristais. Mandávamos pelo correio injeções, megadoses de vitamina C. Paulie usava um terço, embora o mantivesse na maior parte do tempo por baixo da camisa; ele adotou uma dieta macrobiótica e falava nebulosamente de "ir para o outro lado". Peter começou a dar polimento em suas medalhas de guerra, depois as exibia. Mais para o fim, pegou sua farda e a exibia também em um cabide. ("E agora ele quer 'toque de clarim' em seu serviço fúnebre", cochichara Nick, perplexo.)

Consumíamos comida saudável; usávamos tons mais terrosos. Assistíamos a fitas vídeo de bem-estar. Talvez até tenhamos rezado algumas vezes, mas você nunca vai conseguir que alguém admita.

Admitiremos ligar para linhas de *hot sex*. Admitiremos que meditamos com luzes brancas.

Mas existiam as vantagens imprevistas!

Anunciar que você tinha Aids era como puxar uma arma carregada. Um cara roubou um banco assim. Paulie, inspirado, usou isso para afugentar um ladrão.

E havia a polícia extra na parada do orgulho gay.

E havia as reconciliações: aqueles que pensávamos que nunca viriam, aqueles que pensávamos que viriam muito tempo atrás, aqueles que nunca se materializaram antes, mas agora sim, perto do fim, parecia possível. Porque qualquer coisa era possível: agora nós entendíamos isso.

Foi dito que você devia ir ao pronto-socorro se fosse rejeitado no St. Vincent. Foi dito que a lei dizia que eles tinham de admiti-lo.

Foi dito que Rock Hudson tinha ido para Paris. Foi dito que ele podia estar curado!

Foi dito que isto era um erro.

Foi dito que podia haver drogas promissoras no México.

Foi dito que as drogas mexicanas não eram eficazes.

Foi dito que elas *eram* eficazes, e os poderosos sabiam disso, e era por esse motivo que eram ilegais: porque elas podiam tirar o *establishment* médico do mercado.

Foi dito que você podia vendê-las com uma margem de lucro considerável em São Francisco mesmo assim.

Foi dito que havia uma casa em Fire Island cujo derradeiro inquilino morreu.

Foi dito que a homofobia era a maior ameaça à saúde dos gays.

Foi dito que um mosteiro budista ao norte de Bangkok tinha monges que cuidavam das cinzas não reclamadas dos mortos.

Foi dito que tínhamos sorte se elas não parassem em seus pulmões.

A Aids é uma história que começou sem você, muito antes de você perceber que existia alguma história. Vasculhamos nosso passado em busca de pontos de entrada; líamos obituários procurando nomes. Pensávamos em nossas viagens à Califórnia, nas saunas de São Francisco. Pensávamos no lindo porto-riquenho musculoso. Mas, na época, esta doença não chegou onde havia chegado por ser evidente. E assim consideramos o contrário — homens e momentos que pareciam um contrassenso, se não francamente inocentes. E aquele hippie envelhecido que conhecemos no Palladium? Foi uma "Noite dos Anos Dourados" e nós fomos mais por brincadeira. Talvez *este* tenha sido o começo.

Ou talvez houvesse uma ironia mais elegante aqui. Talvez *tivéssemos* pegado em São Francisco, mas talvez não dos homens — talvez fosse da injeção de metedrina que nos convenceram a experimentar lá. Um chinês lindo tinha enrolado um tubo cirúrgico em nosso bíceps até a veia inchar; talvez esta tenha sido a penetração fatal.

Começávamos a entender a anomalia aristotélica em operação. A Aids era ao mesmo tempo um defeito fatal e uma ação ascendente — levando inexoravelmente à crise catártica chamada morte —, entretanto, não se discernia o evento que a incitou. Mas metade de nós ia ficar cega como Édipo e não merecíamos saber por quê? *Habeas corpus*, nós gritávamos! Esta é a América.

 Paulie durou mais do que qualquer um tivesse esperado — caindo com uma lentidão extraordinária, quase imperceptível, como um predador atrás de sua presa. Justo quando pensávamos que tínhamos de acertar as contas com uma nova fase de sua ausência (*Que contas?*, perguntávamos como loucos. *Defina, defina contas!*) — justo quando pensávamos que tínhamos alijado a esperança e a superstição inadequadas —, ele despertava o bastante para nos mostrar que estávamos errados. Sempre nos surpreendíamos, embora nunca o suficiente; víamos que ele, em certo nível, estivera esperando por essa ressurreição.

 Às vezes eles estão esperando por alguma coisa, disse em voz baixa uma das enfermeiras. Tivemos medo de que ele estivesse esperando que nós desistíssemos. E assim tentamos, e juramos que tentaríamos, e depois ele se mexia e nos mostrava que não conseguimos, e chorávamos e prometíamos fazer melhor. E assim, no fim, ele deve ter desistido de nós.

 Quando enfim aconteceu, gritamos loucamente com a enfermeira. Ela passou por tudo isso como uma santa; achamos que talvez tenhamos batido nela. Tivemos um impulso desvairado de ativar o alarme de incêndio. A enfermeira nos trouxe água em uma jarra plástica. Brookie chorou até realmente cuspir, uma das poucas emissões que ainda não tínhamos visto no hospital.

 Quando o homem do estetoscópio finalmente veio registrar a hora da morte, Paulie estava morto havia pelo menos meia hora. Perguntamos insistentemente ao homem do estetoscópio se isto importava. Com muita gentileza, ele nos disse que não.

 E mesmo então, não conseguiram nos deixar inteiramente convencidos. Lançamos olhares rápidos ao peito de Paulie; nos pegamos fazendo isso. E daí se olhamos? A essa altura, estávamos além de aceitar a palavra das pessoas para tudo. Se Paulie tinha tanta certeza de que estava morto, então ele ia ter de provar.

E ele provou, diariamente, durante anos e anos, até que enfim acreditamos, e não exigimos mais nenhuma prova. Já basta, pensamos — quando encontramos seu pôster da Streisand enrolado em uma caixa de declarações do imposto de renda, quando ouvimos uma canção horrível da Broadway e inexplicavelmente sabíamos toda a letra. Tudo bem, pensamos, nós entendemos. Você morreu e vamos sentir sua falta para sempre. Agora chega. Acabou o show. Saia já do palco!

A lição é: nunca encoraje um canastrão.

A outra lição é: nunca lance um desafio a um morto. Eles têm todo o tempo do mundo.

Foi dito, enfim, que existia um teste.

Foi dito que o teste não rendia novas informações: a teoria do vírus único, afinal, era só uma teoria.

Foi dito: "Como a gravidade é uma teoria? Ou como a teoria freudiana é uma teoria?"

Foi dito que o teste rendia informações imprecisas: dava falsos positivos para danos no fígado, uso de LSD, vacinas.

Foi dito que o teste rendia informações irrelevantes: o HIV não provocava a Aids. Faça seu dever de casa, disseram! Foi dito "siga o dinheiro".

Foi dito que as pessoas que diziam isso eram negacionistas e idiotas, loucas e assassinas — mas quem *não estava* sendo chamado de assassino naquela época?

Foi dito que o teste rendia informações redundantes: afinal de contas, o que ele dizia fundamentalmente? Dizia apenas que você morreria um dia; dizia apenas que era a única coisa que pode ser dita com certeza sobre todo mundo. O teste jogava uma moeda falsa para o alto e chamava o que previa de profecia; submeter-se a seu veredito era participar de uma patifaria epistemológica.

Foi dito que o teste rendia informações demais: era um aleph biológico, revelava não só o que você tinha, mas quem você era. ("A coisa no tubo fica literalmente roxa", disse Brookie.) Foi dito que estas informações provavelmente eram de interesse das seguradoras, de empregadores — talvez até de promotores, nos vinte e cinco estados em que ainda era ilegal existir. E claro, talvez *São Francisco* chegaria para aprovar algumas proteções sensatas — mas devíamos ter em mente que Nova York, sendo metade governada por enrustidos, não ia se organizar nesta ou em qualquer questão. E *de todo modo*, se sua paranoia parasse na promotoria criminal, você precisaria se familiarizar com o século XX. Foi dito que os campos de concentração médicos podiam ser os próximos.

Foi dito por Stephen: "Sem chances. As pessoas não aceitariam isso."

Foi dito por Brookie:

— Que pessoas? Está me dizendo que *Reagan* não aceitaria?

— Koch não aceitaria.

— Tem certeza disso?

— Bom, deixa Koch pra lá. Os nova-iorquinos não aceitariam. E de onde eles tirariam uma dessas? É só cada bicha do Greenwich Village desaparecer sem que ninguém perceba?

Foi dito que era literalmente isso o que acontecia agora.

Será que Matthew Miller fez o teste prontamente? Ele tinha um programa na WNYC na época, em que discutia os assuntos do dia. Ainda morava na West Forth Street, até onde todos sabiam, e deve ter visto muitos de nós naquele tempo: jovens com a pele descascando e intravenosas peitorais muito visíveis, suas bengalas batendo hesitantes no calçamento de pedra do West Village. E quando ele os via, será que tinha medo? Será que ele se preocupava com verrugas, gripes demoradas, hematomas que não se lembrava de ter adquirido? Ele teria tido a preocupação de que pegar um avião poderia desencadear uma pneumonia latente, e na semana seguinte ficaria obcecado com a possibilidade de que a queimadura de sol do verão passado pudesse — mesmo agora — ter deprimido fatalmente seu sistema imunológico? Será que ele ficou feliz por ter outro motivo para não fazer sexo com Alice? E será que pensou naquele escritor — aquele que ele contratou e depois se esqueceu de demitir por uma década — e se viu imaginando, pela primeira vez, até onde sua lealdade triste e irritante tinha chegado? Seu amor foi um prazer, depois um problema e agora talvez salvasse a vida de Matthew Miller. Será que ele reconhecia a ironia disso? Teria isso o deixado aterrorizado e cheio de remorsos? E seria maldade torcer para que, pelo menos por uma vez, tivesse mesmo ficado?

Porque o alívio que Matthew Miller sentiria quando enfim fizesse o teste — ah, para ele, seria tão fácil. Em outros setores, as coisas não eram assim tão simples.
O corolário tácito de *Por que eu?* é: *Por que não você?*
Por que não você?
Por que não você, caralho?
A sobrevivência é uma bênção macabra: não pode ser menosprezada, nem é inteiramente desejada. Não é um destino fácil de se desejar a alguém — nem mesmo a Matthew Miller, nem mesmo a você.

Muitas de nossas doenças definitivas vinham dos animais: no fim, eles nos reclamavam para seu reino.
Em nossos corpos, verrugas formavam mosaicos de escamas; em nossas línguas, brotava pelo, transformando-nos em animais. Corolas espinhosas de crostas de herpes deixavam os rostos reptilianos. Havia a cromática de camaleão: sangue vazando dos capilares, ruborizando a pele a um tom de ameixa. As mãos ícticas e azuis da pneumonia em fase terminal. Costas salpicadas da púrpura trombocitopênica fazendo homens humanos parecerem venenosos — como serpentes e lagartos ou aqueles estranhos polvos

da Tailândia em que você pode pisar sem perceber e depois morrer deles quatro horas depois.

    Havia os insultos definitivos, nossas últimas despedidas da família humana. Morríamos de tuberculose aviária com pés de pombo e sem poder voar, mancando em pés bifurcados de passarinhos. Morríamos de toxoplasmose espumando pela boca como cães raivosos. Talvez seja universal — esta sensação de transfiguração quimérica. Todos éramos criaturizados na morte. No entanto, é uma solidão muito particular morrer de uma doença que devia ser para ovelhas ou gatos, de um parasita que nunca esteve atrás de você. Era como morrer no espaço sideral, seu corpo condenado a flutuar para além do ciclo do carbono, por eternidades que não nos pertencem.

    Mais para o fim, havia as belezas perversas. Não só do tipo moral — as gentilezas, os sacrifícios, as profundidades da coragem e da bondade humanas, toda as abstrações que ou achávamos ou fingíamos achar inspiradoras (*inspiradoras*: que conceito apavorante, implica que um dia feitos semelhantes podem ser esperados de todos nós). Havia também aqueles momentos de beleza concreta; imagens que apelavam, quase que por reflexo, a nosso senso vestigial de estética. O rosto cristalino e oco de Paulie ao luar dois dias depois de sua morte. A simetria perfeita do cisto no ombro de Brookie, como uma moeda pressionada em sua pele. A elegância temível do próprio lentivírus: seu formato, sua estratégia de caça.

    Toda essa destruição e esse sofrimento, toda essa feiura e desperdício sobrenaturais — em meio a tudo isso, nos era negada até a pureza de nosso horror. Naqueles momentos de graciosidade, lembrávamos que este apocalipse não era completo, portanto não era inevitável.

    E esta era uma violência de outra ordem.

DEZOITO
cel

— Luke, foi uma cilada — diz Cel na terça de manhã. Ela está na sala dele de novo. Não consegue se lembrar de ter aparecido ali, nem de bater, mas ali está ela; os fatos falam por si.

A caixa postal de Cel estava lotada naquela manhã. Havia recados de jornalistas de cada variedade de credibilidade e decência; alguns foram deixados em horários estranhos, vindos de repórteres com fortes sotaques. O tiroteio de Ohio em si não foi registrado muito além da mídia dos Estados Unidos — a imprensa global parecia considerar a violência armada norte-americana uma preocupação desconcertante, altamente de nicho —, mas a história das opiniões de Mattie a respeito do tiroteio, ao que parecia, eram de interesse do mundo todo. Os jornalistas europeus tinham muitas perguntas sobre o comentário do *Mein Kampf*; os americanos estavam principalmente interessados nas observações de Mattie sobre as armas. A NRA emitiu uma declaração sobre os comentários e muitos repórteres queriam que Cel comentasse sobre isso. Ela ouviu contrariada os recados, com uma empolgação vaga e meio culpada.

— Foi completamente inaceitável — diz ela. — Foi *mais* do que um golpe baixo. Mas sinceramente? No longo prazo? A cagada é deles. — Cel tenta dizer isso na voz cheia de autoridade com que os ricos dizem esse tipo de coisa, como se seu desprazer pessoal implicasse repercussões significativas. — E no longo prazo? Vai custar a *eles*.

Cel esperava que Luke gritasse, mas ele não diz nada, só se debruça solenemente sobre uma pilha de fotos. Sua mudez aumenta o silêncio sinistro do prédio: normalmente esta é a hora do dia em que as luzes são testadas, os convidados são preparados. Amanhã, a gravação voltará com um concurso de beleza de drag queens — um retrocesso anódino que faz Cel pensar com esnobismo nos concorrentes de Mattie M.

— Haverá consequências — acrescenta Cel a esmo, em uma voz severa, vagamente de Antigo Testamento. Luke ainda não diz nada. Cel não gosta deste novo Luke passivo e inerte; tem a sensação de algo pior do que a calmaria antes da tempestade — a praia seca antes do tsunami, talvez. — Quer dizer, Luke, não vou ficar de papo-furado com você. — Luke gosta quando as pessoas dizem coisas assim. — Vamos passar dias jogando na defesa.

— O que você acha dela no papel da esposa enganada? — Luke estende a foto de uma mulher com cabelo bagunçado e bifocais. — Confusa demais?

— O quê? — diz Cel. — Ah. Acho que sim, é. Que *óculos* são esses?

— Eu sei. — Luke olha a foto com tristeza, depois baixa na mesa. — E ela? — Ele levanta outra. — Sensual demais?

— O quê? Quer dizer, sim, talvez. Peraí, por que *você* está fazendo isso?

— Eu rebaixei a mim mesmo.

— Ah. — Cel não sabia dessa alternativa. — Mattie sabe disso?

Luke solta um bufo como uma chaleira.

— Mattie *sabe* disso. — Ele fala com decisão, como se este comentário se explicasse sozinho. — *Mattie*, graças a Deus, não é mais problema meu.

— Você se demitiu? — diz Cel. A fala sai num tom alarmado, o que faz muito pouco sentido.

— Ha, não — diz ele. — Você não tem essa sorte. Eles vão trazer alguém de fora.

— Ah. — Cel ouvira falar nesse tipo de coisa — estúdios contratando alguém para ecoar a visão dominante com mais estridência do que alguém de dentro se atreveria a fazer.

— O que não significa que você está demitida, necessariamente — diz Luke. — Mas também não significa que não está.

— Ah. — Cel achava que não se importava.

— Mas ele não dá ouvidos a nós — diz Luke. — Então vamos ver se ouve outra pessoa.

— Parece um cenário espera-só-seu-pai-chegar-em-casa.

— Bom, eu não saberia dizer, mas certamente.

— E quem é?

— Eddie Marcus. Da Advantage Consulting. Mattie o quis. Pelo visto, eles se conhecem de outros tempos.

— Que tempo?

— Quanto menos soubermos sobre isso, melhor. Mas, Cel, posso ser inteiramente franco?

Cel gesticula um *claro que sim*, embora ele não esteja olhando.

— Para ser franco, não consigo ver a importância disso. Pelo que eu soube, esse Marcus não é muito crível. Talvez Mattie na verdade só o esteja trazendo para uma eutanásia nessa história toda. O que, sinceramente, por mim, tudo bem. Desde que seja humano e eu não precise saber dos detalhes. — Luke roda sua cadeira. Sua nuca é mais clara do que o resto e esta exposição da parte dele parece uma estranha forma de vulnerabilidade, como se ele fosse um predador beta admitindo a derrota. — Mas preciso dizer que se o plano é esse, você já esteve fazendo um trabalho muito bom nesse sentido.

Ele roda de volta e lança a Cel um olhar de quem a pegou olhando para *ele*. E talvez ela estivesse mesmo. Ultimamente, quase tudo parece possível.

— Não fui inteiramente justo com você, Cel — diz ele. Este sarcasmo é transversal para tanto lado que talvez nem seja sarcasmo nenhum. — Esse tempo todo, estive pensando que você era péssima em seu trabalho. Mas isso depende inteiramente do que realmente é seu trabalho! Como assessora de imprensa, é verdade, você é extraordinariamente incompetente. Mas olho esta missão kamikaze que Mattie iniciou e me pergunto se talvez eu tenha entendido tudo ao contrário. Talvez ele tenha te contratado para ajudá-lo a detonar essa coisa. Neste caso, serei o primeiro a dizer, ótimo trabalho!

Luke pega outra foto. Olha por um bom tempo, seus dedos tamborilando no queixo. Lá fora, nuvens em forma de voluta vagam em um céu aflitivamente azul.

— Isto é... você está tocando uma *sonata* ou coisa assim? — diz Cel.

Ele para.

— Por que mesmo eu vim aqui?

— Não sei — diz Luke. — Só o que sei é que hoje estou julgando concursos de beleza. — Ele sacode as fotografias. — Se quiser ajudar, ainda estamos com poucas tiaras.

Cel decide dar uma caminhada porque parece que ninguém vai se importar. Vai para o sul, passa por turistas de saia-calça, garotas com franjas de Bettie Page. Uma mulher liderada por um exército de dachshunds intrometidos. Velhos jogando xadrez no parque usando tampas de garrafa como peões. Uma velha economia de que Hal teria gostado. Um deles, com cabelo grisalho e embaraçado e um nariz vermelho e brilhante, pisca para ela.

Na frente do Sunshine Hotel, ela quase é atropelada por um táxi. "Olhe por onde anda!", grita o taxista, e Cel quase é tocada pela profundidade da raiva dele. Uma vez, na Times Square, ela viu um homem gritar *Cuidado, porra!* pouco antes de um ônibus quase abalroar outro homem em um cruzamento. Depois disso, o terror do homem gritando se metamorfoseou em uma espécie de apoplexia trêmula; ele quase não conseguiu apertar a mão do outro homem.

Cel percebe uma tonalidade marrom jogada na luz; do outro lado da rua, homens estão guardando seus tambores. Ela corre para baixo de um toldo que promete GAROTAS DANÇARINAS LINDAS MULHERES, momentos antes de a chuva cair. Ela espera. Quando a chuva diminui, Cel corre à calçada, quase esbarrando em uma mulher que passeia com um cachorro. A mulher, Cel vê, está chorando. Cel se afasta atrapalhada antes de registrar plenamente outros pormenores (trela passada três vezes no pulso de uma das mãos, cigarro pela metade na outra), murmurando pedidos de desculpas que ela sabe que serão tragados pelo efeito Doppler das buzinas do que parece — mas não pode realmente ser? — um único táxi espetacularmente ofendido.

Cel chega em casa cedo o bastante para lavar a roupa — o que, por Deus, ela faz mesmo! Quando volta ao apartamento, está ofegante, suas pernas parecem geleia: seis meses em Nova York e ela ainda não conseguiu dominar a própria escada. Ela se encosta na parede, os músculos da coxa estremecida, antes de pegar sua chave. A chave é estritamente uma formalidade: é tão fácil arrombar sua tranca que Cel chegou a usar a carteira da Smith por um tempo até Nikki proclamar que isto era ruim para o moral.

Dentro de casa, o piso de madeira range num tumulto — Cel sempre se sente meio repreendida por eles, e hoje esta sensação é aumentada pela visão de Elspeth empertigada no sofá.

— Ora, ora — diz ela.

— Ah, oi! — diz Cel, largando o cesto de roupa limpa.

— Você se esqueceu de mim — diz Elspeth. — Por que está *molhada*?

— Eu estava na lavanderia e minhas roupas não secavam. Eu não *esqueci*. — Cel faz essas declarações juntas, como se uma desse apoio à outra: ninguém pode dizer que ela não aprendeu nada trabalhando na televisão.

— Você usou a secadora como eu te ensinei? — diz Nikki, saindo de seu quarto.

— Sim — diz Cel, jogando-se no sofá. — Até tirei as roupas secas de outra pessoa. Tive de pegar em muita roupa íntima extravagante e ainda assim não deu certo.

— Você está *vazando* água gelada — diz Elspeth.

Cel joga um cobertor para ela e dá um tapinha em sua cabeça. Elspeth veste o de sempre — saia florida, óculos volumosos, tênis terrivelmente grandes. Seu cabelo verde com faixas de gambá está penteado em pontos de estalagmite.

— Belo cabelo — diz Cel. — Você parece a Estátua da Liberdade. Acho que já conheceu Nikki.

— Eu *conheci mesmo* Nikki — diz Elspeth. — Ela acaba de me contar sobre sua, hmm, calça?

— É uma calçaia — diz Nikki. — Sabe, parece uma saia? Mas por baixo é um short.

— As maravilhas de Nova York.

— Ah, tenho certeza que você pode comprar em outros lugares — diz Nikki. — Até em Massachusetts.

Elspeth chuta Cel por baixo do cobertor.

— Achei que você ia chegar mais tarde — diz Cel.

— Eu *devia* chegar aqui ao meio-dia — diz Elspeth. — Deixei um recado e tudo para você.

— Desculpe. Tem sido meio... agitado por aqui.

— Posso imaginar. Bom, não, na verdade não posso. Mas então, eu tinha tanto tempo para matar que fiquei esperando por ingressos com desconto para o *Fantasma da Ópera*. Então eu os *consegui*, e liguei para você e você *ainda* não tinha chegado, então não tive alternativa senão *ir*.

— Você foi?

— Meu Deus, os problemas paternos naquela coisa! Parece freudianismo em música! Já viu?

— Eu vi — diz Nikki. — Duas vezes.

— Não é hilário? — diz Elspeth — E, quer dizer, perturbador, evidentemente.

— Acho romântico — diz Nikki.

Elspeth olha para Cel com uma expressão de franca desorientação, como se ela tivesse descido no ponto de ônibus errado. Cel dá um tapinha tranquilizador em seu pé.

— Desculpe se me esqueci — diz ela.

— Você disse que não se esqueceu.

— Eu sei — diz Cel. — Desculpe por isso também.

Na quarta-feira, a CPA pede um boicote a *The Mattie M Show*.

— Um boicote! — diz Luke ao telefone — Bom, por que não, né? Primeiro a África do Sul por causa do *apartheid*, agora nós!

O boicote ganha a primeira hora do programa *Today*: já está claro que, fora das telas, acontece algo real. O foco da CPA parece bem astuto — dirigido a empresas conservadoras o bastante para ser solidárias à causa, bem-sucedidas o bastante para considerar a retirada de seus negócios e grandes o bastante para atingir fortemente o programa, se elas aderirem. Estas são as empresas que nunca ficaram emocionadas em anunciar no *Mattie*, para começo de conversa, mas para as quais, até agora, os cálculos foram relativamente simples — não só porque os anúncios movimentam confiavelmente as vendas, mas também porque o público de *Mattie* é amplo o suficiente para ser um problema de marca, não importa o que qualquer um dos anunciantes pense privadamente; por este motivo, *Mattie* costuma ganhar negócios de empresas "amigas da família" que fogem de programas consideravelmente mais brandos com audiências um tanto menores. Mas agora, pelo visto, o cálculo está mudando.

A caminho da sala de Luke, Cel quase tropeça no novo assessor de imprensa.

— Com licença — diz ela, e o homem assente com magnanimidade. Seu cabelo é cicatrizado com algo que ela torce para ser gel e Cel sabe, só de olhar, que ele sempre foi muito rico. O que é esse jeito de uma pessoa com dinheiro parecer a anfitriã de cada ambiente em que entra?

Como uma saudação, Luke entrega a Cel uma Coca com canudinho. Ela tem sido uma fanática por canudos desde que leu um artigo sobre anéis de latinha e urina de rato. Ela insiste em levantar esse assunto acidentalmente nas festas. Suzanne Bryanson está na TV de novo, parecendo um pouco mais refinada — investiu em uma maquiagem decente, pelo menos alguma intervenção na sobrancelha. Melhorias nefastas, pensa ela, implicando um compromisso com o longo prazo.

"*Nem imagino o que Mattie quis dizer com aquele comentário*", está dizendo Suzanne Bryanson. Eles devem estar falando das observações de Mattie sobre o *Mein Kampf*. "*Mas sei que é, em última análise, uma distração. Aquela conversa equivale ao debate interminável sobre a autenticidade das brigas de Mattie. Mas a questão não é realmente essa, é? A questão é que* nós *queremos que essas pessoas tenham se machucado. Nós nos sentimos merecedores da realidade daquela violência.*"

É evidente que grande parte disso foi decorado, mas Cel duvida de que muita gente vá perceber e ela verdadeiramente não consegue imaginar quem vai se importar.

"*Como consumidores, ficamos decepcionados se forem falsas*", diz Suzanne Bryanson. "*E, com o tempo, isto anestesia nossa dor. Contribui para uma sociopatia latente em massa na* cultura."

Cel nunca viu alguém tentar essa altivez gettysburguiana na televisão, que dirá se safar com ela.

— Não consigo ouvir essa merda — diz Luke, desligando a TV.

— Conheci o assessor de imprensa — diz Cel.

— Bom, permita-me beijar sua mão.

Ele olha fixo o corredor, onde acrobatas rodopiam serenamente. Estão aqui para entreter a plateia durante os comerciais, mas o episódio do delinquente juvenil foi cancelado de novo — e de novo não tem plateia, e os acrobatas rodopiam para ninguém.

— Será um choque para você se eu não estiver otimista demais com esse sujeito? — pergunta Luke.

— Acho que a essa altura já passei do ponto do choque.

— Ha! — diz Luke. — Não deixe Mattie te ouvir dizendo isso. Ele vai considerar uma espécie de desafio.

O boicote ganha o noticiário noturno, depois o das onze, depois — estranhamente — o monólogo do *Tonight Show*.

— Desligue isso — diz Elspeth. — Vá dormir.

— Eu vou — diz Cel. — Eu vou.

Ela não vai. Em vez disso, vê a reprise da meia-noite de *Mattie M* na afiliada NBC. A *Paixão Proibida* desta noite fala de irmão e irmã. Eles são mesmo meigos, esses dois: jovens e razoavelmente atraentes, mas o padrão dos convidados de *Mattie M*: sua semelhança leve o bastante para registrar que eles ficam bem juntos. Eles ficaram de mãos dadas até quando a câmera estava desligada, Cel se lembra.

Ela assiste até o início das vaias, depois desliga e tenta dormir.

DEZENOVE
semi

1986-1989

Em janeiro, juntamos cobertores e remédios e fomos ver o cometa. No parque, tinham apagado todas as luzes. Stephen disse que isso não causava nada demais nas estrelas.

— E daí? — disse Brookie. — Vai querer pegar essa coisa da próxima vez?

Ficamos bem juntos, tremendo por vários motivos. Ficamos em meio a corretores de valores, lésbicas de batom preto e jovens com pele descamando da cara, homens que agora não saíam muito à luz do dia. Ficamos em meio a sem-teto bêbados de longa data; os sem-teto novos e desconcertados, recém-saídos dos hospitais. E lá estava, visível através da trama de galhos: exatamente como profetizado e bem na hora.

— Eles conseguem calcular *isso* — disse Brookie. — Eles conseguem saber como botar um homem na porra da Lua!

— Pensei que você não acreditasse nisso.

Ele suspirou.

— Hoje em dia, acredito em qualquer coisa.

Acima de nós, o cometa era uma flecha goética e reluzente correndo sobre seus espectadores e além deles: sobre o apartamento em Chelsea e o pequeno teatro no Village, sobre o quarto de hospital em que Paulie tinha morrido e a praia onde o conhecemos. Ele navegou sobre os tambores de óleo iluminados pelo fogo no Bronx e as dançarinas nuas lambendo acrílico na Times Square; navegou sobre bancas de jornais vendendo cachimbos de crack I ♥ NY e aquele novo alojamento monstruoso que estão montando na Terceira Avenida. Correu sobre nossos refúgios recém-transfigurados — os Everard Baths agora eram um shopping center, a Saint incorporada pela Universidade de Nova York —, bem como muitas reformas loucas da cidade. Substituíram cada mosaico de porcelana da entrada do Bethesda Terrace; refizeram a piscina de Crotona Park — onde, em outra suposta vida, um jovem Matthew Miller tinha jogado. Que ninguém diga que nosso governo não fazia nada por nós! Vamos dar a César todo o crédito que ele merece!

Sim, no mundo fora dos quartos de hospital, Nova York se lançava de volta à vida. O cometa correu sobre as novas butiques em Park Slope, os arranha-céus distorcendo a silhueta de longa estática, os bistrôs piscando pela avenida Columbus. A avenida Columbus antigamente era um cortiço onde os criados moravam com os cavalos da carruagem: Matthew Miller me contou isso uma vez e, pelo que sei, pode ser verdade. É claro que aconteceram ressurreições mais estranhas.

— É bom ver algo que ninguém mais verá de novo também — disse Brookie.

Era uma época de profecias e peregrinações.

Acorríamos aos credos de nossas infâncias, ou inventávamos os nossos. Falávamos de deidades e demiurgos, ondinas e alquimia. Admirávamos a segunda lei da termodinâmica; o fato de que, em um dia diferente todo ano, todas as ginkgo de Nova York floresciam silenciosamente, em sincronia, à noite.

Era uma época de iniciação cultual — de estudos secretos e clubes de compra. Era uma época de Ave-Marias. Tinha peptídeo T, albendazol, anfotericina B oral, sulfato de dextrano — drogas que quase certamente não o salvariam, mas que provavelmente não iam te matar, e isso era mais do que se podia dizer da maioria das coisas naquela época.

Era uma época de conversão em massa. O senso de imortalidade dos jovens é considerado por muitos incorrigível, mas isso não bate com minhas anotações — outra nota de rodapé para os antropólogos, que são, afinal, nossos apologistas. Os jovens podem ser céticos com a mortalidade, mas podem ser convencidos — só precisam de uma geração vendo-se ser extinta.

Além disso, as transformações variavam. Alguns de nós foram tomados por uma serenidade até então impensável. Cínicos cretinos sorriam debaixo de suas cobertas falando em lemas e sinceridade. Os confusos crônicos enfim tinham razão, irradiando o tipo de ataraxia profunda que nunca encontrariam no Valium. Havia os efeitos reificantes da doença, aumentados pelo desaparecimento do corpo. No fim, nosso pessoal estava tão esquelético que só podiam ser mártires — prisioneiros da consciência; profetas de olhos desvairados vagando pelo deserto; vítimas das maldades que sempre chocam o mundo, mas apenas em retrospecto, é claro.

Os outros sintomas eram os efeitos colaterais.

Paulie: quase comatoso dos antibióticos, que de qualquer modo não faziam efeito. Tumores roxos e brilhantes aglomerados nas gengivas. Sua respiração raspando como Sísifo à superfície — um som, ele insistia em nos dizer, que queríamos continuar ouvindo.

O peito de Nick, ainda vagamente bonito, enrugado onde aplicaram laser em suas lesões. Seu abdome grampeado, onde removeram parte do fígado. Ele ficou feliz por não ter sido o estômago; outras pessoas, disse ele, não tiveram tanta sorte.

Brookie, tremendo do interferon. Listras tigrando seus braços, por que motivo nunca pudemos perguntar. Passávamos a aceitar esse tipo de coisa; nós aprendíamos.

* * *

Disseram que algo a considerar eram os estudos duplo-cego. Chances iguais de tomar um placebo: ah, mas que diabos, a essa altura.

Disseram que os estudos duplo-cego eram sádicos. Disseram que era *perversidade* deixar sua vida se tornar uma variável controlada, seu sofrimento um custo irrecuperável, sua morte a conclusão inevitável contra outros resultados mais surpreendentes que podiam ser aferidos. E depois passar a eternidade como um ponto de dados no artigo de algum patife ambicioso!

Disseram que tudo isso era um constituinte necessário dos dados médicos publicáveis. Disseram que alguém podia muito bem ser útil.

Disseram que nos tornaríamos úteis para a ciência assim como a ciência se fez útil para nós.

Disseram que morrer de um jeito útil era a última chance de ter uma vida plena de significados para alguém que ainda não teve tempo.

Disseram que o que era dito era imperdoável, e que o hipócrita *escroto* que dizia isso merecia o maldito comprimido de açúcar.

Disseram que ninguém pretendia nada disso — nem uma palavra, nem uma palavra, nem uma só palavra útil.

Ainda existia sexo, de certo modo.

O sexo era Clorox e nonoxinol-9; masturbação mútua a uma boa distância. O sexo era peróxido de hidrogênio e chegava no ar. O sexo eram os inspetores do Departamento de Defesa do Consumidor enchendo as saunas, importunando todo mundo sobre a obediência voluntária.

Brookie: "É aí que você recebe uma senha de segurança, não é?"

O sexo eram clubes de punheta e cartazes de sexo seguro, promessas de sexo seguro, literatura de sexo seguro. O sexo, para alguns de nós, ainda era apenas sexo: Stephen continuou indo às saunas até elas fecharem e depois foi a outros lugares. "Bernie Goetz", como o chamávamos carinhosamente; nosso próprio Justiceiro da Pulsão de Morte.

Ou talvez o sexo estivesse em algo inteiramente diferente, em outros sacramentos profanos. Amassando a pele de uma coluna hiperarticulada.

Passando iodeto em volta de um mamilo. O sexo estava na silhueta de fúrcula de íleo saliente, na morfologia fálica de uma cicatriz queloidal. O sexo estava no próprio ciclo lítico — sua penetração, sua intimidade. O sexo estava na mão em concha levemente em volta de um dedo ossudo, um cálice de súplica: inútil e fugaz como o próprio amor.

Ligávamos para ouvir o telefone tocar. Ligávamos para ver quem ainda ia atender. Ligávamos para números de quartos de hospital e funerárias e endereços de correspondência na cidade natal. Cherry Cerise era da Virgínia Ocidental! Como é que nunca soubemos disso? Ela ia ter que ouvir bastante por isso, pode apostar, quando voltasse a Nova York.

Ligávamos para tentar falar de outras coisas. Do que os outros falavam? Bom, a economia afundava, para começar. O índice de homicídios dobrava, mesmo que você não levasse em conta as nossas mortes, o que ninguém fazia. Os outros se preocupavam com Tylenol contaminado e doença dos Legionários; preocupavam-se com vazamento de gás freon do rinque de patinação do Central Park. Preocupavam-se ostensivamente com o garotinho que caiu na jaula do urso polar no zoológico do Prospect Park, com o corredor solitário assaltado no parque.

"Nenhum de Nós Está Seguro", entoou o *New York Post*.

— Ah, é? — disse Brookie mansamente. — Nunca soube disso.

Ligávamos para saber se podíamos passar com um sanduíche e, se não um sanduíche, então uma sopa, se não sopa, então flores, então talvez só pudéssemos passar para cumprimentar e, se não hoje, então amanhã, ou no dia seguinte, ou no outro?

Ligávamos para descobrir o que podíamos fazer e ligávamos para nos livrar da obrigação.

Ligávamos para ouvir que podíamos ser necessários; ligávamos para ouvir que não éramos mais.

O ciclo dos funerais era ainda mais acelerado; nos fins de semana, fazíamos malabarismos entre eles como amantes. Agora estávamos acostumados a caixões de brilho militar, a seus interiores acolchoados e repugnantes — começávamos a ter opiniões sobre as coisas! Estávamos familiarizados com as mais recentes inovações tecnológicas: o falecido aparecendo em vídeo, em cores vivas. Estávamos acostumados com as pessoas que realmente pareciam surpresas de estarem lá — cada funeral tinha uma: um pai ou mãe sem noção, um chefe bem-intencionado, um sobrinho adolescente. A tensão dramática vinha da sensação de que os acontecimentos podiam se desenrolar de um jeito diferente do habitual: assistíamos, cansados, enquanto eles lamentavam.

No fim, havia funerais para tanta gente morta que nem se conseguia acreditar que antigamente você conheceu tantos vivos. Teve o pintor do Ansonia. Teve Cherry Cerise. Teve o segurança de cara amarrada que uma vez nos atormentou na frente do Electric Circus — esse foi por drogas, supúnhamos (mas tentávamos não supor nada). Nick, suas lindas feições distorcidas pelos esteroides, cuja família era mais pobre e tinha muito menos medo de nós do que esperávamos (mas tentávamos não esperar nada também).

A perda dessa magnitude não só suprime; ela incorpora, destrói retroativamente. Se todas essas mortes não eram um pesadelo, então aqueles vivos, ao que parecia, tinham sido nossa ilusão. Será que realmente nós éramos tantos assim? Não achávamos que isso pudesse ser verdade.

Às vezes se ouvia falar que o morto parecia estar dormindo. Este não era o nosso caso. Nossos mortos eram tão mortos que eram misteriosos; eles transformaram a morte em obras do *camp* sofisticado. Ao lado de nossos mortos, os objetos pareciam animados.

Pense, por exemplo, em um postal do *Davi* — guardado durante anos para os mesmos gracejos que você brevemente estará lendo para um salão de enlutados reunidos. Suas mãos tremem um pouco e o postal junto com elas; você olha fixo o *Davi* de um jeito acusador. Paulie adorava essa estátua, adorava aquela cidade. Você mesmo esteve lá uma vez, em

Florença, e ficou maravilhado com o caráter vivo do *Davi*. Há alguma cinese impossível em sua imobilidade — a sensação de uma veia basílica tremulando, um músculo ainda contorcido, um coração rosado e carnudo, preso agora entre as batidas. Esta estátua respira — você nem acredita que faz isso — sempre que você pisca.

Pense nesta imagem — esta representação de uma representação de um homem —, depois pense na coisa no caixão diante de você. Olhe seus braços de espantalho, sua pele de massa; sua forma bruta e sobrenatural — primitiva e só vagamente antropoide, como um desenho numa caverna ou um boneco de vodu. (*Eu pareço péssimo. Você não. Estou apavorante. Pareço uma coisa que nunca devia ser uma pessoa. Você não é apavorante, e não importa a sua aparência. Sim, eu sou e, sim, a minha importa.*) Olhe fixamente este objeto por um tempo, depois procure imaginá-lo cantando "I Just Called to Say I Love You" em uma voz alta de rádio matinal, exibindo um corte de cabelo pajem que não casa bem com seu maxilar. A coisa fez isso uma vez, aquela forma, mas lembrar disso agora parece monstruoso, quase uma blasfêmia: como se a pessoa fosse um insulto à coisa, e não o contrário.

Testemunhe mortes em número suficiente e é a vida que começa a parecer uma heresia. Que os mortos enterrem seus mortos, você pensa, e é melhor deixar em paz quem está no caixão.

Foi uma época de êxodos.
Fomos às Filipinas para cirurgia mediúnica.
Fomos ao México para ver curandeiros holísticos.
Fomos a Paris para mendigar.
Fomos ao Beth Israel para mendigar.
Fomos até os nossos pais para mendigar.
Nunca saímos de casa e ainda assim nunca voltamos.

Disseram que o AZT era um veneno.
Disseram que o AZT custava dez mil dólares por ano.

Disseram que o vírus tinha desenvolvido resistência ao AZT, mas que isto não se refletia no preço.

Disseram, e foi Brookie: "Não há ineficiência no livre mercado!"

Disseram que nosso pavor era *útil* para essas pessoas. E não conseguíamos enxergar isso? Não conseguíamos pensar no que isso *significava*? Elas estavam ganhando fortunas vendendo-nos esses venenos, que engolíamos numa gratidão irracional. E depois nos perguntávamos por que morríamos!

Talvez o político seja sempre pessoal; só de vez em quando ele é terminal.

Foi uma época de ação coletiva. Foi uma época de cânticos.

AJA, Lute, Combata a Aids.

AJA, mantenha a postura, amanhã de manhã na Prefeitura.

Não basta o AZT, o resto queremos ter.

Foi uma época de insurreição.

Foi uma época de mandar a cautela para o espaço.

Foi uma época de empoderamento.

Foi uma época de costas para a parede.

Foi uma época de pragmatismo militante.

Foi uma época de concessões radicais.

Foi uma época de guerra.

Foi uma época de quando em Roma.

Foi uma época de perguntar educadamente.

Foi uma época de perguntar de novo.

Foi uma época de mendigar, se chegasse a esse ponto, mas essa época já vinha acontecendo há algum tempo.

Foi uma época de agitprop e espetáculo: beijaços em saguões de hospital, executivos de farmacêuticas encurralados em suas casas. Corpos em caixões abertos desfilando pela prefeitura, suplicantes morrendo na catedral de St. Patrick.

Foi uma época de atos que falavam mais alto que as palavras.

Foi uma época de silêncio que falava mais alto que as palavras.

Foi uma época em que tudo falava mais alto que as palavras porque as palavras eram sempre reles e de todo modo ficamos sem elas.

Tornava-se uma época de imagética. Um Reagan de olhos vermelhos e jeito raivoso em um pôster. Impressões de palmas de mãos ensanguentadas em um cartaz. Mais de cem balões vermelhos balançando-se no protesto contra os preços do AZT, e nenhum Paulie em lugar nenhum para entrar com a música.

Bem no fim, tivemos as piadas.

Já soube que descobriram oficialmente a causa da Aids? Parece que é por causa de decorações com lâmpada dicroica sobre carpete cinza industrial.

O cara que fazia Verkhovensky em *Os Despossuídos*: "Não vou engolir essa deitado." Ele teve de ficar sentado com as costas retas por doze dias inteiros antes de morrer devido a uma lesão que bloqueou sua traqueia.

Paulie, roxo de hemorragia interna, o citomegalovírus desenfreado: "Devia ver o outro cara."

Como Anita Bryant soletra ajuda em inglês? A-I-D-S.

Outra de Verkhovensky: "Quando eu morrer, deem uma festa. Eu já sentei o shivá."

Foi dito pela Igreja Católica que a camisinha estimulava a imoralidade.

Foi dito pela pichação no banheiro: USE CAMISINHA E VIVA!

Foi dito pelos CDC que a Aids era a principal causa de morte de homens de menos de vinte e quatro anos.

Foi dito por Ed Koch: "Como Estou Indo?"

Foi dito por Stephen: "Mantenham a pólvora seca." Isto foi dito em seu bilhete de suicida, então ninguém pôde perguntar o que significava.

Alguns destinos são geracionais; escapar deles parece ser historicamente humilhante. Continuar aparecendo nos funerais devido a um tipo especial de vergonha — como ser um britânico saudável andando pelo campo de críquete no auge da Primeira Guerra Mundial.

Mas talvez não fosse tarde demais para nós! Os resultados dos testes lhe diziam o que o corpo deu a saber ao teste: mas os corpos não têm muitos truques na manga. Estaríamos algum dia inteiramente seguros de que fomos poupados? Com o passar do tempo, este terror tornou-se uma espécie de esperança. Revíamos compulsivamente as possibilidades, os lugares em que o destino podia vir nos encontrar. Há muito tempo tínhamos memorizado os suspeitos de sempre — o michê, o marinheiro, o mundo inteiro —, mas, no fundo, eram nossas noites mais felizes que considerávamos com maior suspeita: a primeira vez com amantes estimados, os melhores momentos com amigos mais queridos. Com o tempo, porém, isto passou a parecer grosseiramente infantil — esta superstição criptocapitalista de que o que mais valorizamos nos custará mais. Os jovens não querem morrer a troco de nada — mas, se vamos morrer, que seja por *amor*! Não, pensávamos: isso seria fácil demais. Nos últimos anos, pensávamos, em vez disso, nos momentos menores — aquelas noites fortuitas que nos envergonhamos de dizer que valorizamos.

O Halloween — deve ter sido por aí em 1981? —, quando dormimos com um homem vestido de Reagan: se a Aids tinha algum senso de humor, foi ali. O Greenwich Village piscando com suas lanternas e sua malícia alegre, e nos esquecemos de que devíamos ser infelizes.

Ou a noite em que tomamos um MDA e dançamos com "Gloria" com um ator teatral baixinho e gorducho, estritamente off-off-Broadway.

Ou rindo com um homem com óculos de aro de chifre sobre algo verdadeiramente nojento no banheiro da Bloomingdale's. Trepamos em um reservado um minuto depois disso. Agora estávamos rindo tanto que os rapazes que trepavam no *outro* reservado ameaçaram chamar o gerente, o que nos fez rir ainda mais.

* * *

Mais para o fim, existiram as exceções: os milagres e antimilagres, os casos anômalos e as lacunas.

Os diagnosticados estariam mortos em um ano, só que Brookie não morreu.

As pessoas em toda parte eram monstros, exceto naquela espagueteria no Village, onde os funcionários sempre eram gentis com os moribundos, mesmo quando o moribundo não estava em sua melhor forma.

Os moribundos eram anjos, só que de vez em quando não eram.

O mundo todo tinha acabado, só que ali ainda era Nova York.

Um dia, em 1988, voltamos do Café Orlin e encontramos Stephen sentado perto de uma janela aberta. Estava com uma camiseta molhada, parecia emaciado e estranho. Recentemente tinha deixado crescer um bigode, que achávamos questionável. Ele começou a malhar, vestir camisa xadrez, a coisa toda — não combinava com ele e de todo modo estava com um atraso de uma década.

Nós o olhamos sem questionar e ele deu de ombros. Talvez este não seja o começo de nada. Stephen sabia do fim de sua história o tempo todo; nós também saberíamos, se um dia ouvíssemos de verdade.

— De certo modo, é um alívio — disse ele por fim; e eu, para todos os efeitos, acredito nele.

VINTE
cel

Encontraram o corpo do segundo atirador em um rio no Oregon, metido numa represa. Ele deu um tiro em si mesmo alguns quilômetros rio acima — deve ter feito isso na água, na esperança de tornar o corpo anônimo — e Cel pensa que isto é muito inteligente, antes de pensar na merda que é pensar desse jeito. Descobrem seu bilhete de suicida dobrado em um saco ziploc no bolso — outra atitude inteligente, Cel lembra a si mesma de não pensar —, mas seu conteúdo não é liberado de imediato.

— Você *precisa* parar de assistir a isso — diz Nikki, enquanto a cobertura entra em sua quarta hora. Ela puxa a tomada da TV com um floreio e declara que o apartamento todo vai sair.

Cel a encara com um ar cansado. Um de seus olhos está fechado e parece que pode estar empacado assim.

— Sair — repete Nikki, colocando Cel de pé.

— Eu passo — diz Elspeth. Ela pinta as unhas com um pincel atômico verde.

— Ah, vamos! — diz Nikki. — Vai ser divertido! Vai ter homens por lá.

— Não tem problema — diz Elspeth. — Já conheço alguns.

— Ooh. Alguém em especial?

— Na verdade, sim. — Elspeth começa a preencher o polegar. — Tem um homem que conheço há anos. Bonito e inteligente, mas tragicamente baixo.

— Mas que pena!

— Duas vezes por ano, ficamos cegos de tão bêbados e ele passa quatro horas reclamando que ninguém jamais o amou, até que eu meio que tento dizer a ele que o amo. Depois nós dois nos esquecemos disso e repetimos tudo seis meses depois. — Ela sopra as unhas. — É perfeito.

— Uma mulher precisa de um homem como um não sei o que precisa de um não sei o quê — diz Cel.

— *Exatamente* — diz Elspeth, e começa com a outra mão.

— Nós podemos te arrumar uma manicure de verdade, sabia? — diz Nikki.

— *Podemos?* — Elspeth dá um gritinho e Cel a olha como quem diz *fica fria*.

Cel diz a Elspeth que vai para casa cedo, mas na verdade pretende ficar fora até tarde. No bar, ela ainda se pega procurando Scott na multidão e, quando alguém lhe dá um tapinha no ombro às duas e quinze, ela se vira com um sorriso desproposital. Mas é só um dos bartenders parecendo incomodado, gritando algo que Cel não consegue ouvir por três vezes até entregarem a ela um pedaço de papel com o telefone de Luke. Cel olha o bartender com um ar de *posso-usar-seu-telefone?*, mas ele já está olhando de um jeito *nem-tente-fazer-isso*, então ela sai em busca de um telefone público.

Luke atende depois de meio toque. Diz a ela que o encontre no estúdio às seis da manhã, isto é, dali a três horas e meia.

— Meu Deus, Luke, por que às seis? Quer dizer, por que não *agora*, já que estamos acordados?

Ele diz que as balsas ainda não estão operando e ela pergunta que balsas e ele diz para ela não se preocupar com isso.

— Seis horas — diz ele. — É uma emergência.

— Você mora em *Staten Island*, Luke? Porque isso também é tipo uma emergência.

— Seis horas. — Ele desliga antes que Cel possa perguntar como ele sabia onde ela estava.

Quando Cel chega aos estúdios, Luke está à espera. Ele é espectral e diluído no corredor escurecido, mas inconfundível mesmo em silhueta — Cel quase pode ver seus nervos tensos, a impaciência se irradiando por algo que já deveria ter acontecido, mas não aconteceu. Nem são seis horas ainda.

— Meu Deus, Luke, você me assustou.

— Não, não assustei — diz ele. Depois: — Você anda muito devagar, sabia disso?

Na sala dele, Cel observa enquanto Luke acende as luzes, depois adeja inquieto em um canto.

— Cel — diz ele, em uma voz desgastada e estranha. Se está prestes a demiti-la, ela tem certeza de que ele estaria de melhor humor.

— Luke, sei que as coisas têm sido terríveis — diz Cel. — Eu *sei*. Mas, seja o que for, vamos lidar com isso.

— Você não.

— Eu não... o quê? — Cel pisca. — Eu não sei?

Luke enfim se senta, então Cel faz o mesmo. Ela não tinha notado que esteve esperando por ele, como Mattie faz com os convidados.

— Cel, escuta. — A voz de Luke é rouca com uma estranha sinceridade fora do normal, como se ele estivesse prestes a fazer alguma declaração — de amor, ou algo ainda pior que Cel tem medo demais para imaginar.

— Estou ouvindo.

Luke enterra a cabeça nas mãos e começa a sacudi-la — anormal e manualmente.

— Meu Deus do céu — diz Cel. — *O que é?*

— Só fica pior. — Cel ouve, pela voz de Luke, que seu maxilar está cerrado.

— Só... fica... pior? — O tempo presente faz com que isto pareça menos uma informação e mais uma profecia.

Luke solta um riso estranho e meio louco.

— Luke! — Como isto é uma emergência, Cel se permite estalar os dedos diante da cara dele. — Por favor, fale normalmente.

Isso faz Luke enfim levantar a cabeça e plantar seu olhar em Cel. Assim que faz isso, ela deseja o contrário.

— Cel. — Ele parece admirado do que está dizendo. — Eles estavam trocando *cartas*.

— O quê? — O alívio de Cel por Luke finalmente falar parece afundar na incompreensão. — Quem estava?

— Mattie e o garoto.

— O garoto. — Isto sai em um tom de inocência insensata. — Que garoto?

Luke a encara, lastimoso; os olhos dele estão quase úmidos, o que certamente é impossível. Um segundo vazio se passa entre eles.

— Quer dizer o atirador?

Ele faz que sim com a cabeça e Cel sente a boca se abrir. Ela se ouve soltando um "Não!" — na verdade, ela o solta como um membro exagerado da plateia do estúdio.

— Sim — diz Luke. — O atirador. Aquele garoto.

Cel ainda tem a boca aberta; ela a fecha. Seu choque sobrepôs sua firme política de não deixar que Luke um dia veja sua surpresa, mas parece que ele não percebeu.

— *Por que* ele escrevia cartas a Mattie?

— A resposta a isto, infelizmente, está na carta.

— Não.

— Quem sabe? Pode ser uma espécie de relação epistolar de aconselhamento. Existe uma grande tradição disto, sabia? Talvez tenhamos um *Cartas a um jovem poeta* dos tempos modernos.

— Não sabia que Mattie respondia a cartas de alguém — diz Cel.

— *Canja de Galinha para o Adolescente Homicida!* — diz Luke, e ri com preocupação. Ele começou a adquirir sua atitude habitual para o desastre: atormentado, meio irônico, meio martirizante: *É de se esperar, é de se esperar, é mesmo de se esperar*. Esta é uma das modalidades mais desprezadas por Cel das muitas modalidades desprezíveis de Luke — este tom que implica que o universo programou esta catástrofe específica para persegui-lo especialmente; que todas as calamidades têm a ele como seu alvo pretendido e qualquer outro dano é puramente colateral. Mas é quase reconfortante ouvir isso agora — se o problema é só de Luke, então não pode ser só dela.

Cel vai à janela. Lá fora, o vento aperta: espumas de nuvens movem-se velozes sobre a cidade.

— Essa aí não abre, infelizmente. Se está pensando em pular.

— Eu nem sabia que Mattie lia a própria *correspondência*.

— Bom, suponho que toda celebridade tenha um ponto fraco. — A voz de Luke agora é clara demais, brilha como uma moeda falsa. — Quer dizer, com algumas celebridades, é na base do faça-um-pedido. Ou às vezes são cachorros, sabe? Então isto é meio parecido, só que, em vez de cachorros ou criancinhas carecas com câncer, Mattie decidiu aconselhar um assassino-em-massa-em-treinamento.

Acima da Sétima Avenida, as nuvens começam a se curvar de um jeito que lembra a Cel uma pintura de cemitérios que uma vez ela viu na *National Geographic*. Como se chamavam mesmo? Por um bom tempo, ela fez muita questão de se lembrar.

— Meu Deus — diz ela.

— Olha, não sei se Ele será de grande ajuda no momento. Mas a quem você *pode* apelar com um pepino desses? — Cel ouve Luke batendo o pé. — Qual é o nome do advogado de defesa de Eichmann? Ele pode ter algumas ideias.

Os cemitérios eram kurgans, Cel se lembra. Ela sente um alívio estúpido, seguido por um otimismo sem fundamento — se esta história da carta parece inacreditável, talvez não devam acreditar nela. Na verdade, é cruamente absurda para ser verdade — uma hiperextensão esteroidal da lógica da realidade, como a paranoia de um esquizofrênico ou o desfecho de uma piada. *Mattie M é terrível: o quanto ele é terrível?* Com essa, Cel sente uma efervescência de esperança.

— Luke, temos certeza de que não é algo que o garoto inventou? — Ela se vira. — Ou... quer dizer, o Filho de Sam não seguiu instruções de seu cão? John Hinckley atirou em Reagan por causa da Jodie Foster!

— Eu tive a mesma esperança — diz ele. — Mas não, infelizmente. Ao que parece, isto tudo é muito literal. Lamento, Cel.

Um cheiro de pimenta enche as narinas de Cel; ela sente seu coração ficar mais lento e percebe pela primeira vez que esteve acelerado.

— Quer dizer, sei que tivemos nossas diferenças — diz Luke. — Mas eu sinto muito.

— Pelo quê?

— Por você. Porque agora você terá de falar sobre isso com ele.

— Ah, sem essa.

— Bom, precisamos lidar com isso, não é? — Luke está usando sua voz de professor assistente. — Temos de abordar a questão, ou não?

Cel não diz nada. Pelo menos essas perguntas são retóricas, e não socráticas.

— E isso começa por uma conversa com Mattie.

— E você acha que sou o homem para o trabalho.

Luke dá de ombros; sua indisposição para tomar essa abertura como insulto assusta Cel mais do que ela compreende.

— Só o que sabemos é que ele deixou você no carro.

— Eu já estava nele!

— Mas ele não te *expulsou*.

— Não sei se ele notou que eu estava lá.

— Tenho certeza de que ele notaria se eu estivesse lá.

Cel encosta a testa no vidro, olhando para baixo até que a sensação de vertigem física quase faça par com aquela de seu íntimo. Na calçada, uma pincelada de verde berrante contra a esteira de concerto. Ela fecha o olho ruim e as pinceladas se tornam um homem negro de camisa verde-lima abaixando-se para pegar alguma coisa.

— Então você quer que eu o que... o interrogue sobre isso? Discuta com ele? Luke, ele é um advogado, porra!

— Ele foi defensor público! Não estou te pedindo para derrotá-lo em uma disputa de papelada. Só estou te pedindo para falar com ele.

— Pensei que fosse para isso que contratamos O Pequeno Lorde.

— A rede tem dúvidas a respeito desse cara.

— E eles não têm dúvidas a meu respeito?

— Acho que a palavra que eu usaria é "ignoram". Eles ignoram você e isto, por enquanto, é o bastante.

Lentamente, o homem de camisa polo se levanta com o que está segurando. Pode ser uma pena, uma aliança, um frasco de crack? A cautela de seus movimentos sugere algo que não foi largado, mas descoberto. Cel abre o olho ruim e o homem desaparece de novo na calçada.

— A única coisa útil que posso dizer, Cel, é que Mattie vai entender por que você está fazendo isso. Ele sabe que você precisa fazer e sabe por quê?

Cel sabe que é melhor citar Luke do que deixar que ele próprio faça isso.

— Porque este é o meu trabalho.

— Sim. Infelizmente é assim.

Lá fora, a luz fica sepulcral e tempestuosa. Este é o tipo de clima que Cel costuma gostar: céus revoltos de Van Gogh, a sensação do vento mudando e de possibilidades alteradas. Cel pode sentir Luke se demorar na porta — atormentado por um remorso pouco característico, ou apenas insatisfeito por ter dado a última palavra a Cel?

— Que foi? — diz Cel da janela. Sua respiração deixa o vidro embaçado.

— É só que... — Luke fala em voz baixa. — Quer dizer. Ninguém está esperando um milagre. Mas sabe como é, muita gente trabalha aqui.

— Eu sei.

Lá fora, a tempestade começava. Quando criança, ela adorava tempestades: céus encrespados lhe davam uma sensação perigosa e promissora — um senso de revolução ou um naufrágio do qual você acaba de sair em uma nova vida. Mas esta tempestade só parece o que é: outra coisa a se atravessar. Cel estreita os olhos para a chuva, procura pela camisa verde berrante do homem. Mas ele sumiu, desapareceu em Manhattan junto com o que estivesse segurando — Cel nunca saberá o que era e sente uma tristeza imbecil por isso. Que algo tão pequeno ainda possa ser permanente. Não é algo digno de se dizer a Luke, nem a ninguém. Ela se vira para falar mesmo assim e descobre que ele também já foi embora.

VINTE E UM
semi

1991

Por fim, chegou uma hora em que parecia que a guerra atingira um impasse. Os melhores homens foram para seus túmulos, só restaram os covardes para contá-los. Como outros sobreviventes antes de nós, ficamos envergonhados e fugimos.

Eu fui para a Islândia. Queria não ver a aurora boreal.

Durante anos, desejei vê-la. Agora, mal suportava que existisse. Certamente eu não suportava seu movimento pelo céu — para mim e só para mim, sozinho na neve estrangeira. Mas o que acontece sobre suportar coisas é isso nem mesmo depende de você; não há nada de opcional na resistência. E assim, é claro, lá estava ela: uma convulsão verde e elétrica, um espetáculo além da imaginação. Um milagre, é claro, e sabe do que mais? Estremeci e pensei: *Por que eu?* — mas isso foi só por hábito.

Eu estava de pé em um campo de pedras vulcânicas alcatroadas e antropomórficas: dava para entender por que os moradores pensavam que elas fossem trolls. Acima de mim havia um caos agitado, o céu brilhava malaquita, transformava a neve em cores que não tinham nome. Por acaso eu citava Tchekhov, percebi, sobre o que eu merecia por tentar fazer algo original com minha tristeza.

A luz alucinatória girava acima de mim — parecia operar uma profunda transformação em tudo que tocava, como o calor transforma a areia em vidro. O gelo era pirita, o ar, vitrificado; as pedras a minha volta não eram pedras, mas trolls, depois não eram trolls, mas fósseis — criaturas milenares calcificadas por cometas. Pisquei e elas eram as múmias em fuga de Pompeia; pisquei de novo e elas eram esqueletos nos ossuários de Praga. Elas eram as sombras calcinadas de Hiroshima em eterna fuga nas paredes. Elas eram os justos ungidos pelo Arrebatamento, postados em permanente censura a todos nós.

Que perversidade do destino é ser esquecido pelo apocalipse?

Mas não havia razão para pensar que temos apenas um. Este era um bom lugar como qualquer outro para esperar pelo apocalipse seguinte.

Deitei-me na neve e fechei os olhos. Pensei em tsunamis, em terremotos milenares. Pensei em Krakatoa, no asteroide que irradiou a Sibéria. Invoquei extraterrestres imperialistas, invoquei cavaleiros.

Sussurrei ao universo: *Leve-me com você. Leve-me com você.*

PARTE QUATRO

No escuro, uma chama se apaga. Depois
Apaga-se sua miragem.
— FREDERICK SEIDEL

Uma segunda chance — é *esta* a ilusão.
Nunca houve nada além de apenas uma.
— HENRY JAMES

VINTE E DOIS
semi

1993

O jornalista está me entendendo, infelizmente. Passou a me ligar à noite, depois de eu ter voltado do teatro ou do hospital e é muito difícil não atender ao telefone.

Na quarta vez que ele liga, digo que não estou interessado em chantagem.

— Não é chantagem — diz ele. — Não será esse tipo de matéria.

— Não *que* tipo de matéria? — Mas é claro que isso é me submeter às táticas dele; seu primeiro objetivo, antes de qualquer coisa, é me envolver.

— Seria mais como um estudo de personagem — diz ele, e eu rio dele.

— Bom, você sem dúvida escolheu o personagem — digo. — Estarei interessado em ver o que você descobriu.

Depois deligo e fico sozinho de novo, e imóvel.

— Não podemos desligar isso? — digo a Brookie, na terceira vez que a notícia da carta de fã de Ryan Muller aparece na CNN.

Não há resposta. Sei que ele não está realmente dormindo.

— Ei. — Dou um tapinha em seu pé. Debaixo dos lençóis, as unhas amareladas provavelmente cresceram de novo. As enfermeiras sabem se lembrar da maioria das coisas, mas se esquecem disso. — Vamos mudar de canal, está bem?

Ele engole em seco. Sua garganta solta um ruído infantil e viscoso. Pego a esponja pequena e umedeço sua boca. Quando acabo, ele me olha e diz:

— Perdi o controle remoto.

— Não acredito em você — digo, mexendo a esponja em seu jarro. Há algo neste ritual que me lembra do tingimento de ovos de Páscoa, mas quem um dia teria se sentado comigo durante um processo desses?

Brookie engole em seco de novo e fala.

— Onde é que eu teria escondido?

Ele tem razão. Veste uma bata de hospital — sem bolsos, o traseiro de fora — por baixo de três lençóis finos como papel, do tipo que a gente recebe nos aviões. Embora seja o meio de julho, ele está sempre congelando — dá para ouvir os dentes batendo, o corpo vibrando com a energia estranha de uma pessoa no meio da abstinência de cocaína. Enquanto isso, o resto de nós assa. As enfermeiras fazem a ronda com globos de suor embaixo dos braços; quando apagam as luzes ou pegam as comadres, podemos ver hemisférios de Ursinho Pooh e carrosséis, cães com ossinhos e gatos com guarda-chuvas chamativos — como se todos os seus universos enjoativos tivessem caído sob o eclipse. Até Ashley os tem e nós adoramos Ashley: ela é diminuta e imperturbável, e em circunstâncias diferentes pensamos que teríamos feito amizade com ela. Mas é verdade que nunca ficamos amigos de tantas mulheres assim.

Procuro com os olhos o controle remoto pelo quarto, mas não o vejo. Na mesa sobre rodas ao lado da cabeça de Brookie, há um copo de isopor com gelo meio derretido, a seção Fim de Semana da *Times*. Terça-feira é Ciência, mas não lemos mais isso.

Na televisão, ainda estão falando do tiroteio. Sempre estão falando do tiroteio. É um verão de noticiários lentos — uma década de noticiários lentos, à medida que passa, dependendo de sua perspectiva. Meu acompanhamento da história tem sido tênue e quase inteiramente a contragosto. O tiroteio, inegavelmente, é uma tragédia. Todavia, é sempre meio irritante ouvir falar de outras tragédias — observar a pressa em encontrar significado, discutir política. A disposição de considerar noções de prevenção, presunções de inocência. A compreensão reflexa de que essas questões de sofrimento e morte na verdade são de interesse geral. Nem os fanáticos por armas podem se safar de explicitamente não dar a mínima — na verdade, eles devem ser vistos para dar a aparência de que dão muita importância. Eles têm de ir à televisão para se contorcer em círculos autosselantes de lógica tão estreitos que só podem ser compreendidos como artigos de fé — e quem se daria ao trabalho de discutir, quem seria tão audacioso para duvidar da sinceridade de um deles? A conclusão é que, independentemente do que alguém possa pensar das armas, *é claro* que todos se importam com os mortos. Os mortos eram pessoas, afinal, e os vivos não são monstros.

Era tudo meio demais, mesmo antes do fiasco da carta, que lançou a imagem de Matthew em todos os canais. Agora, ele está em toda parte: fazem retrospectivas de seu programa, de sua vida, da carreira na política. Exibem os pontos altos de suas entrevistas. Tudo tem uma impressão de obituário — o que eu, em um nível profissional, acho que seja mesmo.

Agora estão mostrando clipes dele com Alice de pé na chuva.

— Já não sofri o bastante? — digo em voz alta.

— Talvez não — diz Brookie. Desta vez, eu de fato pensei que ele estivesse dormindo.

Suponho que a cobertura completa dessas cartas fosse inevitável. De certo modo, o *Mattie M* já é o maior fenômeno cultural do país — seu bode expiatório e prazer culpado, sua autoflagelação e pecado original. Mattie M já é Jonathan Swift e P.T. Barnum e Andy Kaufman; o Mágico de Oz e o homem atrás da cortina. Ele é a pessoa que começou o boato sobre aquela cena em que os munchkins cometem suicídio, e todas as pessoas que um dia juraram rebobinar a fita para tentar assistir.

— Estou obcecada por essa história — sussurra Ashley, e dou um salto de uns trinta centímetros.

— Semi também — diz Brookie. Ele está falando em sua voz extra desperta, aquela que nos diz para ainda não desistirmos dele.

— Não sei por que me importo — diz Ashley.

— Aposto que Semi sabe. — Brookie pisca uma pálpebra inchada. Mas não tenho mais medo dele: qualquer coisa que ele diga sobre Matthew vou atribuir ao delírio.

— Não me importo — digo. — Na verdade, fico profundamente entediado com isso.

— Fica? — diz Ashley levemente, e pega o controle remoto. De algum modo estava bem ali na mesa o tempo todo.

VINTE E TRÊS
cel

1993

O bilhete de suicida de Ryan Muller tem seis palavras: *Eu não sabia que era real.*

Seis palavras: quase nada, mas ainda assim mais do que qualquer um podia ter pedido. É o tamanho perfeito para rolar caixas de texto, para tirar prints de tela, para uma citação.

Eu não sabia que era real: uma afirmação declarativa com um antecedente não declarado. Na televisão, tudo gira ao redor do referente: será que ele não sabia que a arma era real, ou ele não sabia que as consequências morais eram reais? Talvez ele não soubesse que *The Mattie M Show* era real, propôs Suzanne Bryanson na CNN. Ela não é a primeira pessoa a concluir isto; vários outros anunciantes abandonaram o programa da noite para o dia.

"Mas *The Mattie M Show* não é real", diz o âncora. "É?"

Suzanne Bryanson diz que não acha que a questão seja essa.

Eu não sabia que era real: uma declaração gnômica, subgramatical, singularmente conveniente para a especulação desenfreada, as premissas divergentes reprimidas. ("Assim como a Segunda Emenda!", diz Luke.)

Eu não sabia que era real: mas real em que sentido? Talvez o real aqui seja metafórico. Pode ser um reflexo da ilusão: talvez Ryan Muller não soubesse que *ele* era real. Talvez, depois de anos de bullying, anos de invisibilidade, ele de algum modo não acreditasse em sua própria relação causal com o mundo. Esta interpretação é arriscada por um psicólogo que trabalha com jovens violentos. Ou talvez a questão seja metafísica: Ryan Muller não registrou a permanência da morte. Ou talvez seja epistemológica, uma questão de teoria da mente: ele não apreendia a realidade da vida dos outros alunos, suas consciências. Estas não são as palavras usadas pelos comentaristas, mas são as questões básicas em discussão: Cel nunca viu nada parecido na TV a cabo.

"Pelo menos esse não é dirigido a Mattie M", diz Tod Browning no *Tod Browning in the Morning*.

Ao longo do dia, surge um consenso de que Ryan Muller está se referindo à sátira. Blair McKinney volta ao ar, o coitado, para confirmar que nenhum dos alunos achava que fosse real no começo — não só porque era inacreditável, mas também porque os atiradores pretendiam apresentar uma sátira sobre a violência na mídia. Eles até trabalharam em algumas ideias iniciais em aula, disse ele, e todos esperavam que Troy e Ryan levassem isso muito a sério e fizessem alguma coisa estranha e perturbadora na versão final.

"O que está *acontecendo* em nossas escolas públicas?", diz Rush Limbaugh. "É *isto* que que os dólares de nossos contribuintes estão financiando? Esta é a história real aqui, pessoal, por mais que a mídia esquerdista queira fazer acreditar que se trata da bandida NRA e seus direitos constitucionais apavorantes ao uso de armas. Que diabos estão *ensinando* a nossos filhos?, é a pergunta que faço. E por que não tem ninguém cuidando *disso*?"

Ele depois passa a um discurso contra os sindicatos dos professores.

Era verdade, disse Blair McKinney, que Ryan Muller parecia quase surpreso no início, que ele rapidamente se virou e correu. E a balística determinou que a arma de Muller só foi disparada uma vez, atingindo Jacqueline Easton no braço. Mas é claro que não havia como saber por que Ryan Muller parou de atirar, ou por que ele sequer começou.

Mas se Ryan Muller não sabia que a sátira era real, diz Lee a uma Lisa que concorda com a cabeça, então ele não sabia que a arma era real: ele volta, sem parar, à arma. Será remotamente possível que ele não soubesse? Para a sorte dos produtores, esta interpretação pode ser testada empiricamente e é singularmente adequada para um truque na tela. Eles levam as pessoas a tentar adivinhar, mas isto deve ser desnecessário: Cel nunca conheceu ninguém no setor que tivesse disparado um tiro — nenhum produtor, provavelmente, conheceria.

— Nem acredito que estão tentando tanto inventar desculpas para esse cara — diz Nikki. Ela está com uma mecha de cabelo na boca como uma criança. Elspeth está sentada ao lado dela, o cabelo verde e os olhos vidrados. Elas dividem uma tigela de pipoca, enfim unidas.

— Nunca teriam feito isso se ele não fosse um garoto branco e fotogênico — diz Elspeth.

— Ah, acho que *disso* nós podemos ter certeza — diz Nikki.

— Podemos mesmo — diz Elspeth. — Fizeram estudos e tudo. Se um garoto negro fizesse isso, ninguém ficaria procurando um jeito de perdoá-lo.

Ela tem razão sobre a cobertura, pensa Cel, estreitando os olhos para a televisão — mas não perdoa inteiramente o fato de ainda estarem assistindo.

E não é verdade que todos ainda estão assistindo?

A secretária eletrônica de Cel fica lotada no sábado de manhã. Ela tenta não deixar que isto a faça se sentir importante. Ainda não gosta deste emprego, mas começa a entender como alguém poderia gostar — poderia se viciar na adrenalina agitada da crise, na sensação de ser cronicamente requisitada. O direito correspondente de agir como que acossada o tempo todo por tudo. Ocorre a ela que provavelmente Luke *adora* esse trabalho. As mensagens são principalmente sobre o bilhete; muitas são sobre as cartas; algumas sobre observações de Mattie sobre armas — cobertura que continua a acontecer em um ciclo secundário por baixo da história de

Ryan Muller como a trama B de uma ópera cômica. Um dos recados é de Scott do Slingo's dizendo que ele sabe que este fim de semana deve estar uma loucura, mas se ela tiver algum tempo, ele adoraria lhe pagar uma bebida. Dois recados relacionados com boatos sobre Eddie Marcus — que (segundo o primeiro recado) foi demitido da comissão de saneamento nos anos 1970 em circunstâncias descritas como "dúbias", trazendo a desgraça a uma das mais importantes famílias do ramo de embalagens do país, o que quer que isto signifique. Cel *sabia* que esse cara era rico. Os outros recados contêm exigências insanas e/ou insensatas — um dos jornalistas quer entrevistar Alice (boa sorte!), outro quer entrevistar o antigo estagiário que já teve a tarefa de classificar a correspondência de Mattie, vários querem entrevistar o menino-diabo — mas acontece que já deram esse furo: Cel pega um Damian, o Menino-Diabo, no Canal 5 na hora do almoço, submetendo-se a um interrogatório sobre o comportamento de Mattie no dia do tiroteio. Cel tenta se lembrar se o menino-diabo chegou a conhecer Mattie. Hoje ele está sem maquiagem, usa um boné dos Yankees novo em folha cobrindo os chifres; de acordo com a legenda, seu nome é Ezra Rosenzweig.

Luke localizou o antigo estagiário de Mattie recuperando-se de mononucleose em Jersey City, e o arrastou para interrogatório. Seu nome é Jeremy Sampson-Lopez e ele diz a mesma coisa que disseram os estagiários atuais: sim, Mattie tem acesso a sua correspondência; não, ele nunca pareceu particularmente interessado em ler; e os próprios estagiários *não leem* suas cartas, exatamente, mas passam os olhos por elas para ver suas demandas centrais. Os fãs recebem como resposta uma foto de perfil, quer tenham pedido ou não; a correspondência de ódio é examinada rapidamente em busca de ameaças explícitas. Tudo isso vai depois para a reciclagem e nenhum nome é anotado, exceto nos casos sinistros extraordinários. Jeremy Sampson-Lopez acha que pode haver algumas cartas como esta da época de Paixão Secreta, mas isto foi antes de ele trabalhar ali e antes do período de tempo da carta do atirador.

Ele parece apavorado enquanto conta tudo isso; seus nódulos linfáticos inchados têm o tamanho de ameixas. Cel não tem coragem de levá-lo diante de Mattie, na esperança de dar um choque em sua consciência. Se Mattie ainda tiver consciência, certamente a essa altura é imune a choques.

A uma da tarde, Cel vai ao camarim de Mattie. Pela porta, ouve uma música coral desolada com ecos. Fica parada ali por um momento criando coragem.

Dentro do camarim, a música é muito mais alta — vozes graves enroscam-se em um acorde final que parece oco. Mattie não está virado para Cel, ele se olha no espelho.

— Ah — diz ele. — Vejo que eles decidiram trazer a artilharia.

Cel vê o próprio reflexo se retrair: será possível que ele não ouça as coisas que diz?

— Mattie — diz ela. — Precisamos conversar.

— Precisamos, é?

— Precisamos falar daquela carta.

Ela usa o substantivo no singular por otimismo.

— Sabe quantas cartas eu recebo em uma semana?

— Na verdade, sei. Passei a manhã toda vendo. — Cel está feliz por ele ainda não ter se virado para ela; ela começa a desenvolver uma simpatia verdadeira pela parte de trás da cabeça dele em relação ao outro lado. — Mas pelo visto você respondeu a esta.

— Respondo a muita correspondência minha. — Ele a olha rapidamente pelo espelho. — Acredite ou não.

Ele estende a mão para aumentar o volume do toca-fitas. Cel fica um tanto surpresa ao ver que a música na verdade é emitida de um dispositivo moderno. Algo no canto parece incrivelmente remoto, como se viesse de um poço, ou uma caverna, ou uma igreja de uma ilha sem aquecimento no meio de um escuro lago dos Bálcãs.

— Se você tem uma lembrança desta carta, Mattie, precisa contar a nós — diz Cel. — É o único jeito de podermos ajudá-lo.

— E eu pedi a ajuda de alguém?

Bom argumento, pensa Cel — e é precisamente o tipo de pensamento que a torna tão inadequada para este momento. Fundamentalmente, ela sabe que é uma pessoa pouco convincente; não tem capacidade real de convencer ninguém de nada — que determinada ideia é verdadeira, que uma ação específica deve ser empreendida. As únicas partes de seu trabalho em que já foi boa envolviam a deflexão. Ela podia ser uma assistente num show de mágica, uma cúmplice em uma longa trapaça. O que não pode fazer — o que é ridículo para Cel sequer tentar — é *exortar*.

— Você pode ser preso! — Ela exorta e Mattie ri dela.

— Acho que não. Mas na eventualidade improvável de eu receber uma intimação, garanto a você que serei inteiramente obediente à lei. Prometo não resistir à prisão ao vivo na TV. Prometo não repetir o que Ruby Ridge fez em nossos estúdios. Isso a deixa mais tranquila? Até lá, tenho uma caça às bruxas para dispensar.

— Você é a bruxa neste cenário?

— Talvez exista mais de uma.

— Gostaria de saber por que está fazendo isso.

— Não sei se determinamos que estou *fazendo* alguma coisa.

— Gostaria de saber por que você acha que alguém faria isso. Por que uma pessoa em sua posição esconderia cartas de um assassino. — Ela quase pode ver que ele reprime um protesto. — Tudo bem, um *suposto* assassino.

— Fui advogado de defesa. Não faço trabalho de promotor para eles. Certamente não estou fazendo o trabalho de Tod Browning por ele.

— Você *está* fazendo o trabalho de Tod Browning por ele! Se não falar sobre as cartas, significa que ele é que vai assumir esse papel.

Mattie esfrega os olhos por um longo tempo, depois olha para ela.

— Bom, que tal isso? — Seus olhos são vermelhos e um tanto instáveis. — Só hipoteticamente. E se uma pessoa fez uma promessa e procura não quebrar?

— Uma *promessa*? A um *atirador*? — *Suposto* atirador, ela pensa automaticamente, mas não dirá isso. — Mas... quer dizer... ele morreu. Quer dizer, para começar.

— Exatamente — diz Mattie. — Então é tarde demais para pedir permissão. Ou o perdão.

A música parece ficar mais alta de novo, embora Mattie não tenha tocado no controle. Cel tem a sensação de que o espaço entre o aqui e onde estão aqueles cantores está se ampliando, junto com o tempo entre o agora e quando eles cantaram. Ela puxa o suéter em volta do corpo; pensa que a música realmente pode deixá-la com frio.

— Você sabe que esta decisão só pode causar mais danos à imagem do programa — diz ela.

— Sei que provavelmente vai me complicar mais — diz ele. — Sim. Mas estou ainda mais consciente de que este programa ficará bem sem mim, se chegar a esse ponto.

— Não acho que seja esta a opinião da rede.

— Ah, *por favor*. — Mattie parece meio irritado, enfim: ora, isso é bom. — Tenho certeza de que eles têm fotos de uma dezena de substitutos diferentes no arquivo. Eu ficaria surpreso se não fizessem testes.

Será possível que ele tenha razão? Mattie M não é nem o astro, nem a alma de *The Mattie M Show* — nem sua Oprah, nem seu Lorne. Ele é mestre de cerimônias de um programa de variedades, mais ou menos, e isto pode sobreviver a seus apresentadores — o bastão do *Tonight Show* passando de Allen para Paar e dele para Carson até o cara novo, Leno. Mas, na verdade, o papel de Mattie é menos o de Carson do que de Ed McMahon — banca a voz da razão para as palhaçadas do programa, serve como representante da plateia no palco — e embora certamente não seja verdade que *qualquer um* possa fazer isso, parece provável que muita gente pode. Saber disto faz Cel sentir pena de Mattie de novo — ele é uma pessoa comum que tem uma vida comum em que ele é tremendamente irrelevante. A parte mais difícil da mudança é voltar atrás — Cel sabe porque fez isso — e agora deve ser tarde demais para Mattie. Cel tem muita, mas muita sorte por ser jovem, ela percebe. Nunca havia pensado bem nisso.

— Você tem um compromisso com seus funcionários — diz Cel. — Muita gente trabalha aqui.

— Sim, e alguns até querem isso. — Cel ignora essa. — Mas meus funcionários não são as únicas pessoas com quem tenho compromissos.

— Quer dizer os espectadores? Você detesta os espectadores.

Mattie nunca nega isso.

— Quero dizer o povo — diz ele em voz baixa.

E agora Cel o odeia de novo. O *povo*, pelo amor de *Deus*. Será que ele acha que é a porra do Winston *Churchill*? Essas são coisas que Luke pensaria, e talvez até falasse abertamente.

— E por falar nisso. — Mattie se vira. — A Aliança para o Controle de Armas me convidou para falar em um comício.

— O quê? Por quê? — Mas não, Cel sabe a resposta. Por que alguém quer Mattie em algum lugar? Para que as pessoas olhem naquela direção.

— Eu aceitei o convite.

— Você acha que é a porra do Winston Churchill?

— Claro que não — diz ele com seriedade, o que faz Cel querer jogar objetos pela sala. Um humano remotamente normal ficaria furioso com ela — como pode Mattie só ficar sentado ali e *ouvir*? E depois mais ou menos concordar com ela? A racionalidade incessante é uma espécie de *gaslighting* — uma forma de maus-tratos psicológicos no local de trabalho! Talvez ela possa apresentar queixa no RH.

— Como isso foi acontecer? — diz ela, e Mattie dá de ombros. *Não dê de ombros, não dê de ombros, não dê de ombros*, Cel pensa para ele, depois se lembra que Mattie, no momento, não está na TV.

— Eles procuraram Eddie — ele lhe diz.

— Não sei por que você confia na opinião dele.

— Certamente eu *considero* a opinião dele — diz Mattie. — Não penso que seja definitiva.

Cel trinca os dentes; não será seduzida a abstrações.

— Por favor, gostaria de saber só *por que* você está fazendo isso.

— Você acreditaria que eu realmente acredito nesta questão?

— Não. — Mas Cel ainda não consegue acreditar que está falando desse jeito, ela começa a esperar que Mattie a dispense. Pensa naquele personagem de *MASH*, aquele que repetidamente não obtém permissão para se matar. Uma figura trágica presa em uma trama cômica: a indignidade definitiva. — É difícil argumentar com uma pessoa como você — diz ela.

— Já me disseram que é difícil concordar comigo.

— Isso também.

— Bom, eu sinto muito — diz Mattie. — Não é culpa sua. Eu não ia querer seu trabalho.

— Ultimamente tenho ouvido muito isso.

— Eu também.

Algo nisso parece engraçado a Cel e ela ri. Ri até ter soluços, depois fala:

— A situação é absurda.

— Sim — diz Mattie. — Mas o que é a fé senão um gesto sobre a força do absurdo?

Ele dá de ombros como se isto fosse algo que as pessoas costumam falar, o que faz Cel voltar a rir, e desta vez Mattie ri um pouco também.

VINTE E QUATRO
semi

Dez anos da peste, e o que nos restou?

Restou-nos a dupla consciência.

Paulie balbuciando com Jean Stapleton na música tema de *Tudo em família*. Paulie com um lençol puxado sobre o rosto.

A Stonewall hoje: sua pequena entrada em arco, seu parque cercado arborizado e tranquilo. A Stonewall na época, com sua porta preta e poço dos desejos e muitas taxonomias lindas e extintas. Suas bichas escandalosas e as passivas, suas drags espalhafatosas e barangas, seus papa-anjos e frescos e pequenas ninfas de vestido, adoráveis demais para qualquer gênero. Elas hoje são criaturas míticas: mas quando eu era garoto, meu garoto, dragões e unicórnios andavam pela terra.

Restaram-nos slogans; grudam em nossa cabeça como jingles.

Faça muito barulho, ser gay é um orgulho.

Morte ao inseto fascista que ataca a vida do povo: foi assim que Brookie assinou toda a sua correspondência por algum tempo.

Restaram-nos as piadas, as pequenas ironias baratas e dramáticas.

Anders, o leão-de-chácara, expulso de sua carreira pela Fidelifacts, mais tarde tornou-se informante do FBI. Apareceu um artigo sobre isso depois que ele morreu. Nick e Peter iam gostar de saber.

Restaram-nos fragmentos de linguagem. "*Firn*": a neve que sobra da estação anterior. "Apofático": o conhecimento de deus obtido pela negação. Isso foi escrito em um caderno quando as pessoas ainda tateavam em busca de metáforas.

Restou-nos o som de um telefone tocando. Em certos estados de espírito, em determinadas horas, a luz intermitente de uma secretária eletrônica pode parecer um farol visto do mar.

E nos restaram, é claro, as consolações da *arte*.

Depois da Islândia, escrevi uma peça em uma espécie de ataque. Todo mundo que ainda estava nessa escrevia sobre a Aids, e foi o que fiz também — não só é quase impossível ser original, como há vezes em que você nem devia tentar. No fim, minha peça era uma reflexão *a posteriori*: uma retrospectiva modestamente elegíaca do que aconteceu, não uma voz chorando na selva para alertar contra o que seria. Era tarde demais para importar qualquer coisa que eu escrevesse; e, de todo modo, eu não era Larry Kramer. Sempre fui melindroso sobre a arte como comunicação política nos tempos em que esta era uma opinião que todos podiam bancar. Como todos os outros, superei minhas objeções — abandonei minha concepção servil, nabokoviana da Arte como um magistério excepcional existindo acima e além de nós, seus súditos mortais. O que é isso, no fim das contas, se não uma forma de crença religiosa? Se a fé é inescapável, pelo menos que a minha seja útil: que eu empreste meus talentos duvidosos à causa!

E assim tentei — por meses e anos, eu tentei. Tentei escrever algo comovente ou moralmente enaltecedor; tentei adotar uma espécie de estética socio-médico-realista. Mas, no fim, não consegui. Quando tentei reduzir minha arte a sua estrutura política, parecia que não existia nenhuma; só havia pessoas— aquelas que conheci, ou conheci melhor pela imaginação. Passei uma parte muito grande de meus anos de formação absorvendo informações complicadoras, talvez: no frigir dos ovos, eu não sabia afirmar nada em arte — nem (e talvez especialmente) todas as coisas que eu sabia que eram verdadeiras e corretas.

No fim, a forma da peça refletia essas neuroses. Sua estrutura justapôs convenções clássicas — erros trágicos, crises catárticas, um coro de vítimas da peste proferindo profecias e lamentações — com um embaralhar metafísico de términos e começos, linearidade e conteúdo. As versões mudavam a cada apresentação e o elenco alternava os papéis. A causalidade retrocedia em algumas noites e avançava em outras: a morte angustiada sugerindo a tépida reação política, depois o contrário. Cenas eram trocadas e eu acrescentava material novo constantemente. Comece o arco narrativo em um instantâneo, e a peça torna-se uma história moral; avançar para o fim pode mudá-la de redentora a niilista. Importa muito onde você termina uma história: isto se torna o que você se lembra, e se torna a questão. O título da peça era *Os Espectadores* e era, eu sabia, o melhor trabalho de minha vida.

Todavia, era um projeto menor, de completa irrelevância política. Eu imaginava que seria recebida no máximo como a peça de um dramaturgo pleno — na pior das hipóteses, um artifício abominável e explorador. Em vez disso, fez certo sucesso, como acontece nessas coisas; o embaralhamento fez as pessoas quererem falar da versão que elas viram, depois vê-la de novo. Sua temporada inicial foi estendida e comecei a ganhar uma pequena quantia de dinheiro sangrento. Até desenvolvi uma base de fãs entre as adolescentes artísticas de uma das melhores escolas particulares da cidade. Vinham nos fins de semana e gostavam de ficar pelo saguão depois da peça agarrando umas às outras e chorando.

No aniversário de um ano da peça, o teatro fez uma produção comemorativa.

A noite era adequadamente restrita — marcada por coquetéis tranquilos antes da apresentação e debate vigoroso depois dela. A produção se revelou uma das versões mais desoladoras, mas o diretor alega que não planejaram isso. Depois, fui convidado ao palco para responder a perguntas da plateia. Um homem se levanta e explica que a concepção narrativa da peça — com sua fragmentação e repetição, seu círculo interminável em torno do ponto central — é uma reação clássica ao trauma. Stephen teria gostado disso, provavelmente. Quanto a mim, tenho minhas dúvidas — desconfio de que a reação clássica ao trauma é simplesmente morrer, e por isso os verdadeiramente traumatizados entre nós não estavam presentes para contar suas histórias pós-modernas. Ainda assim, concordo com o homem, educadamente, com a cabeça. Como a maioria das perguntas do público, a dele não é de forma alguma uma pergunta.

Na *after-party*, fico radiante entre pratos de queijos cuidadosamente curados; a minha volta, fotos em preto e branco da produção estão dispostas pelas paredes. Fico criminosamente lisonjeado com tudo isso, é claro, e queria que mais de meus amigos sobreviventes estivessem aqui para ver. Embora o teatro tenha me oferecido um grande bloco de ingressos, no fim eu não convidei ninguém. Brookie, em uma demonstração de interesse sem precedentes, jurou sem parar que um dia a veria — talvez porque soubesse que esta é uma promessa que não se espera que ele cumpra. Mas, quem sabe?: ele e a peça duraram mais tempo do que as projeções de qualquer um.

A *after-party* está acabando quando sinto a mão em meu ombro. De certo modo posso dizer que pertence a alguém muito bonito.

Eu me viro — e sim, o homem é muito bonito, e também muito jovem. Deve ser jovem demais; certamente é bonito demais. Não sou a fada com olhos de corsa andrógina que era antigamente — desenvolvi má postura e uma barriguinha —, mas parece mesquinhez reclamar de envelhecer mal quando se tem a sorte de poder envelhecer.

— Você é Septimus Caldwell?

— Semi — eu praticamente uivo. — Meu *Deus*.

Sei que ele quer perguntar que nome é esse, Semi. A resposta é que não é um nome, assim como a merda de *Septimus*.

— Meu nome é Scott Christakous — O homem me estende a mão para um firme aperto decisivamente heterossexual. — Nós conversamos ao telefone.

Ah. Sim. O jornalista.

— Desculpe por incomodar você aqui... sei que esta não é hora para isso. — Ele passa os olhos pelo salão — integrantes do elenco sem a maquiagem segurando flores, se servindo das travessas de queijos e frutas. — Mas eu realmente gostaria de falar com você. Estarei no bar vizinho, se estiver disposto a se encontrar comigo. Não tem pressa... ficarei a noite toda lá.

Até parece que eu não tinha outros planos! Mas, por acaso, não tinha. Eu não queria segurar ninguém da equipe nem, Deus me livre, os atores — mesmo que eu não achasse cansativa sua extroversão incessante, o que acho cada vez mais. De todo modo, qualquer jornalista disposto a ficar sentado por duas horas e meia em teatro experimental merece ser ouvido. Se eu tivesse a mais leve ideia de como ele era, talvez tivesse retornado as ligações.

No bar, Scott Christakous me diz que tem uma ideia para um encontro jornalístico. Pergunto a ele o que isso significa. Parece algo que Brookie teria feito nos anos 1970, e são coisas que é melhor evitar.

Ele me diz que é só um jeito criativo de fazer uma pergunta a alguém.

— Pensei que isto seria um estudo de personagem — digo.

— Era.

— E?

Ele dá de ombros.

— Ficou estranho.

— Por causa daquele garoto e da carta? Você é um Bob Woodward mais ou menos. — Deve haver uma piada do Garganta Profunda em algum lugar por aqui, mas certamente não serei eu que a farei. — Mas então, não vejo como isso tem alguma relação comigo.

— Bom, a questão não é realmente essa — diz Scott. — A questão é que no momento existe um interesse grande e insaciável em Mattie M, e ele não está dando muitas entrevistas. A questão é que procuro um jeito de chamar a atenção dele.

— Duvido que alguma coisa chame a atenção dele hoje em dia.

— Bom, temos a sensação de que isso chamará.

Ele me lança um olhar sagaz, mas não faz nenhuma pergunta. Ele já deve saber as respostas, e que em algum lugar dentro delas espreitam minhas motivações mais sombrias para qualquer coisa que eu possa concordar em fazer a Matthew Miller. Ele está apostando que serei mais suscetível a ceder a esses impulsos se não os discutirmos diretamente, e nisso ele deve ter razão.

Digo ao jornalista que ele terá de ser muito mais específico sobre de que se trata *isso*, e ele toma um bom gole da cerveja e me pergunta se já ouvi falar da Paixão Secreta.

— É para *você* ser a paixão neste cenário? — pergunta Brookie na manhã seguinte. Ele está em outro dia bom: fora da cama e semidespido, com energia suficiente para ser mandão.

— Não exatamente — digo a ele. — Não significa que seja tão literal.

Estou citando Scott literalmente. "Não significa que seja tão literal", ele me disse na noite anterior. "Isso é mais para surpreender Mattie com alguém do passado, como fazem no programa dele. É nossa esperança que seu encontro com ele o desarme. Um ponto de partida para uma conversa maior. Você fez escola de teatro, Universidade de Nova York, não é verdade?"

— Meu Deus, vocês são de arrepiar.

Ele riu e disse que eu não sabia nem da metade. Depois passou aos detalhes. A ideia, disse ele, era me mandar ao *The Mattie M Show* como um Membro VIP do Público — um status ridículo que Scott aparentemente podia me ajudar a garantir por intermédio de algum contato que tinha no programa. Como VIP, segundo o jargão, eu teria direito a uma (1) reunião com Mattie M — isto, em geral, significa quinze minutos de uma sessão de autógrafos no estúdio, mas talvez Mattie opte por um local mais privativo depois de ver meu nome na lista. Meu trabalho, de qualquer forma, era gravar o áudio de nosso encontro. O que Scott Christakous e eu faríamos com a gravação dependeria de seu conteúdo. Qualquer coisa que tocasse nas cartas de Ryan Muller podia ser apresentada aos noticiários; qualquer coisa pessoalmente reveladora podia atrair somas imensas com os tabloides. Podíamos apresentar a gravação e as transcrições isoladamente — com ou sem minha identidade encoberta —, ou podíamos apresentar a coisa mais como uma narrativa protagonizada por mim (ele incluiu isto, presumo, para o caso de eu ter ambições ao estrelato). Mas quase tudo provavelmente encontraria um lar em algum lugar, disse ele, e por uma boa grana.

— Então ele é um mercenário — disse Brookie.

— Acho que é assim que se chama.

— Acho que você devia fazer.

— Claro que acha — digo. — Você sempre detestou Matthew.

— Eu não o detestava *pessoalmente*. Minhas objeções eram estritamente estruturais.

— Se alguém quisesse me pagar para assassinar Matthew Miller, provavelmente você pensaria que eu também devia considerar a proposta.

— Isso dependeria de um monte de coisas — diz ele. — Mas é sério, pense nisso. Aqui você tem uma chance de ter uma conversa sobre absolutamente qualquer coisa e sabe que as pessoas vão ouvir. Você pode falar durante uma hora sobre financiamento para a Aids e o *National Enquirer* talvez ainda publique os pontos altos.

— Então, o que vou fazer... aparecer com um saco de cadáver? Jogar uma tinta no casaco de pele dele?

— Pergunte por que ele não faz mais programas sobre a Aids. Leia para ele um monólogo de sua peça. Mostre uma foto de Paulie no fim. Ele vai se lembrar de Paulie, não vai?

— Acho que sim.

— Ou só fale com ele como um ser humano — diz Brookie. — A questão não é *exatamente* o que você diz. A questão é gesticular para algo que importe e saber que o país inteiro vai olhar para onde você aponta.

— Não consigo entender que bem isso pode fazer — digo. — Se isto fosse há cinco anos...

— Mas não é.

— Está certo. Não é. E tenho certeza absoluta de que o país agora está prestando atenção.

Com essa, Brookie riu e aumentou o volume da televisão. Na tela, uma matrona de ar preocupado fala muito rapidamente sobre a carta de Ryan Muller. Brookie passa à emissora seguinte, que mostra clipes de um videogame. A terceira passa *Beavis and Butt-Head*; a quarta, um comercial de Alka-Seltzer. A seguinte é Matthew falando com uma mulher vestida de couro com peitos imensos com borlas coloridas. Este pode ser o *Mattie M Show* ou pode ser outro programa que passa um clipe para criticar *The Mattie M Show*: a essa altura, quem pode saber?

— É um *comentário* sobre a coisa — Paulie gostava de dizer, sempre que fazia algo que não suportávamos.

— Também é a coisa em si — dizíamos a ele.

Viro-me para Brookie.

— Tudo bem — digo. — Já entendi.

Espero que Brookie resuma isso para mim de algum jeito, mas ele não faz isso. Talvez esteja me dando algum crédito pela primeira vez, ou talvez só esteja se cansando. Já faz algum tempo desde que ele não fala tanto. Egoísta, quero que ele continue falando.

— Bom, a única coisa que sei com certeza é que sensibilizar a consciência não está na pauta deste jornalista.

— Então, sequestre a pauta — diz Brookie, voltando para a cama.

— Mas Paixão Secreta? É grotesco.

— Não é mais grotesco do que desfilar corpos por uma igreja. — A voz de Brookie fica rouca. — Não é mais grotesco do que implorar a republicanos. De qualquer forma, não existe tática grotesca demais para a coisa em si.

Não há o que discutir. Por um momento, não dizemos nada. Na tela, a mulher de couro sacode seus peitos como que por desafio; a plateia está gritando, ou vaiando, ou caçoando, ou rindo.

— Não quero que pareça chantagem — digo por fim.

— Não vejo isso como chantagem. — A voz de Brookie é entrecortada e sei que ele vai adormecer assim que chegar à última palavra. — Acho que é um favor que ele te deve há muitíssimo tempo.

Será que Matthew me deve algum favor? Eu certamente pensava assim, antigamente. Este é o direito assegurado da juventude — ou minha juventude assegurada, pelo menos: a crença de que sofrer não é natural no universo, em vez disso é seu estado concedido. A questão agora não são as dívidas de Matthew, mas as minhas — o que eu posso dever àqueles que adoeceram, àqueles que morreram. Àqueles que lutaram e organizaram-se enquanto eu cantava com eles atrás segurando cartazes e mais ou menos gritando slogans porque nunca me senti inteiramente à vontade com gritos ou com slogans. Àqueles que usaram os dons artísticos que tivessem para dizer algo que importava, *quando* importou — sem esperança nenhuma de adulação pública, sem esperança nenhuma de tábuas de queijos. Àqueles que vivem no além como material — como *meu* material — quer eles queiram, quer não.

Em uma terra mais conquistada, viver é uma forma de cumplicidade.

Como quase todo mundo, eu me importava com meus amigos; não tinha medo de encontrar seus fantasmas coléricos em corredores escurecidos. Mas o que fiz na esfera política, no mundo da ação púbica, além de desfrutar do modesto prestígio de escrever com estilo uma história que todo mundo conhecia, depois embolsar em silêncio os cheques dos royalties?

Olho para Brookie: dormindo e ainda bonito, seu peito espatulado mexendo-se lentamente sob os lençóis. Está quase morto e ainda assim não está fraco demais para me dar um sermão até desmaiar. O velho Brookie teria me feito marchar diretamente aos estúdios.

E, no fim, decido que é ele quem está tomando a decisão — não eu, mas o Brookie do passado e possivelmente do futuro. É seu fantasma quem está dirigindo: é seu fantasma descendo a mão em mim, pegando-me pela gola e me empurrando para o palco.

No telefone público do saguão, ligo para o jornalista e digo que estou a seu dispor.

VINTE E CINCO
cel

— O que é a fé senão um gesto sobre a força do absurdo? — pergunta Cel a Luke na manhã de segunda-feira.

— Meu Deus, ele simplesmente não vai sair com essas falácias católicas, vai?

— É Kierkegaard.

— E como você sabe disso?

— Eu perguntei.

Eles estão filmando o episódio do delinquente juvenil há muito adiado, finalmente. A lista de convidados é medíocre. Tem o garoto que esfaqueou o pai — um sociopata clássico: olhos vazios, e encantador. Tem a mãe de um adolescente que atirou na namorada e depois nele mesmo na noite de seu baile de formatura. Tem um ladrão compulsivo cuja única realização digna de nota é ser banido por toda a vida de todas as grandes lojas de departamentos do país. Tem uma garota roliça, animada e cheia de estilo, com óculos de gatinha e brincos de argola, que tentou atirar na mãe e errou. Na pré-entrevista, ela riu quando Cel especulou que, em certo nível, ela não queria verdadeiramente matar a mãe.

"Ah, não", disse ela despreocupadamente. A garota fazia um pequeno pagode com os palitos de dente de uma mesa de bufê. "Eu verdadeiramente queria."

— Mattie também diz que a história da carta é uma caça às bruxas — diz Cel.

— Ah, *isto* é a caça às bruxas? — diz ele. — Cel, todo o programa é uma caça às bruxas!

— Você precisa calar a boca de algum jeito.

— Por quê? Ele *é*! Não sabe quem assiste? A porra dos puritanos, são eles! — Ele solta uma pequena gargalhada estridente e chuta o batente da porta. — Uma caça às bruxas! Meu Deus do céu! E ele é o que... Joseph Welch?

— Não é você que sempre me diz que os produtores precisam ser invisíveis? — diz Cel, fechando a porta. — Você está sendo altamente visível neste momento. Quer dizer, sua voz *é transportada de verdade* pelos corredores.

E também, Cel está com dor de cabeça. Ela ficou com Scott até as quatro — primeiro jantar, depois o Comedy Cellar, que inacreditavelmente foi sugestão dele. Quando o programa inicial estava esgotado, Cel concordou que era uma ótima ideia esperar pelo último, porque ela tem vinte e quatro anos e mora em Nova York e de que valia tudo isso se não fazia coisas assim? Além disso, seu trabalho era uma piada. Além disso, ela estava bêbada, o que parecia acontecer com mais frequência ultimamente. Esperando pelo show, eles se embriagaram; Scott deixou que ela reclamasse de seu emprego mais do que qualquer um devia ter permissão de reclamar de qualquer coisa em um primeiro encontro. Era inegável que ele era muito bonito. A beleza evidente tende a deixar Cel cautelosa — sugerindo, como acontece, alguma relação misteriosamente direta com a vida —, mas Scott riu de todas as piadas certas, inclusive dela própria. O material no Cellar era bom, tirando o trabalho piegas com a plateia — Cel insistiu que eles se sentassem no fundo — e um diálogo extenso entre duas figuras jogadas como lagartos que fediam a enchimento. As coisas tendiam a ficar estranhas no último show — Cel já as viu o suficiente para saber —, mas quando Scott perguntou a Cel se ela já esteve ali, ela apenas disse, "algumas vezes".

Depois disso, eles se agarraram por um tempo no táxi, embora o taxímetro ainda estivesse rodando, e Scott beijou de um jeito que sugeria solidez e normalidade essenciais. Isto foi um alívio; nem sempre é possível saber de antemão. E em vez de garantir a Cel que ligaria, ele pediu para ela telefonar, o que parecia animadoramente progressista — mas Cel está cansada demais para desembrulhar o raciocínio exato por trás desse pensamento. Ela tem a sensação preocupante de que pode ter prometido a Scott ingressos VIP para o programa, mas não consegue entender como pode ter surgido uma conversa dessas.

— Sabe de uma coisa — Luke está dizendo agora. — De certo modo, eu quase... *quase*... posso entender a resposta à carta desse garoto. Ele estava prestes a se tornar um assassino em massa, não é? Então tenho certeza de que a carta dele se destacou. Por que ela *gritou* para ser respondida, não está claro, mas olha. Mattie, como nosso Senhor, trabalha de formas misteriosas.

Cel fez o sinal da cruz.

— E por falar em cagadas, esta é imensa e sem dúvida muito, mas muito esquisita mesmo... e nem me refiro à marca. Mas já aconteceram cagadas piores na história do mundo.

— Hitler, como o próprio Mattie observou.

— Exatamente! Você pode encontrar cagadas piores até na história do entretenimento, se começar a cavar.

— O homicídio me passa pela cabeça.

— E é esta a questão, bem aí! Mattie M Não Matou Ninguém. Só o que ele precisa fazer é admitir que precisava de pessoal em sua folha de pagamento, gente que é empregada exatamente nessas ocasiões para dizer isso. — A voz de Luke reduzida um pouco. — E depois, não *contar* a nós? Quer dizer... eu até entendo essa, de certa forma, como ser humano. Mas esconder a coisa e depois tentar distorcer tudo como alguma... questão de consciência? Depois de ele deixar a gente ir lá fora e cair sobre nossas espadas, levar as críticas por ele...

Luke nunca mistura metáforas; Cel aceita esta como outro sinal do Fim dos Tempos.

— Eu sabia que a nobreza ética dele ia voltar para morder o traseiro de todos nós!

— Sabia que você está gritando de novo?

— Eu sabia, eu sabia, eu *sabia*. Eu falei o tempo todo, você vai ver, você vai ver, você vai ver. Bom, agora eles viram.

Cel não sabe quem são os "eles" ali, mas sabe que não deve perguntar. Na calçada abaixo, Cel vê uma figura emaciada — de gênero indeterminado — com um sobretudo grande e corvino. Faz trinta e três graus. O mundo é cheio de maravilhas.

— Sabe o que *realmente* me incomoda? — diz Luke.

— Acho que sei de muita coisa.

— É a falta de sentido! Quer dizer, se você é Larry Flynt, faz sentido desenvolver uma dedicação às liberdades civis no fim da vida. Mas essa história da arma... nem mesmo é estratégica! É péssima para o programa, aliena os fãs, e Mattie só está falando nisso para poder fingir que na verdade é uma pessoa completamente diferente.

— Não sei — diz Cel. — Às vezes acho que é o que ele faz no resto do tempo.

— Bom, é o que a *maioria* das pessoas faz na *maior parte* do tempo, e ainda assim elas precisam fazer seu trabalho. — Luke suspira. — Não sei, não, Cel. Acho que tem alguma coisa profundamente sinistra no criptocristianismo do cara, ou seja lá o que for.

— Não sei por que você tem tanta certeza de que ele é religioso.

— E eu não sei por que você tem tanta certeza de que ele não é.

— No sábado, ele estava ouvindo uma música de coral.

— Ah, *é claro* que estava. Aquele pobre gênio moral culto, escravo do id das pessoas comuns. Obrigado a entrevistar os grandes imundos, quando só o que ele realmente quer é ficar em paz para ouvir música clássica em sua torre. Pobre estadista frustrado, herdeiro de nossos sonhos progressistas! Pobre rei exilado de Zembla, nenhum de nós o reconhece!

— Não sei do que você está falando.

— Uma caça às bruxas! — Luke grita, dando um susto em Cel. — Ha! Não tem nenhuma dignidade, senhor, por fim? Não tem nenhuma?

— *Nós* temos?

— Ah, mas nós somos agnósticos com a nossa dignidade, Cel, o que é uma espécie de dignidade em si. — Luke meneia a cabeça; enfim ele começa a parecer meio cansado. — Quer dizer, quem Mattie pensa que é para esse garoto... o padre dele, porra?

Cel dá de ombros.

— Acho que ele pensa que é o advogado dele.

— Não entendo como você está perdendo essa discussão — diz Elspeth no domingo à tarde. — Não entendo como ela ainda não terminou.

Ela se refere às cartas. Do lado de fora da janela, homens tocam música — estão ali todo dia com seus chapéus *porkpie* dedilhando violões plugados a alto-falantes portáteis —, mas Cel só ouve de longe.

— Mattie é muito bom em discussões — diz Cel. — Quer dizer, ele foi advogado.

— Ele *foi*?

— Ele foi defensor público. Eu já te contei isso. Já te falei mil vezes.

E provavelmente falou.

— Bom, isso não torna menos louco esconder essas cartas — diz Elspeth. — Isso não altera o fato de que ele tem de entregá-las.

Cel olha fixo suas unhas, que são cor-de-rosa; ontem, ela se submeteu a uma manicure e pedicure com Nikki em respeito ao encontro com Scott.

— Mas por quê? — diz Cel.

— Por que o quê?

— Por que você tem tanta certeza de que ele precisa me mostrar as cartas? — Cel percebe que tamborila os dedos no queixo; torce para não ter apanhado esse hábito de Luke. — Quer dizer, por que você tem tanta certeza de que esta é a coisa certa?

— Hmm — diz Elspeth, com um menosprezo que parece francamente meio masculino. — Bom, o fato de que Mattie não quer fazer isso deve ser a primeira pista.

— Mas isso é meio que... — Cel tateia — circular? Eu acho. É como se você dissesse que sabemos que Mattie é mau porque ele fez a coisa errada, e sabemos que isto é a coisa errada porque é Mattie que está fazendo...

Será isto lógica ou o contrário da lógica? Em algum lugar pelo caminho, Cel devia ter prestado mais atenção em alguma coisa.

— Hmm, não. — Elspeth encara Cel sem compreender. — Eu não diria que é assim que sabemos dessas cosias.

— Então, como sabemos delas? — Como *você* sabe é a verdadeira pergunta.

— Bom, algumas pessoas usam a *consciência*, sabia, Cel? — diz Elspeth. — Elas não são como um atalho por esses dilemas? Assim você não precisa pensar *tanto* o tempo todo.

— Eu tenho consciência.

— Eu sei. Estou lembrando a você. Por que os dedos dos *seus pés* estão assim?

— Fiz as unhas. — Elas os balança. — Com Nikki.

— Claro que fez. — Elspeth meneia a cabeça com intensidade; seu cabelo verde continua espantosamente parado. — Incrível. Mais um passo e você será uma daquelas mulheres que recortam artigos sobre que tipo de jeans se encaixa melhor em seu tipo de corpo. Uma daquelas mulheres que estão ardentemente procurando *orientação* sobre isso.

Cel olha os pés, flexiona os dedos um por um. É verdade que eles não parecem ser seus dedos, exatamente, mas por que isso seria motivo de alguma crítica?

— Sabe que isso não significa nada, não é? — diz ela.

— O que não significa nada?

— Ser uma daquelas pessoas que faz isso ou aquilo. Uma daquelas pessoas que recortam artigos sobre jeans, uma daquelas pessoas que faz as unhas dos pés. Quer dizer, você acha mesmo que esse tipo de coisa importa?
— Acho — diz Elspeth, e Cel percebe que ela já pensou muito nisso.
— Acho que tudo importa, mais cedo ou mais tarde. Porque, no fim das contas, o que fazemos é o que somos.
— No fim das contas, *fazemos* as unhas dos pés. Cara, você sabe mesmo catastrofizar — diz Cel. — Essa é a palavra que você usa quando os outros fazem isso, não é?

Elspeth nega com a cabeça.
— Eu falei sério, Cel. Quer dizer, quanto às unhas dos pés, que seja. Mas você precisa sair desse emprego.
— Estou tentando!
— Não, não está. Isto é só uma coisa que você pensa que uma pessoa em sua posição diria.

Ela estende a mão para tocar o ombro de Cel, mas parece reconsiderar; em vez disso, fecha a mão em um punho.
— Nós somos quem fingimos ser — diz Elspeth. — Quem disse isso foi Kurt Vonnegut.
— Sei disso — diz Cel. Ela sabia mesmo. — Mas então, se for verdade, então talvez você possa fingir ser uma boa amiga por um tempo?
— Eu *sou* uma boa amiga. — Cel percebe que Elspeth acredita nisso, e talvez Cel acredite também. Se a bondade é esforço incansável em nome da intenção pura, então Elspeth deve ser a melhor pessoa que ela conhece.

O que isso faz de Cel?
— Estou dizendo isso porque me importo com você — diz Elspeth. Ela se importa, ela se importa... meu Deus, ela se importa. Cel olha o lugar em seu ombro que Elspeth decidiu não tocar. — Essa sua elasticidade... eu cuidaria disso, se fosse você.
— Pelo visto, mesmo que não fosse.
— Ou que não fosse, então. Tanto faz.

Cel ouve na voz de Elspeth que ela esteve dando a Cel uma chance de surpreendê-la, mas não esperava realmente isso dela: Cel está se comportando exatamente como Elspeth sabia, no fundo, que se comportaria.

— Quer dizer, é lógico que você mesma sabe disso. — Elspeth agora virou a cara para a janela; não olha mais para Cel. — Mas o que estou percebendo agora é que... acho que você *gosta* disso.

1983

Na escola, Cel é uma daquelas crianças que nunca parecem muito limpas, o cabelo nunca está decisivamente penteado. Ela é impotente diante do mundo físico, sua pessoa e seus pertences em eterna anarquia — suas borrachas são sempre cinzentas, o dever de casa é sempre perdido. Ninguém acredita que ela realmente o faz. Os professores concluem que não é uma questão de burrice; por um tempo, exploram explicações alternativas. Talvez Cel seja autista (depois de ela ser vista falando sozinha no recreio), ou tenha problemas de audição (depois de ela não responder à quarta pergunta de um professor), ou tenha transtorno de déficit de atenção (depois de seus exames auditivos voltarem negativados). Por algumas semanas, a enfermeira da escola lhe dá um comprimido que faz seu coração martelar e a faz imergir ainda mais em si mesma — em seus pensamentos, planos e lembranças secretos —, o que, parece, é o contrário do que se pretendia. Depois de um tempo, os comprimidos param de chegar e todos parecem concluir que Cel na verdade não é nada: apenas deficiente e limitada de formas decepcionantes e subclínicas que não podem ser explicadas em uma única frase.

Perdidos, os professores insistem em lembrá-la que ela é inteligente — mas disto, pelo menos, ela não duvida. Cel volta da escola todo dia ainda mais inteligente, cheia de lições e pedantismo.

— Você não devia ficar parado embaixo do ar-condicionado — diz ela a Hal depois de sua primeira semana de ciência da vida. — Vai pegar a doença dos Legionários.

— *Que* ar-condicionado? — diz Hal.

— Você não devia usar latas amassadas — declara ela. — Vai pegar botulismo.

Hal estreita os olhos para seu ensopado e diz:

— Vou me arriscar.

Ela aprende coisas com Hal também — em silêncio, sem que ela perceba, ele lhe ensina mil pequenas economias. Os usos infindáveis para o fio dental e sua surpreendente durabilidade. Como enxugar braços e pernas enquanto ela ainda está no banho, pois assim pode obter o máximo de água num instante. Um velho truque do exército, ele diz: é mais importante estar seco do que aquecido. Eles leem à maneira deles as *National Geographics* dele, decorando e depois recitando os fatos. Na escola, Cel anuncia que as moscas tsé-tsé são a causa da doença do sono e os professores a olham como se ela fosse a Linda Blair. Cel recompensa Hal gabando-se dele por uma semana: ela se gaba da arma dele, de sua perícia como encanador, da coleção emoldurada de selos nazistas verde--claros exibida na parede. Eles são da guerra, Cel diz aos colegas de turma, e pela primeira vez ela tem um pouco de orgulho de Hal — orgulho de sua participação na eliminação do mal obscuro e vasto representado por aqueles selos. Seu orgulho dura até a professora puxá-la de lado e dizer a ela que pare de falar deles na escola; ela acrescenta que, se Cel quiser ter amigos, deve retirá-los.

— Sua *escola* quer que eu os retire? — diz Hal, quando Cel relata isso.

— Bom, *é claro* — diz Cel, a voz alta e didática. — Os nazistas eram muito, mas muito maus.

Hal engole um riso que ela nunca ouvira.

— Os nazistas eram maus — diz ele. — Tudo bem, Celeste. Se é o que *você* diz.

E depois ele os retira. Ele com a manqueira de que nunca falava, cuja origem Cel nunca perguntou.

Ela é uma merdinha assim.

— Clássico — dirá Elspeth mais tarde. — Sua mãe era uma vítima, então você precisou fazer de seu avô o opressor. Para ser uma aliada. Ou você era opressora também.

E Cel dirá:

— Disso eu não sei.

— Clássico — dirá Elspeth, e com uma piscadela de quem tem conhecimento de causa. — Quer dizer, é um estudo de caso típico.

Não é segredo que Cel prefere Ruth nas temporadas em que a loucura dela mais parece um conto de fadas do que um pesadelo. Hal é apenas Hal, e é o mesmo em todas as temporadas. Ele está sempre confeccionando um conserto para algum problema no encanamento, eternamente dando a Cel um sanduíche de aparência triste que na metade do tempo é recheado de serragem.

Se Hal não consertar a casa, ela vai ruir em volta deles à noite? Se ele não fizer sanduíches de serragem para Cel, alguém fará alguma coisa para ela?

Cel não considera essas questões e Hal nunca as levanta. Deste modo, ela tem permissão para ser jovem — o que ela é por um longo tempo.

Hal é um velho quando Cel se lembra dele, e ele até pode ter agido como se nunca tivesse idade. Mas a velhice, como muitas coisas, acaba por ser uma espécie de luxo — uma coisa a que você pode resistir em graus mínimos, por um tempinho, até que outra pessoa por perto a assume.

Mas quem?, Cel se perguntará anos depois. Com quem Hal estava contando para aliviá-lo e o que ele imaginava esperar?

E anos depois disso ela perceberá que era a pessoa com quem ele contava, e o que ele esperava era que ela crescesse.

E, neste momento, por um instante, ela vai acreditar que cresceu.

VINTE E SEIS
semi

Cheguei aos estúdios de *Mattie M* às nove da manhã de terça-feira. É uma manhã quente e suja; nuvens baixas estão na contraluz de um sol invisível, fazendo o céu parecer um ovo com veios iluminados. No saguão, mostro meu passe VIP e tenho acesso garantido a um elevador especial. Vou para o décimo quarto andar. Como alguém que planeja um assassinato em massa, estudei a configuração do prédio.

Os escritórios do alto são resplandecentes, de uma alegria incongruente. A parede acima da mesa de recepção exclama THE MATTIE M SHOW! em letras cor-de-rosa saltitantes; todo o lugar parece o set de *Vila Sésamo* e começo a desconfiar de que todos que trabalham aqui tomam remédios fortes.

Na recepção, quase bato de cabeça em uma estagiária — estupidamente jovem, ligeiramente atraente, debruçada sobre um chumaço de papéis enquanto anda.

— Com licença? — digo, e a caloura Ki Ômega deixa cair seus papéis. Ajoelho-me para ajudá-la.

— Hmm? — diz ela, e ambos estamos de pé. — Posso ajudá-lo? — Ela nem mesmo tenta dar a impressão de que é isso que quer.

— Peço desculpas por assustá-la. — Olho seu crachá. — Celeste. — Em sua foto, ela está com um sorrisinho misterioso de lábios comprimidos.

— Não assustou. — Ela franze o cenho. Agora vejo que não é bem a debutante de segunda linha que me pareceu a princípio. Tem um nariz quase adunco, quase de bruxa, que compensa sua magreza e lhe confere uma pátina de outra coisa — não de perigo, exatamente, mas uma espécie de travessura vacilante. Algo que sugere uma malícia que você não sabe se seria inofensiva. — Veio ver Sara?

— Ah, não sou um convidado. — Sei que Sara é a coordenadora da plateia. Espero parecer ofendido.

Ela pisca com lentidão — será possível com sarcasmo?

— Bom, então, o que você é?

— Ouço muito isso.

Espero que ela ria — sou bom em fazer amizade com mulheres quando devo, mas ela só encara. Começo a me perguntar se o que estive tomando por frieza não seria, na verdade, uma burrice desconcertante.

— Foi uma piada — digo a ela.

— Eu sei. Não ri porque não achei surpreendente. — Ela pisca de novo, desta vez com vigor, como se repreendesse a si mesma.

— Vim marcar a reunião VIP — digo. — Acho que Scott Christakous falou que eu viria?

— Ah. — Agora ela parece apavorada. — Sim. Pode me lembrar seu nome?

— Semi Caldwell.

— Semi, como o caminhão?

— Claro — digo. — Sou muito fã do programa de Matthew.

O "Matthew" escapole e vejo que isto a deixa curiosa — sugerindo algum conhecimento particular de uma vida diferente, uma personalidade mais verdadeira. É claro que agora sei que a distinção entre "Matthew" e "Mattie" é tão importante quanto a distinção entre "Pé-Grande" e "Iéti": no fim das contas, o problema ontológico está em outro lugar.

— Bom, em geral, ele gosta de fazer essas coisas depois da gravação. — A garota volta a franzir o cenho. —Mas direi a ele que você está aqui.

Ela me leva a uma sala de espera. Já estão ali uma turma muito interessante: uma mulher de peitos enormes; um homem diminuto com as mãos com membranas, quase com barbatanas; uma pessoa que parece estar ou no começo ou bem no fim de um relacionamento sério com a metanfetamina. Eles me olham, brevemente entediados, depois viram a cara. Vieram para os testes, imagino, se é assim que as coisas funcionam por aqui. A garota da fraternidade me lança um olhar agudo e inquisitivo ao sair pela porta e me pergunto o que ela estará imaginando. Bom, que imagine. Ela que fofoque até, se é desse tipo! O espaço entre mim e Matthew contém várias vidas de problemas: chantagem profissional de alto risco; mágoa aniquiladora e vulgar; desgraça pessoal, divórcio, a possibilidade animadora de escândalo nacional — para não falar das hipóteses idênticas de nossas mortes: porque, estritamente como questão de estatística, é claro que não devíamos *os dois* estar vivos. Perto de tudo isso, o que estou fazendo não representa nada. Essencialmente, é uma pegadinha — uma almofada de peido em uma cadeira, um balão de água largado de uma altura elevada. Uma década vendo vidas caírem aos pedaços embotará o apetite de uma pessoa por esportes sangrentos. Não me interessa estragar a vida de Matthew neste último encontro.

Mas lembro a mim mesmo que os tempos mudaram. Os gays não morrem mais de boatos, só de todo o resto. A morte foi terceirizada a uma entidade mais eficiente; agora ela é impiedosamente produzida em massa — culpe a globalização! Que alívio que seria — poder colocar a culpa em uma força histórica insensata, e não na insensibilidade de humanos verdadeiros. Percebo que comecei a tomar notas; eu rio e jogo minha caneta na parede. Agora alguns dos outros desafortunados estão olhando; bom, quem liga? A conclusão é que eu não me importo se deixar minha visita com algumas pessoas coçando a cabeça e se perguntando, *Mas que diabos é isso?*. Que diabos é isso, garotos — me digam!

A garota da fraternidade volta e me puxa para o corredor. Do outro lado, um baixinho de collant berra em um telefone público.

— Ele quer se encontrar com você para *almoçar* — diz ela. — No Gabriel's, Columbus Circle. Amanhã, ao meio-dia.

— Não quero ver nenhum de seus amigos de focinho andando por aí vestidos de fadas! — exclama o homem do outro lado do corredor.

A estagiária me encara pacientemente, espera uma explicação.

— Conheço Matthew um pouco — digo. Parece que ainda não consigo dizer seu nome sem uma leve ternura quase subliminar na voz. — Dos anos 1970.

— Ah, ótimo — diz ela.

— Bom, Steven Ortiz não *dança* no palco por um bom motivo — diz o homem de collant. — Eu só partiria para alguma coisa quando você começar a fazer academia.

— Não vai pedir para estar no programa, vai? — pergunta a estagiária.

— O quê? — Passo os olhos pelo corredor de novo, com sua cromática maníaca, seus pôsteres promocionais exuberantes, as fotos de perfil timidamente arrumadas, e tudo isso parece gritar em uníssono: *Nós nos divertimos aqui: você não?!*

— Porque ele odeia quando as pessoas fazem isso, e nem mesmo depende dele — diz ela.

— ... sabe o que acontece quando você toma esteroides sem ir à academia? — diz o Collant. — Você engorda.

— Por que alguém ia querer aparecer nesse programa? — digo.

— Você ficaria surpreso. — Ela parece tão séria que tenho vontade de rir dela. — Ele recebe isso o tempo todo.

— Bom, só vim aqui como espectador — digo. — Acredite se quiser.

— Só estou informando a você — diz ela. — Já vi de tudo por aqui.

— ... não, seu trabalho é só ficar aí como uma árvore e ser bonito — diz o Collant.

— Duvido muito disso — digo, estendendo a mão.

* * *

Um assistente me leva para a fila do lado de fora do auditório, onde espero com um exército de forasteiros de camisa polo já começando a transpirar em suas pochetes. Um assistente diferente percorre a fila distribuindo acordos de confidencialidade. Um silêncio cai sobre nós enquanto entramos nesta compreensão nova e formal com o programa — mas se eu sabia de uma coisa de meu tempo com Matthew, e talvez eu seja o único a saber, é que esse tipo de coisa não tem valor judicial. São manobras psicológicas, não muito diferentes das coisas que os hospitais te fazem assinar para que você pense que abriu mão de seu direito de processá-los.

Na minha frente, um casal discute o bilhete de suicídio de Ryan Muller. A essa altura, a história de Matthew e do atirador parece estar andando por inércia — embora as duas histórias sejam muito densas, a atração gravitacional entre elas é tão maciça que é difícil analisar sua mecânica: o que exatamente estamos dizendo que aconteceu e o que exatamente decidimos que significa? No fim das contas, quais desses dois buracos negros é incorporado no outro? E quantos de nós serão sugados para ele também antes que tudo isso esteja terminado?

Eu não, concluo. Eu não.

Depois de um tempo, surge uma gritaria: somos conduzidos ao estúdio. Dentro dele, as paredes são forradas de pôsteres de Matthew — parece contente e bonito de uma maneira inteligente, de um jeito papai-gente--boa. Pode-se quase imaginá-lo como o careta da sitcom contracenando com as palhaçadas de todos da América fodida. Lembro-me de um livro que Matthew tinha sobre a teoria da mudança do caráter americano; eu quis, pela milésima vez, conseguir lembrar quem escreveu. Minha boca, agora noto, está muito seca.

Dentro do auditório, assistentes radiantes nos orientam a nossos lugares. Estou na quarta fila. A meu lado, está uma mulher imensa vestindo uma quantidade perturbadora de roupa estampada. Um homem atrás de mim comenta que temos sorte por estar ali: em geral, gravam três programas de uma vez, mas hoje será apenas um. Um verdadeiro especialista na forma, esse sujeito. E de repente as luzes diminuem, começa uma versão jazzística da música tema de *Mattie M* e um locutor invisível declara que o homem em pessoa estará iminentemente perto de nós.

E então, como foi profetizado, ele está.

Matthew corre para o palco, batendo palmas junto com a plateia. Naturalmente, ele está muito mais velho. Mas seu envelhecimento de algum modo é abstraído — envernizado por baixo de algo mais do que o dinheiro, ou a maquiagem de palco, ou a fama. Ele está meio dançando de um jeito que me deixa quase feliz por eu nunca o ter levado a lugar nenhum na época que eu queria.

— Os boatos sobre minha morte foram muito exagerados — diz ele. Assim seu caráter nerd, pelo menos, continua intacto. Nunca se sabe o que será o último a sumir: aprendi isso vendo muita insanidade. — Ainda não estou preparado para bater as botas.

A plateia grita e Matthew lhes abre um sorriso. É como se ele na verdade não estivesse ali — como se ele, em algum nível fundamental, tivesse se ausentado desses procedimentos. Talvez seu verdadeiro eu esteja calado em um sótão em algum lugar, deteriorando-se em um retrato. Procuro me lembrar de como era seu verdadeiro sorriso; me dá um branco, o que é péssimo. Mas assim são as lembranças, descobri: não se pode fazer pressupostos sobre qual delas vai durar.

E agora Matthew sai novamente prometendo voltar em alguns instantes com um programa incrível. E estamos prontos para um programa incrível? Declaramos que sim como o coro que somos. Lembro-me de que a maioria das pessoas tem prazer em afirmar sua concordância em uníssono. Torcedores de esportes, fiéis religiosos. A mulher de saia estampada está me encarando; eu, ao que parece, esqueci de aplaudir. Aplaudo, obediente. De jeito nenhum vou uivar.

Depois que Mattie sai, a mulher de estampado se inclina e me pergunta de onde eu vim. Iowa, digo a ela. Ela fica radiante e diz que eles são de Indiana. Mas que coisa, digo. E você veio para cá sozinho? Digo a ela que sim. Coitadinho, diz ela. Ela parece realmente se lamentar, e me pergunto sombriamente em quem ela votou. Consola-me a ideia de que ela não sabe a quem estende sua compaixão, ou a que fins pervertidos ela pode ser usada.

E então o ciclo recomeça: Matthew está saltitando de novo, esperneando com uma mola de Fred Aistaire no passo. Não é nada parecido com o arrastar de pés atormentado que antigamente ele usava para atravessar tribunais do condado, corredores de presídio, as ruas tomadas de lixo de uma cidade entregue aos mortos. Ele para no meio do palco e acena com um entusiasmo renovado. Em algum lugar bem distante de mim, a plateia vai à loucura. Isto é o vigor da campanha, percebo — fazer e dizer as mesmas coisas repetidamente, fazê-las parecerem pessoais, necessárias e novas sempre. Mattie faz gestos de *ora-ora* modestos e sinto que a plateia entende coletivamente que há um formato predeterminado neste ritual — algo como uma barganha, ou uma dança de acasalamento — e que saberemos por instinto quando é hora de terminar.

Sabemos; isso termina; nós nos sentamos. Mattie nos dá as boas-vindas ao programa mais uma vez, embora eu de certo modo sinta que não consigo ouvi-lo — ou talvez esteja ouvindo as incontáveis outras vezes em que o ouvi usar exatamente esta frase na televisão. É possível que eu tenha visto mais do que penso — este é um daqueles programas, como *Seinfeld* ou *The Simpsons*, cujo cânone completo você pode internalizar mais ou menos por acaso. Os convidados de hoje são sobre o que uma pessoa pode esperar. Há um cleptomaníaco monossilábico, um Édipo taciturno que matou o pai com uma faca de caça. Ele tem um elipsoide de acne sebácea pelo rosto; fica virando a cabeça de lado para sair da linha direta das câmeras, o que ele parece entender intuitivamente. Lá está a mãe despedaçada de um jovem que matou a namorada, depois a si mesmo, em sua noite de baile da escola. Ela fala do filho — enfática e exclusivamente — como um suicida; recusa-se a olhar o parricida espinhento nos olhos. Por fim há uma adolescente radiante e de cara lavada e uma mãe igualmente radiante que ela tentou matar sem conseguir. A dinâmica das duas sugere um duo cujo esquema descabido as jogou bem além do que elas se atreveram a sonhar: as duas parecem inteiramente deliciadas em aparecer na televisão.

    Matthew ouve suas histórias com gentileza, murmura sua solidariedade. Arrisca-se às especulações mais óbvias — você deve ter ficado tão assustado/com raiva/triste — e eles assentem, pasmos com a percepção dele. Ele faz perguntas simples, depois se vira para fazer declarações tranquilizadores à plateia. Toda a coisa me lembra o jeito como ele falava com as pessoas na frente das estações do metrô, como um político em campanha e depois como servidor público. Ele tem o hábito de enfatizar agressivamente cada elogio; todos eles saem com a sensação de que foi feita alguma promessa tácita e talvez na metade do tempo isto seja verdade. Mas nunca dava para saber pela conversa porque ele parecia ter pena de todos. Antigamente, isto parecia compassivo; mais tarde, parecia sinistro. Ver isso de novo aqui e agora é simplesmente perturbador.

    O intervalo comercial é um interstício de noventa segundos de uma agitação fora do ar. Matthew não olha para nós. Não olha seus convidados também quando eles procuram olhá-lo em busca de estímulo. Eles trocam sorrisos em vez disso, numa solidariedade nervosa: alguns são vítimas e alguns são assassinos, mas todos estão na televisão. Todas as distinções empalidecem em comparação com este fato fundamental.

    Quando voltamos do intervalo, Matthew avança para a plateia. Há uma espécie de inépcia nisso, um senso de bloqueio do tipo teatro comunitário. Enfim percebo que, neste momento, tenho um poder enorme sobre Matthew. Eu podia pular as três filas que me separam de Matthew Miller. Podia segurar sua mão, ou beijá-lo de um jeito que dissesse a todos a verdade do que se passou entre nós. Podia me esgueirar por trás dele e lhe dar um murro no rim. Não é por isso que estou aqui? Para lembrar a ele que às vezes os fantasmas se transformam em poltergeists? Imagino quanto tempo levaria para o segurança me pegar. Os parrudos cheios de esteroides que pairam fora do palco são fake, é claro, mas imagino se eles também fossem reais. Ou outros seriam convocados — algum exército secreto e nada fotogênico saindo de trás das cortinas?

As perguntas de Matthew dão uma guinada para o antiquado *Comment*: que tipo de assistência psicológica estava disponível para as famílias, se eles conseguiram ter acesso a algum apoio ou financiamento, o que os sistemas do seguro e educacional proporcionaram a eles. Até as perguntas plantadas na plateia começavam a parecer meio frouxas, como se todos ali com a tarefa realizassem algum levantamento social deprimente. Uma consulente dessas surge de minha fileira e Mattie se aproxima para lhe entregar o microfone. Sua cabeça se vira para o meu lado; engulo a respiração, uma, duas vezes; seu olhar passa através de mim.

Nisto, sinto uma satisfação perversa — algo evocativo de como eu me sentia quando voltava de alguma caminhada épica, nos meses depois que Matthew foi embora, e descobria que meus pés sangravam.

A linha de perguntas de Matthew voltou-se para as armas. Ele quer saber, como todos, quem estava acostumado a ter uma; daqueles que não usavam armas, ele queria saber o motivo de não ter. O clima na plateia se acomodou em um civismo decidido; o produtor de fones de ouvido à esquerda me olha preocupado. Meu próprio tédio é maculado de nostalgia e olho fixamente Matthew, pela primeira vez, com algo parecido com a ternura. É possível, mesmo agora, imaginá-lo trabalhando em algum comitê do Congresso — de certa perspectiva, não é difícil imaginá-lo como senador. Mas não é tão difícil também imaginá-lo como um saltimbanco caindo de cara, condenado a vagar pelo mundo interpretando a tolice que estiver na moda. Condenado a usar seus dons para parodiar suas ambições. De certo ângulo, pode-se ficar tentado a ver isto como o objetivo último: *The Mattie M Show* como um ato de vingança contra o mundo que o frustrou.

Mas as pessoas de verdade não levam a vida para provar argumentos. Este é um erro que eu costumava cometer o tempo todo em minha escrita.

"Episódio meio esquisito", sussurros da mulher de estampado; chegamos a nosso último intervalo comercial, de algum modo. Admito que o episódio *foi* esquisito. Intimamente, parabenizo a mim mesmo por não ser esta mulher. Pois eu vi parte da verdadeira estranheza do mundo em meu tempo sobre a terra; vi coisas que esta mulher não entendia e não podia entender, e sem dúvida ela seria aniquilada pelo conhecimento, como a esposa sem imaginação de Ló. Pela primeira vez, olho em cheio para a cara da mulher, o melhor para fazer um balanço de nossa diferença.

Mas quando faço isso, descubro que algo mudou; eu a conheço menos, de algum modo, do que antes. Olho novamente e algo lampeja diante de meus olhos — não a vida desta mulher, mas algo como seu oposto. Por um momento, sinto o espaço negativo que pode encerrá-la, sinto as possibilidades que ela pode conter. Há uma vertigem de desorientação — como o *déjà vu*, ou o senso pré-sono de cair por andares insondáveis. Posso sentir a Estampado resistindo ao impulso de me perguntar se estou bem: o tipo de discrição inútil do Meio-Oeste que minha avó teria aprovado. Mexo a cabeça para ela dizendo que sim, estou, assim ela não precisa perguntar. Não quero olhá-la novamente ainda. Deixo meus olhos vagarem para Matthew e sinto o olhar da Estampado acompanhando o meu.

— Ele é mais baixo do que eu pensava — observa ela. Estudo o rosto de Matthew no monitor. Será possível que se eu olhar com muita atenção, algum conhecimento secreto será enviado a mim? Sei que ele tem uma cicatriz saindo da pálpebra esquerda. Sei que tem crescentes brancas e grossas nas unhas. Não sei como é o seu sorriso ou, se eu sabia, esqueci. — Mas acho que as celebridades nunca são o que você pensa que serão — diz ela.

Uma mulher corre para empoar as faces de Matthew; ele não agradece, não sorri. Em volta dele, jovens de calça cáqui e walkie-talkie orientam a administração de gel capilar e água mineral.

— Quase nunca — digo.

Ele *não* sorri, agora me lembro. Ele não sorri muito, nem ri. Em vez disso, faz os olhos pulsarem em um bilhão de maneiras diferentes — diversão, desejo, ceticismo ou raiva —, uma infinidade de microexpressões, tantas que era fácil acreditar que ele conjurava cada uma delas só uma vez:

que isso só pertencia ao momento em que você estivesse com ele e nunca mais se repetiria.

— Sempre tenho certa dificuldade de me lembrar que a gente na verdade não os conhece — diz a Estampado.

Viro-me para a Estampado de novo e desta vez faço questão de olhar diretamente a mulher.

— Algumas pessoas fazem com que seja muito fácil esquecer.

VINTE E SETE
cel

Na tarde de terça-feira, surgem alguns fatos.

1. O estúdio não está satisfeito com o tratamento "politizado" que Mattie dá ao programa sobre internos de reformatório.
2. Estão ameaçando engavetá-lo e forçar todos a trabalhar além do horário.
3. Corre o boato de que o episódio "Você É Gordo Demais para o Pornô!" está sendo considerado porque é sempre fácil arranjar aqueles convidados rapidamente — porém:
4. Os sindicatos têm objeções.

O dia tinha começado bem promissor com uma preleção de Eddie Marcus.

— Oi! — ele chilreou para Cel quando ela entrou no camarim. Ele parecia alegremente evasivo, como se não soubesse se devia saber quem era Cel, mas estivesse feliz por estender sua benevolência a todas as pessoas do mundo, sem distinção. — Pegue um muffin! — acrescentou ele, gesticulando para a mesa do bufê como se tivesse arranjado aquilo pessoalmente para Cel. Obediente, ela pegou um. Sentia-se desligada, quase relaxada, enquanto o mordiscava vendo o cara do som prender novamente o microfone de Mattie.

Quando Luke apareceu, Cel falou, "Pegue um muffin!". Ele a olhou como quem diz *vai à merda*. Cel sorriu serenamente para ele. Estou aqui só como observadora, disse a si mesma. Eu sou a ONU.

Esta paz, porém, teve vida curta. Cel observou o rosto de Eddie empalidecer no primeiro segmento, positivamente perolado no segundo, quando Mattie entrou na rede de TV a cabo. Seu pescoço ainda irradiava um bronzeado saudável; Cel imaginou qual seria o bronzeador. O clima na sala escureceu, depois explodiu, com Luke gritando "Mas que merda!" Ele se virou para Eddie Marcus — voou para ele, como fazem nas novelas russas. Cel ficou feliz por Luke ter em quem voar ultimamente.

— *Você* disse a ele para fazer isso?

— Mas por que eu faria uma coisa dessas? — gritou Eddie. Cel não sabia se já ouvira algum rico gritar — isso a emocionou de um jeito um tanto obscuro —, mas ela não achava ter acreditado nele antes e certamente não agora porque surgiu mais essa ainda:

5. Eddie Marcus ajudou a organizar o discurso de Mattie no comício de controle de armas (Cel já sabia essa parte), que

6. Mattie tinha toda a intenção de fazer.

Ao que parece, não há nada no contrato dele que o impeça explicitamente de fazer o comício — um fato apontado com solicitude pelo próprio Mattie quando Cel passou em sua sala para marcar a reunião VIP. O rosto dele assumiu uma cor estranha quando ele viu o cartão de visitas do cara — era como se sua pele tivesse coalhado, de algum jeito, bem diante dos olhos dela — e Cel se perguntou se ele já o conhecia. Scott provavelmente teria falado nisso. Mas talvez tivesse falado — toda a conversa foi tão vaga e alucinatória que ela só soube que foi real quando Scott ligou para saber da resposta, e a essa altura era tarde demais para fazer perguntas.

Perdida, Cel ouve seus recados de voz — que ficam, ela tem certeza, mais descontrolados. Há recados de cristãos ameaçando rezar por Mattie, paranoicos ameaçando matá-lo. Há um maluco alegando ter visto Mattie e o atirador em uma viagem e exigindo pagamento pelos detalhes; ele chegou ao ponto de soletrar seu endereço de correspondência — uma caixa postal: o que mais seria? — e ligou de novo quando a gravação o interrompeu. Cel imagina Mattie e Ryan Muller zanzando pelo país juntos — como Thelma e Louise, ou como Humbert e Lolita? Cel não faz ideia.

Cel vai à sala de Luke para reclamar. Sanjith e Jessica já estão lá, parecem arrasados; Luke está tão arrasado como sempre. Cel quer se queixar dos recados — ela está arrasada também! —, mas todos, pelo visto, têm o mesmo problema. Há jornalistas ligando para Luke a respeito dos boatos de que Mattie é dono de uma arma (Jessica revira os olhos), jornalistas ligando a respeito de boatos de que Mattie pode ser gay (Sanjith boceja). Há jornalistas ligando para Sanjith querendo relembrar o fiasco da Paixão Secreta, jornalistas ligando para Jessica para tentar ressuscitar algum escândalo da carreira moribunda de Mattie.

— Mas por quê? — diz Cel. — Já não basta o fã adolescente homicida?

— Não há nada como umas peripécias municipais menores de vinte anos de idade para vender jornais — diz Luke.

— Quer dizer, o que eles esperam encontrar... o bebê Lindbergh? — diz Cel. — Eles esperam que ele tenha uma garota morta no camarim? Ou um garoto vivo?

Ela espera risos, mas só o que recebe é um bufo de Luke. Sanjith fica pétreo; Jessica, francamente alarmada.

— Isso é uma piada — diz ela e se retrai. Foi exatamente isto que lhe disse o cara VIP esta manhã quando fez uma piada ruim. — E nem mesmo é minha. Algum senador disse isso primeiro.

Às duas horas, dizem que Mattie e Eddie Marcus foram chamados a uma reunião com os executivos da rede. Isto é motivo de júbilo entre os subalternos — eles podem estar prestes a perder o emprego, mas também estão, ao que parece, livres. Eles pedem pizza e passam os olhos nos classificados. Há um senso emergente de camaradagem entre eles, agora que está quase acabando; um dia, talvez, Cel vá se lembrar de todas essas pessoas com carinho — Sanjith e Jessica e até do coitado do velho Donald Kliegerman, aquele capanga — como companheiros veteranos de uma guerra muito estranha e muito dúbia. A invasão das Ilhas Falkland. Ela não consegue invocar esse sentimento para com Luke porque tem a desconfiança de que ele encontrará motivo para telefonar e repreendê-la rotineiramente por toda a sua vida.

Há pouco tempo Luke chegou a uma grande teoria unificada da conduta de Mattie, a de que ele está tentando sair de seu contrato, podendo assim voltar à política. Isto, diz Luke, explica tudo — o comportamento louco de Mattie nos últimos meses, sua completa despreocupação com a ira da rede. Alguns meses antes, um jornalista ligou para falar a respeito de um grupo de foco promovido em Midtown, em que solicitaram aos participantes que considerassem a possível campanha ao Senado de um apresentador da TV diurna e em que circunstâncias eles estariam dispostos a pensar em votar em tal candidato. Mas o jornalista não parecia pensar sinceramente que este era Mattie — quase qualquer outra pessoa na televisão faria mais sentido — e Luke praticamente tinha se esquecido disso, até o anúncio sobre o comício de controle de armas.

— Pense nisso — diz agora Luke. — Mattie não pode se demitir, não é? Sua única esperança é ser demitido. Então ele prepara uma trama para que o programa perca o máximo possível de dinheiro. Quando o programa passa por uma crise de RP, ele piora ainda mais a coisa. Aquela história de Hitler? Sem essa. Ele já foi político: você acha que ele realmente não sabe que não deve pronunciar a palavra "Hitler" na TV? Quando a rede diz que ele precisa de um ajudante, ele negocia para trazer o *mesmo* cara que cuidou de sua campanha a prefeito. E de repente está usando cada chance que tem para falar em armas. Por quê? Bom, isso não ajuda o programa. Não cria ligação com nossos espectadores. Não é porque ele passou anos falando de armas com os eleitores da cidade de Nova York. É porque ele está falando com os eleitores do *estado* de Nova York... porque sabe que eles, como todos os outros, estão prestando atenção.

— Luke — diz Jessica. — Agora você parece um biruta. Parece até mais louco que Mattie, e nem Mattie é tão louco para fazer isso.

— Você está parecendo um pouco Velha Ordem Mundial, cara — diz Sanjith.

— Eu sinceramente acho que pode ser verdade — diz Luke, e ele parece mesmo meio magoado.

— Bom, que *incrível* — diz Cel. — É justo do que precisamos. E já meti a cabeça no forno uma vez hoje!

Jessica e Sanjith encaram como se ela pudesse fazer aquilo de novo bem na frente deles, e Luke declara a reunião encerrada.

— Que turma difícil — diz Luke quando os outros dois saíram.

— Não diga — diz Cel. — Quer dizer, sei que a piada do forno foi pesada, mas não pode me dizer que é pesada demais para eles. Eles trabalham aqui, pelo amor de Deus.

— Não é que a piada seja pesada demais. — Luke se agacha junto do frigobar e pega duas Cocas. — É que eles não acreditam inteiramente que seja uma piada.

— Ah, *valeu* — diz Cel. — Então todo mundo acha que eu ia querer me matar?

— Algumas pessoas podem fazer certas piadas. — Ele lhe passa um canudinho. — É só isso.

— Ah. Então quem eu devia ser para fazer essa piada?

— Bom, um homem, para começar.

Cel esfrega os olhos.

— Obrigada. Vou providenciar isso já.

— O ideal é que seja um homem branco. Você vai querer começar com muita autoridade, assim podemos rir quando você esbanjar parte dela. Assim, podemos considerar a possibilidade de suas feridas sem ficar desconfortáveis demais. Com as mulheres, é como se você estivesse andando por aí o tempo todo com um ferimento que pode ser fatal. E quando você faz uma piada disso, parece que está apontando bem para a ferida.

Cel pisca algumas vezes. Ela não sabe se já ouviu Luke dizer duas frases totalmente sinceras em sequência; é certo que nunca o ouviu emitir uma dissertação.

— Meu Deus, Luke. É esse tipo de coisa que você diz nos encontros?

— Eu só... sabe do que mais? Deixa pra lá. Esquece.

Ele roda a cadeira; suspira pelo nariz; roda de volta.

— Eu só quis dizer que... sabe quando um comediante gordo fala do corpo dele, e de como não é atraente e hahaha? Esse tipo de coisa pareceria perturbador vindo de uma mulher. Um homem pode apontar o quanto é nojento e não achamos que ele está negociando algo que precisa para sobreviver. Então, nós rimos.

— Nós rimos?

— Mas achamos que a atratividade de uma mulher é muitíssimo importante.

— Você é um cavalheiro e um visionário.

— Estou usando o "nós" como sociedade! Meu Deus. É retórica, merda, *é lógico*. O que quero dizer é que nós, *como sociedade*, achamos que a atratividade é tão essencial para uma mulher que está basicamente além da irreverência. Ou além da irreverência *dela*... para todos os outros, a temporada está sempre aberta.

Cel tem consciência de que agora está arregalada, roendo seu canudo como um coelho. Ela pensou nesse problema a vida toda, mas nunca o articulou tão fortemente; nem acredita que Luke pensou nisso, que dirá desenvolveu toda uma grande tese. É quase como ouvir Elspeth e suas teorias, só que Cel nunca reconhece sua vida nelas. Ela se pergunta que outras teorias teria Luke.

— Meu Deus, Luke — diz Cel. — Você se formou em Estudos Femininos ou coisa assim?

— Fiz um curso — diz ele, e Cel tenta não cair ali mesmo. — O que estou tentando argumentar é que... você fala o lance do forno, um cara fala o lance do forno... eles não pensam que nenhum dos dois vai fazer isso. Não vão, tipo, ligar para uma linha de emergência. Mas, quando um homem branco faz uma piada dessas, a gente acha que ele está implicando com alguém que pode aguentar. Quando você faz, a gente pensa que alguém está sofrendo bullying.

— Portanto, as mulheres não são engraçadas. CQD.

— É — diz ele. — Quer dizer, é claro que ninguém realmente pensa em nada disso no nível consciente.

— Bom, mas você pensa. — Cel percebe que roeu o canudo quase até virar uma papa. — Quer dizer, você pensou muito nisso.

Luke se retrai um pouco.

— Eu penso muito em tudo — diz ele.

1975

É quase meia-noite e Cel ainda está acordada vendo Ruth dar com o sapato na televisão. Sua TV é em preto e branco, com antena interna como orelhas de coelho, alternadamente temperamental e estupidamente insensata — como um coelho de verdade, diz Cel, e Ruth ri. Cel tem cinco anos. Ruth bate uma última vez e depois, através do chuvisco de estática cinzenta, aparece uma imagem: um homem pálido, de olhos saltados, de pé e ansioso ao lado do toca-discos.

Toca a música tema do *Super Mouse*; o homem na televisão espera por seu refrão. Cel e Ruth riem sem parar — da dublagem solene, da urgência diligente de sua preparação e de algo mais que Cel ainda não consegue situar e jamais conseguirá. Ela adora *Saturday Night Live* porque se elas estiverem assistindo, significa que já infringiram metade das regras de Hal. Pelo resto de sua vida, *Live from New York it's Saturday night!* dará em Cel uma sensação de promessa e subversão emocionante: um dia ela vai seguir esse sentimento até a cidade de Nova York.

Em volta delas, a casa está às escuras. Ruth gosta de apagar todas as luzes que não estão queimadas onde elas assistem televisão, deixando seu reflexo aparecer na janela panorâmica. As imagens pairam acima das madeiras escuras como um meteoro animatrônico: olhar para elas faz Cel tremer. Ela se abraça mais fundo em Ruth, pronta para rir de novo quando ela ri. Elas riem do Super Mouse até enjoarem; Ruth chora de rir e continua rindo depois disso, até que as coisas começam a ficar emboladas e algum interruptor crítico vira e ela está chorando em vez de rir. Isto às vezes acontece, e nessas ocasiões Cel aprendeu a cair em seu próprio tipo de crise, fica histérica e rebelde. Desta vez, ela entra em frenesi — faz farra e grita e, em um ataque de inspiração, até mia — e alguma coisa nisso empurra Ruth de volta ao riso. Às vezes Cel não suporta o quanto ama sua mãe. Ela comemora caindo do sofá. Depois Ruth cai do sofá atrás dela, chora-ri-chora, seus cílios lindamente empastados das lágrimas.

Cel tem sua vida real ao ar livre. Passa os verões de short, em geral sem blusa, os caniços roçando as pernas. Para no riacho, hipnotizada pela água ondulante, só fugindo quando os sussurros úmidos da tarde ficam densos e enrolados a sua volta. Corre para dentro para ouvir o trovão, às vezes tão forte que ela se sente uma bola de gude sendo sacudida na palma da mão.

No riacho, Cel é predatória e alerta. Na praia, esquadrões sicofantas de formigas se abrem em leque na areia. A visão de uma garra de caranguejo azul no lodo provoca um arrepio selvagem em sua coluna; uma vez, ela tentou cozinhar um, mas sua carne era tão viscosa como sabão que até Hal a cuspiu. Ela considera os peixes seus aliados e com eles é estritamente pegar-e-soltar. Cel despreza a pálida e pequena rêmora — tão fácil de localizar, tão fácil de apanhar; ela cobiça, em vez disso, os peixinhos escuros e lépidos, alguns gordos como seu polegar. Os peixes maiores são lentos, mas raros; ela pode ver uma truta uma vez por ano, se tiver sorte, e a persegue sem sucesso pelo verão todo. A única que ela chega a tocar já está morta: presa embaixo de um saco plástico, balançando-se em uma poça abaixo de uma pequena cascata. De perto, suas cores são quase nitidamente vivas, como um palhaço com a maquiagem derretendo, e ver isso parece errado. Afinal, é só uma coisa muito pequena e medíocre; quando viva na água, ela parecia senhora de si e estranha.

O melhor de tudo são os animais de verdade e suas pistas: as conchas iridescentes, lascadas de onde os guaxinins as quebraram, para abrir. Na areia molhada, pegadas delicadas com a forma de mãos humanas minúsculas. Os ursos descrevem semicírculos escuros na relva e deixam um cheiro pungente e admonitório se você os perde por pouco. Cel os vê às vezes também — ela vê linces, vê coiotes e uma coisa vermelha e inexplicável em uma árvore. Olha para cima mais tarde com Hal: é uma marta, ao que parece, de que Cel nunca ouviu falar. O que ela realmente quer ver é um puma. Ruth alega ter visto um, embora Hal pense que não é verdade. Cel a faz contar a história várias vezes — que o felino fulvo com a cauda muito, muito comprida uma vez desceu o morro — e Cel decide que acredita nisso. Ela observa a mata obsessivamente esperando que sua fé seja recompensada.

A floresta tem sua própria mitologia, complexa e autorreferente, marcada por presságios e pedras de toque. Os mistérios duradouros e talismânicos representados pela floresta: o bastão de esqui metido na terra a meio caminho da subida do morro; a picape vermelha que ela descobre quase no topo meio encoberta pela vegetação, que ela jura que nunca esteve ali. As videiras rijas e meio mortas, emaranhadas nas cicutas. O muro arriado de pedra que Hal diz que é dos tempos antigos, antes de todos os fazendeiros desistirem do solo raso e se mudarem para o Oeste.

E há os grandes eventos misteriosos, totêmicos e enobrecedores que definem as eras. A vez em que nudistas apareceram andando rio abaixo. Outra vez foi uma família com filhos — como algo invocado diretamente dos sonhos de Cel —, mas eles só duram um verão e um divórcio. Qualquer coisa, parece, pode chegar pela floresta; qualquer coisa pode ser dada e qualquer coisa tomada.

O portento mais escuro — aquele que só pode ser chamado de uma maldição — é a noite em que o pinheiro branco gigante é atingido por um raio. Foi uma catástrofe de dimensões literalmente pesadelares — Cel muitas vezes sonhou com esta perda — e algo na combinação de profecia e tristeza a deixa inconsolável. Só Ruth entende a extensão de sua tristeza, assim como só Ruth entende sua hilaridade histérica quando, anos depois de adotar uma árvore minúscula — Cel a cercando com pedras para protegê-la, Ruth arrulhando para ela com uma melodia cantarolada e hipocorística, as duas se dedicando com um ardor que Cel não reconhecia na época como essencialmente maternal —, elas enfim perceberam que era um arbusto. Elas riram disso com a mesma intensidade que mais tarde estenderam ao pinheiro, enquanto Hal resmungava sombriamente sobre rapazes que ele conheceu na guerra que foram menos pranteados do que aquela porcaria de moita.

Na mata, porém, as coisas importam ao mesmo tempo de um jeito diferente e maior. A casa é onde as coisas são ditas e feitas, e mais tarde pode se revelar jamais terem acontecido. Tentar decifrar Ruth é como tentar aprender uma língua que muda seu alfabeto o tempo todo e às vezes insiste que não existe nenhuma tradução escrita. Na mata, tudo é real e também mais do que real: todas as pedras são pontas de flecha, todos os sussurros são ursos. Mas Cel não é gananciosa: rejubila-se todo dia com revelações mais cotidianas. O punhado obstinado de bétulas em meio às coníferas; o lugar no fundo da mata em que uma moita de samambaias verde-limão cresce em um feixe de luz estreito. Uma panícula escura de veado na neve.

As estações compreendem um ano litúrgico, completo, com rituais e ritos. Cel marca o tempo a partir do congelamento do riacho no inverno; ao florescimento do louro-da-montanha, da cor e da forma de nuvens cúmulos; à ressurreição dos lírios-do-tigre em todo 4 de Julho; à emergência primaveril do trílio pintado — tão complexo que parece pertencer a um museu, tão bonito que parecia impossível realmente ter estado ali se Cel não tivesse aparecido para ver.

E talvez, mas só talvez, não tenha aparecido: afinal, quem pode dizer que aconteceu?

VINTE E OITO
semi

Sou sitiado pela umidade ao sair da estação da rua Cinquenta e Nove; o ar é tão denso que parece um impostor. É por isso que estou curvado ao meio, por isso preciso de um momento para recuperar o fôlego enquanto pelejo pelo Columbus Circle.

Matthew já está no restaurante. Provavelmente criou o hábito de ter sua funcionária dando a hora errada. Deve ser bom ter uma *assessoria* — quem sabe esta pode ser minha fala de abertura? Mas não, isso não faz sentido — não é uma contestação, só a erupção de uma mente em diálogo consigo mesma. E toda essa história, na verdade, sempre foi isso.

— Olá. — Parece que já me sentei.

Matthew me olha e diz, "Oh". Este *oh* é parte riso, parte tristeza angustiante: parece a exclamação de uma pessoa em um acidente absurdo e anormal no momento em que entende que isto (isto!) é o que realmente vai matá-la.

Há uma pausa longa e afogada.

— Você me parece bem — diz ele.

— Ha.

Sua boca se abre, se fecha. Ele parece uma lampreia.

— Você parece uma lampreia. — Sua boca se fecha mais decisivamente, depois ele ri. Ele tem um dos risos mais tristes que já ouvi — mas a concorrência nesta área é forte — e acende algo dentro de mim. Digo a mim mesmo que não é reconhecimento, mas *déjà vu*: uma curta parada no cérebro.

— Já faz algum tempo.

— Um século! — Há uma alegria descontrolada em minha voz. — Desde 1979, acho?

— Deve ser isso mesmo. — Parece possível que ele não tenha certeza. Digo a mim mesmo que estas preliminares são importantes; assim que elas tiverem sido dispensadas, assim que eu puder ter certeza da firmeza de minha mão, então, e só então, vou ligar o dispositivo de gravação em meu bolso. — Bom, aí está você — diz ele.

— Vivo e muito bem. — Gostaria de me servir de alguma água, mas isso parece desaconselhável. — Talvez você tenha imaginado.

— Fico muito feliz — diz ele. Depois: — Lamento saber de seus amigos.

Acho que ele quis dizer isso de modo geral; não imagino que ficasse lendo os obituários.

— Ah, algum deles ainda te devia dinheiro?

Era minha esperança que pudéssemos passar a um nível de hostilidade aceitável para ambos — mas de súbito o garçom aparece listando imperiosamente os especiais do dia. Lembro-me por que eu detesto ir a restaurantes: não suporto mais ser um suplicante em meu tempo livre.

Quando ele enfim sai, Matthew pergunta:

— Ainda está escrevendo?

Sua voz caiu àquela tessitura conhecida e é assim que percebo que ele até agora esteve usando a voz da televisão. Isto certamente significa que é hora de ligar o gravador. Deixo cair o guardanapo, pego e ligo.

— Ah, *sim* — digo, emergindo —, tive uma peça sobre a Aids em cartaz no Underground por um ano. Foi uma tremenda sensação. Estou surpreso de não ter ouvido falar.

Nada disso vai ficar bom na fita, percebo.

— Ultimamente tenho levado uma vida de claustro — diz Matthew.

— Positivamente sacerdotal, tenho certeza.

— Terei de ir ao teatro ver sua peça.

— Eu poderia tentar reservar dois ingressos para você — digo. — Não garanto nada.

— Está trabalhando em alguma coisa nova?

— Ah, sempre. — Isto é mentira. Todas as minhas ideias novas continuam integradas a *Os Espectadores*: cada vez mais, tenho a sensação de que estarei escrevendo esta peça pelo resto de minha vida. — Meu novo projeto é sobre a Sociedade Mattachine. Foi o grupo que...

— Eu sei.

— Você sabe. Tudo bem. Então é sobre você sabe o quê. Patetas falando verdades ao poder.

Inventei este projeto estritamente para fins temáticos desta conversa.

— Bom, você sempre gostou de uma alegoria.

— Ultimamente a escrita de todos é alegórica. Ou autobiográfica. O que é constrangedor de diferentes maneiras, mas o que se pode fazer? Qualquer um que a essa altura ainda possa escolher suas humilhações tem muita sorte.

— Então os convidados de meu programa devem ser as pessoas mais sortudas do mundo.

— Eu diria que eles *são mesmo* relativamente sortudos, sim. Sabe, no esquema das coisas? Quer dizer, nenhum de seus convidados é um paciente com Aids, é?

— Não — diz Matthew em voz baixa. — Não desde o *Comment*.

— Não desde que mais de quatro pessoas assistiram, quer dizer.

— Não acho que seria a escolha correta — diz ele com cautela — para esta versão do programa.

— Perfeitamente. Quer dizer, o que é uma drag, né? Melhor evitar inteiramente o assunto! Há um precedente para isso, sabia? Não só os exemplos mais flagrantes... seu governo federal, sua mídia *mainstream*. Até alguns de nós na *comunidade gay* preferem não discutir a questão.

— Acredito nisso — diz ele.

— Por exemplo, tem um fotógrafo... você não deve conhecer o trabalho dele... que passou anos tirando fotos de pacientes de Aids. Agora ele fotografa lhamas.

— Parece uma trajetória familiar.

— Lhamas de alta classe, neste caso.

— E existe outro tipo?

— Ou Robert Ferro... outro nome desconhecido, tenho certeza. Ele não colocaria a palavra "Aids" em seu último romance. Simplesmente não faria isso. É uma daquelas palavras que, se você deixar que seja uma palavra, ela se transforma na única palavra, entendeu? E quem quer ser resumido desse jeito? Ainda assim, *entre nous*, acho que é indelicadeza da parte dele. Quer dizer, existe uma guerra sendo travada. Até Hemingway teve de dirigir ambulâncias.

Matthew, percebo, está enrolando um pouco de espaguete no garfo. Esta presença faz toda a cena parecer abruptamente onírica — *e então eu estava sentado com Matthew Miller em Midtown e ele comia espaguete!* —, mas uma sondagem dos minutos antecedentes revela uma vaga lembrança de escolha dos pratos. Olho para baixo e noto um prato de mexilhões.

— Mas chega de falar de mim! — digo, abrindo um mexilhão. Isto deve ser caro; alguma parte de meu cérebro, claramente, era operacional. — Quero saber de *você*. Ainda assiste luta livre?

— Não. — Matthew ri de novo, aquele maldito riso triste, e eu o detesto por isso; o que ele sabe de tristeza e como se atreve a desfilar essa tristeza desse jeito onde qualquer um possa ouvir? Com o passar dos anos, passei a entender que a tristeza mais verdadeira, em geral, não pode ser detectada; isto cria a suspeita de que a dor demonstrada despreocupadamente não é autêntica. Ou talvez eu só esteja virando a minha avó e enfim fico constrangido com *exibições*. — Acho que não preciso mais.

— Tem seu trabalho cotidiano para isso.

— É uma ideia semelhante. Participantes diferentes, conjunto de habilidades ligeiramente diferentes.

— Parece manter você ocupado.

— Sim — diz ele, cansado. — É exatamente o que isso faz.

— De todo modo, sua equipe parece terrivelmente animada. Aquela produtora *cheerleader* baixinha é simplesmente uma graça.

Seus olhos faíscam. É um descendente distante de uma expressão que conheci no passado — lá está aquele senso de despertar urgente que você invocou sozinho — e me lembro como isso me agitava, como me atordoava, antigamente.

— Você não conhece todo mundo, sabia? — diz ele.

— Eu *sei*. — Soube disso ontem mesmo, por exemplo, enquanto olhava a mulher de saia estampada. Mas a parte mais difícil não é saber disso. É lembrar. — Acho que não preciso te lembrar que foi você que me ensinou isso.

Ele pestaneja de um modo que se desculpa; parece perceber que não tem direito nenhum. Li sobre um distúrbio cognitivo em que o paciente passa a ficar convencido de que todos a sua volta foram substituídos por simulacros — que eles estão cercados por duplos idênticos e sinistros. Posso imaginar esta experiência, acho, multiplicando Matthew Miller por todos.

— E aí, qual é a história das cartas do garoto-assassino? — Estou tentando parecer sociável.

Matthew baixa o garfo.

— Foi por isso que você veio?

Recurvo-me sobre meus mexilhões.

— Não exatamente.

— Está trabalhando para alguém?

— É só curiosidade minha.

Ele suspira e sei que não acredita em mim. Para provar a mim mesmo que eu ia fazer isso de qualquer modo, desligo o dispositivo no bolso.

— Só acho interessante — digo. Embora não ache. Como político, Matthew respondia a todas aquelas cartas e algumas eram de pessoas que já haviam cometido assassinato; para mim, o fato de ele responder a esse atirador é uma das coisas menos surpreendentes que ele fez em décadas.

— Mas você sempre gostou de andar com os oprimidos.

— Prefiro não julgar ninguém — diz ele.

— Não acha que isso é covardia?

— Acho que depende da circunstância.

— Bom, você sempre gostou de deixar que as coisas dependessem das circunstâncias.

Como isso tinha me impressionado, como me emocionava antigamente — a capacidade de Matthew de entender argumentos contrários, de articulá-los melhor do que seus melhores defensores. Eu jamais quis que Matthew tivesse sucesso na política, mas por algum tempo ele me fez acreditar nela. Ele me fez acreditar, afinal, que um reconhecimento das ambiguidades da realidade não era uma hesitação inútil, mas um primeiro passo honesto para a ação. Todos nós agora sabemos a verdade, é claro — a esfera política se expôs há muito tempo como um espetáculo autosselante, imune à decência ou aos fatos. Mas minha desilusão começou para valer, estou entendendo agora, com Matthew. Sua ridícula carreira pós-política não compunha nem metade disso.

— Você não é quem eu pensei que fosse — eu me vi dizendo agora.

Brookie me disse isso uma vez quando éramos crianças e pensávamos que íamos partir o coração um do outro. *Você não é quem eu pensei que fosse*: achei muito doloroso. Parece um tipo peculiar de perda que acompanha, como faz, uma bênção retroativa — deixando você com o conhecimento insuportável de que você teve a consideração de alguém um dia antes de esbanjá-la.

Por um bom tempo, Matthew examina um ponto acima de minha testa.

— Quando você e eu nos conhecemos — diz ele por fim — eu *pensava* muito. Passava muito tempo pensando no que era certo, e passava muito tempo me perguntando onde eu tinha me enganado.

Não sei onde isso vai dar; torço para que não se transforme em um caso de Matthew aliviando o peito. Não sei onde ele chegou, mas pode ficar onde está.

— Eu era arrogante, sabe. — Ele diz isso intensamente, como se refutasse uma acusação antiga.

— Nunca achei você arrogante. — Mas não me lembro bem se achava ou não. A luz a nossa volta tinha uma impressão densa e encharcada. — Creio que eu o achava principalmente iludido.

— Bom, por acaso você tinha razão — diz ele. — Porque a única coisa em que eu nunca pensava era se um dia ia importar o que eu pensava. Só me preocupava com minhas crenças porque supunha que minha vida seria cheia de oportunidades para agir em conformidade com elas. Senti isso mesmo depois de sair da campanha. Mesmo quando eu trabalhei no *Comment*. Ainda acredito que minha vida seria uma espécie de, sei lá. Uma espécie de exame moral. — Ele meneia a cabeça. — Não tenho a sensação de você ter tido essa impressão.

— Sou um artista — digo. — Nasci para ser inconsequente.

— Como todo mundo — diz Matthew. — Se você tem sorte, pode ter algumas chances de não ser. E se perdê-las, então suas convicções serão de interesse apenas seu. Elas representarão uma forma de solipsismo.

— Mas você está na televisão — digo. — Tudo que você faz importa.

— Meu Deus, espero que você esteja errado a respeito disso.

— Então, crie novas chances. — Estou ficando farto disso. — Você é rico. É saudável. Está vivo, o que é mais do que podem dizer algumas pessoas.

— Criar novas chances — diz ele. — Sim. Estou tentando.

— Com a história das armas?

— Em parte, sim.

— Bom, por que parar por aí? Devia voltar para a política! — Eu rio. — Devia concorrer à Presidência! Provavelmente seria eleito de lavada.

Matthew franze a testa como se eu tivesse dito alguma crueldade e me pergunto se esta foi uma ideia que ele realmente considerou. Uma mulher na calçada para e arregala os olhos para Matthew pela janela; seu bebê de cabelo ralo está arregalando os olhos para mim. Eu arregalo os olhos para eles.

— Nem sempre é claro o que significa fazer a coisa certa — diz Matthew. — Mas nunca vamos saber quando é nossa última chance de tentar. E um dia chega a um ponto em que você fica agradecido pela oportunidade de fazer pequenos gestos.

— Então é disso que se trata a carta? — digo. — Um gesto?

— Não — diz ele. — Como sempre, quero dizer algo inteiramente diferente.

— Bom, ainda estou ouvindo.

Este momento parece ampliado e estranhamente remoto: sinto que olho por uma lupa. Na janela, a mulher ainda encara; Matthew se vira para acenar e ela sai apressada, envergonhada. Ele parece aliviado quando se vira — porque ela não quer seu autógrafo, imagino.

— O que você quer de mim? — pergunta ele.

— Nada. — E talvez, neste momento, comece a ser a verdade.

— Então, por que está aqui? — diz ele. — Quer dizer, sério.

A sensação no ambiente oscila por um momento — algo parecido com o suspense que perfura uma estação do metrô quando alguém chega perto demais dos trilhos.

E então eu digo:

— Ainda estou decidindo.

Depois disso, fui para o Rawhide.

Estou procurando, acho, uma dose da invisibilidade que senti na sala de espera do *Mattie M*. Não é tão fácil de achar, mesmo em Nova York. Sempre há olhares: aquele estalo de curiosidade, aquele avanço-e-retirada momentâneo da especulação. O erguer parcial de uma sobrancelha seguido por sua brutal repressão. Já faz algum tempo que não vou ali, mas nos velhos tempos íamos sempre — em geral, como último recurso, como algo que ficava ali perto. Pergunto-me se os porto-riquenhos ainda jogam dominó na calçada nas noites de sábado. Começamos a ir em 1979, acho: agora, *este* é um lugar que já viu de tudo.

Abro as cortinas e entro nas profundezas estrepitosas: ali dentro, é sempre escuro, e nunca é a hora errada para um coquetel. Antigamente, Matthew me contou, muito tempo atrás, este lugar foi uma loja de doces. Peço um drinque, depois outro, depois noto alguém me encarando. Ele tem olhos brilhantes e vigilantes e um nariz meio torto e, pelos velhos tempos, eu o acompanho ao banheiro. Nos agarramos por um tempo incalculável até que caio de joelhos. Negociamos sem dizer nada: sem camisinha e acabou-se. Somos mortais de novo, por um momento, enquanto abro o zíper de seus jeans. E então, por outro momento, não somos.

Dez anos na peste, e o que nos restou?

Restaram-nos imagens.

Os homens sombrios nas áreas perto do píer, o desenho de piano das luzes nos prédios pouco além dali.

O brilho astral e trêmulo dos faróis dos carros no East River.

Paulie dando uma mordida desavergonhada no queijo no parque, um filete escorrendo por seu queixo.

As mãos com marcas de lagarto de Paulie, seu rosto estranhamente imaculado, ele deitado, enfim calado, em seu caixão.

As incontáveis vezes em que pedimos a ele para ficar quieto — como exigimos, gritamos, soltamos ultimatos ineficazes.

Aquela única orquídea estragada que ele costumava ter em cima da lareira.

O cheiro de ferrugem da cela de prisão naquela noite em que fomos presos e conhecemos Matthew Miller.

Como Matthew se curvou sobre Stephen, uma expressão de ternura impessoal e nada surpresa.

O jeito como ele falou, "Acho que você ainda não está pronto para bater as botas".

O dia, dezenove anos depois, em que Stephen enfim estava pronto, e enfim bateu.

Como os olhos de Stephen se ofuscaram e desvaneceram naquela noite; como eles ainda queriam voltar para nós.

O cheiro da colônia Penhaglion de Stephen bem no comecinho.

A queimadura de alvejante do estranho em minha garganta — agora mesmo, neste exato segundo — enquanto eu ando pela Oitava Avenida.

Nunca mais o verei, mas isso não quer dizer grande coisa: e pensar que antigamente era uma emoção perder para a cidade de Nova York um homem com quem você trepou.

Sobretudo nos restaram os cenários alternativos. Chegavam a nós tarde da noite toda noite: a questão do iceberg, a questão dos botes salva-vidas.

Se tivessem fechado as saunas.

Se não tivessem fechado as clínicas de tuberculose.

Se Rock Hudson tivesse se declarado antes.

Se Jimmy Carter ainda fosse presidente.

Se o merda do Gerald *Ford* ainda fosse presidente.

Se Matthew Miller tivesse sido prefeito de Nova York.

Mas é fácil superestimar esta última. Matthew Miller teria confrontado a mesma falta de financiamento federal e infraestrutura nacional de saúde pública; teria sido intimidado e massacrado pelas mesmas forças políticas, visíveis e invisíveis. Não está claro o que um homem de coragem pode ter feito nesse contexto, e não está claro se Matthew Miller teria um dia se tornado um deles.

Ainda assim: suspeita-se que ele teria falado nisso. Na época, isto não teria sido uma questão menor.

Na política, como no teatro, o *timing* é tudo.

VINTE E NOVE
cel

Toda noite, ainda, Cel sonha com a mata. Por isso, não é totalmente correto dizer que há anos ela não vai à sua cidade. No nível literal, é verdade: a última vez que ela voltou foi em novembro de 1989, logo depois da morte de Ruth, e não muito antes de Hal, depois de enfim concluídas suas missões ingratas, deixar-se morrer também. Cel teve uma surpresa irracional com isso. Talvez não acreditasse inteiramente que o velho Hal fosse capaz disso — sendo a morte o tipo de indolência imposta do qual ele parecia congênita e permanentemente incapaz. Mas havia a questão do atestado de óbito de Hal, seguida pela ânfora de suas supostas cinzas depois que os alunos de medicina legal da Universidade de New Hampshire terminaram de trabalhar nele. Cel teve de aceitar a verdade dessas coisas; ela não foi para ver o corpo de Hal. Disse a si mesma que ele não ia querer que ela fosse. Mais provavelmente: ele não teria se importado. Mas não havia ninguém para ver seu corajoso aparecimento, ninguém para notar se ela não fosse. E ela não havia passado pelo suficiente por um ano? Elspeth garantiu que sim, enquanto ela chorava em uma banqueta na sala de estar. Cel passou pelo suficiente para *uma vida inteira*, disse Elspeth, e Cel sentiu um alívio secreto e isolado: uma esperança ignóbil de que poderia, dali em diante, ficar livre.

E assim, a última vez que ela viu Hal foi também a última vez que viu tudo: a casa, a mata e Ruth — parecia estranha, mas não assustadora no caixão. Eles o deixaram aberto para que as pessoas não imaginassem que as coisas eram piores do que a realidade. Depois disso, Cel e Hal andaram pela casa arrumando quinquilharias, séculos de detritos, com um senso de urgência abstrato e meio fingido. O que é este impulso de começar a mudar as coisas quando alguém morre — perturbar objetos que tinham estado no mesmo lugar sem exigir nada, sem incomodar ninguém, por décadas? Um botton de combate à inflação, um frasco enferrujado de Brylcreem. Não tinha necessariamente um sentido. No entanto, foi feito assim, ao que parecia, e Ruth sempre teve uma consideração estranha e intermitente pelo que era feito. O jeito de organizar um chá de panela, o jeito de arrumar uma mesa — Ruth dizia que esses rituais eram permanentes, parte de uma representação que continuava em algum lugar sem ela e à qual ela podia retornar a qualquer momento. Ruth tinha seus pequenos floreios nervosos, suas questões de juízo inescrutáveis. Detestava o sofá angorá azul que Hal trouxe para casa, em um ataque do que ele torcia para ser uma mobilidade ascendente. Mas, na realidade, eles eram agressivamente móveis para baixo — até em uma época (e na realidade, a única) em que um grupo de pessoas ia para o lado contrário. Cel levou anos para perceber esta parte: que onde Ruth parou não era nada parecido com onde ela começou.

Mas aqui, fazendo uma triagem pela casa, está a prova. O antigo piano vacilante de Ruth, por exemplo, que Hal venderá pela madeira a um preço artificialmente elevado pela compaixão. Ali estão as pequenas frescuras que Cel encontra nas gavetas de Ruth: material de escritório pesado e de alta qualidade; roupa de cama com babados e florezinhas azuis — esta, ao que parece, é relíquia de algo mais do que dinheiro. No fundo da gaveta, encontra uma coleção de miniaturas de porcelana de que se lembra da infância. Segundo o advogado, teriam valido muito, se existissem muito mais delas.

— Bom, pode-se dizer isso sobre qualquer coisa, não é verdade? — diz Hal. — Pode-se dizer isso sobre um tostão.

— Não pode mais — diz Cel. Ela está usando o que os dois consideram sua voz universitária. — Eles saíram de circulação.

Uma das miniaturas mostra uma garotinha puxando um trenó por um campo nevado; outra tem um menino de chapéu de palha pintando uma cerca — e este, ela entende sem precisar pensar, é Tom Sawyer. Ela olha enquanto o significante se funde violenta e permanentemente no significado. Uma das figuras retrata um parque mínimo feito em tons vivos de lápis de cera: paisagem verde, rio azul, ponte vermelha. No rio, estão barcos em forma de cisne: este, ela sempre soube, era o Boston Public Garden. Sua mãe sempre lhe prometeu levá-la lá para vê-los. Ela olha fixamente o parquinho nas mãos. Admira a complexidade dos cisnes — seus bicos pretos, o pescoço curvo. Quando criança, Cel nunca entendeu verdadeiramente o que era um pedalinho de cisne, sempre ficava meio apreensiva com a descoberta deles. Mas agora vê o que uma criança pode ter visto — o caráter encantador de conto de fadas do parque, aqueles cisnes como carruagens de cúmulos — e entende, enfim, que alguém deve ter levado Ruth quando ela era criança, e que ela deve ter adorado, e que isto não a impediu de se jogar de uma ponte trinta e um anos depois.

— Mas então — diz Cel. — Não é isso que ele quer dizer.

— Ah, não, Celeste? — diz Hal. — Então, me ensine.

Cel baixa a miniatura. Não pensa que quer ficar com ela.

— Você não entenderia — diz ela. — Ele está falando de algo inteiramente diferente.

Na sexta-feira de manhã, o VIP tinha voltado.

— Você voltou — diz Cel quando o encontra na metade do corredor.

— Vim deixar isso para Matthew. — Ele segura um pacote debaixo do braço; Cel se pergunta à toa se será uma bomba.

— Ah — diz Cel. — É algo que você quer que ele assine?

Ele nega com a cabeça e entrega a Cel um envelope contendo um objeto do tamanho de uma orelha. Tomara que não seja uma orelha de verdade.

— Parece que vocês estão com um probleminha por aqui — diz o VIP.

— Acho que sim. — Ele quis dizer a carta, ela deduz. — Quer dizer, o problema de Mattie é que não existe ninguém com quem ele queira falar. — Ela olha para ele. — Ou talvez você saiba disso.

— Gosto dessa linha de defesa — diz o homem. — É muito clássica. Retroativamente forja um defeito como um ponto forte.

Cel estreita os olhos para ele. É magro e tem uma barriguinha — uma energia que parece nervosa, entradas no cabelo. Olhos inteligentes, estranhamente comoventes. Não é, ela pensa, o espectador habitual.

— Acho que você deve ser escritor — diz ela.

— É o que você está tentando ser?

— Não.

— Não para os *palcos*, espero.

— Não estou tentando ser nada.

Ele escarnece.

— É claro que está. Você tem o que, vinte e quatro anos? E mora em Nova York.

— Eu posso me mudar — diz ela.

— Não me diga Califórnia.

Atrás do VIP, um pôster promocional vermelho gigantesco se aproxima em um caminhão. Cel se pergunta para onde ele vai e se o homem que o dirige trabalha ali — ele está de macacão, então ela vai supor que trabalha.

— Bom, ninguém está tentando *ser* alguma coisa na *Califórnia* — diz o VIP. — Então você vai se adaptar bem lá.

Cel não fala nada. Pode ouvir um silêncio diferente começar a sangrar, depois coagular na pausa entre eles, depois o homem ri.

— Boa sorte por lá — diz ele. — E não deixe ninguém te dizer que a era de ouro do cinema acabou! Lembre-se que a era de ouro de qualquer coisa acontece sempre pouco antes de você chegar lá.

— Ouço muito isso por aqui.

— Aposto que sim.

Há uma mudança laterítica na luz: será possível que já é noite? Mas não, é só o pôster promocional vermelho berrante bloqueando uma janela enquanto é empurrado não se sabe para onde. O VIP, Cel percebe, está se virando e se afasta.

— Ei — diz ela, e ele para.

— Sim?

— Mattie era um bom advogado?

Ele ri de novo.

— Se Mattie era um bom advogado? — diz ele. — Posso te dizer que não tive queixa nenhuma da advocacia dele.

— Nem consigo imaginar Mattie como advogado. Nem político.

— Ele era muito bem considerado como os dois, se dá para acreditar em mim. Algumas pessoas achavam que era um gênio da política. Um verdadeiro Kennedy da classe trabalhadora. Ele até abandonou o criptocatolicismo.

— Mas todo mundo não é o Kennedy de alguma coisa?

— Não.

— Assim como todo lugar é a Paris de algum lugar?

— Não, nem remotamente.

— Lemos a correspondência dele, sabe — diz Cel. — Desde o... bom, recentemente.

O homem dá de ombros.

— Não há nada aí para se ler. É só um registro de nossa conversa. Pensei que ele ficaria interessado.

Cel assente. O pôster promocional, ela vê, foi abandonado por seu guarda. Está encostado numa parede, um Mattie imenso e deitado de lado mostrando um polegar para cima numa horizontal perfeita.

— Mattie é católico! — diz ela. — Impossível.

— Eu não disse que ele *é* coisa nenhuma. — O VIP faz aspas no *é*. — E impossível não é grande coisa hoje em dia.

— Acho que não — diz Cel. — Outro dia alguém me disse que existe mais gente viva agora do que os que já morreram.

Isso foi mesmo outro dia?

— Acho que não tem como isso ser verdade — diz o homem. — Todo mundo que conheço está morto.

Cel ouve a gravação prontamente, é claro, como o homem devia esperar que ela fizesse. A conversa é abafada e confusa, mas várias coisas ficam evidentes. Primeiro, fica claro que Mattie não sabia que era gravado. Segundo, fica claro que o homem pensa que está envolvido em alguma agressão, mas sua exata natureza não é clara. Em termos do que é dito literalmente, podia ser pior. O desprezo de Mattie pelo programa transparece, o que não é ótimo, mas não há menção a Ryan Muller, nem às cartas. O que surge principalmente é uma espécie de lição oblíqua sobre a Aids — tortuosa, idealista, bastante unilateral e nada parecida com o que Mattie costumava fazer no *Comment*: isto quer dizer que ninguém vai prestar atenção. Mais preocupante é o subtexto da conversa: fica gritantemente evidente para Cel que Mattie e o VIP foram amantes no passado, embora fique igualmente evidente que agora não são. Embora tenham surgido boatos sobre Mattie durante anos, uma saída do armário seria outra questão — provavelmente seria um golpe fatal para o programa em qualquer época, e neste momento, é claro, pode esquecer. O problema não é tanto que os conservadores culturais fossem ao fundo do poço — quando se trata de Mattie, eles já estão lá. E a audiência do programa não é exatamente melindrosa com estilos de vida não tradicionais. Mas provas de que Mattie é gay fariam dele um dos *convidados*; os espectadores não confiariam mais nele para orientá-los pelo submundo, ou para trazê-los de volta com segurança. Então, sim, Cel pensa: documentação da sexualidade de Mattie seria um negócio polpudo. Certamente seria muito lucrativo como chantagem ou notícia. Mas, se isto é chantagem, por que o homem deixa implicado o passado dos dois? E se isto é um item que ele tenta vender a um tabloide, por que ele se deu ao trabalho de dar um alerta? E se isto pretende ser um anúncio de serviço público, uma espécie de comentário ou crítica artística — bom, simplesmente não é. Ou, se for, Cel não entende.

Ela toca novamente a fita tentando entender o que o homem quer. Ele parece sobretudo querer falar com Mattie — informar que sente raiva dele, ainda, depois de muitos anos. Esta é a pauta dele; a entrevista é o pretexto. Se existe outro esquema que ele pretendesse promover ali, claramente ele é muito ruim nisso e é muito provável que não seja dele. Então, quem está por trás dessa conversa?

Scott.

Scott. Mas é claro.

Cel lamenta, brevemente, por todas as piadas que pensou terem provocado o riso dele.

Cel se embriaga, depois chama Elspeth.

— Isso é totalmente absurdo — diz Elspeth, corretamente.

— A fé é uma tentativa feita com a força do absurdo — diz Cel e tem um soluço. — *Kierkegaard* disse isso.

— Isso parece... fora de contexto.

— A fé é uma tentativa feita com a força de coisas tiradas de contexto.

— Você está bêbada.

Outra observação na mosca de Elspeth! — que, Cel vê, a encara com tristeza.

— Por que você aceitou esse emprego mesmo? — diz ela.

Cel reflete: ela deve ter tido uma resposta para isso antigamente.

— Eu me formei em língua inglesa — diz ela por fim. — Queria fazer alguma coisa com palavras.

— Palavras, Cel? *Qualquer* palavra? Como Leni Riefenstahl queria fazer alguma coisa com imagens?

— Pare com isso.

— Desculpe. Eu simplesmente nunca teria imaginado você dedicando sua vida a fazer troça dos pobres.

— Fazer *troça* dos pobres? Mas quem você acha que vê esse programa? — Cel percebe que está gritando um pouco; ela precisa passar menos tempo com Luke. — Não são estudantes podres de ricos, isso eu posso te dizer. Não é a equipe da *New Yorker*. São aqueles que torcem as mãos por coisas assim. Os pobres, acredite se quiser, têm problemas de verdade.

— Meu Deus, Cel.

— Qualquer um que pense que o programa faz troça dos pobres precisa pensar que os pobres são, na verdade, isso. Que eles estão *realmente* trepando com suas cabras.

— Bom — diz Elspeth. — Enfim aconteceu. Você finalmente começou a acreditar no próprio papo-furado.

— Vá oitenta quilômetros nos arredores de qualquer cidade universitária e vai ter sexo com cabras de uma ponta a outra até onde a vista alcança.

— Você *sem dúvida* começou a acreditar no próprio papo-furado, Cel. Você está, digamos, convertida.

— Sabe por que os ricos detestam tanto o programa? — diz Cel. — Porque eles têm medo do quanto o programa os enoja. Porque ele torna muito mais difícil para eles sentirem-se tão tolerantes e ótimos com eles mesmos. Porque eles precisam que os pobres sejam esses ursos panda exaltados em risco de extinção... ou miseráveis preguiçosos, sabe, dependendo da política deles. Mas talvez estes sejam igualmente fodidos.

Cel aparentemente está chorando. Ela vai à janela para se esconder.

— Achei que você se importava comigo — diz ela dramaticamente. Como tudo que ela quer dizer, sai soando falso: talvez Elspeth também pense assim.

— Me importava com *você*? — diz Elspeth. Cel está piscando através das lágrimas. Ao longe, alguma antena espinha-de-peixe de prédio pisca em resposta a ela. — E quem seria esta, exatamente?

* * *

Inclinada na campainha de Mattie, Cel percebe que devia ter telefonado antes. Estava reanimada por todo o caminho — agitada pelo álcool, e pela afronta e a convicção recém-descoberta de que, independentemente do que disse Elspeth, ela *sabia*, de vez em quando, como fazer o que era certo. Ela ficou sóbria em algum lugar pela West Houston e agora os princípios em jogo parecem mais sombrios, como a lógica de aparecer sem se fazer anunciar. No entanto, esta não é uma questão de urgência profissional? Luke certamente argumentaria que sim. Ela devia ter telefonado a ele também, agora que pensa no assunto.

Mattie parece surpreso ao vê-la, mas não tanto quanto deveria.

— Oh — diz ele, as sobrancelhas arqueando-se em vórtices. — Achei que você era outra pessoa.

Ela pede desculpas por incomodá-lo e ele diz não se preocupe, e então Cel está dentro do apartamento de Mattie, sentada em um sofá surpreendentemente puído, enquanto ele pega para ela um copo de água que ela não pediu. O apartamento é despojado, quase clerical — mais provas incriminadoras do cristianismo: ela terá de contar sobre *isso* a Luke antes de ir embora. Porque ela vai embora, ela percebe, mesmo que ninguém a esteja obrigando a isso.

— Vim trazer isto a você — diz Cel, entregando o envelope a ele. — É uma gravação de sua conversa com aquele cara VIP.

Mattie faz com a boca a palavra *Oh* antes de dizê-la.

— Achei que você ia querer ficar com isso — diz Cel.

— Sim — diz Mattie. — Sim, certamente quero.

Ele olha atentamente o envelope, mas não o abre. Provavelmente está esperando que Cel vá embora. Ela começa a se levantar.

— Você ouviu? — diz Mattie.

— Ah. — Ela volta a se sentar. — Sim. Sim, ouvi. Me desculpe.

Embora não saiba por que deveria, de certo modo ela realmente lamenta por isso.

— Não sei o que significa — diz ela. — Quer dizer, não sei o que ele pretendia *com isso*.

— Talvez eu tenha uma ideia.

— Bom. Que bom. Mas você provavelmente vai querer discutir isso com Luke, basicamente, porque na verdade acho que estou me demitindo?

— Ela disse isso tão categoricamente assim? E, pensando bem, não devia dizer isso a Luke? — Quer dizer, estou apresentando minha demissão.

— Ah. Bom. Que bom para você. — Mattie larga o envelope na mesa de centro e se recosta. — O que vem agora?

— Acho que vou para a Califórnia.

— Califórnia, é? Bom, isso não deve ser difícil para você. Mais Mudada e tudo.

Cel fica surpresa de ele se lembrar disso a seu respeito. Depois se lembra que ele se lembra de tudo. Depois ela se lembra, muito vagamente, que isso nem mesmo é verdade.

— Bom. Eu te contaria um segredo sobre isso, mas...

— Mas as pessoas precisam realmente parar de me contar seus segredos.

— Este é bem medíocre. Você até já deve ter adivinhado.

— Então você foi eleita outra coisa — diz Mattie. — Mais Provável de Ser Relutantemente Empregada por um Programa Tabloide de Televisão. Você nunca foi eleita a Mais Mudada.

— Fui. — Ela faz uma pausa pelo que espera que seja um suspense claramente cômico. — Só não era.

— Ah, sim? — Mattie a olha de cima a baixo como se fosse possível Cel ter sido uma menina de doze anos o tempo todo. — Quer dizer que você continuou a mesma?

— Quero dizer que eu não era nada parecida com isso.

— Então você *nasceu* para o RP! — Mattie rola o pescoço; ela pode ouvir os estalos. — Me diga uma coisa: você mentia muito quando criança?

— Se eu *mentia* muito?

— Retiro a pergunta.

— Quer dizer... o que é uma mentira? O que é muito? Quer dizer, acho que sim. Não é assim para todo mundo?

— Sobre o que você mentia?

— Não me lembro.

Ele sorri com malícia, como quem diz: ela se esqueceu do assunto da conversa?

— Bom, principalmente em coisas pequenas — diz ela. — Ou... será que eram mesmo mentiras, ou eram mais histórias? Eu tinha um truque antigo envolvendo trevos de quatro folhas.

— E eu aqui pensando que a grana de verdade estava na TV aberta.

— Era incrivelmente idiota. Eu pegava dois trevos e arrancava duas folhas de um e trançava os caules, depois ia correndo até as outras crianças e dizia que tinha encontrado um trevo de quatro folhas. Elas não entendiam por que eu era muito melhor em encontrá-los. Eu disse que era porque morava na mata. Mas era estranho elas acreditarem em mim porque quase todos nós morávamos na mata.

Cel tem certeza de que nunca discutiu isso com ninguém e nem acredita que está discutindo o assunto com Mattie à meia-noite no apartamento dele. Ela nem acredita que este é o apartamento dele — parece um conjugado de estudante, o quarto alugado de um trabalhador mal remunerado. Representa o corolário do mistério daquele que Cel encontrou em seu próprio apartamento: as roupas de Nikki, seus shows, seu espremedor de frutas. Como Cel achava que *isso* se encaixava na equação — o cálculo implacável da renda em contraposição aos gastos?

A resposta era que elas não encaixavam e este lugar também não.

— Mas então — diz ela —, isto continuou por anos. Até fiquei meio conhecida por isso. Fiz algumas vezes no ensino médio até, só para sustentar meu disfarce retroativamente.

— Mas isso não é bem uma mentira, é? — pergunta Mattie. — Mais parece um truque de salão muito ruim.

— É exatamente o que eu pensava disso!
— E depois você aprendeu sua lição e nunca mais mentiu.
— Bom, não exatamente.
— Não?
— Uma vez eu disse a uma garota que tive um monte de cavalos que morreram — diz Cel. — A parte dos cavalos era para ela pensar que eu era secretamente rica, mesmo que ela talvez ouvisse coisa diferente. A parte dos moribundos era para explicar o fato de que não havia mais cavalos.
— Mentindo para ganho pessoal — diz Mattie. — Você nasceu para ser vendedora.
— Mas o tiro saiu pela culatra... porque ela não ficou nada impressionada, só ficou triste! — Cel ri. — Acho que em outra vida eu teria sido a fofoqueira da cidade. Só que, por acaso, eu não sabia de nada, então tinha de inventar as coisas.

Cel gosta deste sentimento como uma sentença, como uma brincadeira de se dizer — parece que podia ser verdade, e certamente é verdade para alguém, e quem pode dizer que esse alguém não é ela? Mas, mesmo enquanto diz isso, ela sabe, com uma convicção incomum, que não é. E é tomada pela percepção de que ninguém além dela sabe disso, e que se ela não disser em voz alta a Mattie M neste exato momento, então ninguém jamais saberá.

— Não — diz ela. — Acho que não é isso também.
— Não? — Embora Mattie não peça para explicar, Cel de algum modo acredita que ele quer ouvir: será esta a feitiçaria que ele usa em seus convidados? Ela nunca, nem por um momento, pensou que Mattie realmente se importasse com eles — mas agora pode entender por que alguns parecem pensar que sim.
— A primeira mentira minha de que me lembro — diz Cel. — Eu tinha uns quatro ou cinco anos. Passei todo o recreio inventando uma pegada de monstro muito complexa na lama. Eu queria mostrar às outras meninas para assustá-las.

Cel percebe que mesmo que consiga articular essa coisa, as únicas duas pessoas a saber serão ela e Mattie M, e que isto é muito possivelmente pior do que ninguém saber de nada.

— E eu mostrei e elas ficaram apavoradas, e fiquei muito satisfeita. Mas aí um menino pequeno apareceu e contou às meninas que *ele* tinha feito a pegada, embora eu soubesse que ele também estava meio assustado. E me lembro de pensar na coragem que ele teve de fazer isso. Realmente me surpreendeu que ele estivesse mentindo para ser bom e que existissem coisas que só podiam ser boas se ninguém soubesse o que elas eram. E que eu, a vilã dessa história, era a única que sabia o que ele fez, e contar a todos sobre isso seria desfazer a bondade dele. Acho que havia nisso emoção, vergonha e admiração secretas. — Ela ri e se sacode um pouco. — A moral da história é que a verdade é complicada.

— Você devia trabalhar no serviço de informações — diz Mattie. — Ou escrever ficção. Alguma profissão intelectual.

— Talvez eu devesse ser missionária.

— Provavelmente não — diz Mattie com secura. Depois: — Quem quer saber o que converteu C.S. Lewis ao cristianismo?

— C.S. Lewis? — O que ela realmente quer dizer é: *cristianismo?* Cel nem mesmo sabe se esta conversa é legalmente correta: este apartamento conta como local de trabalho?

— J.R.R. Tolkien, sabe, o cara do Hobbit?, disse para ele que a coisa toda, o cristianismo, era um mito verdadeiro. Um mito verdadeiro, entendeu? Sempre gostei disso.

— Então você *é* católico!

— Quem te disse isso? — diz Mattie. — Deixa pra lá, sei quem te disse isso.

Ele vai à janela e coloca as mãos no vidro. Acima dele, uma lua manchada e de aparência sebosa paira sobre a silhueta dos prédios.

— Como foi mesmo que Mencken disse? — Ele fala como se fosse algo que eles estivessem conversando agora mesmo. — Alguma coisa parecida com um filósofo é um cego em uma sala escura procurando um gato preto que na verdade não está ali... um teólogo é o homem que o encontra?

— Isto é um mito verdadeiro? — diz Cel. — Talvez ele só tenha *dito* que o encontrou.

— Bom, exatamente.

— Me promete que nunca dirá nada *disso* na televisão — diz Cel. — Provocaria um ataque epilético no coitado do Luke.

— Não vou dizer.

— Ele esteve tentando me dizer por *anos* que você era religioso.

— Não sou.

— Que bom — diz Cel. — Porque é meio tarde demais para isso ser útil.

Mattie volta ao sofá e se senta ao lado dela. Ele está tão perto que ela pode ver os depósitos de cálcio em suas unhas. Será possível que ele realmente more aqui o tempo todo — vindo noite após noite para este apartamento com a mobília da era Nixon e a iluminação frágil e peremptoriamente de classe média? O que Cel teria feito se alguém lhe contasse isso? A mesma coisa que todos os outros fariam: não teria acreditado.

— Por que acha que Ryan Muller escreveu a você? — diz ela.

— Sinceramente, não sei — responde Mattie. — Pensei muito nisso. E só o que me vem é o seguinte: acho que ele sabia que não podia me chocar. Acho que ele deduziu que eu devo ter ouvido coisa pior independentemente do que ele dissesse.

Cel não vai perguntar se isto é a verdade. Ela ainda não dá a mínima para a privacidade de Ryan Muller, mas começa a dar alguma importância a Mattie. É este apartamento que está fazendo isso — está desgastando, com sua estante vacilante e seus volumes empoeirados de teoria política. Ela de algum modo sente que já sabe demais.

— Já pensou em voltar para a política? — diz ela. — Quer dizer, antes de tudo isso.

— Na verdade, já pensei um bocado.

— Por que não voltou?

Ele a olha e faz com a boca a palavra *contrato*.

Ah, Cel responde da mesma forma, depois fala.

— É claro. — Ela desvia os olhos dele, para sua pequena janela. A Broadway fica lá fora em algum lugar, ela supõe. Só o que Cel vê é seu reflexo pálido, a escuridão definitiva por trás. — Sabe o que *eu* queria fazer? — diz ela.

— Isto, evidentemente.

— Deixa pra lá. Quer dizer, é ridículo.

— Você acreditaria que tenho uma tolerância extremamente alta para o ridículo?

— Eu meio que queria fazer stand-up — diz ela. — Comédia, sabe?

— Por que não? Você é engraçada.

— Você nunca ri de minhas piadas.

— Não? — ele diz com leveza. — Eu sempre tive a intenção de rir.

Então agora Cel sabe que ele não a acha engraçada. Ela espera para usar isso contra ele, mas não acontece. Este é outro estado mental inteiramente novo: ela se pergunta quantos desses constituem alguma emergência neurológica.

— As piadas são mitos verdadeiros também, não são? — Mattie está dizendo. — Me interrompa se já conhece essa! Homem em um navio que afunda solta da gaiola sua gaivota de estimação. Há uma piada. Ou um mito verdadeiro. Quer dizer, neste caso é mesmo verdadeiro. O que levou o cara a fazer isso é a coisa em que quero acreditar. Eles deviam transformar *isso* em uma religião.

— Com toda certeza alguém já transformou — diz Cel. — Se tem uma coisa que seu programa me ensinou, é que alguém lá fora já fez de tudo.

— Esta é a visão de mundo de uma pessoa extremamente velha. Você é nova demais para dizer coisas assim.

— Fui criada por meu avô — diz Cel. — Mais ou menos.

— Conheci alguém que costumava dizer esse tipo de coisa a respeito de tudo — diz Mattie. — Mas acho que ele era novo na época também.

Cel assente respeitosamente tentando dar a impressão de que ela também acredita que vai envelhecer. No fundo, ela tem suas dúvidas.

— Sabe o que eu penso? — diz Mattie. — Acho que você é o tipo de pessoa que em outra vida podia ser qualquer coisa.

— Mas aqui estamos nós — diz Cel. — Nesta vida.

— *Exatamente*— diz ele, levantando as palmas das mãos para o céu.

TRINTA
semi

Dez anos da peste, e o que nos restou?

Restaram-nos, de vez em quando, milagres: esta noite deixaram Brookie assistir à minha peça.

Em geral, escondo-me no fundo — constrangido para ser visto comparecendo ao teatro —, mas a cadeira de rodas de Brookie implica lugares automáticos na primeira fila. É uma novidade ver a coisa de perto — a maquiagem dos atores morbidamente mimética; seus corpos famélicos, com a loucura do Método, à emaciação. A cortina sobre uma figura dessas — deitada de costas e encoberta, mais para o deserto da esquerda do palco. O holofote está apontado para uma boa distância dele lançando um círculo que o ator não alcança, conjurando uma ruidosa sensação de exílio *cósmico* que me parece, para falar com franqueza, infeliz. Mas se eu quisesse ser um maníaco por controle, devia ter escrito uma peça diferente.

A figura está colocada sobre uma grade, tremendo de um jeito que nos faz entender ao mesmo tempo que isto é um aquecedor de piso e que não é inverno. Os atores me apavoram: espero nunca entender o que eles fazem. Por um momento, nós o ouvimos ofegar. Depois ele dolorosamente rola e começa a se arrastar para a luz.

E, embora saiba o que está por vir, a plateia arqueja quando vê seu rosto: desta vez, este é o começo.

Foi durante a Peste Negra que começaram a marcar os mortos. Alguém nos contou isso antigamente e, pelo que todos sabemos, pode ser a verdade.

Por algum tempo, mantínhamos uma contagem nossa — os rostos todos feitos na mesma maquiagem ruim, os corpos todos colocados com a mesma formalidade incomum. Ou talvez nem todos, mas quem consegue se lembrar agora? A escala da perda virá para despojar cada morte de sua particularidade. Um dia chegaremos a ter inveja de nossas infelicidades iniciais — aquelas perdas que ainda pareciam singulares.

Há maneiras com que só os corações jovens podem se partir. No fim, até a tristeza se revela finita: um recurso que podemos esbanjar como o tempo, e de formas que nunca deixaremos de lamentar.

CORO:
Fomos a shows de drag com tema de Tina Turner. Fomos a grupos de apoio a saudáveis preocupados.

Ainda circulamos, algumas vezes, fingimos que éramos novos na cidade. Fingimos que ainda fingíamos ser hétero.

Fomos a terapia para abordar a emergência emocional infantil que podia levar a doença a se psicoincubar em nós.

Fomos a um médico húngaro que fungava na Clinton Street. Ele nos fez massagens violentas do velho mundo e nos mandou para casa com uma tintura que parecia e, provavelmente, era páprica.

Nós tomamos mesmo assim.

ELENCO:
Disseram que você podia pegar pelo contato doméstico.

SIMON: "Acho que depende do tipo de *contato* que acontece em seu domicílio."

Disseram que os funcionários de uma central telefônica de Londres tinham abandonado em massa os telefones: tinham medo de pegá-la pela fiação.

Disseram que quando um aidético sofreu um pequeno acidente em Midtown, chamaram uma equipe de risco biológico.

Disseram ter se disseminado em uma avó em Long Island, uma empregada doméstica em Bellevue.

Disseram, e foi SIMON: "A doença infecciosa do povo!"

Disseram, e foi JOHNNIE: "Igual à *Traviata*!"

(Ele começa a cantar uma ária. Esta noite, o ator que representa Paulie é tão assustadoramente parecido com ele que Brookie e eu começamos a chorar.)

CORO:
Vimos anúncios de serviço público.

Vimos uma saliência tumorosa do tamanho de uma berinjela em um rosto humano.

Vimos um especial em que Barbara Walters disse a um homem que ele era positivo.

Todos concordamos que isto resultaria em televisão de qualidade.

Usamos óculos com aro de tartaruga por cima de tapa-olhos, maquiagem de palco em lesões de sarcoma de Kaposi.

Usamos bottons proclamando Nós Íamos Sobreviver.

Usamos máscaras de Jeane Kirkpatrick no Halloween.

(*Ator aparece de máscara, saltos agulha, e mais nada. Embora o roteiro peça a rotatividade de todos os papéis, eles têm um motivo muito bom para usar o mesmo cara nesta cena: a plateia assovia, aplaude e uiva por um minuto inteiro.*)

Fomos a eventos de arrecadação na Saint; fomos à emergência do St. Vincent. Fomos ver *Amadeus* e falamos na superioridade da versão para teatro.

(*Risos de compreensão aqui da plateia.*)

Ainda fomos caminhar às vezes. Passamos por prédios turquesa no SoHo; passamos por porteiros olhando televisores portáteis; atravessamos a ponte de Manhattan, onde outra pessoa caminhava ao longe: por um bom tempo, não estava claro se a figura vinha na nossa direção ou se ela se afastava.

É sempre estranho ver esta peça: conheço cada palavra e ainda assim nunca sei o que verei. De perto, as ressurreições no palco são extraordinárias: o barco para Fire Island, as velas tremulando no que pretende ser uma praia distante. O matadouro da emergência do St. Luke-Roosevelt *circa* 1984. Não sei como o pessoal da produção faz isso. Eles conseguem conjurar muitas coisas que esqueci: o jeito de quase todo casal por um tempo parecer uma espécie de ultrajante romance entre velhos e novos. Os dispensadores de lubrificante por bombeamento no St. Mark. Como as faces doentes pareciam estranhas no início, até que eram tantas que as faces saudáveis começaram a parecer estranhas também. Como *eu* devo ter parecido estranho, com meu rosto bonito imaculado, enquanto andava por determinados círculos. É claro que eu sabia disso, mas nunca tinha visto: agora que vi, meu conhecimento é diferente. Fico perdido nisso por um tempo, fantasmas e lembranças no palco e fora dele, e quando volto a me sintonizar, a peça está quase no fim.

Toda noite começa com um grande elenco e termina com um pequeno. Isto é verdade mesmo quando o tempo na peça anda para trás, como um reconhecimento de que o tempo real não volta — um fato também refletido na alta rotatividade do elenco.

Agora são quatro atores no palco fazendo outra seção sobre espetáculos.

ELENCO:
Vimos a intubação e a respiração agônica.

Vimos pés congelando-se e ficando roxos; vimos os últimos ritos de todos os gêneros.

Vimos o massacre dos inocentes: as crianças hemofílicas, a família cuja casa se incendiou na Flórida.

RIVER: "Que pena. As primeiras baixas civis."

(*"Você me deu uma das últimas falas!", sussurra Brookie. "Não é você", digo. "É o personagem. E de todo modo, não é assim que termina toda noite."*)

Vimos o julgamento McMartin Preschool no *Rivera*.

Vimos o bebê no poço pela CNN.

Vimos o olhar moribundo fixo na escuridão e vimos seus pais e seus parceiros, seus deuses e seus cães.

Vimos o moribundo olhar a escuridão fixamente...

E olhar...

E olhar...

E enfim não vimos nada.

A peça termina esta noite com um quadro vivo: a silhueta de Reagan, paralisada no pódio, com todo o elenco ressuscitado sentado de pernas cruzadas diante dele. Sempre tenho escrúpulos com começar ou terminar com Reagan — parece dramaticamente duro demais para uma história sobre como existem muitas maneiras de contar uma história. Mas é por isso que existiram outras versões antes desta noite, e por isso existirão outras, pelo menos por mais algum tempo. E gosto da recorrência elegante da imagem — a plateia assistindo a uma plateia assistindo a outra plateia.
 E assim esta noite, dez anos da peste, é isso que nos resta: uma imagem congelada de um homem que podia ter agido, mas não agiu.
 E Brookie, levantando-se inacreditavelmente trôpego da cadeira de rodas, para começar uma ovação de pé.

 Depois, ao que parece, Matthew Miller está parado no saguão.
 Quando o vejo, preciso olhar duas vezes. Parece que não sou o único: o saguão é uma pantomima em massa da ignorância — ninguém neste

ambiente quer admitir saber quem ele é. Foi assim que ele conseguiu se safar parado ali, em plena vista, enquanto espera, presumivelmente, por mim. Este é o tipo de raciocínio tático que podia ter sido útil em um político: em uma pessoa sem causa, só parece dissimulado.

— Você veio — observo, quando enfim o alcanço.

— Eu disse que viria.

— Disse? Acho que muita gente diz um monte de coisas.

— Bom, você não precisa aceitar minha palavra, precisa? Temos tudo na gravação.

Baixo a cabeça. Matthew Miller está aqui — de novo e finalmente — e em qualquer outra vida, acho que eu ficaria admirado demais para suportar. Mas a barragem que defende a realidade da possibilidade desmoronou há muito tempo e eu aceito isso como uma das muitas maneiras como as coisas podem acontecer.

— É uma bela peça — diz ele.

— Está com dez anos de atraso.

— Você questionou se a teria escrito mais cedo.

— Eu questiono muita coisa.

— Se, se, se — diz Matthew mansamente. — Não comece a contar ou eles vão afogar você.

Lembro a mim mesmo que ele não está me ferindo; que não existem feridas que ele possa abrir. Ou talvez só existam feridas, todas cauterizadas muito tempo atrás.

— Às vezes acho que nada disso teria importado — digo. — Às vezes acho que acabamos de entrar numa era de niilismo. Às vezes acho que seu programa na verdade nos ajuda a reconhecer isso. Neste sentido... bom, é sincero, de todo modo, o que é mais do que pensei que um dia diria a você.

— Você parece a Suzanne Bryanson.

— Quem é ela?

— Aparentemente, minha nêmese.

Imagino onde Brookie terá ido; pergunto-me vagamente se alguém pensou em levá-lo para casa naquela cadeira.

— E por falar nisso — digo. — Como está Alice?

— Vai bem. Assim eu soube.

— Vocês se separaram.

— Já faz um tempinho.

— Incrível — digo, e meneio a cabeça. — Como você conseguiu aguentar aquela mulher?

Matthew não diz nada por um momento e percebo que ele decidiu, por suas próprias razões inescrutáveis, levar esta pergunta a sério. Um isóscele de luz débil se insinuou em seu rosto: por que isso ainda precisa ficar tão leve, por tanto tempo, independente das circunstâncias?

— Acho que ela decidiu que podia olhar nossa vida ou como uma espécie de verdade, ou uma espécie de mentira — diz ele. — Ela sabia que ainda teria de decidir em qual delas acreditar.

Será que um dia me atrevi a sonhar com uma vida em que eu tivesse certeza de tudo? Será que um dia ainda vou querer?

— Ou *se comportar* como se ela acreditasse, era como eu acho que ela colocava. Suponho que foi quando eu devia ter ido embora.

— Ah, e *isso* foi quando?

— Mas eu não fui, então vivemos em uma versão da história.

— Até que ela parou de acreditar em você.

— Não exatamente. — Aquela voz: ainda posso me lembrar de sua sonoridade exata através da caixa torácica. — Acho que ela nunca acreditou em mim nem mais nem menos do que naquele primeiro dia, quando contei a ela sobre você. Ela sabia então... já devia saber... que uma vida comigo só podia acontecer em um espaço estranho, entre duas realidades incompatíveis. Ela sabia que uma dessas realidades era feliz. E disse que, quando era jovem, esta era a versão que parecia... não necessariamente mais provável, porém mais viva para ela. Ela disse que queria meu amor mais do que temia meu desprezo.

— Mas o cálculo de alguém mudou.

— O dela mudou. Ela descobriu que queria mais saber que não era digna de pena do que ter esperanças de ser amada. Disse que queria enfrentar a segunda metade de sua vida com todas as suas premissas esclarecidas.

Alice: ah, pobre Alice. Por muitíssimo tempo eu supus — não só isso: eu tinha esperanças — de que ela fosse muito burra.

— Ou talvez ela só tenha levado esse tempo todo para entender que eu não valia o aborrecimento — diz Matthew.

Ele valia o aborrecimento? Esta é uma pergunta que só é feita aos jovens por pessoas que acham que já são velhas. Mas os verdadeiros antigos sabem que tudo aborrece, que o contrário do aborrecimento é a morte. E assim, no fim, fazemos as pazes com os aborrecimentos como um sinal de termos vivido um pouco enquanto estamos nesta terra.

— Tem uma coisa que eu gostaria de te dar — diz Matthew.

— Tomara que não sejam *rosas*.

Matthew não ri. Ele parece impelido por um estranho impulso e — por um momento doce e atávico — parece que absolutamente nada pode acontecer. E então ele abre sua pasta. Parece idêntica àquela dos anos 1970, mas não pode ser a mesma. Em seguida, retira um envelope: este, ele manuseia com a delicadeza de um breviário.

— O que é isto? — pergunto.

— Uma carta. — Ele a entrega a mim.

— Para mim?

— Não — diz ele. — Mas acho que deve ficar com você.

Passa-se um segundo entre nós e começo a compreender.

— Creio que você vai achar interessante — diz Matthew.

Eu rio.

— Aposto que não sou o único.

— Não — diz Matthew. — Mas você é um artista. Creio que saberá o que fazer com isso.

Prezado Mattie

Não sei realmente por que estou escrevendo a você. Bom, eu sei, mais ou menos. Acho que é como uma piada, mas eu não sei quem vai rir dela. Não você, porque você nunca vai ler isto. Nem eu, porque eu não rio mais de verdade. Mas começou quando os garotos da escola começaram a me chamar de convidado do Mattie M. Porque eu sou gótico e gosto de death metal e uso orelhas de gato. Antes do lance do Mattie M, eles às vezes me chamavam de Bilbo (Bolseiro — não sou mais tão baixinho, mas Blair McKinney disse a todo mundo que eu tenho pés peludos), Muller o Gorila, o que é NO MÁXIMO o que a srta. Stinson chamaria de uma rima oblíqua; Tropeço (da Família Adams), ou Esquisito, Bicha, ou Gorducho (porque todo mundo aqui é um gênio). Eles começaram o lance de Mattie M uns dois anos atrás. Na verdade, eu não via muito seu programa na época — outro ponto para o esquisito! —, mas acho que sabia o que eles queriam dizer, especialmente quando começaram a dizer coisas do tipo "No episódio de hoje, Mattie M fala com Ryan sobre sua cirurgia de mudança de sexo/450 quilos de anormalidade escrotal/perder sua virgindade com um videocassete/ter tetas masculinas que todos podemos ver agora mesmo através daquela camiseta horrível!" sempre que passavam por mim no corredor.

Foi aí que comecei a assistir, acho que em parte para ver se realmente EXISTIA alguém como eu no seu programa — tipo alguém que curtisse death metal ou que usa orelhas de gato ou o que fosse — apesar de eu não pensar que existisse, porque eu meio que sabia que alguém como eu não era realmente anormal o bastante para aparecer na televisão em rede nacional. Mesmo que os gênios de minha escola pensem assim porque eles não têm absolutamente nenhuma imaginação.

Então um dia botei no canal e era um programa sobre irmão e irmã que também eram namorados. E no começo fiquei tipo assim, sei lá. Principalmente com nojo? Mas de um jeito que me fez querer continuar assistindo. E acho que talvez fosse também por um pouco de alívio. Tipo se eu sintonizasse e imediatamente visse um garoto como eu, algum gordo todo de preto e com orelhas, com você fazendo a ele perguntas desse jeito muito simpático sobre a vida horrível dele — acho que de certa forma teria sido legal. Mas, por outro lado, teria sido horrível porque teria sido a confirmação de que eu sou o tipo de pessoa mais esquisita do mundo, e isso teria sido muito deprimente, não porque eu tenha medo de ser esquisito, mas porque tenho medo que o mundo seja assim tão maçante.

Então acho que fiquei meio feliz por eles serem mais esquisitos e fiquei meio interessado em como eles eram esquisitos, e depois percebi que aqueles sentimentos estavam se embolando em um tipo de raiva — como se eu estivesse desdenhando deles. Eu pensava, tipo assim, "Nem acredito nessa gente!!" e "Como eles podem SER assim??" e "Eu nunca, nunca, NUNCA faria o que eles fazem!!!"

Provavelmente você vai dizer, ao ler isto, que eu pensava que eles eram uns ANORMAIS (ha ha), mas eu não percebi isso na época. É como uma ironia dramática, acho, pensando bem?

Mas na hora eu estava meio absorvido no programa e naquele irmão com a irmã. Você fazia umas perguntas muito boas a eles, eu achei, sobre a vida deles e toda a coisa esquisita que eles tinham, e o jeito de você perguntar era diferente de como eu esperava. Acho que imaginei que seria preconceituoso de verdade ou fingiria preocupação, como dizer um monte de coisas para mostrar a eles o quanto estavam errados e nos mostrar como você sabia que eles estavam errados enquanto fingia que você dizia aquelas coisas PORQUE SE IMPORTAVA. Por exemplo, se minha psicóloga tivesse de falar com essas pessoas, era isso que ela ia falar. Ou acho que, por outro lado, você podia ter sido estranhamente solícito (palavra para o exame SAT!), como os âncoras de TV são quando gente de verdade vai aos programas deles para CONTAR SUA HISTÓRIA. Mas você não foi nada disso. Você só ficou tipo calmo e foi atencioso e deixou eles falarem, e você foi educado com eles sem parecer dizer que o que eles faziam era legal ou não — era como se você não estivesse pesando isso ou aquilo, como se seu trabalho não fosse esse.

Mas, enquanto tudo isso acontecia, a plateia começou a pirar. O irmão e a irmã estão falando da primeira vez em que ficaram e as vaias começam — primeiro um pouco, mas depois cada vez mais, como uma onda ou alguma coisa em uma merda de gincana — e talvez tenha sido isso, o jeito como começou a parecer um esporte, que me deu um estalo e eu percebi, peraí um minutinho, todo esse tempo eu estava acompanhando a plateia. Eu estava fazendo na minha cabeça o que eles faziam em voz alta. E isso me deixou meio doente e louco e de repente eu estava me sentindo MUITO do lado dos irmãos. Não porque o que eles faziam parecesse ótimo nem nada particularmente bom — eu nem mesmo sabia o que pensava disso ainda, para falar a verdade, quer dizer, sem dúvida me deu uns calafrios profundos e quase nada faz com que eu me sinta assim, mas não sei o quanto isto é importante porque eu sei que também provoco calafrios nas pessoas, e então isso é uma espécie de crime sem vítima, entendeu? Mas aí, eu pude ver que eles eram o tipo de gente que sempre vai fazer todo mundo por perto sentir que eles de algum jeito PEDIRAM que escolhessem um lado, e depois ter um grande desfile sobre que lado eles escolheram, e é lógico que todo mundo ia escolher contra eles, sempre.

E aí eu senti que eu mesmo mudava de lado, e toda a minha raiva e nojo iam para o outro lado — para a plateia, não para os convidados. E quando as coisas se acalmaram e o irmão e a irmã voltaram a falar, eu pensei tipo assim, é, eles são totalmente esquisitos, mas se tiver que escolher entre os esquisitos e as pessoas cuja ideia de diversão é rir de esquisitos, vou ficar com os esquisitos, muito obrigado.

Não sei se isso faz parte do sentido do seu programa, mas acho que talvez faça.

Para concluir, acho que eu podia dizer que o lado bom de tudo isso é que me fez entender um pouco como aqueles garotos da escola se sentiam a meu respeito, como é fácil para as pessoas sentirem isso de modo geral. Mas esse também é o lado ruim. Porque você sabe como é ser maltratado, mas acho que não pensa em como é fazer isso, e isto me fez pensar nisso — e era um sentimento muito feio, fiquei sem graça depois por ter sentido, mesmo que por tipo cinco minutos enquanto via o programa de televisão, quando não importava mais nada. E eu sei que tenho sentimentos feios também, mas também sei que estou tentando me LIVRAR deles (a psicóloga sugeriu escrever cartas, este é um exemplo!!). E assim isso me fez pensar em como os garotos da escola devem GOSTAR de viver nesses sentimentos — acho que talvez a maioria das pessoas goste. E saber disso não me fez odiar menos o pessoal da escola, meio que me fez odiar ainda mais as pessoas em geral.

Mas uma coisa boa é que agora, quando eles me dizem que sou um convidado de Mattie M, eu digo, é? E você é TIPO A PLATEIA DO MATTIE M. E em geral isso cala a boca deles enquanto eles pensam no assunto porque como sempre eles não têm a menor ideia do que eu quero dizer.

Atenciosamente
Ryan Muller

Você vai saber o que fazer com isto: é claro que foi um blefe. Não sei o que fazer com isso. Mas sei o que não fazer. E sei que Matthew ou está me provocando, ou confiando em mim.

No fim, essas não são de algum modo a mesma coisa?

Ou talvez toda a história seja alguma armadilha. Aqui está minha vulnerabilidade radical, Matthew está dizendo: você pode escolher a vingança ou a misericórdia cristã afetada; dar a outra face ou me morder a bunda. Bom, não escolho nenhuma das duas, amigo! Escolho a inércia!

Talvez caráter seja destino, creio, enquanto releio a carta sem parar, já em casa. E talvez, afinal, Matthew Miller soubesse do meu.

TRINTA E UM
cel

Na segunda-feira à tarde, Cel para um táxi na frente dos estúdios.

— Você trabalha aqui? — pergunta o motorista. Cel acha que talvez ele seja punjabi.

— Trabalhava.

— Ganhou muito dinheiro? — Parece que ele talvez esteja considerando uma mudança de carreira.

Cel engole em seco.

— Ganhei.

Na Grand Central, estão restaurando as constelações no teto. As constelações estão parcialmente invertidas, ela leu, mas não é isso que estão consertando — só descascam as camadas de fumaça de tabaco que eles achavam ser fuligem. Cel vê trechos onde surge cintilante o verde-claro original, lembrando a ela da aurora boreal. Ela viu uma vez, por causa de Ruth. "Levanta, levanta, levanta", dissera ela, como se fosse alguma emergência — e, afinal, era mesmo.

Ela pega um trem para New Haven, outro trem para Springfield. Um ônibus por todo o longo caminho até Hanover; um ônibus menor depois deste. Da estação, pega carona por um tempo: fica esperando que alguém pergunte o que diabos está fazendo, mas ninguém nunca pergunta. Sua blusa está rasgada da troca no banheiro do ônibus Greyhound; na estrada, ela estraga os sapatos. Ela tem prazer na irrevogabilidade disto: a única coisa que sabe com certeza é que nunca mais terá sapatos como aqueles.

Na casa, a placa de PROIBIDO ULTRAPASSAR de Hal ainda está no lugar. Ela é francamente ignorada — uma trilha de grama batida leva da rua ao riacho. Cel gosta da ideia de pescadores rebeldes sendo seduzidos até este lugar, tão tentados pela magia de seu riacho que não conseguem ficar longe dele. Ela retira a placa, amassa em seu peito e ultrapassa.

A casa, ela vai deixar em paz. Seus assuntos, agora mais do que nunca, são com a mata. Com o riacho. Com as plantas corriqueiras e mínimas cujos nomes ela não sabe mais dizer. Com a água funda e ocre, enlameada da chuva. Com as árvores que lançam sombras que agora parecem andaimes para ela — Cel não se lembra de como eram antigamente. Com a florzinha branca mínima que se agarra com força até a beiradinha do barranco — tão precisamente o que Ruth teria gostado que Cel não consegue deixar de procurar por outros sinais no riacho: de vidro, brinquedos ou tesouros. Não há nada na água agora, ao que parece — mas isto, como todo o resto, pode mudar.

Cel tira a calça jeans e se senta no riacho. Tira a blusa e caminha mata adentro. Por quê? Estaria tentando cometer suicídio por caipirice? Na mata, muitas coisas a cercam; ela se lembra delas todas simultaneamente tirando teias de aranha literais dos olhos. Ela sobe em pedras com uma competência que a surpreende, depois a deixa presunçosa exatamente no lugar onde costumava deixar. Nem mesmo sabia que aquele lugar ainda estava ali. Fica assustada com o número de raízes viradas de árvores — sinistras e gritantes, como os alertas de civilizações desaparecidas.

Deve ter caído uma tempestade danada desde que ela foi embora, e a parte dela que sempre será criança lamenta ter perdido esse temporal.

Ela chega ao topo em uma hora: mas antigamente isto não era uma peregrinação?

Ela se senta em uma pedra e espera por uma visita.

* * *

Em Cleveland ocidental, Cel compra seu primeiro e único carro.

Isto, ela assim soube, é o começo oficial do Meio-Oeste; ela sente que Hal a teria aconselhado de que os preços aqui seriam mais razoáveis. Foi Hal quem lhe ensinou a dirigir com câmbio manual; Hal quem ensinou a dirigir — em círculos mínimos pelo estacionamento do Big Y, anos antes de isto ser permitido por lei.

Ela escolhe um pequeno e vistoso Geo Metro verde-azulado, que começa a detestar antes mesmo de sair de Indiana.

Mas, antes disso, ela compra uma passagem de trem. Um homem pergunta a ela sobre o concurso de beleza que ele viu em todas as fotos e ela tem de dizer a ele que é a outra. E pela primeira vez na vida — e será a única vez — ela se sente uma nova-iorquina.

Mas, antes disso, ela pega um táxi para a Penn Station. No rádio, estão discutindo Ryan Muller; ela fica aliviada quando o túnel interrompe o sinal.

Mas, antes disso, ela entra nos estúdios pela última vez. Tem um crachá a entregar, uma mesa a limpar. Luke aparece para supervisionar. Ele se curva sobre ela para perguntar se roubou canudinhos do serviço de bufê o tempo *todo* em que ela trabalhou ali, e depois ela o beija. É uma brincadeira, depois não é, depois volta a ser.

Ela se afasta e ele pisca para ela.

— *Que foi?* — diz ele.

— Nada! — Ela lhe diz, e vai correndo e rindo pelo corredor.

Ela acabará em São Francisco, o mais distante que consegue ir sem um passaporte. O vento do Pacífico é indomável, sem a contenção de qualquer construção séria. Ela anda pelo Embarcadero; a ponte Golden Gate espeta ao longe, como uma espinha dorsal reluzente. Em North Beach, as ruas sobem em ângulos verticais; Cel se recurva, quase se arrasta. Sente que pode verdadeiramente cair da calçada até a baía — isto não é diferente do que ela sentiu na primeira vez que viu um espetáculo na Broadway: aquele senso vertiginoso de que podia cair no poço da orquestra ("Não é possível", disse Nikki, em meio a bocadas alegres de pipoca).

Na Keamy Street, ela nota uma placa anunciando uma noite *open mic* na frente de um lugar chamado Purple Onion.

Ela vai espiar pela porta tentando obter uma sensação do lugar, mas o único jeito de ver, ao que parece, é entrando. Ela entra e, em um impulso selvagem, coloca seu nome na lista. Ela beberá um uísque e meio antes que seu corpo pegue o que o cérebro decidiu e as mãos comecem a tremer.

Ela não escuta nenhum dos outros; em um guardanapo, está se preparando para torrar o material de toda sua vida. Tudo que já usou nas festas; algumas coisas que tem medo demais até de experimentar.

O acessório vintage mais fofo do mundo é o bebê Lindbergh!

(Qual é o problema dela com o bebê Lindbergh?)

O câncer de tireoide parece o cação dos cânceres.

(Um enigma elaborado, na melhor das hipóteses.)

Um pouco sobre quem cuida de George, o Curioso, especulando sobre o que pode estar embaixo daquele chapéu amarelo dele.

(*Os esqueletos dos Georges I-IV?* Cel sempre sentiu que todos iam entender essa piada, mas estas são coisas de que você só agora pode ter certeza.)

Ela tropeça um pouco a caminho do palco; por um momento, nem consegue enxergar nada. Pergunta-se se é assim para Mattie sempre que ele olha a plateia. Quando você olha fixamente o vazio, o vazio olha para você: escolha seus vazios, então, com muito cuidado. Cel sente a pulsação em volta; pode ouvir o tilintar de copos, os murmúrios céticos e abafados.

— A gente nunca conhece as pessoas — ela começa. — Nunca, nunca conhece.

E é aí que ela estará: fazendo palhaçadas em um palco em São Francisco, tranquilamente a maior diversão de sua vida, tão tonta de alegria que quando sai do palco e ouve alguém dizer *Puta merda, Mattie M foi baleado!*, ela vai sorrir e se preparar para rir esperando pelo desfecho da piada.

TRINTA E DOIS

Quando consegue falar com Luke, Cel já sabe o que ele lhe dirá. Ela soube de tudo pela CNN, que assiste por várias horas em uma boate de *strip* chamada Big Al's. Este é o primeiro lugar que encontra que vai admitir ter uma televisão, depois de ela sair às pressas do Purple Onion, chorando. Um homem na porta a vê e fala, "Ei, querida, você foi ótima! Que tal um sorriso?" — e Cel, de algum jeito, tem espaço para se sentir satisfeita, depois ofendida, depois enojada consigo mesma, tudo isso enquanto chora e corre, inexplicavelmente, ladeira acima.

No Big Al's, ela se explica ao gerente. Ele é careca e ela entende de algum modo que ele é gentil. Ele já ouviu o básico: que Mattie M foi baleado, que o atirador foi aquele convidado que surtou com uma chave de roda com aquele outro cara um tempo atrás, que ele se entregou imediatamente.

O que ele não sabe é se Mattie morreu: esta parece ser uma questão secundária. Todavia, ele deixa Cel entrar em seu escritório para ver a televisão e até assiste com ela por algum tempo. Ela acha estranhamente reconfortante ver TV junto com alguém.

Pela CNN, ela toma conhecimento de que Mattie está em estado crítico em um hospital de Nova York. Não sabe qual. Toma conhecimento de que o tiroteio aconteceu no final do comício, assim que Mattie estava saindo do palco. Toma conhecimento por uma testemunha ocular extremamente pálida que "não pareceu bom".

Ela toma conhecimento de que o discurso de Mattie foi um grande sucesso, na visão desta mesma testemunha.

Toma conhecimento de que o atirador estava calmo enquanto era detido e levado. "Fiz o que tinha de ser feito", ele supostamente falou.

Toma conhecimento de que não há atualizações sobre o estado de Mattie.

Toma conhecimento de que várias testemunhas oculares acreditavam que ele tinha morrido na cena; alguns ficam céticos quando ouvem que não morreu.

"Não parecia mesmo uma coisa que alguém que pudesse sobreviver", diz um deles.

A certa altura, o gerente lhe traz um sanduíche. Depois lhe traz uma bebida. O sanduíche é muito bom, a bebida muito melhor. Ela começa a pensar no gerente como Big Al, embora seu nome não deva ser este. Ele parece não se abalar com o fato de ter uma mulher chorosa em seu escritório; talvez seja algum risco ocupacional em uma boate de *strip*.

— Ele era um bom chefe? — pergunta ele a certa altura.

— Não! — diz Cel. — Ele era horrível!

Ela chora-ri de um jeito parecido demais com o de Ruth: depois só chora por um tempo.

Big Al deixa que ela use seu telefone, embora seja uma ligação interurbana, e ele não aceita dinheiro nenhum, nem mesmo pelo sanduíche. A paciência dele é extraordinária; com o passar das horas, Cel começa a considerar motivos escusos. Sua situação é um espetáculo, afinal, e será uma história interessante para contar nas festas.

Cel a contará a si mesma muitas vezes, e de muitas maneiras diferentes, e depois de um tempo vai começar a contar como uma piada, primeiro em bares e depois em palcos: a história de Big Al e seu delicioso e arrepiante sanduíche de rosbife e que é *isto* que acontece na primeira vez que você experimenta o stand-up, é difícil até ter muito medo de que a apresentação seja uma bomba, a não ser que seja um ato literal de violência política. Ela vai usar a história para lembrar a plateias medíocres de que podia ser muito pior; ela a usará para lembrar aos chatos que, a não ser que eles tenham piadas memoráveis de primeira linha, o pior dia de sua carreira na comédia já ficou para trás. Será útil, essa história, e talvez Cel sinta sua utilidade mesmo agora, no escritório de Big Al. Talvez ele também ache útil e esteja sendo gentil porque está curioso.

Mas não, ela conclui por fim: ele está sendo curioso porque ele é gentil. Talvez ele seja algum santo moderno, conclui ela, enquanto liga para Luke depois Sanjith depois Luke depois Jessica depois Luke depois Elspeth depois Luke depois Elspeth depois Luke depois Luke depois Luke.

Pela CNN, ela toma conhecimento de que a CPA fez um pronunciamento; ela muda de canal antes que o leiam. Imagina o que Tod Browning ou Lee ou Lisa estarão dizendo sobre isto amanhã; ela queria poder ver a televisão de Nova York.

Ela toma conhecimento de que a NRA não soltou uma declaração. Eles nunca soltarão, na realidade, embora ela só vá saber disso bem depois. Ela saberá de outras coisas também, nos dias e anos à frente. Saberá que Mattie foi baleado quatro vezes com uma pistola dez milímetros obtida legalmente, causando um ferimento na cabeça que "não era compatível com a vida", nas palavras do médico autista e novinho que tinha a tarefa de dar as coletivas à imprensa. Saberá que, quando os tiros começaram, algumas pessoas pensaram que fazia parte da manifestação, uma parte do discurso de Mattie ou talvez até de seu *programa* — e que algumas permaneceram perto do pódio, sem querer fugir, na esperança de aparecer na televisão. Ela saberá que muitos *conseguiram* aparecer na televisão porque eram os únicos que ainda estavam por ali quando a imprensa apareceu dez minutos depois.

Mais tarde, Cel saberá o texto do discurso que Mattie fez antes de ser morto; ela se surpreenderá, como muitas outras pessoas, em ver o quanto era bom. Saberá que existe esperança entre os ativistas de que o discurso e a morte de Mattie, junto com os tiroteios de Ohio, possam ser um catalisador importante para a reforma nas armas.

Mais tarde ainda, ela saberá que esta esperança foi abandonada.

No funeral de Mattie, ela tomará conhecimento de que ele foi bengaleiro quando criança. Ela não saberá o que realmente é um bengaleiro. Saberá que a ex-mulher de Mattie é baixa e meio feia, e que o que quer que Mattie tenha feito a ela não foi ruim o suficiente para impedi-la de comparecer ao serviço fúnebre, onde vai chorar sem parar e não falará uma palavra que seja aos repórteres.

A própria Cel para de chorar quando a CNN torna oficial a morte de Mattie. Ela tenta recomeçar, mas não consegue. Diz isto a Luke quando finalmente consegue falar com ele — depois que liga pela última vez, por motivo nenhum, como se não restasse nada a perguntar.

— É assim que me sinto o tempo todo — diz ele. — Chorar para mim é como tentar cheirar pó.

— O quê? — Cel soluça um pouco. — Você... você está querendo fazer piada neste momento?

— Cheguei bem perto, sabia, eu *quero*, mas...

E depois, o que é inacreditável, eles estão rindo.

Brookie chega em casa do hospital no dia em que enterram Matthew. Juntos, eles assistem à cobertura do funeral. Na frente da igreja, a imprensa entrevista manifestantes.

— Bom, *isso* me parece familiar — diz Brookie. Ele está em outro dia bom: mais dois deles e podemos começar a chamar de "dias". Os médicos não sabem por que ele ainda está vivo; sua morte permanece, como enfatizam os médicos, uma certeza estatística. Mas até eles admitem que Brookie, de uma perspectiva puramente médica, ainda não morreu. De uma perspectiva médica, não há motivos para que ele não possa desperdiçar seus minutos restantes nesta terra vendo boquiaberto o funeral de um homem que ele desprezava muito antes de isso virar moda, enquanto segura a mão da única pessoa viva que o amou, inacreditavelmente, por mais tempo ainda.

Os manifestantes, está ficando claro, não são lunáticos do tipo *establishment*; a cruzada de apresentadores de TV profissionais contra Matthew tinha chegado a um fim abrupto, embora ninguém tenha alegado vitória. Parece inevitável que o boicote a episódios de *Mattie M* em outros canais venha a ser tranquilamente suspenso e pode-se esperar que sejam exibidos incansavelmente até o fim dos tempos. Esqueça as baratas: será isso que durará mais do que nós. Um legado duvidoso para todos, não só para Matthew Miller.

— Você devia ter ido ao funeral — diz Brookie.

— Queria estar aqui hoje — digo a ele.

É verdade. Não preciso de outro funeral. Não é mais onde acontece a dor.

Vai acontecer de outras formas, suponho, nos meses e anos pela frente. Estou passando a compreender que o luto será a obra de minha vida; irei para meu túmulo sem vê-la concluída. Mas descubro que parte de minha tristeza por Matthew já passou. Não toda — claro que não —, mas o bastante para sentir a diferença. Deve ter acontecido anos atrás, enquanto eu vagava pela cidade, rangia os dentes e acreditava que tinha conhecido a verdadeira tristeza.

Esta foi uma ilusão que se tornou uma clemência: hoje em dia, vou aceitar as duas.

Depois que Matthew Miller partiu pela primeira vez, eu disse a todos que ele nunca me escreveu. Mas a verdade é que recebi uma carta uma vez — datilografada, sem assinatura, enviada de Staten Island.

Não conheço ninguém em Staten Island e não faço ideia do motivo para alguém ir para lá — mas é verdade que Matthew Miller ia a todo canto, naqueles tempos em que ele ainda ia a algum lugar.

Por todos os anos, guardei a carta — mas preciso dizer que guardei muita coisa: Brookie me lembrou da alta incidência de acumuladores entre os excêntricos em sua meia-idade. Quando as piadas dele ficam menos cruéis, posso lhe dizer que ele está se sentindo melhor e parece meu direito ignorá-lo.

Espero Brookie ir para a cama para reler minha carta. Isto acontece exatamente às sete horas; ele tem uma coisa sobre ir dormir depois do *Nightly News*. A carta mora na caixa embaixo de minha cama, junto com um monte de programas de peças e antigos exemplares da *The AIDS Newsletter* e a carta de Ryan Muller e algumas polaroides espalhadas que Paulie tirou mil anos atrás. Essas fotos antigamente eram uma irritação, depois objetos de intenso sentimento. Agora, pela primeira vez, vejo que podiam ser fotos muito boas. Será que Paulie foi fotógrafo em outra vida? Em alguma vida que ele merecia, ele teria tido muitas vidas.

Em meu quarto, sento-me de olhos fixos na carta; lá fora, ainda nem perto de escurecer. Não sei quem escreveu nem a quem se destinava; a janela da certeza agora faz parte do passado. Mas, por esta noite, decidirei imaginar Matthew — no convés da balsa de Staten Island deixando o ar bater em seus pulmões, segurando firmemente a carta que tenho em minhas mãos, imaginando o dia, ou talvez os muitos dias, em que a lerei.

> Depois que voltei, junto com minha culpa devastadora existia um desejo quase tátil de parar o tempo, sair de minha vida, só por um momento. E um dia finalmente fiz: adormeci em um voo partindo de Nova York e tive um sonho lúcido com você. Estávamos andando em uma sala de gravidade zero. Ainda é constrangedor me lembrar da intensidade de meu alívio naquele momento — não porque estava finalmente acontecendo, mas porque finalmente não estava. Eu estava recebendo o dom de um momento consciente sozinho com você — não só fisicamente, mas

temporal e moralmente sozinho, um momento afastado de qualquer relação causal com a realidade. E assim, naquele momento — dispensado de todos os olhares, os meus e os seus, ambos —, eu fiz: beijei você, e você não era como uma aparição, talvez porque nós dois estivéssemos ali. Não parecia a primeira vez, nem a última, porque não existia tempo nenhum. E você também parecia saber e entender isso — que nada daquilo era real, que nada daquilo ia valer.

Mas, mesmo todos esses anos depois, tenho uma esperança persistente de que talvez valesse — que em algum outro plano isso aconteceu, que em alguma nota de rodapé do tempo foi notado, e de algum modo eu não era o único de nós que ficou com esta lembrança. Nesta vida posso não ter tido este momento — posso nem mesmo ter sonhado em falar deste sonho — e talvez, afinal, eu nunca o tenha sonhado: pois quem pode dizer quem está lendo esta carta, e quem pode dizer quem a mandou? Mas se os defensores da teoria das cordas tiverem razão, então em algum universo estou assinando esta carta e em outro estamos andando em gravidade zero naquela sala.

Não estou dizendo que queria que fosse diferente. Às vezes uma escolha se torna certa no momento em que a fazemos. Por quanto tempo olhamos para trás, ao menos, é algo que decidimos. E não importa o que os mitos nos dizem, somos nós que destruímos com nosso olhar: Orfeu entendeu mal essa parte.

Mas também estou dizendo isto: se eu recebesse outro momento daquele presente fantasma — um único agora que fosse só o agora, e não o futuro se precipitando no passado — seria a esta sala que eu voltaria e seria você que eu esperaria encontrar lá.

Por vários anos, e vários motivos, o melhor dia da vida de Cel será o dia em que Mattie M foi assassinado. Ela achará isso incômodo sempre. Será um incômodo que ela estivesse no palco, delirante de feliz e bastante embriagada, enquanto Mattie morria em um trecho áspero de grama em algum lugar, observado por cada pessoa que falaria sobre isso na televisão. Uma delas até escreveu um livro sobre o assunto — a porra de um livro inteiro! Parece insensível, de certo modo impróprio, que Cel não soubesse. Ela sentirá que devia ter sentido em algum lugar por aí no universo; em momentos mais sombrios, ela terá medo de pensar que teria sentido, se não estivesse diante de uma plateia.

Mas o que ela teria feito se soubesse, nos momentos antes de subir ao palco? A plateia não teria acreditado se ela lhes contasse; eles teriam rido e pensado que era uma piada. E mesmo que soubessem não ser uma piada, podiam ter rido mesmo assim.

Apesar de aquele momento no palco sempre vir a ser distorcido desse jeito — entre os colchetes de uma ironia dramática corruptora —, será a viagem à Califórnia a parte que Cel mais dará valor. Dirigindo sob aquele céu azul-claro, esquivando-se de carretas tremidas, lendo outdoors — ela percebeu na metade da travessia do país — menos por tédio do que por curiosidade. Ela sabe que em algum lugar naquela viagem o destino de Matthew estava selado — o atirador abastecia seu furgão, verificava quem participaria da programação, começava a dirigir ele mesmo. Mas Cel nunca saberá exatamente quando — os momentos são iguais em sua quase-culpa: a absolvição tênue dos atiradores em um esquadrão de fuzilamento — e isto lhe permite lembrar deles todos quase com ternura.

A paisagem marcada escurece no céu; a relva esfarela em caliche quando ela chega ao Novo México. As cruzes, grotescas de imensas, pontilhando os acostamentos como relíquias da Via Ápia. A geometria lunar sinistra das cavernas de Carlsbad: suas grutas filigranadas, suas colunas absurdamente priápicas; seus próprios passos soando gelados e muito distantes — cada vez mais distantes, de algum modo, a cada passo que ela dava.

Por algumas das mesmas razões, ela virá a valorizar suas lembranças de Nova York: nos anos futuros, haverá outros motivos também. O que acontece com as lembranças é que você se esquece de todas: quase toda uma cidade, quase toda uma mata e um pequeno riacho. Um dia, Cel vai se esquecer de tentar comer as cenourinhas magricelas abaixo da folhagem rendilhada, mas se lembrará de mordiscar frutinhas vermelhas como contas de um arbusto e de como ela soube de pronto que não devia ter comido. Ela se lembrará das amoras-pretas silvestres, gordas e brilhantes como as moscas que se escondiam nelas; as moscas propriamente, ela esquecerá. Ela esquecerá o travo de capim-limão na língua. Ela se esquecerá da sensação da montanha-russa bamba da passarela de pedestres da ponte do Brooklyn. Mas vai se lembrar de andar por ela em um dia qualquer de maio sentindo uma felicidade de créditos finais, embora este não seja o fim de nada. Ela se lembrará de como as sombras do trânsito moviam-se como cardumes no East River. Se lembrará de perambular sob o sol de verão na água. E ela se lembrará de um momento de nada na véspera de partir de Nova York. Tem alguma incumbência sem nome na Bowery, com aquela ridícula capa de chuva amarela — que, por motivos que ninguém jamais entenderá, ela guardará por anos —, e tem um vislumbre de uma garota em uma vitrine.

E apesar da capa de chuva, e por um único instante, ela não reconhece esta pessoa.

E em algo que é ao mesmo tempo menos e mais que um instante, ela se pergunta: *quem é essa garota?*

E pensa: *Ah, ela pode ser qualquer uma!*

Brookie está na cama há horas e ainda não está tão escuro como deveria. Fecho a veneziana, apago as luzes e deixo a televisão fazer a sala parecer mais escura.

Matthew ainda é a principal história de hoje. Mesmo na morte, ele é o mago da audiência — caso contrário, ele se torna uma pessoa diferente da noite para o dia. Hoje, segundo a televisão e dependendo do canal, ele é um patife amado por toda a nação, um animador endiabrado e provocador, um idealista progressista sincero, um jornalista outrora atencioso e um político que já foi sério. E talvez ele fosse de novo! Talvez Matthew Miller pudesse ser senador! Afinal, coisas mais estranhas já aconteceram: sabemos porque as vimos no programa dele.

Estão passando fragmentos perdidos de sua carreira política — a plataforma irrepreensível, as defesas *pro bono* das liberdades civis, a viagem para registrar eleitores no Mississippi. Lá estavam as mesmas pérolas curriculares que já usei para atormentar Brookie e agora estão chateando toda a América! Inclusive a mim, um pouco, da mesma forma que Matthew costumava fazer. Não sei se essa coisa era de conhecimento público; tenho a leve sensação de que é novidade para os âncoras. Quem tem tempo para o jornalismo investigativo em um ciclo de noticiários de vinte e quatro horas por dia? Resposta: quem escreve antecipadamente os obituários.

Eles lidam com o escândalo dele com bom gosto — na verdade, nem lidam com isso. Uma aula de decoro, acho, para qualquer Mattie em formação que possa estar assistindo. Não há menção a meu nome, graças a Deus, nem nenhuma revelação daquelas fotos desonestas. Aquelas eram as únicas imagens de nós que existiram ou existirão: nós nunca tiramos fotos. Elas teriam sido um problema para Matthew, suponho. E eu sempre fui o tipo de pessoa que deixa que os outros tirem as fotos.

Eles têm um milhão de fotos de Matthew e Alice, porém, e talvez seja por isso que mal falam do divórcio. Há fotos dos dois na faculdade de direito, no dia do casamento — Alice não era fotogênica nem nessa época, mas acho que nunca a vi pessoalmente. Há fotos dos dois em algum evento de gala de que nunca ouvi falar — na minha época, suponho, porque não podia ser em outra década senão nos anos 1970. Nesta fotografia, está uma resposta a uma pergunta a que devo ter dado uma importância desesperada no passado; agora nem mesmo me parece uma pergunta.

Outras estão voltando, enquanto vejo a montagem na televisão. *Ele um dia me amou? Ele um dia amou Alice? Mas será que ele realmente* me amou?

Para uma criança, qualquer resposta com mais de uma palavra parece uma fraude. Às vezes ainda acho que é. Mas, por enquanto, só por esta noite, vamos chamar de dualidade.

Na televisão, Matthew e Alice estão de pé e unidos em uma das muitas conferências pavorosas; estão dançando em um casamento que só posso supor que não seja o deles. Sorridentes, eles são o orador e a melhor estudante do colégio — não na respectiva ordem que se espera —, sendo calorosamente parabenizados por seu jornal local. Nesta foto, eles ficam quase fofos juntos, em certo sentido cerebral e suberótico: quase me pego imaginando o que podia ter dado de errado entre eles.

E esta é outra parte do motivo para eu não ter ido ao funeral. Não era só que Brookie vinha para casa hoje: afinal, ele estará aqui amanhã. Entretanto, na história que conto a mim mesmo nos últimos anos, o dia de hoje pode ser o início ou um fim. Na vida real, é as duas coisas: esta é a natureza da realidade. Mas nas lembranças, como em toda obra de ficção, precisamos fazer algumas escolhas.

Baixo o volume da televisão. Não está dizendo nada que eu já não tenha ouvido, ou que precise ouvir de novo. Estão mostrando fotos da campanha para prefeito de Matthew, depois a campanha para a Assembleia Estadual, depois atividades políticas inescrutáveis de uma época até anterior a estas. Eles ampliam uma imagem dele quando jovem — muito mais novo do que quando eu o conheci. Está falando em um pódio em algum lugar — talvez em um ginásio, talvez um sindicato, e suas feições brandas são agudas e fervorosas. E embora eu não saiba do que ele fala, tenho a certeza repentina de que é sincero no que diz.

Fecho os olhos e sustento mentalmente esta imagem. Aos poucos, começo a me aproximar da televisão. Mexo nos botões até encontrar aquele que a faça parar. Na escuridão mais escura por trás de minhas pálpebras, vejo este Matthew com mais clareza: os vértices franzidos de sua testa; a intensidade fustigante e semissubmersa de seu olhar. Por um momento, deixo que esta imagem eclipse as outras — as outras lembranças, as outras possibilidades, organizando-se como um caleidoscópio em volta, por entre e acima do momento que mantenho em minha mente. Sei que elas voltarão, como sempre fazem os fantasmas: a assombração sendo um problema tratável, mas ainda não curável. Mas, por ora, só existe isso. O único eu está neste momento, o único Matthew está naquele — aquele momento em que ele acredita em algo que também diz em voz alta. Quando ele acredita que fará isto pelo resto da vida. Quando ainda é possível ele ter razão.

É então que decido: este é o único de que me lembrarei.

AGRADECIMENTOS

Obrigada a meu singular agente, Henry Dunow, e a minha intrépida editora, Andrea Walker. Agradeço a todos da Penguin Random House, em especial a Emma Caruso e ao muito saudoso David Ebershoff.

Sou grata pelas seguintes obras: *Stonewall: The Riots That Sparked a Gay Revolution*, David Carter; *Geography of the Heart*, Fenton Johnston; *Chronicle of a Plague, Revisited*, Andrew Holleran; "Poor Theeth", Sarah Smarsh; *Ed Koch and the Rebuilding of New York City*, Jonathan Soffer; *And the Band Played On*, Randy Shilts.

Agradeço a todos da Universidade do Estado do Texas. Sou especialmente grata a meus incríveis alunos de mestrado e a Tom Grimes, que me seduziu até o Texas para ensinar a eles.

Obrigada a meus familiares: às infinitamente boas famílias Perry e Martin, aos desagradavelmente resistentes Fletcher e Selby e Jones e Birdgenaw — e sobretudo a Carolyn du Bois, que me deu tudo, menos uma compreensão firme de como pronunciar meu sobrenome.

Obrigada a Dalia Azim Adam Krause, Keija Kaarina Parssinen, Kate Sachs e Mary Helen Specht pelo *feedback*. Agradeço a T. Geronimo Johnson, Karan Mahajan e Tony Tulathimutte por seus conselhos. Agradeço a Roman Butvin pelo russo. Obrigada à equipe e aos clientes da Front Steps pela perspectiva. Agradeço a Angie Besharra, John Greenman, Becka Oliver, Stacey Swann e Mike Yang pelo esporte sangrento. Obrigada a Stephanie Noll e a Stacey (de novo) por sua gentileza no Novo México.

Agradeço a Jen Ballesteros, Prerna Bhardwaj, Will Boast, Dave Byron, Katie Chase, Callie Collins, Lydia Conklin, Morgan Gliedman, Louisa Hall, Akemi Johnson, Matt Lavin, Chris Leslie-Hynan, James Han Mattson, Kate Medow, Jill Meyers, Ilana Panich-Linsman, Maya Perez, Adeena Reitberger, Kirstin Valdez Quade, Justin Race, Cassie Ramos, Nina Schloesser, Maggie Shipstead, Tyler Stoddard Smith, Becca Sripada, Patrice Taddonio e Laura Vert: por quase todo o resto.

As partes sobre Northampton são para Aislinn. As partes sobre a mata são para meu pai.

O resto é para Justin Perry: jamais saberei o que fiz em minha vida passada para merecer você nesta. Seja o que for, digo ao universo: não há de quê!

Impressão e Acabamento:
LIS GRÁFICA E EDITORA LTDA.